Fabienne Betting

Liebesgrüße
aus Mesmenien

Fabienne Betting

Liebesgrüße aus Mesmenien

Roman

Aus dem Französischen
von Anja Rüdiger

PIPER

Mehr über unsere Autoren und Bücher:
www.piper.de

ISBN 978-3-492-06103-2
© Éditions Autrement, Paris 2016
Titel der französischen Originalausgabe:
»Bon Baisers de Mesménie«, Éditions Autrement, Paris 2016
© der deutschsprachigen Ausgabe:
Piper Verlag GmbH, München 2018
Satz: Tobias Wantzen, Bremen
Gesetzt aus der Palatino Nova
Druck und Bindung: CPI books GmbH, Leck
Printed in Germany

Für alle Mesmenen auf dieser Erde ...

Inhalt

I
Zwei Uhr morgens

Eine merkwürdige Uhrzeit, um mit der Jobsuche zu beginnen, aber ich kann nicht schlafen, warum also sollte ich nicht gleich loslegen? Als Erstes steuere ich den Kühlschrank an, um mir ein Bier zu holen. Oha, draußen ist vermutlich keine einzige Wolke am Himmel, denn das Mondlicht reicht aus, um die ganze Wohnung zu erhellen, ohne dass ich das Deckenlicht einschalten muss. Umso besser, da ich überhaupt keine Lust habe, die fleckigen Küchenwände zu betrachten.

Sandrine hat recht. Der Raum braucht unbedingt einen frischen Anstrich. Genauso wie sie recht hat, dass die Duschkabine im Badezimmer erneuert, die Toilettenspülung repariert und die Regale im Wohnzimmer endlich befestigt werden müssen. Sie hat es schon eine ganze Weile lang nicht mehr erwähnt, aber sie hat diese spezielle Art, dezente Blicke in die entsprechende Richtung zu werfen oder gewisse Bemerkungen zu machen, um mich daran zu erinnern. Und natürlich werde ich alles gewissenhaft erledigen. Wenn ich in meinem übervollen Terminplan mal fünf Minuten Zeit dafür finde!

»Au!«

In dem Moment, als ich mich nach vorn beuge, um mein Bier aus dem Flaschenregal des Kühlschranks zu holen, bohrt sich ein Glassplitter in meinen großen Zeh, und mein Blut tropft auf den Fußboden. Ich brauche gar nicht erst zu fragen, wo das Ding herkommt, denn der verdammte Splitter stammt garantiert von dem Glas, das mir gestern beim Abwasch heruntergefallen ist. Und genau dieses Glas war der Grund für den Streit mit Sandrine. Na ja, es war kein richtiger Streit. Es ist unmöglich, mit Sandrine mal richtig zu streiten. Sie kann nichts dafür, in dieser Hinsicht ist sie irgendwie blockiert. Selbst wenn man den Grund des Jahrhunderts vorweisen kann, um einen heftigen Streit vom Zaun zu brechen, bei dem so richtig die Fetzen fliegen, läuft es bei ihr immer auf ein ernstes und vernünftiges Gespräch hinaus, an dessen Ende ich mich jedes Mal total schuldig und erbärmlich fühle. Und zurzeit drehen sich die ernsten und vernünftigen Gespräche, die wir führen, generell um meine berufliche Zukunft. Oder, genauer gesagt, um meine nicht existente berufliche Zukunft.

»Scheiße, Scheiße, Scheiße!«

»Was ist passiert?«

Sandrines verschlafene Stimme dringt aus dem Schlafzimmer.

»Nichts. Schlaf weiter.«

Dumpfer Schmerz pulsiert in meinem Zeh, und ich humple ins Badezimmer, um meinen verletzten Fuß zu verarzten. Eine heikle Angelegenheit, die eine Gelenkigkeit erfordert, über die ich nicht verfüge. Mehr schlecht als recht umwickle ich den blutenden Zeh mit einem Stück Mullbinde, die ich mit einem Heftpflaster befestige.

Ich hatte vor, den Computer einzuschalten, um die Webseiten mit den Stellenanzeigen durchzugehen, doch jetzt hat mich der Mut verlassen. Stattdessen lasse ich mich aufs Sofa fallen und blättere mich durch die Sportzeitung, wozu ich gestern nicht die Zeit gefunden hatte. Zum Glück ist das Risiko, darin auf eine Stellenanzeige zu stoßen, relativ gering. Ich schaue mir die aktuellen Fußball-, Tennis- und Rugbyergebnisse an, und meine Lider werden schwer. Als ich die Zeitung auf den Couchtisch lege, fällt mir die neueste Ausgabe von *20 Minutes* ins Auge, die Sandrine aus der Metro mitgebracht hat. Automatisch werfe ich einen Blick hinein, um mich davon zu überzeugen, dass auch dieses Käseblatt keinen Anzeigenteil hat, doch – welche Überraschung! – ein paar sind doch darin. Und als ich eine davon lese, durchfährt es mich wie der Blitz:

> *Gesucht Übersetzer vom Mesmenischen ins Französische.*
> *Sehr gute Bezahlung.*

Gefolgt von einer Telefonnummer.

Mesmenien. Jener Flecken Erde, der noch weniger Leuten bekannt ist als Bhutan oder Belize und den man kaum als »Staat« bezeichnen mag. Jener Schandfleck, jener zwischen Russland und Estland eingeklemmte Furunkel, für den mir keine objektivere Beschreibung einfällt. Angenommen, das Glas, das mir aus der Hand gefallen und auf dem Küchenfußboden zersprungen ist, wäre die ehemalige Sowjetunion. Dann wäre die größte Scherbe das heutige Russland. Die zwei, drei weiteren größeren Teile wären die Ukraine, Weißrussland oder Kasachstan, und die kleinsten Scherben wären Litauen, Lettland und Estland. Und dann gibt es noch ein paar winzige Splitter, derart heimtückisch, dass sie mit dem bloßen Auge nicht zu erkennen sind. Splitter, die sich in den kleinen Rillen im Fußboden verstecken, um sich dann um zwei Uhr morgens in den großen Zeh eines unschuldigen Biertrinkers zu bohren. Und dieser winzige Glassplitter, das ist Mesmenien: unsichtbar, hinterhältig und gemein. Mesmenien ist das hässlichste Land der Welt. Wenn man dort ist, bekommt man das Gefühl, dass Mensch und Natur sich dazu verschworen haben, jegliche Schönheit auszumerzen: Eine nicht näher zu bestimmende Vegetation in einem einheitlichen Kackgrün wächst auf einer nicht näher zu definierenden Landschaft, die weder eben noch bergig ist. Im Herbst welken die Blätter an den Ästen, ohne vorher die schöne rote oder goldgelbe Farbe anzunehmen wie an allen anderen Orten. Im Winter fällt der Schnee vom gräulichen Himmel und überzieht alles mit einem deprimierenden staubgrauen Schleier. In den Städten gibt es ausschließlich enge, gerade Straßen, die von eckigen grauen Betonklötzen gesäumt sind. Die großen schwarzen Türen und die kleinen quadratischen Fenster wirken wie die heimtückischen Gesichter der Bösewichte aus den Schwarz-Weiß-Filmen der Fünfzigerjahre. Die Passanten schlendern nicht, sie marschieren mit eiligem Schritt, während das Abwasser die Gehsteige entlangrinnt und einen ekelhaften Gestank verbreitet.

Dabei bin ich selbst noch nie in Mesmenien gewesen und kenne es weder aus einem Film noch von Fotos her. Dass ich dieses Land überhaupt beschreiben oder irgendwelche Aussagen über sein Aussehen oder seine Bewohner treffen kann, verdanke ich allein Malislowna Jerona.

Mali. Wie viele Tage, wie viele Stunden habe ich nicht mehr an sie gedacht? Ich höre noch immer ihre tränenerstickte Stimme, wenn sie von dem Elend in ihrem Heimatland erzählte. Es genügte, ihren Beschreibungen der Landschaft, der Städte und Dörfer zuzuhören, um zu wissen, dass man dort niemals, für kein Geld der Welt, auch nur einen Fuß hineinsetzen wollte. Sie selbst war von dort geflohen, weil sie all die Hässlichkeit nicht mehr ertragen konnte.

Malislowna Jerona unterrichtete Mesmenisch an der Sorbonne, als ich mich auf meinen Abschluss in Literaturwissenschaften und Russistik vorbereitete. Sie hatte diese Stelle dank eines internationalen Austauschprogramms erhalten, dessen Ziel es war, die neuen baltischen Kulturen zu fördern. Es gab Stimmen, die schon allein die Existenz dieses Programms kritisierten, mit der Begründung, dass die Kosten den wissenschaftlichen Beitrag bei Weitem überstiegen. Wie die meisten Studenten, die vom Anblick der Dozentin in ihren kurzen Röcken verzaubert waren, konnte ich mich diesem Argument nicht anschließen, das ich für kleinlich und reaktionär hielt. Wie konnten wir in dieser Zeit, da wir gemeinsam das »Europa von morgen« erschufen, jenen Ländern, die zwischen dem Einfluss Russlands und dem Drang nach Unabhängigkeit hin- und hergerissen waren, die helfende Hand verweigern? War es denn nicht unsere Pflicht als Einwohner Europas den Einwohnern der ganzen Welt gegenüber, uns ihrer Kultur, ihrer Sprache, ihrer Lebensart zu öffnen, darin einzutauchen und sie zu jeder sich bietenden Gelegenheit zu fördern? War es nicht unsere Pflicht, unseren bescheidenen Beitrag dazu zu leisten, dass diese junge, hübsche Mesmenin, die aus ihrem fernen Land zu uns gekommen war, um uns an ihrem Wissen teilhaben zu lassen, zu unterstützen?

Wie oft hatten Richard und ich abends in irgendeiner Bar darüber gesprochen, während wir versuchten, unsere Befürchtungen mit dem billigen Alkohol, den wir uns leisten konnten, zu betäuben. Die Angst, dass jene Bettnässer, die an der Universität das Sagen hatten, uns unsere Lieblingsdozentin wegnehmen würden, saß tief, und im Geiste entwarfen wir bereits die Petition, die wir auf den Weg bringen würden. Wir feilten an dem Aufruf, auf die Straße zu gehen, falls es tatsächlich zum Äußersten kommen würde.

Zunächst war es nicht viel mehr als ein Zeitvertreib gegen Ende unserer allzu alkoholgeschwängerten Nächte, und für Richard ist es dabei geblieben. Ich jedoch hatte mich der Sache ganz und gar verschrieben. Nach und nach wurde Mademoiselle Malislowna zum Ziel all meiner Wünsche. Ich träumte jede Nacht von ihr, ich dachte jede wache Minute an sie, ich sah ihre Gestalt an jeder Straßenecke, hörte ihre Stimme an jedem öffentlichen Ort.

Mit der Zeit besuchte ich jeden Kurs, den sie unterrichtete, nicht nur den, für den ich eingeschrieben war und der nur eine mickrige Wochenstunde umfasste. Ich vernachlässigte die anderen Fächer, die anderen jungen Frauen; von Richard einmal abgesehen, sogar meine Freunde. Ich war regelrecht von ihr besessen und voller Bewunderung für die Ernsthaftigkeit, mit der sie uns ihre Sprache näherbrachte. Sie konnte nicht viel älter als wir, ihre Studenten, gewesen sein, vielleicht zwei- oder dreiundzwanzig Jahre alt, und dennoch wusste sie bereits, was es hieß, »professionell« zu arbeiten. Es gab kein Wörterbuch Mesmenisch-Französisch oder Französisch-Mesmenisch, kein Lehrbuch der mesmenischen Grammatik, überhaupt kein mesmenisches Buch für Anfänger. Das Mesmenische ist im Grunde keine eigene Sprache, es ist eher ein Dialekt oder eine Mundart einer Handvoll degenerierter Landbewohner. Dennoch gab Mademoiselle Malislowna alles, um uns die Grundlagen des Mesmenischen einzubläuen. Man musste nur die Türme von Fotokopien sehen, mit denen sie jede Woche zum Unterricht kam. Dabei orientierte sie sich an den für den Deutsch-, Englisch- oder Spanischunterricht existierenden Lehrmethoden und erstellte für uns ständig umfangreiche Arbeitsblätter mit Nomen, Adverbien, Adjektiven und Verbkonjugationen sowie komplexen Grammatikregeln. Die französische Sprache fiel ihr schwer, weshalb sie auf Mesmenisch mit uns redete und dabei ihr Bestes gab, es für uns deutlich zu artikulieren, und komplizierte Sätze zwei- oder dreimal wiederholte. Wenn wir nach mehreren Versuchen dennoch nicht verstanden, zermarterte sie sich das Gehirn, wie sie das, was sie uns sagen wollte, am besten pantomimisch darstellen konnte. Was das anging, konnten die Gegner jenes Austauschprogramms sagen, was sie wollten, aber sie war jeden Cent ihres Gehalts wert.

Monatelang hatte ich überlegt, wie ich sie ansprechen könnte. Ich wusste nichts über sie, weder wo noch mit wem sie lebte, noch wie sie ihre Freizeit verbrachte. Noch nie war ich ihr im Kino oder in einer Bar in der Nähe der Uni begegnet. Niemals kam sie mit einem Roman oder einer Sporttasche in der Hand zum Unterricht. Ich sah sie mehrmals in Begleitung von ein paar Freunden oder am Arm eines Mannes, jedoch immer eines anderen, woraus ich schloss, dass sie keine feste Beziehung hatte. Und ich war mir sicher, dass ihr der fleißige Schüler, der ich war, der stets in der ersten Reihe saß und sie mit träumendem Blick anschmachtete, durchaus auffiel. Hin und wieder sah sie mit einem amüsierten Lächeln auf den Lippen zu mir herüber, was ich als Ermunterung interpretierte. Und nachdem ich mich zwei Jahre lang damit begnügt hatte, nahm ich eines Tages meinen ganzen Mut zusammen, um nach dem Unterricht alles auf eine Karte zu setzen:

»Entschuldigen Sie, ich würde Sie gern zu einem Kaffee einladen, wenn Sie ein wenig Zeit haben.«

Sie schenkte mir ein charmantes Lächeln und entgegnete mit einem leichten, ihrer mesmenischen Herkunft geschuldeten Akzent:

»Ich nicht denken, dass das ist eine sehr gute Idee.«

Dann gesellte sie sich zu einer Freundin, die beinahe genauso hübsch war wie sie selbst, flüsterte ihr etwas ins Ohr, woraufhin sie sich nach mir umdrehten und lachten. Dann sah ich ihnen schweigend nach, wie sie sich entfernten.

Leider war mir das mesmenische Wort für »Miststück« nicht geläufig.

Nach diesem Zwischenspiel legte ich mein Studium auf Eis, um mich vollkommen der Pflege meines verletzten Egos zu widmen. Was übrigens keine wirklich spürbare Veränderung meines Lebens mit sich brachte, da ich, abgesehen von den Mesmenischstunden, nur selten eine Vorlesung besucht hatte.

Richard, die treue Seele, tat alles, um mir dabei zu helfen, meine Verzweiflung im Whisky zu ertränken, und zwar so gründlich, dass er noch heute eine Schwäche für dieses bernsteinfarbene Getränk hat. Und eines Abends, als wir bei ihm zu Hause waren und schon so einiges davon zu uns genommen hatten, nahm der Mistkerl mein Handy, um einen Anruf meiner Mutter anzunehmen. Er liebte meine Mutter, liebte es jedoch noch mehr, mich wegen ihrer überaus fürsorglichen Art aufzuziehen. So lachte er sich immer wieder darüber tot, dass sie mich täglich am frühen Morgen anrief, um sicherzugehen, dass mein Wecker geklingelt hatte und ich fleißig studierte. Ich versuchte, Richard das Gerät zu entreißen, allerdings war ich dazu zu betrunken, woraufhin ich mich aufs Zuhören beschränkte. Dabei konnte ich dem Gespräch problemlos folgen, da die schrille Stimme meiner Mutter deutlich zu verstehen war, und es verlief in etwa folgendermaßen:

Richard (mit schwerer Zunge): »Guten Tag, Madame
   Lagrange, geht es Ihnen gut?«
Meine Mutter (überrascht): »Richard, sind Sie das? Wo ist
   Thomas?«
Richard (mit schwerer Zunge): »Er sitzt direkt neben mir,
   allerdings kann er gerade nicht telefonieren.«
Meine Mutter (beunruhigt): »Aber warum? Ist er krank?«
*Richard (mit schwerer Zunge und mühsam ein Lachen unter-
   drückend):* »Nein, Madame. Er ist unglücklich.«
Meine Mutter (beunruhigt und überrascht): »Unglücklich?
   Warum?«
Richard (mit schwerer Stimme flüsternd): »Wegen eines
   Mädchens, das ihm einen Korb gegeben hat.«
Ich (mit schwerer Zunge in meiner Verzweiflung): »Du bist ein
   Arsch, Richard, und gehst mir verdammt auf den Sack …«
Meine Mutter (indiskret): »Was hat er gesagt?«
Richard (mit schwerer Zunge und vorwurfsvoll): »Er hat gesagt,
   dass ich ein Arsch bin und ihm auf den Sack gehe.«
Meine Mutter (nachbohrend): »Wer ist dieses Mädchen?«
Richard (mit schwerer Zunge): »Eine Mesmenin, die so kurze
   Röcke trägt, dass man sie für Gürtel halten könnte.«
Meine Mutter (schockiert): »Richard, sind Sie betrunken?«

Diese Eröffnungen blieben nicht ohne Folgen. Gleich am
nächsten Morgen rief meine Mutter erneut an, um mich an-
zuflehen, zu einem Psychiater zu gehen. Sie könne nicht zu-
lassen, dass ihr einziger Sohn seinen Kummer darüber, von
einer Mesmenin im kurzen Rock verschmäht worden zu sein,
im Whisky ertränke. Aufgrund ihrer Neigung, alles zu dramatisieren, war sie davon überzeugt, dass ich dieser Femme fa-
tale verfallen war und nun in einer tiefen Depression steckte.
Und um ihrem ständigen Drängen ein Ende zu bereiten, er-

klärte ich mich schließlich bereit, zu Doktor Hardecker zu gehen.

Ich weiß nicht, zu welcher Diagnose Doktor Hardecker kam, als er mich zum ersten Mal sah, jedoch erinnere ich mich noch gut an meine Diagnose über ihn. Ich hatte es mit einem Scharlatan zu tun, der nicht zu der Einsicht fähig war, dass ich in seiner Praxis an der falschen Adresse war. Und da er mir nichts zu erzählen hatte, redete ich über Mesmenien, um unsere totenstillen Sitzungen irgendwie zu füllen. Er hörte mir nicht wirklich aufmerksam zu und schrieb mir dann irgendwelche Rezepte, die ich nicht einlöste. Jedes Mal, wenn ich seine Praxis verließ, war ich ziemlich erleichtert, meinen ersten Eindruck bestätigt zu sehen: Ich hatte es mit einem Scharlatan zu tun.

Und genau das erklärte ich auch eines Tages seiner Sprechstundenhilfe, einer hübschen, molligen jungen Dame, die mich jedes Mal strahlend anlächelte, wenn ich ihr für ihren betrügerischen Chef einen Scheck überreichte, und mich fragte:

»Fühlen Sie sich nach der heutigen Sitzung etwas besser, Monsieur Lagrange?«

Und so antwortete ich ihr irgendwann mit genauso strahlendem Lächeln aus tiefster Seele:

»Ihr Chef ist ein Vollidiot.«

»Also bitte, so etwas sagt man doch nicht, Monsieur Lagrange! Beim nächsten Mal läuft es sicher wieder besser.«

»Aber mir geht es gut, das ist nicht der Punkt. Ich meine, dass Ihr Chef eine Null ist.«

»Er hat einen schwierigen Beruf, wissen Sie?«

»Dem will ich nicht widersprechen, ich will einfach nur sagen, dass er vollkommen unfähig auf seinem Gebiet ist. Das würden andere Leute ohne Medizinstudium viel besser machen. Sie zum Beispiel, ich bin mir sicher, dass Sie viel besser in der Lage wären, anderen Menschen zuzuhören.« Ich hatte dies ohne jegliche Hintergedanken gesagt, nur weil mir dies gerade durch den Kopf ging, doch ich hatte voll ins Schwarze getroffen. Sandrine, denn die junge Frau war Sandrine, errötete vor Freude und verschlang mich mit den Augen. Ohne unbescheiden zu sein, meine ich sagen zu können, dass sie sich in diesem Moment unsterblich in mich verliebte.

Bei mir dagegen konnte von Verliebtheit keine Rede sein. Jedenfalls nicht so, wie ich mich in Mali verliebt hatte. Bei ihr hatte ich ein heftiges Sehnen verspürt, das mich innerlich verbrannte. Sandrine dagegen hatte eine therapeutische Wirkung auf mich. Ich war der Halsschmerz, sie die Gurgellösung. Ich war der Sonnenbrand, sie die schmerzlindernde Salbe. Und das Ganze lief folgendermaßen ab: Worüber auch immer ich sprach, beispielsweise über meine Enttäuschung wegen Mali oder mein gescheitertes Studium, der bewundernde Blick, mit dem Sandrines große Augen mein verletztes Ego umschmeichelte, übte eine anästhesierende Wirkung auf mich aus. Was mich nach und nach, ohne dass ich es merkte, in eine gewisse Abhängigkeit trieb. Sie war meine Droge, von der ich immer stärkere Dosen benötigte, sodass ich sie eines Tages, aus einem plötzlichen Impuls heraus, zum Essen einlud.

Von da an vereinbarte ich mit Doktor Hardecker immer den letzten Termin des Tages, um anschließend den Abend gemeinsam mit ihr zu verbringen. Wenn ich ihr dann mein Herz ausgeschüttet hatte, erzählte sie ein wenig von sich, von ihrem allzu geregelten Leben, ihrer Familie, ihren beiden Freundinnen. Recht schnell wurde mir klar, dass sie sehr introvertiert und wegen ihrer rundlichen Figur voller Komplexe war. Das war nicht schwer zu erkennen, so wie sie ihre Figur stets unter weiten Pullovern und langen Röcken versteckte. Ich wollte sie beruhigen, ihr erklären, dass ihr hübsches Gesicht und ihre vollen Lippen durchaus einen gewissen Charme ausstrahlten, jedoch fand ich nicht die richtigen Worte. Daher küsste ich sie eines Abends, als wir uns voneinander verabschiedet hatten, einfach. Und die Beziehung zu diesem einfachen, netten Mädchen hatte etwas derart Natürliches, Beruhigendes, dass ich drei Monate später bei ihr einzog und von da an nicht mehr zu Doktor Hardecker ging.

Seitdem sind vier Jahre vergangen. Und nun sitze ich hier, um zwei Uhr morgens, und lese zum zehnten Mal jene Anzeige mit der fremd wirkenden Syntax *(Gesucht Übersetzer vom Mesmenischen ins Französische. Sehr gute Bezahlung).* Und wie eine strunzdumme Motte, die der Versuchung nicht widerstehen kann, sich an einer heißen Petroleumlampe die Füße zu verbrennen, weiß ich in diesem Moment bereits, dass ich mich nicht zurückhalten kann, diese verdammte Nummer anzurufen.

II
Am nächsten Morgen

Ich wache auf, als ich höre, wie die Tür ins Schloss fällt; Sandrine ist zur Arbeit aufgebrochen. Jeden Morgen folgt sie einem festen Ritual, dessen Rhythmus vom Fernsehprogramm bestimmt wird. Während der Sieben-Uhr-dreißig-Nachrichten trinkt sie, auf dem Sofa sitzend, ihren Kaffee, geht anschließend duschen und putzt sich bei der Wettervorhersage um sieben Uhr fünfundvierzig die Zähne. Während sie sich anzieht und schminkt, hört sie die Nachrichten ein zweites Mal. Dann wuselt sie ein bisschen herum, räumt ein paar Dinge auf und liest noch einmal die Post vom Vortag, während sie eine Sendung namens *Nachrichtenblock* verfolgt. Und schließlich verlässt sie exakt um acht Uhr fünfundvierzig das Haus, um pünktlich um neun in der Praxis zu sein.

Sie arbeitet noch immer bei Doktor Hardecker, und der Ausbeuter verlangt von ihr, pünktlich auf die Minute zu sein, um die Praxis aufzuschließen, während er selbst sich, wie Sandrine mir erzählt hat, Verspätungen von bis zu einer Stunde erlaubt.

Im Halbschlaf denke ich noch einmal an unsere Auseinandersetzung vom Vorabend. Wie in letzter Zeit immer häufiger hat sie angedeutet, dass ich mehr erreichen könnte, als bei McDonald's zu arbeiten, dass es für mich an der Zeit sei, im Leben voranzukommen, eine richtige Arbeit zu finden, in der ich meine Fähigkeiten entfalten könne. Und damit hat sie eindeutig recht: Ich kann unmöglich mein ganzes Leben lang diesen Scheißjob machen, ganz abgesehen davon, dass ich ihr ständig auf der Tasche liege, auch wenn sie so taktvoll ist, das niemals zu erwähnen. Doch wie kommt man an einen richtigen Job, wenn man keine richtige Ausbildung vorzuweisen hat?

Genau aus diesem Grund habe ich in der vergangenen Nacht nicht schlafen können. Ich muss unbedingt etwas tun, mir irgendetwas suchen, um aus dieser Misere herauszukommen. Und nun diese Anzeige. Die mögliche Rückkehr nach Mesmenien. Das schwarze Loch, das mich anzieht, ohne dass ich etwas dagegen tun kann. Ich muss nur aufstehen, um denjenigen anzurufen, der diese mysteriösen Zeilen verfasst hat: *Gesucht Übersetzer vom Mesmenischen ins Französische. Sehr gute Bezahlung.*

Allerdings erlaube ich mir, davor noch fünf Minuten auszuruhen, was ich nach der anstrengenden Nacht, die ich hinter mir habe, durchaus verdiene.

Schließlich reißt mich die Müllabfuhr, die durch die Straße rumpelt, rücksichtslos aus dem Schlaf. Elf Uhr siebenunddreißig. Scheiße! Jetzt gilt es, keine Minute mehr zu verlieren. Ich muss unbedingt an diesem Tag noch herausfinden, was sich hinter der seltsam formulierten Anzeige verbirgt. Ich glaube, ich habe gerade von Mali geträumt. Jedenfalls steht sie mir wieder lebhaft vor Augen. Ich denke an ihre Stimme, ihren Akzent und kann nicht anders, als mir vorzustellen, dass sie es ist, die das Telefongespräch entgegennehmen wird. Also wähle ich die Nummer. Doch die männliche Stimme, die sich daraufhin meldet, hat mit meiner ehemaligen Dozentin nichts zu tun, wobei ich mir nicht sicher bin, ob ich enttäuscht oder erleichtert bin. Wahrscheinlich beides.

»Hallo?«

»Guten Tag. Ich heiße Thomas Lagrange, und ich rufe wegen der Anzeige in *20 Minutes* an.«

»Du sprechen Mesmenisch?«

Er hat angefangen zu flüstern, als fürchte er, bei etwas Verbotenem ertappt zu werden, und soweit ich das bei seinem Akzent richtig verstanden habe, hat er das Verb nicht korrekt konjugiert. Das Ganze erscheint mir äußerst dubios, und mein gesunder Menschenverstand sagt mir, dass ich das Gespräch auf der Stelle beenden sollte. Doch ich höre nicht darauf.

»Dashi.«

Das heißt »Ja« auf Mesmenisch. Auf diese Art will ich zeigen, dass ich der Richtige für die Aufgabe bin, was ich jedoch sofort bereue, denn falls der Mann nun auf Mesmenisch weiterreden sollte, wird er sehr schnell merken, dass meine Sprachkenntnisse eher rudimentär sind.

»Du können sofort kommen? Du am Schreibtisch vorn nichts sagen, nur nach Sergeï fragen.«

Er beugt die Verben tatsächlich nicht, aber immerhin spricht er Französisch. Ich möchte zu gern wissen, warum ich am Empfang nichts sagen soll (denn mit »Schreibtisch vorn« ist sicher der Empfang gemeint). Allerdings erscheint mir die Frage zu indiskret, um sie am Telefon zu stellen, weshalb ich mich darauf beschränke, nach der Adresse zu fragen. Er nennt mir die des Kulturinstituts für neue baltische Staaten im siebzehnten Arrondissement. Von mir aus ist das genau auf der anderen Seite der Stadt. Wir wohnen im dreizehnten Arrondissement, ganz in der Nähe der Praxis, in der Sandrine arbeitet – und des McDonald's, wo ich derzeit jobbe. Was bedeutet, dass ich mir abschminken kann, pünktlich zur Nachmittagsschicht zurück zu sein. Was soll's, dann hat Martial, der zweiundzwanzigjährige rothaarige, picklige Schichtführer, der es gerade mal auf eine Körpergröße von eins fünfundsechzig bringt und das arroganteste Arschloch auf dem Planeten ist, einen Grund mehr, sein Maul aufzureißen.

Nach zweifachem Umsteigen in der Metro und einem fünfminütigen Fußmarsch stehe ich vor dem Kulturinstitut für neue baltische Staaten. Auf dem Fenster ist in halbkreisförmig angebrachten weißen Buchstaben »KIfnbS« zu lesen, und darunter sind ein paar Bücher ausgestellt: *Hochseefischen an der estnischen Küste, Landwirtschaft in Litauen, Der Zusammenbruch der Sowjetunion.* Drinnen kann ich ein paar an den Wänden angebrachte Landkarten erkennen. In der Mitte des Raums sitzt eine junge Frau hinter einem eleganten Schreibtisch aus glänzendem Holz, bei dem es sich zweifellos um den von Sergeï erwähnten »Schreibtisch vorn« handelt. Wäre ich zufällig an diesem Gebäude vorbeigekommen, hätte ich gedacht, ein Reisebüro vor mir zu haben. Jedenfalls wirkt das Gebäude durchaus sauber und ordentlich, was mich überaus beruhigt. Ich öffne die Tür.

»Guten Tag, was kann ich für Sie tun?«

Die junge Dame, deren Namensschild sie als Anna ausweist, lächelt professionell.

»Guten Tag, ich bin mit Sergeï verabredet.«

Sie wirkt leicht überrascht, greift jedoch gleich nach dem Telefonhörer, wählt eine Nummer und spricht schnell in einer Sprache, die ich nicht verstehe. Die Antwort ist kurz, und sie legt wieder auf.

»Bitte hier entlang. Es ist die zweite Tür links.«

Ich trete in den Flur, klopfe an die genannte Tür und trete ein, ohne eine Antwort erhalten zu haben.

»Du Thomass? Komm rein. Du machen Tür zu.«

Der Mann, der mich empfängt, ist um die vierzig, blond und hat ein breites, schwitzendes blaurotes Gesicht. Als er aufsteht, um mir die Hand zu schütteln und sich zu versichern, dass die Tür auch wirklich zu ist, bemerke ich, dass er einen Kopf größer ist als ich, einen dicken Bauch und lange, dünne Beine hat, die ihm etwas Spinnenhaftes verleihen. Neben ihm komme ich mir ungefähr so dick vor wie eine halbe Pommes von McDonald's. Das erste Wort, das mir bei seinem Anblick in den Sinn kommt, ist »Mafia«. Der positive Eindruck, der mich beim Betreten des Gebäudes überkommen hat, ist dahin, und mein Misstrauen regt sich wieder.

»Ich Sergeï. Wir uns setzen und reden, ja?«

Sein Gesicht wird einen Augenblick lang von einem Lächeln erleuchtet, das ihm ein beinahe kindliches Aussehen verleiht. Doch gleich darauf wirkt er wieder ernst und Furcht einflößend. Ich setze mich ihm gegenüber ganz nach vorne auf die Stuhlkante.

»Habe ich vorhin mit Ihnen telefoniert?«

Ich habe wohl etwas laut geredet, da er erschreckt mit den Augen rollt und einen Finger an den Mund legt, wobei er ein etwas kindliches »Psst« hören lässt.

»Du nicht laut reden, die anderen uns nicht hören dürfen.«

Er seufzt und lässt sich dann in seinen Schreibtischsessel sinken.

»Also, du sprechen Mesmenisch? Nicht viele sprechen Mesmenisch. Wie kommen?«

Ich mühe mich ab, sein Französisch zu verstehen, da sich zu seinem Akzent noch die Konjugationsfehler gesellen. Dennoch sage ich mir, dass sein Französisch sicher besser ist als mein Mesmenisch.

»Ich habe an der Universität zwei Jahre lang Mesmenisch gelernt. An der Sorbonne. Ich habe Russistik studiert, und Mesmenisch war mein Wahlfach. Ich habe keinen Lebenslauf mitgebracht ...«

»Nein, nein, nicht nötig Lebenslauf.«

Er lacht und macht eine wegwerfende Handbewegung, um seine Verachtung für offizielle Dokumente zu verdeutlichen.

»Ich nur wollen wissen, ob du gut Mesmenisch sprechen.«

»Also, ehrlich gesagt, beherrsche ich es nicht wirklich fließend. Ich kann es gut lesen und schreiben, aber wir haben kaum mündliche Übungen gemacht, und seit der Uni hatte ich keine Gelegenheit mehr, praktische Erfahrung zu sammeln.«

Das sage ich, um die drohende Gefahr abzuwenden, dass er auf Mesmenisch weiterredet. Alles andere wird sich später ergeben.

»Ich spreche auch nicht Mesmenisch. Ich kommen aus Estland. In Estland man nicht lernen Mesmenisch. Mesmenisch sein sehr schwere Sprache.«

Ich bemühe mich, mir meine Erleichterung nicht allzu deutlich anmerken zu lassen. Seit ich auf die Anzeige geantwortet habe, habe ich mich vor einem Vorstellungsgespräch in einer Fremdsprache gefürchtet. Außerdem scheint die Tatsache, dass er mir spontan eine derartige Information über seine Person enthüllt hat, darauf hinzuweisen, dass er nichts zu verbergen hat. Offensichtlich ist er doch kein Mafiamitglied. Der erste Eindruck kann ja bekanntlich täuschen, sodass durchaus die Chance besteht, dass das, was er anzubieten hat, trotz seines verdächtigen Aussehens legal und offiziell ist. Was bleibt, ist das Problem der Übersetzung an sich, aber mit ein wenig Zeit ist es mir noch immer gelungen, mich irgendwie aus der Affäre zu ziehen. Und nun bin ich neugierig, was er von mir erwartet.

»Könnten Sie mir etwas mehr über die Arbeit sagen, die Sie anzubieten haben?«

Anstatt einer Antwort kramt er ein paar Minuten hastig in einer Schublade herum, um schließlich ein vergilbtes, an den Ecken leicht verknicktes Papierbündel herauszunehmen, das er zwischen uns auf den Schreibtisch legt.

»Mesmenien sein baltisches Land, ja? KIfnbS fördern Kultur baltischer Staaten, und Übersetzung aus dem Mesmenischen sein Förderung. Also du übersetzen Buch und verdienen zweitausend Euro, ja?«

Er hat seine Worte geflüstert, sodass ich den Eindruck habe, an einem gefährlichen Komplott beteiligt zu sein. Ich weiß nicht, was ich von der Sache halten soll, daher greife ich nach dem Manuskript, das er in meine Richtung geschoben hat, und blättere es flüchtig durch. Kein Titel, kein Autorenname, auch keine anderen Angaben. Das Ganze ist handgeschrieben, vieles ist gestrichen, alles auf Kyrillisch, mit blauer Tinte. Obwohl ich kein Grafologe für Kyrillisch bin, hätte ich wetten können, dass es sich um die Schrift eines jungen Mädchens handelt. Beim Durchblättern fallen mir mehrere Vornamen ins Auge: Chlobak, Maria und weiter hinten Petrowna. Ich riskiere es, daraus auf das Genre des Werks zu schließen.

»Das ist ein Roman, oder?«

»Ja, ja, mesmenische Literatur.«

Schon wieder ändert er sein Verhalten. Jetzt scheint er es eilig zu haben, mich loszuwerden. Der Mann ist wirklich äußerst sprunghaft. Er macht nicht unbedingt den Eindruck, zu einer kriminellen Organisation zu gehören, aber wie soll ich mir da sicher sein? Schließlich mangelt es mir an Vergleichsmöglichkeiten. Allerdings handelt es sich eindeutig um eine äußerst dubiose Angelegenheit, und eine kleine rationale Stimme rät mir, die Finger von der Sache zu lassen. Und wieder höre ich nicht auf sie.

»Du können übersetzen? Gut bezahlt. Zweitausend Euro. Zweihundert Euro sofort.«

Ich nehme das Angebot an. Zwar bin ich nicht besonders stolz darauf, aber der Gedanke an das leicht verdiente Geld setzt sich gegen den gesunden Menschenverstand durch. Sergeï nimmt zwei Hunderteuroscheine aus seinem Portemonnaie und übergibt sie mir zusammen mit dem Papierstoß.

»Du passen gut auf, ja? Kein anderes Exemplar.«

»Wir könnten schnell eine Kopie davon machen, wenn Sie möchten.«

Er rollt beunruhigt mit den Augen.

»Nein, nein, nein. Keine Kopien hier im KIfnbS. Gefährlich, hier kopieren. Und Kopierer im Geschäft nebenan sein kaputt, also keine Zeit, woanders hinzugehen. Du passen einfach gut auf, ja?«

Der Typ ist eindeutig verdächtig oder nicht besonders helle. Wieso sollte Kopieren gefährlich sein? Ob er Angst hat, dass der Kopierer in die Luft fliegt, wenn er danebensteht? Und wenn der Kopierer im Geschäft nebenan kaputt ist, würde sein Chef ihm nicht die Möglichkeit geben, woanders hinzugehen? Es ist sicher noch nicht zu spät, das Ganze abzusagen, aber der Gedanke an das Geld ist zu verlockend. Also zucke ich zum Zeichen meines Einverständnisses mit den Schultern.

»Du können das in drei Wochen machen?«

Ein Blick auf meine Uhr sagt mir, dass es vierzehn Uhr vier ist. Ich bin so spät dran, dass ich ihm alles versprechen würde. Wir tauschen unsere Handynummern aus, und nach einem letzten Händedruck und gegenseitigem Schulterklopfen stürze ich aus dem Büro. Die junge Frau am Empfang sieht mich ganz offen neugierig an, als ich vorbeisprinte, und fragt sich sicher, was Sergeï und ich zu besprechen hatten. Vielleicht sollte ich ihr von dem Auftrag erzählen und sie um ihre Meinung bitten, aber ich habe keine Zeit zu verlieren. Also reiße ich mit einem minimal höflichen »Auf Wiedersehen« die Tür auf und eile davon.

Während ich zur Metrostation renne, überlege ich verzweifelt, welche Entschuldigung ich meinem Schichtführer präsentieren könnte. Mich krank zu melden steht außer Frage, das geht inzwischen nur noch mit ärztlichem Attest, ansonsten setzt es eine Abmahnung. Es auf die öffentlichen Verkehrsmittel zu schieben geht auch nicht, denn er weiß, dass meine Wohnung nur fünf Minuten Fußweg von der McDonald's-Filiale entfernt liegt. Das Beste wird wohl sein, erst gar keine Ausrede zu erfinden und mich einfach diskret hinter die Theke zu schleichen in der Hoffnung, dass dem dummen Sack meine Abwesenheit noch nicht aufgefallen ist.

Martial. Kein Wunder, dass das Militärgericht auf Französisch »court martial« heißt! Ohne ihn wäre mein Job bei McDonald's ganz erträglich. Wenn er nicht da ist, komme ich mit Alice und Farid und den anderen eigentlich ganz gut klar. Aber Martial ist nun mal der Boss, und allein seine Anwesenheit reicht aus, um die Stimmung zu vermiesen. Sein Problem ist sein Frust. In jeglicher Hinsicht, vor allem aber in intellektueller. Er ist für fünf Kassierer und ein halbes Dutzend Küchenhilfen verantwortlich. Außer mir an der Kasse sind da Kevin, der Psychologie studiert, Stéphane, ein Student der Politikwissenschaften, Alice steht kurz vor dem Abschluss in Informatik, und was Mélanie macht, habe ich vergessen, aber auch sie studiert. Für Martial, der wegen nicht vorhandener Hirnmasse noch keine Uni von innen gesehen hat, sind diese Leute so was wie die Krone der Schöpfung. Man könnte ihn bedauern, ihm einen Minderwertigkeitskomplex attestieren, in seiner Kindheit nach Gründen für sein Verhalten suchen, doch auch eine gründliche Psychoanalyse wird die Diagnose nicht ändern: Er ist einfach ein gemeines Arschloch. Sogar Sandrine, die normalerweise für alles und jeden eine Entschuldigung findet, ist, was das angeht, meiner Meinung. Natürlich ist er darüber hinaus auch noch sexuell frustriert. Er hat so ziemlich jedes weibliche Wesen in unserem Fast-Food-Tempel angegraben und hat jedes Mal eine Abfuhr kassiert. Ich habe ihn sogar einmal dabei erwischt, dass er Alice ziemlich bedrängt hat, als sie gerade in der Umkleide war. Sofort habe ich mich auf ihn gestürzt und diesen Widerling gefragt, was das solle. Die kleine Ratte hat sich gleich losgerissen und ist mit eingezogenem Schwanz abgezogen. Seitdem habe ich bei Alice einen Stein im Brett und einen Feind mehr auf dieser Welt, der echt nachtragend ist. Und das führt nur zu einem Schluss, nämlich dass ich mir, wenn ich seinen täglichen Demütigungen ein Ende setzen will, einen neuen Job suchen muss.

Ich erreiche die McDonald's-Filiale mit einer Verspätung von vierundfünfzig Minuten. Wie geplant, schleiche ich mich so schnell wie möglich an meinen Arbeitsplatz und versuche mich möglichst unsichtbar zu machen. Doch gerade als ich glaube, es geschafft zu haben, höre ich am anderen Ende des Ganges eine Stimme:

»Weißt du eigentlich, wie spät es ist? Das ziehe ich dir von deinem Lohn ab. Und beim nächsten Mal gibt es eine Abmahnung!«

Alice neben mir lächelt schief, um mir zu zeigen, dass es ihr leidtut. Normalerweise macht sie alles, was sie kann, um meine Verspätungen zu decken, was ihr diesmal, wie es aussieht, nicht gelungen ist. Ich lächle zurück, um ihr deutlich zu machen, dass es nicht so schlimm ist. Ohne Martial, diesen Vollidioten, auch nur eines Blickes zu würdigen, mache ich mich an die Arbeit.

Als meine Schicht zu Ende ist, gehe ich noch kurz in der Pizzeria an der Ecke vorbei und bestelle zwei Vier-Käse-Pizzas zum Mitnehmen.

Normalerweise erfordert Sandrines Diät etwas mehr Umsicht. Gleich zu Beginn unseres Zusammenlebens habe ich eines ihrer größten Geheimnisse entdeckt. Sie litt damals nicht an einer Bulimie im eigentlichen Sinne, doch ihre Ernährung schwankte von einem Extrem ins andere. Mit leerem Magen war sie imstande, ein komplettes Glas Schweineschmalz mit einem Klumpen Butter auf einem ganzen Laib Brot in weniger als einer Stunde zu verschlingen. Doch sobald sie satt war, stöhnte sie über ihr Übergewicht und ihre ausladenden Körperformen. In dem Moment brachte es gar nichts, ihr zu versichern, dass ihre Figur hervorragend zu ihr passe, denn dann war sie für rationale Argumente absolut unempfänglich. Also nahm ich die Sache in die Hand: Ich las sämtliche Bücher über fettarme Ernährung und verbannte durch Kohlenhydrate verursachte Kalorien von unseren Tellern. Und der Erfolg ließ nicht lange auf sich warten: In wenigen Monaten verlor sie fünf Kilo Gewicht, von denen sie gedacht hatte, sie für den Rest ihres Lebens auf den Hüften mit sich herumschleppen zu müssen. So war ich zu ihrem kulinarischen Helden geworden, einer Art Jiminy Grille in Ernährungsfragen, ihrem kulinarischen Gewissen.

Demnach sind diese Pizzas eindeutig ein Verstoß gegen unsere Essgewohnheiten, aber ich weiß, dass sie diese kleine Abweichung von der Regel genießen wird, und ich will, dass sie guter Laune ist, wenn ich ihr von der Übersetzung erzähle.

Als ich nach Hause komme, döst Sandrine auf dem Sofa vor dem Fernseher vor sich hin. Unsere Wohnung ist zu klein für einen richtigen Essbereich, sodass wir im Allgemeinen an dem niedrigen Couchtisch essen. Das ist der Vorteil, wenn man ein altes, abgenutztes Ikea-Sofa hat: Man kann hemmungslos darauf herumkrümeln und muss sich keine Gedanken um irgendwelche Flecken machen.

Ich lege die Kartons mit den noch warmen Pizzas auf den Tisch, drücke Sandrine einen flüchtigen Kuss auf die Lippen und lasse mich neben ihr aufs Sofa fallen.

»Hallo, alles klar?«

»Alles klar. Und bei dir?«

Kein Wort über unseren Streit vom Vorabend, also auch kein Vorwurf wegen des zerbrochenen Glases. Obwohl es sich um ein Kristallglas aus dem Service handelte, das ihre Mutter ihr zum zwanzigsten Geburtstag geschenkt hat, doch Sandrine ist nicht der Typ, der sich in nutzlosen Nörgeleien ergeht – eine Eigenschaft, die ich sehr schätze, wenn ich an all die Gelegenheiten denke, die es dazu gegeben hätte. Es ist auch nicht ihre Art, sofort wieder auf das Thema meines beruflichen Werdegangs zu sprechen zu kommen. Sie bevorzugt den Angriff mit der Krabbentaktik, die darin besteht, durch immer wieder eingestreute Anspielungen ihr Ziel zu erreichen. Das ist eine Methode, die mich durchaus beeindruckt, doch jedes Mal, wenn ich sie darauf hinweise, fühlt sie sich auf den Arm genommen. Und im Moment kann von einem Krabbenangriff keine Rede sein, denn sie hat nur Augen für die Pizza, die vor ihrer Nase steht.

»Mhmmmmmm. Das hättest du nicht tun sollen!«

Doch das sehnsüchtige Leuchten in ihren Augen spricht eine andere Sprache. Ich gehe in die Küche, um zwei Teller und Besteck zu holen.

»Wie war dein Tag?«

»Nichts Besonderes. Drei neue Fälle und sonst die üblichen. Ach ja, und die Merciers. Wobei ich nicht glaube, dass Bertrand ihre Beziehung retten kann.

Sandrine nennt Hardecker beim Vornamen, also »Bertrand«, was mich ziemlich nervt, vor allem wenn wir zu zweit auf dem Sofa sitzen. Denn so habe ich das Gefühl, er könnte jeden Moment der Weinflasche entsteigen, die vor uns steht, so wie Aladins Geist aus der Wunderlampe. Nur dass er ein böser Geist ist und sich nur zeigt, um uns den Abend zu verderben. Ich tue mein Bestes, mir meine Genervtheit nicht anmerken zu lassen, und höre mit einem Ohr auf die aktuellen Ereignisse im Leben des Ehepaars Mercier, jene unbedeutenden Leiden, die sie nach jeder Sitzung bei Hardecker auch bei Sandrine abladen.

»Und wie war dein Tag?«

Endlich hört sie auf, mich mit den Nichtigkeiten ihres Alltags zu quälen. Ich schlinge das letzte Stück Pizza hinunter und springe dann, nervös und unsicher, ins kalte Wasser.

»Es gibt Neuigkeiten. Ich habe einen Job gefunden.«

»Was? Und das sagst du erst jetzt!«

Sie hat aufgehört zu essen und sieht mich aufgeregt und begeistert an.

»Versprich dir nicht zu viel davon, es ist kein richtiger Vollzeitjob. Es geht um eine Übersetzung. Zweitausend Euro bekomme ich dafür.«

»Eine Übersetzung? Was für eine Übersetzung?«

»Ein mesmenischer Roman.«

»Oh.«

Nun hält sich ihre Begeisterung in Grenzen. Für sie signalisiert alles Mesmenische Gefahr. Schließlich weiß sie in allen Einzelheiten über das Bescheid, was ich mit Malislowna nicht hatte, und in ihrer Beunruhigung schwingt Eifersucht mit. Wobei sie sich absolut keine Sorgen machen muss. Zwar google ich ihren Namen regelmäßig, gehe die Liste der Dozenten für Sprachwissenschaften an der Universität Paris-IV durch, durchforste alle Webseiten, auf denen von Mesmenien die Rede ist, und suche sogar im Telefonverzeichnis für ganz Frankreich. Doch bisher: nichts. Es ist also durchaus möglich, dass sie in ihr Heimatland zurückgekehrt ist, aber darum geht es ja im Augenblick gar nicht.

Das, womit ich mich gerade befassen muss, ist Sandrines misstrauischer Blick. Denn auch wenn ich ihn durchaus nachvollziehen kann, passt er mir ganz und gar nicht. Sofort fühle ich mich in die Defensive gedrängt und beschließe, nichts von mir zu geben, was ihre Zweifel an meinen übersetzerischen Fähigkeiten und an meiner neuerlichen Beschäftigung mit Mesmenien nähren könnte.

»Ich habe den Job angenommen, weil er gut bezahlt ist.«

»Woher willst du das wissen? Hat der Verband der mesmenischen Übersetzer dir die aktuellen Tarife mitgeteilt?«

»Ich weiß es einfach. Jedenfalls im Vergleich zu meinem Lohn bei McDonald's.«

Sie verzieht skeptisch den Mund.

»Mhm ... ich nehme an, dass es Übersetzer aus dem Mesmenischen nicht gerade wie Sand am Meer gibt ...«

Ich werfe ihr einen Blick zu, der sie eilig das Thema wechseln lässt.

»Wie bist du an den Job gekommen? Du machst das nicht schwarz oder so?«

»Eine Annonce in der *20 Minutes* von gestern. Ja, soweit ich weiß, ist alles legal.«

Natürlich muss ich ihre Fragen beantworten, aber ich fasse mich so kurz wie möglich. Ich bleibe bei den Fakten, ohne Sergeï und den seltsamen Eindruck, den ich nach unserem Gespräch hatte, zu erwähnen. Ich nehme jedoch das Manuskript, das er mir gegeben hat, heraus und zeige es Sandrine, damit sie einen Eindruck von der Arbeit bekommt, die mich erwartet.

»Schau, es ist nicht besonders dick.«

»Und du kannst das auch wirklich übersetzen?«

Tja, das ist die Frage. Denn sie bezieht sich eindeutig nicht auf meine Sprachkenntnisse. Wenn ich sie jetzt reden lasse, wird sie mir einen ausschweifenden Vortrag über die Angespanntheit und die Beunruhigung halten, die eine erneute Beschäftigung meinerseits mit Mesmenien bei ihr auslösen. Dabei geht es nicht nur um mich, auch nicht um unsere Beziehung, ihre Beunruhigung bezieht sich mehr auf sie selbst. O nein, sie sorgt sich nicht wirklich darum, dass ich Mali wiederfinden und mich erneut in sie verlieben könnte. Ihre Befürchtungen sind viel komplexer, viel verrückter. Die Wahrheit ist, dass sie sich von Beginn unserer Beziehung an als meine Retterin, mein Schutzengel gefühlt hat, als die gute Fee, die mich aus dem Elend gerettet hat, um mir ein Heim zu bieten, ein geregeltes Leben, in dem es kein Mesmenien gibt. Meine Mutter, meine ganze Familie und sogar Richard unterstützen diese Theorie. Sandrine hat diese Rolle mit der ihr eigenen Bescheidenheit angenommen, doch ich weiß, wie stolz sie in ihrem tiefsten Inneren darauf ist. Sie liebt diese Tatsache beinahe genauso sehr wie mich, und sie ist nicht bereit, sich von einer dämlichen Übersetzung diesen Triumph rauben zu lassen!

Ich seufze. Denn ich habe nicht die Absicht, an diesem Abend eine Grundsatzdiskussion über dieses sensible Thema vom Zaun zu brechen. Schließlich haben wir bereits am Vorabend gestritten, und ich habe einfach nicht die Kraft für ein erneutes Scharmützel. Daher entgegne ich mit entschiedener Stimme, ohne einen Einwand zuzulassen:

»Ich habe keine Ahnung. Aber ich muss es versuchen.«

III
Zwei Tage später

An diesem Morgen habe ich endlich Zeit, mir den mesmenischen Roman einmal näher anzusehen. Am Vortag hat Sandrine nicht gearbeitet, und ich will sie nicht um mich haben, wenn ich mit der Übersetzung anfange. Also mache ich mir nun einen Kaffee, setze mich aufs Sofa und beginne zu lesen. Denn ich habe beschlossen, mir zunächst einen Gesamteindruck zu verschaffen, bevor ich mich den Details zuwende.

Am Tag ihres siebzigsten Geburtstags, als sie also das Alter einer Großmutter erreicht hatte, traf Maria Pawlowna Zoriagna auf Chlobak Androw Peranowski, und es war ihre erste Liebe.

Dieser erste Satz enttäuscht mich maßlos. Ich habe einen Spionageroman erwartet, einen Kriegsroman oder einen Thriller. Oder einen historischen Schinken, wobei man hundertsechsundsiebzig handgeschriebene, an vielen Stellen überarbeitete Seiten nicht wirklich als »Schinken« bezeichnen kann. In jedem Fall habe ich nicht mit einer Liebesschnulze fürs Altersheim gerechnet, und dieser Satz lässt mich das Schlimmste befürchten.

Ich überfliege den Roman weiter und finde schnell heraus, dass der genannte Chlobak nur zweiundvierzig Jahre alt ist. Dieser Altersunterschied scheint mir jedoch mehr Probleme zu bereiten als den Protagonisten, die sich eher um die Herkunft dieses Chlobak sorgen, denn er ist Ukrainer, während Maria durch und durch Mesmenin ist. Was das angeht, enthält der Roman einen längeren, ziemlich interessanten Abschnitt über die Beziehungen zwischen Mesmenien und der Ukraine. Denn aus irgendwelchen eher obskuren Gründen sind diese beiden ehemaligen Staaten der UdSSR Erzfeinde. Na ja, um ehrlich zu sein, sind es vielleicht nicht wirklich die Gründe, die obskur sind. Es scheitert bei mir wohl eher am allgemeinen Textverständnis. Da mir einige Worte, gewisse Ausdrücke nicht geläufig sind, fällt mir das Lesen dieses Abschnitts relativ schwer.

Der Liebesgeschichte mit dem großen Altersunterschied zu folgen bereitet mir dagegen keine Probleme. Auf Seite zwölf nimmt Chlobak Maria in die Arme und sagt:

»Unser Altersunterschied wird niemals ein Hindernis für uns sein, ich werde immer für dich da sein.«

Meine Enttäuschung wächst noch ein wenig. Ich habe bereits von diesen Frauen gehört, die sich deutlich jüngere Männer suchen, denn dieses Phänomen ist derzeit furchtbar in Mode. Gerade am Vortag hatte ich im Radio einen Beitrag dazu gehört. Nach Meinung des Journalisten gibt es besonders viele unter weiblichen Berühmtheiten: Madonna, Demi Moore, die französische Nachrichtensprecherin Claire Chazal und noch viele weitere. Und wie ich erfahren habe, gehörten auch Elizabeth Taylor oder Édith Piaf zu diesem Klub.

Ein wenig entmutigt lege ich den Roman auf den Couchtisch. Ich habe so viele Wörter, so viele Grammatikregeln vergessen. Und dann diese Idee, einen Roman über die Liebe im dritten Frühling zu schreiben! Selbst wenn man meine persönliche nicht vorhandene Begeisterung für dieses heikle Thema beiseitelässt, muss es auf diesem Gebiet so viele komplexe Gefühle und Nuancen geben, dass ich mich nicht in der Lage sehe, alles richtig wiederzugeben. Offensichtlich habe ich mich zu schnell zu der Sache bereit erklärt, ohne zu wissen, welch schwieriges Terrain ich betrete.

»Scheiße!«

Jetzt habe ich meinen Kaffee über den Roman gegossen. Eilig renne ich in die Küche, um einen Schwamm zu holen, mit dem ich den Schaden so weit wie möglich begrenzen kann. Ich reinige das Manuskript, so gut es geht. Zum Glück ist die Flüssigkeit in der kurzen Zeit nicht durch das Papier gedrungen, sodass nur die erste Seite einen großen bräunlichen Fleck aufweist. Die Schrift ist jedenfalls noch gut lesbar. Glück gehabt! Allerdings macht dieses Missgeschick mir deutlich, dass ich den gesamten Roman schnellstens fotokopieren sollte, da ich, wie Sergeï angemerkt hat, über das einzige Exemplar dieses epochalen Werks verfüge.

Meine Schicht bei McDonald's beginnt in einer Stunde. Also habe ich noch die Zeit, bei Monoprix vorbeizugehen. Ich meine, vor einer Weile in dem Warenhaus auf der Etage der Lebensmittelabteilung gleich hinter den Kassen einen Kopierer gesehen zu haben. Kurzerhand greife ich nach meiner Jacke und meinem Rucksack und mache mich auf den Weg.

Ich habe mich nicht getäuscht, der Kopierer ist leicht zu finden, allerdings ist mir völlig schleierhaft, wie dieses Teil funktioniert. Ein derartiges Modell habe ich noch nie gesehen: Es gibt keinen Einzug für den Stapel der Originale, keine Tastatur, um die Anzahl der gewünschten kopierten Exemplare einzustellen, nur eine Glasfläche zum Aufklappen und einen großen, grünen Knopf. Also beschließe ich, mich an die Kassiererin zu wenden, die dem Gerät am nächsten sitzt.

»Entschuldigen Sie, Mademoiselle, der Fotokopierer …«

Keine Reaktion. Sie geht vollständig darin auf, Gurkengläser, Küchenrollen und Joghurtbecher unter den Barcodescanner zu halten, sodass sie mich nicht gehört hat.

»Mademoiselle, wegen des Kopierers …«

Diesmal wendet sie leicht den Kopf in meine Richtung.

»Sie müssen Münzgeld einwerfen.«

»Ja, das weiß ich, ich muss Geld einwerfen. Aber vorher hätte ich noch die Frage, wie ich einen Papierstapel automatisch einziehen lassen kann.«

»Geht nicht. Sie müssen ein Blatt nach dem anderen einlegen. Zehn Cent pro Seite.«

Genau das habe ich befürchtet. Doch keine Zeit, mich zu beklagen. Ich rechne kurz im Kopf und komme zu dem Ergebnis, dass ich, wenn ich zwei Kopien des kompletten Manuskripts machen will, dreihundertzweiundfünfzig Zehncentstücke brauche.

»Entschuldigen Sie, hätten Sie Kleingeld zum Wechseln?«

»Wie viel brauchen Sie?«

Ich nehme zwei Zwanzigeuroscheine aus meinem Portemonnaie.

»Vierzig Euro in Zehncentstücken.«

Sie dreht sich brüsk um, bereit, mich anzublaffen, sollte ich mich über sie lustig machen. Doch der Anblick meines genervten Gesichts sagt ihr wohl, dass ich es durchaus ernst meine. Mit dem Kinn weist sie auf das Büro des Sicherheitsdiensts.

»Fragen Sie dort. Die haben Münzrollen.«

Ich sprinte zum angegebenen Ort. Die Zeit verrinnt, und ich fürchte, dass ich wieder zu spät zur Arbeit komme. Der uniformierte Mitarbeiter gibt mir die Rollen, ohne ein Wort zu sagen, was mir gerade recht ist.

Zurück am Kopierer, muss ich warten, bis zwei nervös kichernde Gymnasiastinnen fertig sind, was weitere wertvolle Zeit verstreichen lässt. Als sie die Maschine endlich aus ihren Fängen lassen, mache ich mich ans Werk. Da ich etwa zehn Kopien in einer Minute schaffe, bin ich nach gut einer halben Stunde fertig. Ich stopfe das gesamte Papier in meinen Rucksack und stürze in Richtung Ausgang. Wenn ich mich beeile, werde ich nur etwa fünf Minuten zu spät kommen, was selbst für den Idioten Martial noch im Rahmen ist.

»Monsieur, könnten Sie bitte noch einmal an der Lichtschranke des Ausgangs vorbeigehen?«

Ich bleibe überrascht stehen und wende mich um. Da erst wird mir bewusst, dass ich das Alarmsignal ausgelöst habe, als ich aus der Tür des Warenhauses getreten bin. Der Sicherheitsmann, der mich angesprochen hat, sieht nicht besonders nett aus. Er steht breitbeinig mit vor dem Bauch gefalteten Händen vor mir. Ich gehe noch einmal in der anderen Richtung durch die Tür. Rotes Blinken, anklagendes Piepen.

»Ihren Rucksack bitte.«

»Oh, bitte seien Sie so nett, ich bin in Eile. Ich habe nur ein paar Fotokopien gemacht und war eigentlich gar nicht im Geschäft ...«

Schlechte Idee, verhandeln zu wollen. Er hat mir nicht mal zugehört und bringt sich in Position, falls ich zu flüchten versuche.

»Würden Sie mir bitte Ihren Rucksack geben!«

Seufzend gehorche ich. Er fasst ihn an einem Träger und bewegt ihn vor der Lichtschranke hin und her. Mit dem gleichen Ergebnis wie zuvor.

»Wenn Sie mir bitten folgen würden.«

Ich bin gleichzeitig gedemütigt, empört und äußerst ungeduldig. Zum Glück ist der Weg nicht weit. Der Sicherheitsmann öffnet eine Tür hinten im Geschäft, die in einen fensterlosen Raum führt, der nur spärlich mit einem Tisch und einem Holzstuhl möbliert ist. Er öffnet meinen Rucksack auf dem Tisch, nimmt die Papierstapel heraus und wühlt weiter. Es folgen mein Schlüsselbund, meine Brieftasche, ein Pulli, der zum Glück so abgenutzt ist, dass er ihn nicht für gestohlen hält, eine leere Schokoladenpackung und ganz unten die leere Verpackung einer Batterie, die er einer routinierten Untersuchung unterzieht. Dann kehrt er zur Eingangstür des Geschäfts zurück. Ich höre das altbekannte Signal, und der Sicherheitsmann kommt wieder.

»Sie können gehen.«

Das trifft sich gut, denn ich habe nicht die Absicht, den ganzen Tag bei Monoprix zuzubringen. Also stopfe ich alles wieder in meinen Rucksack und renne los.

Vierzehn Minuten Verspätung. Ich weiß, dass Martial erbarmungslos sein wird, wenn er es bemerkt. Um mich umzuziehen, muss ich durch den Laden gehen, und ich gebe Alice ein Zeichen, ihn abzulenken. Als ich sehe, dass sie den Mistkerl in ein Gespräch verwickelt, schleiche ich auf Zehenspitzen durch das feindliche Gebiet. Leider vergeblich. Ich habe gerade mal drei Schritte gemacht, als Martial sich umdreht. Er muss auf mein Erscheinen gelauert haben. Sobald er mich entdeckt hat, herrscht er mich mit lauter Stimme an, damit möglichst jeder es mitbekommt. In seinem Tonfall schwingt eine gewisse Befriedigung mit:

»Thomas, die zweite Verspätung in einer Woche. Diesmal ist eine Abmahnung fällig, ich hab dich gewarnt!«

Manchmal ist es einfach besser, den Mund zu halten, vor allem, wenn man es mit einem Idioten wie Martial zu tun hat. Innerlich bedenke ich ihn mit allen Schimpfworten, die mir spontan einfallen: Sackgesicht, pockennarbige Missgeburt, vergammelter Fast-Food-Müll. Äußerlich versuche ich, mir den Ekel, den er mir einflößt, nicht anmerken zu lassen. Unter den amüsierten Blicken aller Anwesenden setze ich meinen Weg fort, gehe mich umziehen und stelle mich hinter die Kasse. Alice flüstert mir ins Ohr, dass Martial wirklich ein widerliches Arschloch sei, und ich nicke bestätigend. Ich habe absolut keine Lust, mit der miesen Ratte zu diskutieren, die mich wahrscheinlich nicht aus den Augen lässt. Ich konzentriere mich auf meine Arbeit und bediene die Kunden, die vor mir in einer Schlange aufgereiht stehen, ohne sie richtig wahrzunehmen: Dicke, Dünne, Große, Kleine, Hübsche, Hässliche – in meinen Augen sehen sie alle gleich aus. Ich gebe Chicken McNuggets, Hamburger, Pommes frites und Coca-Cola aus, ohne darüber nachzudenken. Nach drei Jahren Routine agiere ich mechanisch, die Arbeit ist mir in Fleisch und Blut übergegangen. Und während ich tue, was zu tun ist, wandern meine Gedanken wieder zurück zu dem Übersetzungsauftrag, den ich angenommen habe. Ich habe die Befürchtung, dass ich mich überschätzt habe. Nicht nur, dass mein Mesmenisch nicht der Rede wert ist und dass mich das Thema des Romans nicht gerade vom Hocker reißt, auch der nahende Abgabetermin gibt mir zu denken. Ich werde es niemals schaffen, hundertsechsundsiebzig Seiten in drei Wochen zu übersetzen, jedenfalls nicht, wenn ich gleichzeitig bei McDonald's arbeite. Mir bleibt wohl keine andere Wahl, als die Übersetzung abzusagen.

Während meiner Nachmittagspause um sechzehn Uhr ziehe ich mich zurück und rufe Sergeï unter der Handynummer an, die er mir gegeben hat.

»Hallo, Sergeï? Hier ist Thomas.«

»Thomass? Warum du rufen an?«

Er flüsterte wieder, als planten wir eine böse Intrige, und sofort kehrt das ungute Gefühl, das mich während unseres Gesprächs überkommen hat, zurück.

»Hören Sie, ich habe viel nachgedacht, und ich denke, dass ich die Übersetzung doch nicht machen kann ...«

»Jetzt nicht mehr möglich, Nein sagen! Du hast versprochen. Du hast die zweihundert Euro genommen, und jetzt du übersetzen.«

»Ich komme zu Ihnen und gebe Ihnen das Geld und das Manuskript wieder. Ich kann gleich heute Abend oder morgen früh kommen.«

»Nein, ich will, dass du übersetzen. Wenn du nicht übersetzen, sein Sergeï sehr wütend, und Sergeï sein nicht nett, wenn wütend.«

Ohne paranoid zu sein und trotz seiner Sprachprobleme meine ich, den Anflug einer Drohung aus diesem Satz herauszuhören. Ich denke nicht, dass er sich körperlich an mir vergreifen würde, aber man kann ja nie wissen ...

Ich versuche, rational zu bleiben, und bei näherer Betrachtung ist die Erklärung für sein Verhalten sicher eine ganz einfache. Zum Beispiel könnte es sein, dass er im KIfnbS für die Übersetzungen zuständig ist und das Manuskript, das er mir gegeben hat, von ihm übersehen wurde. Und nun versucht er klammheimlich, seinen Fehler auszubügeln, was die ganze Geheimnistuerei erklären würde und der Grund für die Eile sein könnte.

Allerdings gibt es einige Punkte, die dieser Version der Ereignisse widersprechen. Warum zum Beispiel sollte er sich all die Mühe machen, dass sein Fehler unentdeckt bleibt? Denn dafür hat er tatsächlich einiges getan. Zum Beispiel hat er persönlich die Anzeige in *20 Minutes* aufgegeben (der Stil ist unverkennbar), er bezahlt mich bar, möglicherweise mit seinem eigenen Geld, er hat ein heimliches Treffen an seinem Arbeitsplatz organisiert. All das zusammengenommen ist ziemlich viel Aufwand, um einen Fehler zu kaschieren, der ihn sicher nicht seinen Arbeitsplatz kosten würde.

Außerdem sind auf dem Manuskript weder ein Titel noch ein Autorenname angegeben. Meiner Meinung nach muss ein literarisches Werk, das übersetzt und über eine Einrichtung wie das KIfnbS verkauft werden soll, doch über einen Titel und einen Autorennamen verfügen.

Und vor allem ist da noch das Thema des Romans! Wer konnte auf den Gedanken kommen, ein Buch über die späte Liebe einer siebzigjährigen einfältigen Mesmenin zu veröffentlichen? Denn diese Maria scheint eine eher unbedarfte Landpomeranze zu sein, die ihre Heimat noch nie verlassen hat und, falls sich im Laufe der Geschichte nicht noch eine große Wendung ergibt, auch vorhat, dort zu bleiben. Und wenn ich es mit irgendeinem düsteren Fall von Menschenhandel mit älteren Frauen zu tun habe und Sergeï im wahren Leben ein geheimer Ermittler ist …? Diese Vorstellung lässt mich erschaudern, da sie mich wieder auf die baltische Mafia bringt …

»Also, deine Entscheidung? Du übersetzt?«

Ich habe ganz vergessen, dass ich Sergeï noch am Apparat habe. Sofort sehe ich ihn mit seiner beängstigenden Gestalt vor mir. Ich denke daran, dass er womöglich zu einem Ring von Auftragsmördern gehört, und vergleiche ihn mit dem eher dünnen Martial. Unter diesem Gesichtspunkt ist die

Wahl zwischen meinem Job bei McDonald's und dem Auftrag, den ich für Sergeï übernehmen soll, schnell getroffen.

»Ja, natürlich, Sie können auf mich zählen.«

»Ich zufrieden. Du übersetzen in drei Wochen, versprochen?«

»Ja, ja, wie gesagt, Sie können auf mich zählen.«

Ich lege auf und mache mich gleich auf die Suche nach Martial. Kurz darauf finde ich ihn hinten in der Küche, wo er gerade meinen Kollegen Farid zur Minna macht, der dort arbeitet und kein Student ist, also nicht mit Seidenhandschuhen angefasst werden muss. Dafür, dass er mich drei Wochen freistellt, muss ich mir eine verdammt gute Entschuldigung einfallen lassen, das wird nicht leicht werden.

»Martial, könnte ich mal fünf Minuten mit dir reden?«

»Was?«

Er dreht sich halb zu mir um, ohne seine Beute aus den Augen zu lassen. Mir ist klar, dass es keinen Zweck hat, um den heißen Brei herumzureden. Daher atme ich tief durch und springe ins kalte Wasser.

»Könnte ich drei Wochen unbezahlten Urlaub nehmen.«

»Du willst was?«

Ganz plötzlich hat er jegliches Interesse an Farid verloren. Er spürt, dass er mit mir einen größeren Fisch an der Angel hat, und konzentriert seine komplette negative Energie auf mich.

»Ich würde gern drei Wochen unbezahlten Urlaub nehmen. Ab morgen.«

»Du weißt, dass das, was du willst, schlichtweg unmöglich ist, oder? Was hast du denn in den drei Wochen vor?«

»Es ist etwas Persönliches.«

»Wenn du eben mal drei verdammte Wochen auf der faulen Haut liegen willst, kannst du dir das abschminken!«

»Es geht um etwas Ernstes.«

»Gut, dann sag es mir, damit ich eine Entscheidung treffen kann.«

»Es ist etwas, was dich nichts angeht.«

»Willst du dich auf die Aufnahmeprüfung an der Technischen Hochschule vorbereiten?«

Er lacht so hämisch und zeigt dabei seine Hasenzähne, dass ich sie ihm am liebsten ausgeschlagen hätte. Es kostet mich enorm viel Kraft, dem Drang zu widerstehen, sodass es mir beinahe körperliche Schmerzen bereitet.

»Also, ja oder nein?«

»Also nein.«

Der Form halber lacht er noch einmal dreckig und wendet sich dann wieder Farid zu, nachdem die Angelegenheit mit mir seiner Ansicht nach geklärt ist. Ich möchte nicht handgreiflich werden. Ich habe in meinem ganzen Leben noch niemanden geschlagen, und ich will nicht, dass dieses kleine Arschloch der Erste ist. Lieber verhalte ich mich wie ein zivilisierter Mensch.

»Du kotzt mich an, Martial!«

»Was hast du gesagt?«

Jetzt lacht er nicht mehr. Er wirkt wie eine hässliche Kröte, die gern ein Stier wäre.

»Ich habe gesagt, dass du mich ankotzt. Du bist eine Null, ein Schwachkopf, ein Stück Schweinescheiße. Ich bin nicht mal sauer auf dich, sondern du tust mir leid, weil du eine solche Niete ohne Zukunft bist.«

»Du bist gefeuert, hast du mich verstanden: gefeuert!«

»Ach, wirklich?«

Ich lasse ihn stehen – ganz allein in seiner Wut. Ich hole meinen Rucksack aus der Abstellkammer, die uns als Garderobe dient, und verlasse diese Fast-Food-Kaschemme, wobei ich schwöre, dort nie mehr einen Fuß hineinzusetzen.

IV
Fünf Stunden später

Jeden Mittwoch geht Sandrine mit ihren beiden Schulfreundinnen aus, um einen draufzumachen. Das ist ein festes Ritual, noch aus der Zeit lange vor unserer ersten Begegnung. Normalerweise nutze ich diesen freien Abend, um mit meinen Kumpels Billard spielen zu gehen oder ein Videospiel zu zocken. Wenn Sandrine dann zurückkommt, ist sie meistens ziemlich beschwipst, setzt sich zu mir aufs Sofa und erzählt mir lachend von den neuesten Dummheiten ihrer Mädels. Spaßeshalber mache ich mich ein wenig über die beiden lustig, und je gemeiner ich bin, desto mehr lacht Sandrine und schmiegt sich an mich.

Ich bin also ziemlich erleichtert, dass sie nicht da ist, als ich nach Hause komme. Es wäre mir sehr unangenehm, wenn sie mitbekommen würde, wie sehr mich die Auseinandersetzung mit Martial aufgewühlt hat. In den ersten beiden Stunden danach hätte ich auf alles, was sich bewegt, einschlagen können und war versucht, an den Tatort zurückzukehren, um nicht nur verbal, sondern auch mit den Fäusten mit dem kleinen Scheißer abzurechnen. Da ich mich inzwischen ein wenig beruhigt habe, fange ich an, über die Situation nachzudenken, vor allem darüber, wie ich Sandrine beibringen soll, dass ich nun arbeitslos bin.

Ich könnte ihr die wahren Gründe für meine Entlassung verschweigen. Ihr zum Beispiel sagen, dass ich nicht mehr arbeite, weil unsere McDonald's-Filiale nach einer Kontrolle des Gesundheitsamts vorübergehend geschlossen ist oder dass es in der Küche gebrannt hat. Aber was würde das bringen? Angenommen, sie würde mir glauben, was ich bezweifle, vor allem weil sie jeden Tag an dem Lokal vorbeikommt, würde es das Eingeständnis der Wahrheit nur um wenige Wochen hinausschieben. Also verwerfe ich diese Möglichkeit wieder.

Ich könnte das Ganze auch einfach etwas anders darstellen. Mich zum Opfer machen, indem ich behaupte, Martial hätte mich entlassen, weil mir während der Arbeit schlecht geworden ist und ich meinen Posten kurz verlassen musste. Nein, das geht auch nicht, denn dann macht sie sich nur Sorgen, dass ich krank sein könnte. Vielleicht kann ich erzählen, dass ich Farid verteidigt hätte, der eine rassistische Äußerung habe hinnehmen müssen, und dass das Ganze aus dem Ruder gelaufen sei. Aber abgesehen davon, dass das ziemlich unmoralisch wäre, könnte es sein, dass Sandrine darauf besteht, dass ich Anzeige erstatte. Das hat Martial zwar durchaus verdient, aber dann wäre ich doch gezwungen, mit dem wahren Grund meiner Entlassung herauszurücken.

Sicher gibt es mindestens ein halbes Dutzend ausgeklügelter, intelligenter Strategien, wie man am besten mit so schlechten Nachrichten herausrückt. Es würde mich nicht überraschen, wenn eine Handvoll selbst ernannter Psychologen darüber einige Bücher geschrieben hätte. Ich bin mir sicher, dass Hardecker durchaus imstande wäre, irgendwelchen armen Teufeln das Geld für drei oder vier Sitzungen aus der Tasche zu ziehen, um ihnen zu diesem Thema ein paar Tipps zu geben.

Ich dagegen bin durchaus in der Lage, allein klarzukommen. Doch bevor ich mir weitere Gedanken darüber mache, hole ich mir erst mal ein Bier aus dem Kühlschrank.

Ich will mir gerade das nächste Bier einschenken, als ich den Schlüssel im Schloss höre.

»Hallo, ich bin's! Ich bin wieder da!«

An Sandrines fröhlicher Stimme erkenne ich, dass sie und ihre Freundinnen ihr übliches Programm durchgezogen haben. Ich habe meine Sorgen inzwischen auch ziemlich gut in Bier ertränkt, kann aber noch klar denken. Zu klar nach meinem Geschmack.

»Ich bin im Wohnzimmer.«

Ich höre ihre hohen Absätze auf dem Parkett im Eingangsbereich klappern, als sie zu mir herüberkommt.

»Es war wirklich super heute. Catherine war da und wollte den neuen Film von Woody Allen sehen, aber ... äh, was ist los?«

»Martial hat mich rausgeschmissen.«

»Oh!«

Sie lässt sich schwer neben mich aufs Sofa fallen. Es dauert einen Moment, bis ihre Laune sich der meinen angepasst hat. Ein paar Sekunden sitzen wir schweigend nebeneinander. Sie legt eine Hand auf meinen Rücken, und ich reibe mir mit den Händen übers Gesicht.

»Was ist passiert?«

»Ich habe ihn um drei Wochen unbezahlten Urlaub gebeten. Wegen der Übersetzung. Und er hat abgelehnt.«

»Wegen der Übersetzung? Du meinst, dieses mesmenische Zeug?«

»Äh, ja, ich habe ja nicht sechsunddreißig Übersetzungen am Start.«

»Nein, aber ich bin ein wenig überrascht, dass du wegen so einer Kleinigkeit deinen Job aufs Spiel setzt.«

Ich hätte wohl mit dieser Reaktion rechnen müssen. Sandrine wäre entzückt gewesen, wenn ich die Übersetzung abgesagt hätte, wie ich es an diesem Nachmittag ja vergeblich versucht habe. Und ich bin mir sicher, dass sie, anders als sie gesagt hat, von der Situation mehr als nur ein wenig überrascht ist. Wahrscheinlich denkt sie, dass dieses mesmenische Buch schon jetzt beginnt, unser Leben in einen Scherbenhaufen zu verwandeln. Bestimmt stellt sie sich schon vor, wie sie es meiner Mutter sagen wird, in diesem vertraulichen Ton, den die beiden immer anschlagen, wenn sie über mich reden. Sandrine wird zugeben, dass sie nicht geahnt hat, dass ich dafür meinen Job aufs Spiel setzen würde, dass sie das Schlimmste befürchtet, seit ich mir in den Kopf gesetzt habe, diese Übersetzung zu machen, dass sie mir aber natürlich zur Seite stehen wird, was auch passiert. Und meine Mutter wird ihr mit Tränen in der Stimme dafür danken. Angesichts dieser Vorstellung werde ich wütend, doch anstatt auszurasten, beschließe ich, Sandrine ruhig zu verstehen zu geben, dass ich meine Entscheidung getroffen habe und dass nichts, was sie sagt oder tut, mich dazu bringen wird, meine Meinung zu ändern.

»Also, erstens handelt es sich nicht um mesmenisches *Zeug*, sondern um einen Roman, den ich übersetzen soll. Und zweitens, um deine Frage zu beantworten: Ja, ich bin durchaus der Meinung, dass es sich lohnt, für eine solche Kleinigkeit, wie du sagst, meinen Job bei McDonald's für drei Wochen zu unterbrechen.«

Ich bin überrascht, dass meine Worte so hart herausgekommen sind. Was die Beherrschung meiner Gefühle angeht, werde ich wohl noch einiges dazulernen müssen, wenn ich nicht die ganze Zeit, während ich übersetze, unter Sandrines pseudopsychologischen Kommentaren leiden will.

Die Aggression in meiner Stimme ist ihr durchaus aufgefallen. Sie beginnt sofort sich zu verteidigen.

»Entschuldige, das wollte ich damit nicht sagen. Aber du musst doch zugeben, dass es nicht wirklich vernünftig ist, für eine kurzzeitige Tätigkeit ohne jede Perspektive einen Vollzeitjob aufzugeben.«

Nun ist sie vollkommen sachlich. Sandrine die Weise, die Pragmatische, die Vernünftige ist zurück. Natürlich bin ich gezwungen, ihr in dieser Hinsicht recht zu geben, aber warum muss man immer alles aus der gleichen Perspektive sehen? Warum ist sie nicht bereit, auch nur einmal die Dinge aus meiner Sicht zu betrachten? Abgesehen davon, dass sie, wenn sie vollkommen ehrlich ist, zugeben muss, dass eine Stelle als Servicekraft bei McDonald's nicht gerade ein Traumjob ist. Gerade erst vor ein paar Tagen hat sie selbst genau das zu mir gesagt. Angesichts ihrer Heuchelei sehe ich mich gezwungen, ihr diese simple Wahrheit in Erinnerung zu rufen.

»Du hast recht, ja. Servicekraft bei McDonald's ist eine berufliche Stellung voller Perspektiven. Schon als ich klein war, habe ich wie alle Kinder davon geträumt. Man muss sich nur vor Weihnachten die Schaufenster der Spielwarengeschäfte ansehen: Überall wird McDonald's-Arbeitskleidung in Kindergröße angeboten!«

Sie seufzt.

»Okay, in Ordnung. Martial hat den unbezahlten Urlaub abgelehnt. Aber wieso hat er dich gleich komplett vor die Tür gesetzt?«

»Weil ich mich nicht mehr beherrschen konnte und ihn beschimpft habe.«

So, nun ist es raus. Ich lehne mich nach vorn, lege den Kopf auf die Knie und raufe mir das Haar. Sandrine neben mir gibt keinen Mucks von sich. Sie kennt mich gut genug, um zu wissen, dass ich nicht einfach so jemanden beleidige. Ich kann förmlich sehen, wie die Maschinerie in ihrem Gehirn das Ausmaß des Schadens abmisst. Wenn ich tatsächlich die Kontrolle verloren habe, ist dies der Beweis dafür, dass die Übersetzung mir wirklich wichtig ist. Sicher sagt sie sich, dass das Schlimmste bereits eingetreten ist, dass ich nämlich nach nur zwei Tagen bereits begonnen habe, den Bezug zur Realität zu verlieren, und dass sie dringend einen Notfallplan entwerfen muss, um mir diese Leichtfertigkeit, wie sie es nennen wird, auszutreiben.

»Aha. Ich verstehe.«

Dabei versteht sie gar nichts, da sie nicht von Sergeïs Existenz und seinen kaum verhohlenen Drohungen weiß. Mit der ihr eigenen Vorsicht bewegt sie sich langsam auf dem verminten Untergrund voran, das ist alles. Sie will mich nicht reizen – als wäre ich ein verletztes, wildes Tier, das gefährlich werden könnte.

»Gut. Wenn diese Übersetzung dir wirklich so sehr am Herzen liegt, solltest du dich ihr hundertprozentig widmen. Also los! Häng dich in den kommenden drei Wochen vollkommen rein. Aber danach musst du mir versprechen, diese Geschichte hinter dir zu lassen, und wir überlegen gemeinsam ernsthaft, wie deine Zukunft aussehen könnte, okay?«

Ohne meine Position auf dem Sofa zu verändern, nicke ich, unfähig, auch nur ein Wort zu sagen. Ein paar Sekunden später steht Sandrine auf und klopft mir versöhnlich auf den Rücken. In dem Moment, als sie sich zum Gehen wendet, greife ich nach ihrer Hand.

»Danke.«

Sie streicht mir mit einem leicht traurigen Lächeln und ohne etwas zu sagen, über den Nacken und geht ins Badezimmer. Ich sitze weiter im Wohnzimmer und schmecke den bitteren Geschmack der Niederlage im Mund. Einmal mehr hat sie perfekt reagiert, hat eine großzügige und kluge Lösung gefunden, die der Situation angemessen ist. Sie hatte sogar so viel Feingefühl, die Geldfrage nicht anzusprechen. Einfach perfekt. Und ein Teil von mir nimmt ihr das übel. Eines Tages wird sie mich mit all ihrem Verständnis, ihrem Einfühlungsvermögen und ihrer Art zu reagieren, als ob von mir immer das Schlimmste zu erwarten wäre, sie jedoch nie enttäuscht ist, im wahrsten Sinne des Wortes ersticken.

»Ach ja, du hast ja nicht vergessen, dass wir Richard und Charlotte für Samstag zum Abendessen eingeladen haben?«

Sandrine hat die Frage vom Badezimmer aus zu mir herübergerufen, in heiterem Ton, der ein wenig falsch klingt.

Und um ihre Frage zu beantworten: Ja, die beiden habe ich vollkommen vergessen.

V
Am Morgen des nächsten Tages

Jetzt werde ich mich wohl ernsthaft mit der Sache beschäftigen müssen. Ich spüre den Druck von allen Seiten, sowohl von Sergeï als auch von Sandrine. Nach dem, was gestern passiert ist, würde ich mich wie eine komplette Null fühlen, wenn ich in den kommenden drei Wochen nicht alles tue, um eine vollständige und gewissenhaft erarbeitete französische Version des Textes abzugeben. Also setze ich mich an den Computer und mache mich mit Feuereifer ans Übersetzen.

Am Tag ihres siebzigsten Geburtstags, als sie also das Alter einer Großmutter erreicht hatte, traf Maria Pawlowna Zoriagna auf Chlobak Androw Peranowski, und es war ihre erste Liebe. Wenn auch nichts an diesem traurigen Wintermorgen sie auf die Begegnung, die sie erwartete, vorbereitet hatte. Mit ihrem Kopftuch bekleidet, die Tasche mit dem Futter auf der linken Seite ihrer Schürze, trat sie wie jeden Morgen auf den Hühnerhof. Als sie das Gittertor zum Hühnerstall öffnete, war sie zunächst irritiert von der dunklen Ansammlung zu ihren Füßen, die sie für einen Haufen alter Lumpen hielt. Zögernd trat sie mit ihrem Holzschuh leicht dagegen, woraufhin sich der Haufen bewegte und aufrichtete, sodass sie einen ängstlichen, beinahe tierischen Schrei ausstieß. Heftig schloss sie das Tor wieder, was jedoch ein eher lächerliches Hindernis zwischen ihr und dem Eindringling darstellte, der sie nun anstarrte.

»Bitte haben Sie keine Angst, ich möchte Ihnen kein Leid antun.«

Und es war genau in diesem Moment, als Pawlowinitas Augen dem flehenden Blick Chlobak Androw Peranowskis begegneten, dass sie zum ersten Mal in ihrem Leben das Feuer der Liebe spürte.

»Wer sind Sie? Warum schlafen Sie bei meinem Geflügel, ohne um Erlaubnis zu fragen?«

»Ich heiße Chlobak Androw Peranowski und bin zu Fuß aus Russland herübergekommen. Mir ist kalt, und ich habe Hunger, liebe Frau. Aber ich wollte Ihren Hühnern nichts tun.«

Maria Pawlowinita blickte Chlobak Androw eindringlich in die Augen, woraufhin sich ein stummer Dialog zwischen diesen beiden Menschen entspann, in dem die Liebe keimte. Sie sagte ihm, dass ihr bewusst sei, einen Deserteur vor sich zu haben, und dass es ihre Pflicht sei, ihn zu melden, und er bat sie flehend, dies nicht zu tun. Sie wandte den Blick nicht von ihm ab, von seinen flehenden Augen. Und schließlich senkte Maria Zoriagna den Kopf und wusste, dass sie verloren war.

»Ich werde Sie in meinem Haus verstecken und Ihnen etwas zu essen geben, aber Sie müssen mir versprechen, mir nicht wehzutun.«

»Ich habe noch nie eine Frau geschlagen, das schwöre ich Ihnen!«

…

Für die Übersetzung dieser ersten Seite habe ich anderthalb Stunden gebraucht. Anderthalb Stunden höchster Konzentration, die bei mir eine leichte Migräne ausgelöst haben. Irgendwo habe ich gelesen, dass ein Übersetzer ein Gefühl für Nuancen und den Rhythmus des Texts haben und auf die winzigen Kleinigkeiten achten muss, die es ermöglichen, die Eigenheiten der Ausgangssprache in die eigene zu übertragen; dass er sich auf die andere Kultur einlassen muss, um darin nach Übereinstimmungen und Unterschieden zu der eigenen Kultur zu suchen; dass er lernen muss, sich mit viel Feingefühl in den düsteren semantischen Nebel zu begeben, um die rhetorischen Effekte zu reproduzieren, die schon im Original die zukünftigen Leser erfreuen sollen.

In meinem Fall häufen sich die Schwierigkeiten. In Wahrheit rate ich eher, worum es geht, als dass ich übersetze. Das Wort *Тлиопки* zum Beispiel sagt mir gar nichts. Ich habe es mit »ein Haufen alter Lumpen« übersetzt, weil es mir das Wahrscheinlichste scheint. Was hätte die Frau sonst auf dem Boden des Hühnerstalls finden können, was einem schlafenden Flüchtling ähnlich sieht? Es muss sich also mit großer Wahrscheinlichkeit um einen unförmigen Haufen Stoff oder Lumpen handeln.

Außerdem verändern sich die Namen der Protagonisten dauernd, wie es im Russischen üblich ist. Auf ein und derselben Seite heißt Maria nacheinander Maria, Petrowna und Pawlowinita, ohne dass dies dem Leser erklärt wird oder es irgendetwas zur Geschichte beiträgt. Ich erinnere mich, dass ich in der Zeit an der Sorbonne *Anna Karenina* gelesen habe. Und ohne Tolstoi kritisieren zu wollen, muss ich sagen, dass der nicht endende Reigen an Namen und Vornamen diesen Schinken zu einer äußerst schwer verdaulichen Lektüre macht. Allein Annas Bruder, ein simpler Nebendarsteller, trägt im Wechsel die Namen Stepan Arkadjewitsch, Stiwa und Oblonski. Auf diese Art hätte die Familie Karenin leicht an das Kindergeld für eine Großfamilie kommen können. In meiner Übersetzung werde ich dieses Problem damit lösen, dass ich Maria Pawlowna Zoriagna immer mit ihrem Vornamen Maria bezeichnen werde, ohne mich um die fantasiereichen Varianten des Autors zu kümmern.

Und nun werde ich mir einen Kaffee gegen die Kopfschmerzen kochen und mich wieder an die Arbeit machen.

Chlobak Androw folgte Maria in das große unbewohnte Haus. Dabei sah er sich die ganze Zeit über gleichzeitig erstaunt und beunruhigt um. Wenn in der Ukraine, seinem Heimatland, ein Mesmene mit einer einheimischen Frau erwischt wurde, lief er Gefahr, sofort überwältigt und inhaftiert zu werden, um dann mit dem Tode bestraft zu werden.

Die wechselseitige Abneigung zwischen den beiden Nationen war auf die Zeit der Völkerwanderungen zurückzuführen, als eine Horde Ukrainer vor den asiatischen Eindringlingen geflohen war und auf mesmenischem Gebiet, das damals kaum bevölkert gewesen war, Schutz gesucht hatte. Doch die wenigen Barbaren in diesem wilden Land hatten sie gnadenlos zurückgedrängt, mit heftigen Stößen ihrer Wattestäbchen …

Zögernd halte ich angesichts dieser unorthodoxen Waffe inne. Ich lese das Wort, das ich gerade übersetzt habe, noch einmal: *хпопокыхо*. Wenn ich es unterteile, lässt sich *хпопок* mit »Watte« und *ыхо* mit »Ohr« übersetzen. Das zumindest weiß ich sicher. Ich versuche, mithilfe des Kontexts auf die Bedeutung zu kommen. Watte, Ohr. Wäre es um ein Badezimmer gegangen, wäre ich mir meiner Übersetzung sicher gewesen: Wattestäbchen. Auf einem Schlachtfeld jedoch scheint mir der Gebrauch dieses Wortes nicht sehr schlüssig, selbst wenn die Wattestäbchen und damit der Begriff zur Zeit der Völkerwanderungen bereits erfunden gewesen wären, was ich stark bezweifle. Daraus schließe ich, dass das mysteriöse Wort *хпопокыхо* eine andere Bedeutung haben muss.

Mein Vorgehen in dieser Sache beweist mir, dass ich als Übersetzer bereits Fortschritte mache, was jedoch nicht reicht. Ich muss die eigentliche Aussage des Textes verstehen, und dafür muss ich mich über diesen historischen Konflikt informieren. Danach kann ich eine Formulierung im Stil des Autors dafür erarbeiten und sie an die Stelle des unverständlichen Absatzes einfügen. Letztendlich ist es wichtig zu respektieren, was der Autor mitteilen will, ohne der Geschichte – im Sinne von Zeitgeschichte – zu widersprechen.

Ich beginne mithilfe der entsprechenden Schlüsselwörter im Internet zu recherchieren, jedoch vergeblich. Nicht der kleinste Hauch einer Erklärung. Es gibt Tausende Seiten über die Ukraine, über ihre Geschichte, über den Mongolensturm, über Dschingis Khan, jedoch nichts über Mesmenien. Das Einzige, was ich aufspüren kann, ist eine kurze Erwähnung einer ukrainischen Kampftruppe, die versucht hatte, Richtung Norden zu fliehen, und von einem baltischen Volksstamm vernichtet wurde. Ich vergeude drei Stunden mit der Recherche im Netz, ohne ein brauchbares Ergebnis zu finden. Seite für Seite, Bericht über Bericht, wenn ich nicht aufhöre, werde ich mein ganzes Leben vor dem dämlichen Computer verbringen.

Irgendwann ist es zu spät, um mit der Übersetzung weiterzumachen. Sandrine wird gleich von der Arbeit zurückkehren, und ich muss das Essen vorbereiten. Um mich für ihre Unterstützung zu bedanken, habe ich meine Bemühungen in kulinarischer Hinsicht verdoppelt, und ich hoffe, ihr dabei helfen zu können, in den nächsten drei Wochen noch weitere zwei Kilo abzunehmen. Selbst wenn ich sie genau so liebe, wie sie ist, freue ich mich jedes Mal, ihr strahlendes Lächeln zu sehen, wenn der Zeiger der Waage eine gute Nachricht verkündet.

Ich werde das Wattestäbchenproblem erst mal zurückstellen und morgen einfach mit der Übersetzung weitermachen. Mit ein wenig Glück werde ich im Laufe des Textes verstehen, welche Art Waffen das mesmenische Volk in jener längst vergangenen Zeit benutzte. Das scheint mir das beste Vorgehen zu sein. Von jetzt an werde ich jeden Begriff, der mir Schwierigkeiten bereitet, mit dem erstbesten Wort übersetzen, das mir in den Sinn kommt. Denn das Wichtigste ist, dass ich vorankomme. Die schwierigen Stellen werde ich mir dann im zweiten Durchgang vornehmen.

VI
Zwei Tage später am Abend

Vorgestern habe ich wie verrückt übersetzt und war mit dem Ergebnis zufrieden, doch seitdem habe ich mich nicht mehr mit dem Buch beschäftigt. Heute Abend kommen Richard und Charlotte zum Essen. Also waren Sandrine und ich den Vormittag über einkaufen und haben den Nachmittag am Herd verbracht. Die beiden zum Essen einzuladen ist eine ziemliche Herausforderung. Richard ist ein fleischfressender Alkoholliebhaber, und seine Lebensgefährtin schwört auf Biokost mit einer Vorliebe für Vegetarisches. Zum Glück handelt es sich wirklich nur um eine Vorliebe, und in ihrer großen Güte ist sie durchaus bereit, sich hin und wieder mit weißem Fleisch bewirten zu lassen.

Wir haben vorgesehen, zum Aperitif als Vorspeise eine Rohkostplatte mit Biogemüsehäppchen und selbst gemachtem Dip zu servieren, danach Ententournedos mit Blumenkohlbeignets. Über das Für und Wider der Ente haben wir lange diskutiert, da Sandrine behauptet, dass es sich bei Ente nicht um weißes Fleisch handelt, während ich vom Gegenteil überzeugt bin. Obwohl wir uns nicht einigen konnten, haben wir uns schließlich doch dafür entschieden, denn letztendlich würden drei von uns das Essen genießen, da kann diese nervige Charlotte ruhig einmal die Zähne zusammenbeißen. Schließlich verzichten wir ihretwegen schon auf das

Tatar! Zum Dessert habe ich meinen megakalorienhaltigen Drei-Schokoladen-Kuchen gemacht, den es wegen Sandrines Diät nur zu ganz besonderen Gelegenheiten gibt.

Ich habe die Wohnzimmermöbel zur Seite geschoben und den Ikea-Tisch, der normalerweise in der Küche steht, komplett aufgeklappt. Sandrine hat bei den Nachbarn zwei zusätzliche Stühle ausgeliehen. Der Tisch ist gedeckt. Alles ist bereit.

»Könntest du bitte den Papierkram wegräumen, bevor sie kommen!«

Verdammt, ich habe vergessen, die Büroecke aufzuräumen! Mit dem Anfang des Romans bin ich, wie gesagt, gut vorangekommen. Es ist mir gelungen, sieben Seiten des Manuskripts zu enträtseln, auf denen Maria Chlobak Androw in einem geheimen Raum hinter einer Scheune versteckt, die seit Generationen ihrer Familie gehört, eine »faule« (persönliche Übersetzung, muss noch überarbeitet werden) Matratze für ihn findet und ihn von gestohlenen Eiern und Kartoffeln ernährt. Anschließend haben sich Maria und Chlobak auf einen gewagten Flirt eingelassen. (Woraus sich eine ziemlich peinliche Szene ergeben hat, die ich anstandshalber und aus Zeitmangel gekürzt habe.) Da Richard und Charlotte noch nicht da sind, nutze ich die Gelegenheit, die letzten Zeilen meiner Übersetzung noch einmal zu lesen.

Chlobak schlürfte gierig zwei Eier aus und spülte drei Kartoffeln beinahe unzerkaut mit einem Schluck Brunnenwasser hinunter. Mit noch vollem Mund und bereits lüsternem Blick wandte er sich seiner Wohltäterin zu, die ihm zärtlich beim Essen zusah.

»Mein Schatz, komm her.«

Maria trat mit einer ihrem Alter eher unangemessenen Schüch-

ternheit näher. Sobald sie in Chlobaks Reichweite war, packte er sie
stürmisch am Arm und zog sie neben sich auf die ärmliche faule
Matratze. Langsam zog er ihr mit seinen nicht gerade sauberen Fin-
gern die Kleider aus, die aus einem handgestrickten Pullover, einem
Hüfthalter, unzähligen Röcken und einer großen Unterhose be-
standen. Als es ihm schließlich gelungen war, ihren welken Körper
zu enthüllen, tat der tapfere Soldat, was er tun musste, woraufhin
sich Maria eilig gleich wieder anzog.

Mit diesem Absatz bin ich durchaus zufrieden. Ich habe kurz
mit dem Gedanken gespielt, die Unglaubwürdigkeit dieser
Liebesgeschichte weiter hervorzuheben und Chlobaks Verhalten einem Kriegstrauma zuzuschreiben, doch dann habe
ich mir gesagt, dass es als Übersetzer meine Pflicht ist, unvor-
eingenommen zu sein. Also habe ich mich damit zufrieden-
gegeben, die Szene ein wenig zu kürzen. Ich hatte ein paar
Probleme mit Marias Kleidung, doch letztendlich tragen alte
Bäuerinnen ja mehr oder weniger immer das Gleiche. Das
einzige Wort, das mir weiterhin Kopfzerbrechen bereitet,
ist jenes *хнопокыхо*, an dem ich mir bereits die Zähne aus-
gebissen habe. Gestern Mittag habe ich die gesamten Unterlagen meines Mesmenischkurses durchgesehen, um auch
dort nach einer Übersetzung zu suchen. Reine Zeitver-
schwendung. Dafür bin ich auf viele andere Dinge gestoßen,
die mir entfallen waren, womit ich nicht nur grammatische
Regeln und Vokabeln meine. Ich bin dabei auch auf die Zeich-
nungen gestoßen, mit denen ich den Rand der Arbeitsblätter
verschönert hatte. Malislownas Gesicht, ihre zu kurzen Röcke,
ihre langen Beine und die tiefen Ausschnitte. Mali von vorn,
von hinten, zu drei Vierteln. Ich habe schon immer ziemlich gut zeichnen können, und diese Bilder sind mir wirklich lebensecht gelungen. Es sind Dutzende. Immer dasselbe

Motiv und dennoch unterschiedlich. Ihr Lächeln, ihr Lachen, ihre vor Überraschung hochgezogenen oder vor Konzentration gerunzelten Brauen, ihr Schottenrock, ihr Faltenrock, ihre enge Jeans. Letzte Nacht habe ich von ihr geträumt. Es war ein dämlicher Traum, in dem sie mir ihre Hilfe bei der Übersetzung angeboten hat. Sie erklärte mir, dass ich, wenn ich ein Wattestäbchen zu Hilfe nähme, mit der Übersetzung viel schneller vorankommen würde und dass man mit einem Wattestäbchen jede Menge Dinge anstellen könne ...

»Könntest du die Tür öffnen? Ich habe nasse Hände!«
Ich habe nicht einmal die Klingel gehört. Es wird Zeit, dass ich mich am Riemen reiße. Sandrine spricht mich niemals auf meine Übersetzung an. Wie ich erwartet habe, ignoriert sie das Ganze komplett. Wenn sie etwas stört und sie nichts dagegen machen kann, tut sie einfach so, als ob die Sache nicht existieren würde. Was im Prinzip in Ordnung ist. Denn wenn die Angelegenheit überstanden ist, habe ich eh vor, das Geld zu kassieren und dann etwas anderes zu machen. Basta! Und während des Übersetzens werde ich nicht mehr dauernd von Mali und ihrem Körper träumen. Diese Nacht war eine Ausnahme!

»Hallo!«
Es ist Richard. Er steht vor der Tür, eine Flasche in der Hand und ohne Charlotte. Ich mache ihn dezent darauf aufmerksam, dass er allein gekommen ist. Ohne darauf einzugehen, kommt er herein und lässt sich aufs Sofa fallen.
»Gib mir lieber einen Whisky, anstatt dumme Bemerkungen zu machen.«
Sandrine kommt zu uns, während sie sich die Hände an einem Küchenhandtuch abtrocknet.

Unter ihrer Schürze trägt sie ein hübsches dunkelgrünes, leicht tailliertes Kleid mit einem eckigen Ausschnitt. Das Kleid kenne ich gut, ich habe es ihr geschenkt. Ich habe schon immer ein gutes Auge für weibliche Kleidung gehabt, und neben der Diät habe ich sie ermutigt, ihre körperlichen Vorzüge zu betonen, anstatt sie unter allzu weiter Kleidung zu verstecken. Zu Anfang unserer Beziehung habe ich ihr Schmuck, Bustiers, Kleider, Pullover und sogar High Heels geschenkt. Alles, was ich finden konnte, um ihr klarzumachen, dass sie hübsch, sexy und attraktiv sein kann, habe ich ihr gekauft. Da mein finanzielles Budget das Tempo nicht mithalten konnte, war ich schon recht bald gezwungen, meine Bemühungen auf ein Minimum zu reduzieren, doch da hatte sie bereits Gefallen daran gefunden, sich hübsch zurechtzumachen, und das Ergebnis können wir nun vor uns sehen. Da steht sie, sieht zum Anbeißen aus und ist genauso erstaunt wie ich, Richard ohne Begleitung zusammengesunken zwischen unseren Ikea-Kissen vor sich zu sehen.

»Oh, ist Charlotte nicht mitgekommen?«

»Wir haben uns gestritten.«

Das ist absolut nicht das erste Mal. Seit Richard und Charlotte zusammenleben, streiten sie sich etwa einmal im Monat. Ich frage mich oft, warum sie überhaupt noch zusammen sind, da sie überhaupt nichts gemeinsam haben. Sie liebt zeitgenössisches Ballett, er ist Fußballfan. Sie trinkt nur Prädikatsweine, er bevorzugt ganz klar Bier und Whisky, den er am liebsten auf ex trinkt. Sie liest das neueste Werk des Wirtschaftsnobelpreisträgers, er spielt Videospiele. Sie hat eine elitäre Wirtschaftsuni besucht, er eine unbedeutende Journalistenschule.

Noch viel schlimmer ist jedoch, dass sie völlig unterschiedliche Vorstellungen von der Zukunft haben. Sie arbeitet als Traderin, ist eine Art weiblicher Börsenhai, stolz auf ihr astronomisches Gehalt und bereit, alles zu tun, um eines Tages an der Wall Street oder in der Hauptstadt unserer britischen Nachbarn zu arbeiten. Richard ist so etwas wie der Hippie unter den freien Journalisten. Er arbeitet als Freelancer für mehrere Zeitungen. Seit er vor zwei Jahren sein Studium beendet hat, schreibt er über so ziemlich alles, vom Streik in der Milchindustrie bis zur Ausstellung eines vergessenen Künstlers. Er kann aus fast allem eine Story machen. Insgeheim glaube ich, dass er in beruflicher Hinsicht ein wenig mehr Kontinuität der Unabhängigkeit vorziehen würde, aber er hat noch keine Zeitung gefunden, die ihn fest anstellen will. Sein Traum wäre es, Tierreportagen in Afrika oder eine Serie über den immer kleiner werdenden Regenwald zu schreiben.

Und der Streit an diesem Abend ist tatsächlich daraus entwachsen, dass sie in beruflicher Hinsicht uneins gewesen waren.

»Ich würde gern ein Feature über die jungen Trader aus Paris schreiben, die nach London gehen. *L'Économiste moderne* würde ihn bringen. Ich habe ihnen einen Entwurf vorgeschlagen, dem ich den Titel ›Vierundzwanzig Stunden aus dem Leben einer Traderin‹ gegeben habe, in Anspielung auf das Buch von Stefan Zweig, versteht ihr? Sie fanden die Idee super, aber die blöde Kuh will nichts davon wissen.«

Richard drückt sich nicht gerade sehr gewählt aus, wenn er wütend ist, sodass weder Sandrine noch ich bezweifeln, dass mit der »blöden Kuh« Charlotte gemeint ist. Sandrine fragt gleich nach der Neuigkeit, die sie meint, aus seinen Worten herausgehört zu haben:

»Oh, hat sie einen Job in London gefunden? Das heißt, ihr zieht um?«

»Nein, aber sie bewirbt sich wie eine Verrückte. Und so wie ich sie kenne, bin ich sicher, dass sie Erfolg haben wird.«

»Und wirst du mit ihr gehen?«

Sandrines Beunruhigung ist beinahe greifbar, und ich werfe ihr einen Seitenblick zu. Die Freundschaft zwischen Richard und ihr hat sich inzwischen derart vertieft, dass ich manchmal, wenn wir zu dritt sind, den Eindruck habe, von diesem Tandem ausgeschlossen zu sein, was ich ziemlich heftig finde. Doch nun reagiert er auf ihre Frage nur mit einem Schulterzucken und stürzt den Inhalt seines Glases hinunter. Sandrine hakt jedoch nicht nach.

»Okay, wir sollten uns an den Tisch setzen, sonst wird die Ente zu trocken.«

Nachdem Richard sich wieder beruhigt hat, zeigt er sich von seiner besten Seite. Er wendet sich an mich.

»Und was gibt's Neues bei dir? Hast du dich immer noch nicht entscheiden können, McDonald's den Rücken zu kehren?«

»Stell dir vor, ich bin den Job los. Seit Mittwoch.«

»Was? Warum hast du mich nicht angerufen, um es mir zu erzählen?«

»Diese Woche war ziemlich turbulent. Ich habe nämlich gleichzeitig etwas Neues gefunden.«

»Aber das ist doch super! Du hättest es mir wirklich sagen sollen, dann hätte ich eine Flasche Champagner mitgebracht. Was für ein Job ist es?«

»Es ist kein Vollzeitjob, weißt du? Eher eine Art freie Mitarbeit. Eine Übersetzung.«

»Eine Übersetzung? Aus welcher Sprache? Russisch? Englisch? Denkst du, dass deine Sprachkenntnisse ausreichen?«

»Mesmenisch.«

Stille. Er ist sprachlos. Ich sehe, dass er zu Sandrine hinüberschielt, die den Blick erwidert. Es fällt mir leicht, ihren stummen Dialog zu interpretieren. Er hat sie gefragt: »Was bedeutet das denn?«, und sie hat geantwortet: »Nichts Gutes auf jeden Fall.« Der Austausch hat nur drei Sekunden gedauert, was jedoch ausreicht, mich auf die Palme zu bringen. Ich beschließe, nichts weiter zu sagen und mich auf das Essen auf meinem Teller zu konzentrieren. Richard gibt sich jedoch nicht so leicht zufrieden.

»Es gibt tatsächlich Leute, die Übersetzer aus dem Mesmenischen suchen? Das hätte ich nicht gedacht.«

»Na ja, dann hast du dich geirrt. Das Kulturinstitut für neue baltische Staaten braucht in der Tat Übersetzer aus dem Mesmenischen, was ja irgendwie auch logisch ist.«

Ich übertreibe ein wenig, aber das liegt an ihm, weil er sich so verächtlich geäußert hat.

»Und wird diese Übersetzung gut bezahlt?«

»Zweitausend Euro.«

»Nicht schlecht. Für wie viele Wörter?«

»Ich weiß nicht. Hundertsechsundsiebzig handgeschriebene Seiten. Mit vielen Streichungen.«

»Und wie viel Zeit hast du dafür?«

»Drei Wochen. Die erste ist schon beinahe rum.«

»Scheiße, da haben sie dir aber nicht viel Zeit gelassen! Glaubst du, dass du das schaffen kannst?«

»Ich hoffe es. Schließlich habe ich mich dazu verpflichtet. Aber in den nächsten zwei Wochen kann ich mich voll darauf konzentrieren. Das ist der Vorteil.«

»Jetzt sag mir nicht, du hast bei McDonald's nur gekündigt, um diese Übersetzung zu machen!«

»Es ist ein wenig komplizierter, aber im Großen und Ganzen kann man es so sagen.«

Erneut sieht er zu Sandrine hinüber. Diesmal fragt er mit

dem Blick: »Hast du nicht Angst, dass er den Verstand verloren hat?«, und sie antwortet genauso schweigend: »Was soll ich tun?« Ich werde noch ein wenig wütender und bemühe mich, Richard eine telepathische Warnung zu senden, dass er besser den Mund halten sollte. Leider vergeblich. Er wendet sich wieder mir zu, auf eine Art, die mir sagt, dass er es auf sich nehmen will, mir zu erklären, was Sandrine denkt und mir nur nicht zu sagen wagt.

»Hör mal, vielleicht steht es mir nicht zu, dir das zu sagen, aber glaubst du, dass das vernünftig ist? Ich meine, du sprichst diese Sprache nicht gerade fließend, und wegen einer mesmenischen Tussi, die du nicht einmal wirklich kennengelernt hast, hast du dein komplettes Studium an den Nagel gehängt. Also, wenn du meine Meinung hören willst, solltest du diesen Quatsch sein lassen und dir stattdessen einen richtigen Job suchen!«

Das Blöde ist, dass ich seine Meinung gar nicht hören will. Es fällt mir schon schwer genug, Sandrines kindisches Unbehagen zu ertragen, da hat mir mein bester Freund, der auf einmal einen auf väterlichen Moralapostel macht, gerade noch gefehlt! Wenn ich die beiden so vor mir sehe, fühle ich mich wie ein zehnjähriger Schüler, der seinen Eltern ein schlechtes Zeugnis vorlegen muss. Ich weiß nicht, ob es ihnen bewusst ist, aber ich glaube, dass sie mich dazu missbrauchen, sich selbst zu beweisen, wie vernünftig und erwachsen sie sind. Sie meinen, sie hätten, weil sie mich unterstützt haben, nachdem ich wegen Malis Abfuhr durchgedreht bin, das Recht, mir vorzuschreiben, wie ich zu leben habe. Sandrine sagt nichts, sie beschränkt sich darauf, mich mit einem Blick anzusehen, der besagt, dass ich auf die Stimme der Vernunft hören soll. Da ich keine Lust habe, dieses Abendessen, das so gut begonnen hat, zu verderben, entgegne ich Richard, nachdem ich mich mit übermenschlicher Anstrengung zusammengerissen habe:

»Im Moment lege ich keinen Wert auf deine Meinung, also wechseln wir lieber das Thema, okay?«

»Denkst du immer noch an sie?«

Ich fass es nicht! Wie kann er es wagen, einfach so Mali aus dem Hut zu zaubern, nachdem wir seit Ewigkeiten nicht mehr über sie geredet haben? Wie kann er es wagen, mir mal eben so diese Frage zu stellen, als hätte er mich gebeten, ihm den Senf herüberzureichen? Wie kann er es wagen? Und dann auch noch vor Sandrine? Aber sie möchte genau das auch gern wissen. Da habe ich gedacht, dass ich mit meinem besten Freund nett zu Abend essen kann, und plötzlich habe ich den Eindruck, mich nackt in einer Reality-Show wiederzufinden. Ich sehe die beiden an, die mir unbeweglich gegenübersitzen und an meinen Lippen hängen, um ja nicht meine Antwort zu verpassen. Na gut, sie sollen sie kriegen, ihre Antwort.

»Du kannst mich mal, Richard!«

Türen knallend verschwinde ich im Schlafzimmer und schließe hinter mir ab.

Während ich im Dunkeln auf dem Bett liege, höre ich, wie die beiden das Geschirr abwaschen und sich dabei leise unterhalten. Ich kann nicht hören, worum es geht, bin mir jedoch sicher, dass sie über mich und meine Übersetzung sprechen. Ich bin weit davon entfernt, mich zu beruhigen, und die Wut rumort immer heftiger in mir. Von nun an wird auf der Liste der Gründe, die mich dazu motivieren, die Übersetzung fertigzustellen, ganz oben der dringliche Wunsch stehen, den beiden das Maul zu stopfen, indem ich ihnen beweise, dass ich in der Lage bin, diesen Auftrag zu erledigen, ohne mein seelisches Gleichgewicht zu verlieren. Das wird ein hartes Stück Arbeit, doch am Ende wird Sergeï von der Übersetzung begeistert sein, und vielleicht wird er das Buch deshalb im großen Stil herausbringen. Ich werde weitere Aufträge bekommen, Vorträge über die Kunst des Übersetzens halten …

Ich muss wohl eingeschlafen sein, denn es ist bereits vier Uhr achtundzwanzig, wenn ich meinem Wecker glauben kann. Noch immer bin ich vollständig angezogen und liege auf dem Rücken, während Sandrine in Embryonalstellung neben mir auf der Seite liegt und leise schnarcht. Ich weiß nicht, wovon ich geträumt habe, aber die Angst schnürt mir die Kehle zu. Ich richte mich mühsam auf. Mir wird bewusst, dass mir nur noch vierzehn Tage bleiben, in denen ich hundertfünfundfünfzig Seiten übersetzen muss, und das nur, wenn ich die Seiten, die ich am Donnerstag und Freitag mühsam ins Französische übertragen habe, nicht noch einmal überarbeite. Ich überschlage, dass ich elf Seiten am Tag übersetzen muss, was in dem Tempo, das ich Donnerstag und Freitag vorgelegt habe, bedeutet, dass ich sechzehn Stunden und dreißig Minuten am Tag ununterbrochen damit beschäftigt sein werde.

Das wird mir ohne Aufputschmittel nicht gelingen. Und um an eines zu kommen, spiele ich ernsthaft mit dem Gedanken, eine Apotheke zu überfallen. Das Dumme ist nur, dass ein solcher Überfall Zeit kostet, ganz zu schweigen von dem Risiko, erwischt zu werden.

Um vier Uhr zweiundfünfzig verwerfe ich das mit dem Überfall und lege mich, in der Hoffnung, wieder einzuschlafen, erneut hin. Erschreckende Bilder suchen mich heim: Sergeï, der mir wütend die Finger bricht, einen für jeden Tag Verspätung. Leider habe ich nicht genügend Finger, selbst dann nicht, wenn ich die Zehen dazurechne, woraufhin er sich meinen Knien zuwendet, dann meinen Zähnen … Ich wälze mich herum.

Um fünf Uhr zwölf denke ich noch einmal an den vergangenen Abend und wie schändlich sich Sandrine und Richard verhalten haben. Ich sage mir, dass ich diese Übersetzung um jeden Preis erfolgreich abschließen muss, allein um es ihnen zu beweisen. Und dann ist da ja auch noch Sergeï, mit Mali hat das überhaupt nichts zu tun. Es geht allein darum, allen zu zeigen, dass ich nicht der Versager bin, für den sie mich zu halten scheinen.

Über sechzehn Stunden Arbeit am Tag. Zwei Wochen lang. Am besten fange ich gleich an, in dieser Nacht werde ich eh keinen Schlaf mehr finden.

Ich koche einen Liter Kaffee, fülle ihn in eine Thermoskanne, ziehe meine Jeans an und mache mich ans Werk.

Als Sandrine aufsteht, habe ich schon zwei Stunden geschuftet. Mit noch verschlafenem Gesicht gibt sie mir einen Kuss.

»Du bist schon auf? Was machst du?«

»Was denkst du? Ich übersetze. Ich habe Kaffee gemacht.«

Sie beginnt mit ihrem morgendlichen Ritual, doch die Geräusche des Fernsehers stören mich.

»Könntest du den Fernseher ausmachen bitte? Ich kann mich nicht konzentrieren.«

Wortlos tut sie, worum ich sie gebeten habe. Von meinem Platz aus kann ich die vorwurfsvollen Schwingungen spüren, die sie aussendet, was ich jedoch ignoriere. Es ist höchste Zeit, dass ich mich von nichts und niemandem mehr ablenken lasse.

VII
Früh am nächsten Morgen
und in den folgenden
dreizehn Tagen

1. Tag (neun Seiten)
Katia Pawlownia Celeriska, Marias beste Freundin, ist misstrauisch geworden und beginnt Maria hinterherzuspionieren.
Daraufhin erwischt sie die beiden in flagranti in der Scheune,
wo sie sich unvorsichtigerweise haben gehen lassen, und sie
flehen sie an, ihr Geheimnis zu bewahren. [Das Tolstoi-Syn-
drom hat gnadenlos zugeschlagen: Zwischen Maria, Katia,
Pawlowna, Pawlownia und Pawlowinita habe ich den Über-
blick verloren, wer in der Geschichte was tut. Und Maria fleht
Katia an, sie nicht bei ihren Eltern und ihrer Tochter zu verraten! Wessen Tochter? Maria ist doch noch Jungfrau? Und
wessen Eltern? Ihre sind doch sicher entweder längst tot
oder völlig verkalkt! Das soll einer verstehen! Macht nichts,
ich übersetze weiter.]

2. Tag (fünf Seiten: Ich verliere viel Zeit
mit dem Versuch, herauszufinden, was falsch und
was richtig ist)
Ein weiterer Mann namens Andreï Bergoff tritt in Aktion. Er
humpelt, hat einen Buckel und stellt allen Frauen im Ort nach,
vor allem Maria. Pawlowinita [Maria, Katia oder irgendeine

andere? Inzwischen weiß ich gar nichts mehr, und es ist mir egal] tut ihr Bestes, um ihn von der Scheune abzulenken, hinter der sich Chlobak versteckt, doch er lässt sich nicht darauf ein. [Dieser Ort, in dem jeder jeden verfolgt, muss furchtbar sein, aber das habe ich nicht zu beurteilen. Ich muss das Ganze lediglich übersetzen. Und zwar schnell.]

3. Tag (zwölf Seiten: Endlich das Tagespensum geschafft!)
In dem Moment, als Andreï sich anschickt, Chlobak aus der Scheune herauszuholen wie eine Schnecke aus ihrem Haus, sorgt eine Neuigkeit in der ganzen Bevölkerung für Aufregung: Russische Soldaten sind ins Dorf gekommen, um nach einem Deserteur zu suchen. Sie haben sich in der Herberge einquartiert und versprechen jedem, der ihnen einen Hinweis geben kann, eine Belohnung. [Ein in Bezug auf das Verhältnis zwischen der Ukraine und Russland vor dem Zerfall der UdSSR sehr interessanter Absatz, den ich um ein paar historische Fakten bereichere, die ich im Internet gefunden habe, denn schließlich muss der französische Leser den Kontext verstehen.]

4. Tag (zehn Seiten)
Maria informiert Chlobak über die Anwesenheit der Russen im Ort. [Die erotische Szene, die sich daraus entwickelt, habe ich nicht übersetzt, weil sie wirklich zu obszön ist. Ich ersetze sie durch einen demografischen Exkurs über den Ort, der für jeden nichtmesmenischen Leser unentbehrlich ist; darin erkläre ich, dass in der Zeit, in der der Roman spielt, beinahe fünfzig Prozent der jungen Männer aus dem Ort, die das wehrpflichtige Alter erreicht hatten, im Krieg gefallen sind. Daher besteht die Bevölkerung fast nur aus Frauen. Die ein-

zigen Männer, die dort noch leben, sind die kampfuntauglichen wie beispielsweise Andreï Bergoff. Nach dem Ende des Krieges sind nur wenige Männer zurückgekehrt. Der Rest ist entweder tot oder hat es vorgezogen, sich in einer Stadt in Polen oder anderswo niederzulassen. Ich musste ein wenig Fantasie aufwenden, aber nach diesem kleinen Eingriff ist das Buch wesentlich verständlicher geworden, was der Autor sicher bestätigen würde.]

5. Tag (siebzehn Seiten: Ich hole auf)
Katia ist äußerst eifersüchtig auf Maria. [Auch sie hat ihr Herz an Chlobak verloren. Was ist mit diesen alten Mesmeninnen nur los, dass sie alle so notgeil sind? Das ist doch völlig unglaubwürdig!] Sie macht sich auf den Weg zur Herberge und trifft dort auf Petrow Iwaniwoch, einen von Chlobaks russischen Verfolgern. Er flirtet mit ihr und erzählt furchtbare Dinge über Chlobak. Aufgrund ihres Liebeskummers glaubt Katia dem bösen Russen. Zur gleichen Zeit lockt Andreï Maria in einen Hinterhalt und überrascht sie in dem Moment, als sie mit den Eiern und den Kartoffeln die Scheune betritt. Er erpresst sie: Entweder schläft sie mit ihm, oder er verrät Chlobak. Maria kann ihm gerade noch entwischen, indem sie ihm zwischen die Beine tritt. [Ich habe »zwischen die Beine« geschrieben, um einen Begriff zu übersetzen, der mir völlig schleierhaft ist, aber wohin sollte sie ihn sonst treten? Wobei ich durchaus überrascht bin, wie beweglich sie in ihrem Alter noch ist.]

6. Tag (fünfzehn Seiten)
Angesichts der Gefahr, die von allen Seiten droht, beschließt Chlobak das Dorf zu verlassen. Er will nicht, dass Maria die Gefahr auf sich nimmt, ihn zu begleiten. [Es folgt eine wei-

tere schamlose Sexszene, die ich durch eine geopolitische Betrachtung über Mesmenien ersetze. Ich halte das einfach für meine schriftstellerische Pflicht.] Am Ende der Szene übergibt Chlobak Maria ein nicht identifizierbares Objekt und bittet sie, dieses sorgsam aufzubewahren. [Genauer gesagt, handelt es sich nur für mich um ein nicht identifizierbares Objekt, ein Objekt, dessen Bedeutung ich in meinen Mesmenischunterlagen nicht finden kann, das keinem mir bekannten russischen Wort ähnelt und zu dem ich dem Kontext keinen Hinweis entnehmen kann. Daher übersetze ich es mit »nicht identifizierbares Objekt« und werde mich später noch einmal damit beschäftigen.]

7. Tag (acht Seiten, was nicht schlecht ist: Ich habe den richtigen Arbeitsrhythmus gefunden)

Chlobak verlässt das Dorf am frühen Morgen, als die Landschaft noch von einer weißen Eisschicht bedeckt ist. Maria hat ihm ein gut gefülltes Netz mitgegeben [die Proviantliste ist ziemlich seltsam. Also habe ich Wurst, Pastete, Eier, Möhren und Kartoffeln in das Netz getan] und sieht ihm, in Tränen aufgelöst, nach. Sie befürchtet, dass er in einem anderen Hühnerstall landet, eine andere Bäuerin trifft und erneut sein Herz verliert. Allerdings hat sie nicht viel Zeit, mit ihrem Schicksal zu hadern, da zwei Stunden später die Russen in die Scheune einfallen: Katia hat ihre Freundin verraten. Als Pawlownia bewusst wird, dass Chlobak fort ist und Maria festgenommen werden soll, bekommt sie Gewissensbisse und verhilft Maria zur Flucht, die Chlobak hinterhereilt. Andreï, der ihren Aufbruch beobachtet, folgt ihr, um sie zu beschützen. [Bei den vielen Namen, die in dem Text herumschwirren, könnte man meinen, dass drei Frauen in die

78

Sache verstrickt sind: Das muss ich mir später noch mal ansehen.]

8. Tag (zehn Seiten: Ich habe verschlafen und musste deshalb etwas später anfangen)
Die Russen machen sich an die Verfolgung Chlobaks, der bereits von Maria verfolgt wird, der wiederum Andreï folgt. Pawlownia [Katia?] versucht, die Russen in die falsche Richtung zu schicken, doch sie trauen ihr nicht und machen sich mit ihren Hunden in allen Richtungen auf die Suche. Unterdessen erreicht Chlobak ein Dorf im Norden, nachdem er lange durch einen Bach gelaufen ist, damit die Hunde seine Spur nicht verfolgen können. Maria findet ihn schließlich dort, weil sie ihm zu dieser Route geraten hat.

9. Tag, am Morgen (sechs Seiten)
Die lüsterne Maria stürzt sich auf ihren wiedergefundenen Liebhaber. [Einmal mehr kürze ich, was mir durchaus entgegenkommt, da die Zeit drängt.] Andreï, der Maria dicht auf den Fersen ist, beobachtet die beiden heimlich, hinter einem Baum versteckt, und ist zwischen Eifersucht und Scham hin- und hergerissen; die Scham überwiegt, und er unterbricht sie nicht.

Ich habe einen Brief von McDonald's erhalten. Ich wurde wegen unüberbrückbarer Differenzen entlassen und nicht wegen gravierender Fehler. Ich weiß nicht, ob Martial seine Meinung geändert hat oder ob es die Politik des Hauses ist, für möglichst wenig Aufsehen zu sorgen, jedenfalls habe ich nun Anrecht auf Arbeitslosengeld. Also werde ich heute Nachmittag eine Pause einlegen und mich um mein Geld kümmern.

10. Tag (dreizehn Seiten)

Chlobak, Maria und Andreï hören wildes Gebell: Es sind die Russen einschließlich Petrow und Katia. Andreï, der im Grunde ein gutes Herz hat, trifft eine Entscheidung: Er eilt zu dem sich noch in den Armen liegenden Paar hinüber und zeigt Chlobak einen Geheimweg, damit er fliehen kann. Dann schlägt er Maria vor, bei ihm zu bleiben und vorzugeben, dass sie Chlobak zu zweit gefolgt sind, um ihn an die Russen zu verraten. Maria lehnt ab, Chlobak jedoch ist einverstanden. Um Maria zu überzeugen, sagt er ihr, dass er sie niemals geliebt habe, sondern nur ihre Hilfsbereitschaft habe ausnutzen wollen. Er spuckt vor ihr auf den Boden und macht sich auf den Weg. Wie versteinert bleibt Maria mit Andreï zurück und sieht ihrem Liebsten nach, der am Horizont verschwindet.

11. Tag (siebzehn Seiten)

Chlobak ist geflohen, und die Russen treffen auf Maria und Andreï. Letzterer erzählt den Russen, dass Maria mit ihm gemeinsam unterwegs war, um Chlobak zu fassen und den Russen zu übergeben. Die Russen reagieren skeptisch, woraufhin Andreï Maria innig küsst, um zu beweisen, dass er die Wahrheit sagt und sie beide ein Liebespaar sind. Katia macht das Gleiche mit Petrow, einerseits weil die Lust sie überkommt, andererseits weil sie Maria beweisen will, dass es auch in ihrem Leben einen Mann gibt, und zuletzt um Petrow abzulenken. Unterdessen lässt Maria das »mysteriöse Objekt« in ihre Unterwäsche gleiten, um es vor den Russen zu verstecken. [Damit habe ich einen ersten Hinweis auf die Größe des Objekts, was ich jedoch nicht verstehe, ist, warum sie es vor den Russen verstecken will. Doch darum kümmere ich mich später.] Anschließend machen sich alle zusammen an die Verfolgung Chlobaks.

12. Tag (siebzehn Seiten)

Die Verfolgungsjagd führt sie zur estnischen Grenze. [Das Ganze ist mit ziemlich pornografischen Szenen gespickt, die ich lieber weglasse. Stattdessen füge ich ein paar Schüsse ein, was nicht nur weniger primitiv ist, sondern auch glaubwürdiger.] Als alle schließlich nur noch zehn Meter von der Grenze entfernt sind, bleibt Chlobak stehen und dreht sich um. Er kann sich nicht dazu durchringen, diese symbolische Linie zu überschreiten und Maria zurückzulassen. Maria rennt zu ihm und wirft sich ihm in die Arme. Er bittet sie um Entschuldigung, dass er auch nur eine Sekunde daran glauben konnte, ohne sie fortgehen zu können. Sie verzeiht ihm und schwört, dass sie ihn ihr ganzes Leben lang lieben wird. [Wobei mit siebzig Jahren das Leben nicht mehr besonders lang ist.] Einer von Petrows russischen Kameraden schießt auf die beiden, doch im letzten Moment kann Petrow den Schuss umlenken, und Andreï wirft sich in die Schusslinie, um Maria zu retten. Andreï wird getroffen und stirbt in allgemeiner Gleichgültigkeit. [Meine Übersetzung ist im Vergleich zum Originaltext eigenartig kurz. Das liegt wohl an den gestrichenen Liebesszenen. Umso besser, so habe ich Zeit gespart.]

13. Tag (sechsundzwanzig Seiten)

Chlobak und Maria überschreiten Hand in Hand die Grenze, während Katia und Petrow ihnen eng umschlungen zum Abschied zuwinken. Sechs Monate später haben Chlobak und Maria, inzwischen in Tallinn, einen kleinen Laden für selbst gefertigte Holzschuhe eröffnet, um sich ihren Lebensunterhalt zu verdienen, und das »mysteriöse Objekt« verändert ihr Schicksal für immer. ENDE. [Es ist vier Uhr morgens; ich weiß noch immer nicht, worum es sich bei jenem »mysteriösen Objekt« handelt, und es ist mir völlig egal.]

VIII
Der erste Tag nach der Übersetzung

Eigentlich wollte ich ausschlafen, aber als Sandrinne aufgestanden ist, bin ich davon wach geworden und kann nun nicht mehr einschlafen. Da es keinen Sinn macht, weiter liegen zu bleiben, gehe ich zu Sandrine in die Küche und küsse sie in den Nacken.

»Hey, arbeitest du heute Morgen nicht?«

»Vorbei. Over. Terminado. Krieg ich einen Kaffee?«

Mit unseren Tassen setzen wir uns aufs Sofa. Herausfordernd schaltet Sandrine den Fernseher ein und blickt mir in die Augen. Zwei Wochen lang hat sie ihre Sendung verpasst. Ich zucke nicht mit der Wimper. William Leymergie mit seiner Zahnlücke erscheint auf dem Bildschirm und kündigt die folgenden Berichte an: irgendwas Botanisches, ein Kochrezept, den Pressespiegel.

»Was hast du heute vor?«

»Ich werde die Übersetzung abgeben und dann ein wenig herumhängen. Aber keine Sorge: Gleich morgen geht's zum Jobcenter und an die Arbeitssuche.«

Ihre Gesichtszüge entspannen sich, man sieht ihr die Erleichterung an. Es wirkt, als hätte sie nach langer Zeit in einem Tunnel endlich das Ende erreicht, wobei ihr Tunnel noch länger und dunkler gewesen sein muss als der, in dem ich mich in den letzten zwei Wochen befunden habe.

»Gut, dann mach ich mich mal fertig für die Arbeit.«

Wie gewohnt, verlässt Sandrine um acht Uhr fünfundvierzig die Wohnung, und ich greife zum Telefon.

»Hallo, Sergeï. Ich kann Ihnen die Übersetzung vorbeibringen.«

»Thomass? Du fertig?«

Ich höre seiner Stimme an, wie sehr ihn das freut. Eines muss ich ihm zugutehalten: Während meiner Klausur hat er nicht ein Mal angerufen, um nachzufragen, wie weit ich bin, er hat mich weder bedroht noch gedrängt oder was auch immer. Das hat mir das Gefühl gegeben, dass er mir vertraut.

»Ja, die Übersetzung ist fertig. Soll ich sie heute Abend vorbeibringen?«

»Nein, nein, nein. Sofort. In Café an Straßenecke bei Institut, ja?«

Ich habe gedacht, dass mir noch ein wenig Zeit bleiben würde, um die Übersetzung auszudrucken und Korrektur zu lesen. Aber egal, so ist das Ganze schneller vorbei, und letztendlich hätte ich in den paar Stunden auch nicht mehr wirklich viel korrigieren können. Also lege ich auf, drucke den Text aus und eile zur Metro.

Als ich eine Stunde später die Metrostation verlasse, entdecke ich das Café an der Straßenecke, von dem Sergeï gesprochen hat, sofort. Ich öffne die Tür und sehe ihn mit einer winzigen Tasse Kaffee in der Pranke in einer Ecke sitzen. Er entdeckt mich im selben Moment wie ich ihn.

»Thomass, guten Tag!«

Ich gehe zu ihm, setze mich ihm gegenüber, nehme den Originaltext und die Übersetzung heraus und lege sie zwischen uns, denn ich habe es eilig, die Sache hinter mich zu bringen. Sergeï nimmt die Übersetzung, blättert sie flüchtig durch und wiegt dann das Ganze in den Händen, als ob sich die Qualität nach dem Gewicht richtete.

»Gutes Französisch, hm?«

»Ich habe mein Bestes getan. Sicher ist noch einiges zu korrigieren, und ich bin durchaus bereit, noch daran zu arbeiten.«

Meine Antwort scheint ihn zufriedenzustellen, denn er zieht einen gut gefüllten Umschlag aus der Tasche.

»Tausendachthundert Euro, ja?«

»Ja, das ist die vereinbarte Summe.«

Der Kellner kommt, und ich lasse den Umschlag verschwinden.

»Einen Kaffee bitte.«

Sobald der Kellner wieder weg ist, werfe ich einen Blick in den Umschlag. Ich möchte nicht, dass Sergeï denkt, ich wolle nachzählen, aber ich bin von dem Bargeld in diesem Umschlag fasziniert und fühle mich wie in einem Spionagefilm.

»Alles gut, ja?«

»Ja, alles gut.«

Der Kellner bringt meinen Kaffee, den ich in einem Zug herunterkippe. Dann lege ich einen Fünfeuroschein auf den Tisch, um die beiden Getränke zu bezahlen. Sergeï wirkt zufrieden, beinahe entspannt, und ist nun bereit, über andere Dinge zu plaudern.

»Und? Liebst du auch Großmutter?«

Ich finde die Frage ziemlich peinlich und bin nicht in der Stimmung, mit einem so zwielichtigen Gesprächspartner über ein derart intimes Thema zu reden. Also weiche ich der Antwort aus, indem ich auf das zurückkomme, was mich wirklich interessiert.

»Und wie machen wir es mit den Korrekturen? Werde ich

wieder von Ihnen hören, oder soll ich Sie kontaktieren, wenn ich die Änderungen eingearbeitet habe?«

»Du fertig. Ich bezahlen und du fertig.«

Er reibt sich mit gespreizten Fingern die Hände. Mir ist nicht ganz klar, ob er mir damit zu verstehen geben will, dass der Vertrag erfüllt ist, oder ob ich die Übersetzung doch noch überarbeiten soll. Unsicher, wie ich bin, schreibe ich meine Adresse und meine Telefonnummer auf die erste Seite der Übersetzung.

»Ich gebe Ihnen sicherheitshalber noch mal meine Nummer und meine Adresse, wenn Sie mir die Übersetzung zur Korrektur vorbeibringen wollen.«

Er nickt zustimmend und steckt den Papierstapel in eine große Plastiktüte. Gemeinsam verlassen wir das Café. Auf dem Gehsteig schütteln wir uns zum Abschied und zum Zeichen, dass unsere Zusammenarbeit nun beendet ist, unbeholfen die Hände.

IX
Zwei Monate später

Ich kann die Stille nicht mehr ertragen. In der ersten Woche, nachdem ich Sergeï meine Übersetzung übergeben habe, bin ich bei jedem Klingeln zusammengezuckt. Ohne zu wissen, ob ich es befürchtete oder erhoffte, wartete ich auf ein Zeichen, auf irgendetwas, das mir bewies, dass meine Bemühungen nicht dem vollkommenen Vergessen anheimfielen. Mein Traum wäre, am Telefon eine melodiöse, schnurrende weibliche Stimme zu hören, die mir einen Termin anbietet, um über die Veröffentlichung des Buches und die noch vorzunehmenden Korrekturen zu reden. Wobei ich nicht wirklich daran glaube und mit einem Anruf Sergeïs, der wütend über meine schlechte Übersetzung schimpft, schon zufrieden wäre – oder mit einer aufsehenerregenden polizeilichen Verhaftung wegen meiner Beziehungen zu einem baltischen Prostitutionsring. Alles, wirklich alles würde ich dieser Stille vorziehen. Mein Selbstwertgefühl will es so!

Wie um meine Moral zusätzlich noch ein wenig zu untergraben, was gar nicht nötig wäre, sitzt Sandrine mir ständig damit im Nacken, dass ich mir einen Job suchen soll. Ihre Taktik besteht in jenen kleinen, scheinbar harmlosen Äußerungen, die ich durchaus zu dechiffrieren weiß, in der Art von: »Und, was hast du heute gemacht?«, was übersetzt bedeutet: »Warst du auf Arbeitssuche?« Oder auch: »War etwas Interessantes in der Zeitung?«, womit sie den Anzeigenteil mit den Stellenangeboten meint. Oder auch: »Warst du ein wenig an der Luft?«, wobei sie natürlich von der Luft in den Zeitarbeitsfirmen spricht, auch wenn sie es nicht so sagt. Hin und wieder fragt sie mich direkt, ob ich meinen Lebenslauf überarbeitet oder mir Gedanken über meine Zukunft gemacht habe. Inzwischen habe ich den Eindruck, dass sie, was mich angeht, nur noch eines interessiert, nämlich ob ich in der Lage bin, einen neuen Job zu finden. Sie ist regelrecht besessen davon. Und sie merkt selbst gar nicht, dass sie mir diese Fragen stellt. Ehrlich gesagt, passt mein Lebenslauf auf ein Post-it, aber wozu? Das Einzige, was ich sicher weiß, ist, dass ich nicht wieder bei McDonald's oder woanders an der Kasse stehen will. Und um Sandrines unterschwellige Frage zu beantworten: Ja, ich durchforste fast jeden Tag die Zeitungen. *Le Monde, Libération, Le Figaro, Les Échos, La Tribune* und sogar *20 Minutes*, denn man weiß ja nie. Allerdings ist die einfache, wenn auch bittere Wahrheit, dass niemand einen Typen wie mich, ohne Berufsausbildung und ohne Erfahrung, einstellen will.

Um die interstellare Leere meiner Tage zu füllen und Sandrines Besessenheit zu entgehen, verbringe ich die Zeit damit, von Mali zu träumen, ich schwelge in meinen Erinnerungen an ihren Körper und ihre Stimme, ich stelle mir vor, sie vielleicht wiederzusehen, wenn sie irgendwann von meinem Buch hört. Und infolgedessen denke ich an Mesmenien, an Sergeï, was mich immer wieder auf meine Übersetzung bringt. Was wohl aus ihr geworden ist? Ob sie irgendwo in einer dunklen Schublade vergammelt? Das kann ich einfach nicht glauben, nachdem es Sergeï so wichtig war, sie schon nach drei Wochen zu erhalten. Genauso wenig kann ich glauben, dass sie ohne Lektorat veröffentlicht worden ist. Also, was ist los? Ob sie jemand anderen damit beauftragt haben, sie zu überarbeiten, ohne mich zu informieren? War meine Arbeit also so schlecht, dass man mir nicht selbst die Möglichkeit zur Redaktion geben wollte?

Ich habe mehrfach bei Sergeï angerufen, und jedes Mal bin ich auf einem Anrufbeantworter gelandet. Ich habe mich sogar vor dem KIfnbS herumgetrieben, um ihm aufzulauern. Wobei mir dieser Ort ein immer größeres Rätsel ist. Niemand geht dort hinein oder heraus, und die einzige lebende Person, die sich darin aufhält, ist jene junge Frau namens Anna, die unverändert am Empfang sitzt. All das verunsichert mich ein wenig, dennoch habe ich heute entschieden, entschlossen auf mein Ziel loszugehen und Sergeï persönlich auf die Übersetzung anzusprechen.

Als ich das KIfnbS erreiche, gehe ich sofort hinein, bevor mich das bisschen Mut, das ich zusammengekratzt habe, wieder verlässt. Anna, die hinter dem blank polierten Schreibtisch sitzt, blickt überrascht von einer bunten Zeitschrift auf, die vor ihr liegt.

»Guten Tag, ich würde gern mit Sergeï sprechen.«

Aus dem Büro hinter der jungen Frau ist Lärm zu hören, jede Menge Lärm. Ein Mann brüllt, ein anderer antwortet beschwichtigend. Den Grund für den Streit kann ich nicht heraushören. Ich spitze die Ohren und mache einige Worte aus, die mir sagen, dass es um Rache geht: »Betrüger« und »teuer bezahlen«, während die Antworten beruhigend klingen wie »wir werden uns schon einigen«. Es ist nicht leicht, dem Dialog zu folgen, da die Sprechenden manchmal Französisch und manchmal in einer mir unbekannten Sprache reden. Aber eines ist sicher: Keine der beiden Stimmen ist die von Sergeï.

»Sergeï? Aber er arbeitet nicht mehr hier …«

Der jungen Frau scheint die Situation unangenehm zu sein, denn sie dreht sich immer wieder zu dem Büro um, aus dem der Streit dringt. Ihre Antwort enttäuscht mich maßlos, denn ich war davon überzeugt gewesen, dass es reichen würde, den Mut aufzubringen, dieses Gebäude zu betreten, um Antworten auf meine Fragen zu erhalten.

»Wissen Sie vielleicht, wo ich ihn finden könnte? Denn wissen Sie, ich habe für ihn gearbeitet …«

»Warten Sie, waren Sie nicht vor einigen Monaten schon einmal hier bei ihm? Sie sind aber nicht zufällig Thomas Lagrange, oder?«

»Doch, das bin ich, aber ich …«

»Einen Moment. Ich benachrichtige Monsieur Alvizaar.«

Ich fühle mich ein wenig unwohl, nachdem ich so plötzlich identifiziert worden bin, und höre genau zu, um zu verstehen, was sie am Telefon zu dem Mann sagt, dessen Name mir völlig unbekannt ist. Sie spricht in einer Sprache mit ihm, die ich nicht kenne, vielleicht Estnisch, und nach einem kurzen Gespräch legt sie wieder auf.

»Wenn Sie bitte einen Moment warten würden. Monsieur Alvizaar möchte gern mit Ihnen sprechen.«

Kaum hat sie das gesagt, wendet sie sich wieder ihrer Zeitschrift zu, als ob ich nicht existierte. Ich überlege, ob ich nicht einfach wieder gehen soll, aber meine Neugier siegt. Letztendlich habe ich nichts getan, und wenn man mich zur Rechenschaft ziehen sollte, kann ich alles erklären. Um sicherer zu wirken, schaue ich mir die Karten an den Wänden an, als würde ich auf diese Art schweigend meine geografischen Kenntnisse über das Baltikum auffrischen.

So vergehen zwanzig Minuten. Die Stimmen in dem Büro werden leiser, und ich werde allmählich ungeduldig. Gerade als ich mich umdrehe, um mich zu beschweren, öffnet sich die Tür des Büros, und die beiden Streithähne werden sichtbar. Der Mann, der in dem Büro zurückbleibt, ist groß und dünn, um die sechzig, mit weißem Haar, und trägt einen Anzug. Der, der den Raum verlässt, ist jünger, vielleicht vierzig Jahre alt, seinem Gesicht ist der Ärger noch anzusehen, sein langes Haar ist ungekämmt, er ist schlecht rasiert, und er trägt eine Jeans, ein Polohemd und darüber einen Regenmantel. Er ist der Typ Mann, der bei Frauen gut ankommt. So, wie ich in zehn Jahren gern aussehen würde. Offensichtlich hat er sich noch nicht wieder vollständig beruhigt:

»Ich warne Sie, Alvizaar, wenn ich diesen Scheißkerl in die Finger kriege, schlage ich ihm die Fresse ein. Ich breche ihm nacheinander sämtliche Fingerknochen, damit er in seinem ganzen Leben nicht noch einmal so einen Mist verzapfen kann. Und was Sie auch sagen, Sie werden mich nicht davon abbringen!«

Nach diesen nachdrücklichen Worten verlässt er das KIfnbS, wobei er die Glastür hinter sich so heftig zuschlägt, dass die Scheibe zu zerbrechen droht. Es folgt ein kurzer Moment der Verunsicherung, bevor sich der Mann, bei dem es sich offensichtlich um Monsieur Alvizaar handelt, an mich wendet.

»Monsieur Lagrange, richtig? Wenn Sie bitte hereinkommen würden!«

Er tritt zur Seite, damit ich in das Büro gehen kann. Seine Stimme klingt kühl, wie mir auffällt, er spart sich jede Höflichkeitsformel, und er lächelt nicht. All das verheißt nichts Gutes, und ich irre mich nicht.

Sobald der Mann die Tür geschlossen hat, setzt er sich in seinen großen Bürosessel, ohne mir einen Platz anzubieten, und sieht mich mit unter dem Kinn gefalteten Händen aus seinen dunklen Augen eindringlich an, als wolle er mich einschätzen. Sollte es zu einer körperlichen Auseinandersetzung kommen, glaube ich mich einem Mann dieses Alters gegenüber im Vorteil, doch diese Tatsache allein reicht nicht aus, mich zu beruhigen. Denn in seinen Augen liegt etwas Sadistisches, etwas, was sicher sämtliche Paten von allen Mafiabanden der Welt in ihrem Blick haben.

»Sie sind also Sergeï Ivoons Komplize. Darf ich mir die Frage erlauben, welche Rolle Sie in dieser Angelegenheit gespielt haben und welches Interesse Sie verfolgen, Monsieur Lagrange?«

»Ich der Komplize von Sergeï Ivoon? Aber ich kenne ihn doch gar nicht! Ich wusste bis vor einer Minute nicht einmal seinen Nachnamen!«

»Monsieur Lagrange, ich muss Sie warnen, dass ich einen schlechten Tag hatte und dass meine Geduld bereits überstrapaziert ist.«

»Aber ich schwöre Ihnen, dass ich den Mann nicht kenne!«

Monsieur Alvizaar reibt sich das Gesicht mit den Händen, und allmählich steigt eine Angst in mir auf, die mir die Kehle zuschnürt.

»Monsieur Lagrange, hören Sie mir gut zu. Ich könnte Sie zweifellos für das, was Sie und Sergeï getan haben, vor Gericht bringen, allerdings ist es so, dass ich keine Zeit zu verlieren habe und dass der lächerliche Schadenersatz, den ich daraufhin erhalten würde, mich nicht interessiert. Nur wäre ich sehr an Ihren Beweggründen interessiert.«

Eigenartigerweise beruhigen mich seine Worte. Denn immerhin beweisen sie mir, dass ich nicht in die Hände gefährlicher Verbrecher geraten bin, die bereit sind, mich wegen eines mir unbekannten Vergehens zu töten. Wenn dieser Alvizaar mich anzeigen will, dann soll er nur: Ich habe mir nichts vorzuwerfen. Jedenfalls nicht viel. Denn wenn ich jetzt darüber nachdenke, war diese Übersetzung wohl doch Schwarzarbeit. Ich beschließe, dem Mann meine Geschichte zu erzählen.

»Hören Sie, ich habe Sergeï nur zweimal getroffen. Das erste Mal, als er mir das Originalmanuskript anvertraut hat, und dann, als ich ihm meine Übersetzung ausgehändigt und das Manuskript zurückgegeben habe. Er hat mich für meine Arbeit bezahlt, und das war's, mehr weiß ich nicht. Heute bin ich nur hergekommen, um nachzufragen, was mit diesem Schwachsinn, den ich übersetzt habe, nun passiert.«

»Und wie sind Sie mit Sergeï in Kontakt gekommen, wenn Sie ihn vorher nicht gekannt haben? Wie kommt es, dass Sie eine so seltene Sprache wie das Mesmenische überhaupt beherrschen?«

»Er hatte eine Anzeige in der Zeitung *20 Minutes* aufgegeben. Darauf habe ich mich gemeldet. Wenn Sie möchten, kann ich sie Ihnen zeigen. Ich habe die Zeitung noch irgendwo zu Hause. Und was das Mesmenische angeht, das habe ich an der Uni gelernt, wo ich über zwei Jahre einen Intensivkurs belegt habe.«

Er starrt mich an, unbewegt, und ihm ist nicht anzusehen, was er von meiner Version der Ereignisse hält. Er nimmt sich Zeit mit seiner Reaktion, zündet sich eine Zigarette an und raucht mit einem Zug etwa ein Drittel davon auf. Für einen Moment überlege ich, ihn an die Schädlichkeit von Tabak zu erinnern, was ich jedoch sofort wieder verwerfe. Dies ist wohl nicht der richtige Zeitpunkt für derartige Betrachtungen.

»Monsieur Lagrange, ob Sie mir die Wahrheit sagen oder nicht, ist jetzt nicht mehr wirklich von Bedeutung, nachdem dieser ... *debile Schwachsinn* gedruckt ist. Und da Sie der einzige Beteiligte an diesem Buch sind, der uns zur Verfügung steht, werde ich Sie einfach nur bitten, den Vertrag, in dem

Sie uns das Recht zur Veröffentlichung Ihrer Übersetzung übertragen, zu unterschreiben und in Zukunft nichts mehr zu übersetzen, was in irgendeiner Verbindung zu unserer ehrenhaften Einrichtung steht. Ich hoffe, ich habe mich klar genug ausgedrückt, Monsieur Lagrange!«

Trotz der Drohungen und der Angst, die ich habe, kann ich mich nicht zurückhalten, die Frage zu stellen, deretwegen ich gekommen bin.

»Das heißt, dass meine Arbeit nicht vernichtet wurde?«

»Rückblickend würde ich das allzu gern tun, wie Sie sich vorstellen können. Leider bin ich nicht auf den Gedanken gekommen, diesen Mist noch einmal durchzusehen, bevor er gedruckt wurde. Da es nicht zu meinen Gewohnheiten zählt, Bücher zu verbrennen, nicht einmal, wenn es sich um ein derart minderwertiges Werk wie das Ihre handelt, sehe ich keine andere Lösung als die, die Angelegenheit zu Ende zu bringen und zu hoffen, dass dieses ärgerliche Ereignis möglichst schnell vergessen ist. Nathalie wird sich in ein paar Tagen bei Ihnen melden, wenn Sie so nett sein könnten, uns Ihre Kontaktdaten zu hinterlassen, damit wir einen formellen und angemessenen Vertrag aufsetzen können.«

Vage erinnere ich mich daran, dass ich meinen Namen und meine Handynummer auf die erste Seite der Übersetzung geschrieben habe, als ich sie Sergeï übergab. Damals dachte ich, dass er sie vielleicht brauchen würde, um mich wegen anfallender Korrekturen zu kontaktieren. Doch vermutlich ist die Adresse verloren gegangen. Ich schreibe also ein weiteres Mal meine Kontaktdaten auf einen Zettel, den Monsieur Alvizaar mir zuschiebt. Im Gegenzug hält er mir eine Visitenkarte hin, auf der ich den Namen Nathalie Vermont lese, Verlegerin bei Éditions ELL'M, gefolgt von einer Telefonnummer und einer Adresse in derselben Straße, in der sich auch das

KIfnbS befindet, vielleicht sogar im selben Gebäude, allerdings habe ich nicht auf die Hausnummer geachtet.

»Éditions ELL'M?«

»Das steht für Estland, Litauen, Lettland und Mesmenien. Und jetzt, wenn Sie mir nichts mehr zu sagen haben, werde ich Sie nicht länger aufhalten.«

Mein Gesprächspartner vertieft sich in die Lektüre eines Dokuments, ohne mich weiter zu beachten, als wäre ich bereits nicht mehr im Raum. Ich zögere kurz, wie ich mich verhalten soll, denn ich bin versucht, den Mann zu fragen, was aus Sergeï geworden ist, obwohl mir natürlich bewusst ist, dass er mir höchstwahrscheinlich nicht antworten würde. Also verlasse ich ohne ein weiteres Wort das Büro, wobei ich gleichzeitig enttäuscht, erleichtert und auf gewisse Weise zufrieden bin, dass ich meine Übersetzung nicht völlig umsonst angefertigt habe. Am Empfang sieht Anna mir neugierig hinterher, als ich das Gebäude verlasse. Ich bin mir sicher, dass sie zu gern wissen möchte, was in dem Büro besprochen wurde. Allerdings habe ich nicht vor, mit ihr darüber zu reden.

»Auf Wiedersehen, Mademoiselle.«

»Auf Wiedersehen.«

Draußen auf der Straße betrachte ich noch einmal die Visitenkarte meiner Verlegerin. »Meine Verlegerin«, wiederhole ich die magischen Worte. Irgendwo auf dieser Erde gibt es eine Verlegerin namens Nathalie Vermont, die ein Buch veröffentlicht, das von einem gewissen Thomas Lagrange übersetzt worden ist. Von mir! Ich warte bereits auf ihren Anruf, wenn ich auch ein wenig nervös bin, was sie mir zu sagen hat. Schließlich war dieser Tag bereits aufregend genug. Daher stecke ich die Karte wieder in die Tasche und beschließe, nach Hause zurückzukehren, etwas zu Mittag zu essen und die ganze Angelegenheit erst mal zu vergessen. Unterwegs kaufe ich ein Stück scharfe Salami, eine grüne Paprika und ein paar Eier. Dieses üppig garnierte Omelett wird zusammen mit einer großen Portion Spaghetti eine hübsche kostengünstige Mahlzeit abgeben. Allmählich muss ich aufs Geld achten, denn Sergeïs zweitausend Euro sind schon aufgebraucht, und das Arbeitslosengeld ist nicht der Rede wert. Ich hasse die Vorstellung, ein Mann zu sein, der sich von seiner Freundin aushalten lässt, und jedes Mal, wenn Sandrine mich damit nervt, dass ich mir einen Job suchen soll, fühle ich mich grausam an diesen unwürdigen Status erinnert, den ich verzweifelt zu verdrängen versuche.

Anders, als ich es mir vorgenommen habe, stürze ich mich zu Hause sofort auf meine Übersetzung. Es ist stärker als ich, ich muss den Vorwurf dieses beunruhigenden Monsieur Alvizaar irgendwie nachvollziehen. Ich öffne die Datei und beginne an einer willkürlichen Stelle zu lesen:

Zehn lange Minuten über beobachtete Katia heimlich durch einen Spalt in der Holzwand der Scheune, wie ihre Freundin Maria und der gut aussehende Chlobak sich gierig küssten. Rasend vor Eifersucht und unfähig, diesen Anblick länger zu ertragen, floh sie, so schnell ihre schmerzende Hüfte es erlaubte, von diesem Ort in die einzige Herberge im Dorf. Seit der Ankunft der Russen war dort immer jede Menge los, sodass Katia nach einem freien Tisch Ausschau halten musste. Das Problem mit den Russen war, dass sie oft schwer betrunken waren und entsprechend viel Lärm machten. Als Katia bewusst wurde, dass sie an diesem Ort nicht die Ruhe finden würde, nach der sie suchte, wandte sie sich um, um zu gehen, als eine männliche Stimme ihr hinterherrief:

»Hübsches Fräulein, Sie sollten sich uns anschließen!«

Der Mann, der dies gesagt hatte, trug eine Uniform mit Mütze und sah in diesem Aufzug beinahe so gut aus wie der Liebhaber ihrer Freundin. Daher kam Katia der Aufforderung eilig nach, in der Hoffnung, dort den Trost zu finden, nach dem sie sich sehnte.

»Aber was ist denn mit Ihnen? Was sollen all die Tränen in diesen hübschen Augen?«

»Das können Sie nicht verstehen. Es geht um Maria, die nun vor mir ihre Jungfräulichkeit verlieren wird. Und das ertrage ich nicht!«

Ich bin völlig entmutigt, denn ich könnte meine Übersetzung noch so oft lesen und würde dennoch nicht verstehen – davon bin ich überzeugt –, was dieser miese Typ namens Alvizaar mir vorzuwerfen hat. Es ist allenfalls möglich, dass ihm mein Stil nicht gefällt, wobei das für mich kein wirklicher Grund ist, so einen Aufstand zu machen.

Ich beschließe also, in die Küche zu gehen und zu kochen, um meinen Ärger zu vergessen. Dort setze ich das Wasser für die Nudeln auf und füge Salz hinzu. Dann schneide ich die Paprika in lange Streifen und die Salami in dicke Scheiben, wie ich es liebe. Diese einfachen Tätigkeiten beruhigen auf wunderbare Weise meine Nerven. Ich schalte das Radio ein, um die Nachrichten zu hören, denn ich mag derartige Hintergrundgeräusche beim Kochen, vor allem in letzter Zeit, da ich öfter allein bin, als mir lieb ist.

Ein Journalist berichtet über die neuesten Entwicklungen in dem Skandal, der gerade die Gemüter bewegt, während ich die vier Eier für mein Omelett rühre. Ich höre nur mit einem Ohr zu, denn es ist schon ewig her, dass ich mich ernsthaft für Politik interessiert habe. Salami und Paprika schmoren in der Pfanne und verbreiten einen Duft, der mir das Wasser im Mund zusammenlaufen lässt. Und dann, genau in dem Moment, als ich die geschlagenen Eier in die Pfanne gieße, sagt der Mann im Radio etwas, was trotz des lauten Brutzelns sofort meine Aufmerksamkeit erregt:

»Und zum Schluss noch diese Nachricht, die gerade hereingekommen ist: Wie es scheint, ist in Mesmenien ein neues Vorkommen an Seltenen Erden gefunden worden. Sollte sich diese Nachricht bestätigen, könnte dies für eine Revolution im Bereich der alternativen Energien sorgen.«

Es ist tatsächlich das erste Mal, dass ich höre, wie Mesmenien im Radio erwähnt wird, und ich habe überhaupt keine Ahnung, was mit diesen »Seltenen Erden« gemeint sein könnte. Daher esse ich das Omelett und die Spaghetti eilig im Stehen in der Küche. Ich will das, so schnell es geht, im Internet nachlesen.

Nach zwei Stunden intensiver Recherche weiß ich eines sicher: Um zu verstehen, was genau mit »Seltenen Erden« gemeint ist, bräuchte ich einen Doktortitel in Chemie oder zumindest einen Abschluss auf einem naturwissenschaftlichen Gymnasium. Das Erste, was ich dennoch verstehe, ist, dass »Seltene Erden« zwar so heißen, aber tatsächlich weder selten noch aus Erde sind. Warum aber werden sie dann so genannt? Auf den Internetseiten, die ich konsultiere, wird erklärt, dass es sich dabei um eine historische Bezeichnung handelt, die auf der Tatsache beruht, dass sie zuerst in seltenen Mineralien gefunden und aus diesen in Form ihrer Oxide, also Sauerstoffverbindungen (früher »Erden« genannt), isoliert wurden. Und damit lande ich wieder bei dem berühmten Periodensystem, dem Albtraum meiner Schulzeit, mit seinen Feldern, in denen die chemischen Elemente mit steigender Kernladung aufgeführt sind. Die Elemente, die mich interessieren, sind nicht in der Hauptgruppe des Periodensystems zu finden, sondern in einer Nebengruppe, die links und darunter dargestellt ist wie Inseln auf einer Landkarte.

Ich bin gerade dabei, mich mit so unaussprechlichen Bezeichnungen wie Lanthan, Neodym, Cer, Terbium und Erbium zu befassen, als Sandrine von der Arbeit nach Hause kommt. Sie tritt ins Wohnzimmer, doch ich bin derart intensiv mit meinen Recherchen beschäftigt, dass ich nicht einmal vom Bildschirm aufblicke.

»Hallo, was machst du?«

»Ich informiere mich über Seltene Erden.«

»Was ist das denn? Suchst du ein Ziel für unseren nächsten Urlaub?«

Über diese Überlegung muss ich lachen, weil sie mit dem Thema, mit dem ich mich gerade befasse, so überhaupt nichts zu tun hat.

»Nein, es geht um etwas völlig anderes. Seltene Erden sind etwas äußerst Eigenartiges. Chemisches Zeug, das offenbar überall in der Erdkruste vorkommt, aber nicht so leicht zu gewinnen ist.«

»Warum interessierst du dich dafür?«

»Weil eben in den Nachrichten davon die Rede war. Angeblich wurde in Mesmenien ein neues Vorkommen entdeckt.«

Kaum dass das Tabuwort gefallen ist, erstarrt sie.

»Und das ist wichtig?«

»Scheint so. Laut dem Reporter muss es eine Riesensache sein.«

»Wozu braucht man diese Seltenen Erden?«

»Ich habe keine Ahnung. So weit bin ich noch nicht. Ich versuche erst mal zu verstehen, worum genau es sich handelt.«

Das scheint sie nicht zu interessieren, da sie sich einem vollkommen anderen Thema zuwendet.

»Was essen wir?«

Mist, ich habe vollkommen vergessen, etwas fürs Abendessen einzukaufen. Und es ist nichts mehr im Kühlschrank.

»Tut mir leid, die Zeit ist schneller vergangen, als ich gedacht habe. Bestellen wir Sushi?«

Sie verzieht das Gesicht, und ihr ist die Enttäuschung anzusehen. Seit ich arbeitslos bin, versuche ich sie milde zu stimmen, indem ich jeden Abend ein neues Rezept für ein kostengünstiges und natürlich kalorienarmes Essen ausprobiere. Ich hoffe, dass sie heute Abend Verständnis hat für die Ausnahme. Dass sie ohne weiteren Kommentar den Flyer des japanischen Lieferservice holen geht, interpretiere ich als gutes Zeichen. Sie braucht mich gar nicht erst zu fragen, was ich essen möchte, denn zu den seltenen Gelegenheiten unserer japanischen Bestellungen nehmen wir immer die gleichen Rollen und Spieße. Während sie telefoniert, mache ich den Fernseher an, in dem gerade die Acht-Uhr-Nachrichten laufen.

»Erneut sind wir mit unserem Korrespondenten in Mesmenien verbunden, wo ein bedeutendes Vorkommen an Seltenen Erden gefunden wurde.«

Verblüfft stelle ich den Ton lauter, um Sandrines Stimme zu übertönen. Sie wedelt mit der Hand, um deutlich zu machen, dass ich wieder leiser machen soll, was ich jedoch ignoriere. Ein dicker, rotgesichtiger, offensichtlich frierender Mann mit einer grünen Pelzmütze auf dem Kopf erscheint auf dem Bildschirm. Hinter ihm ist eine trostlose, von schmutzigem Schnee bedeckte Landschaft mit ein paar kümmerlichen Bäumen zu sehen. Es sieht exakt so aus, wie ich mir Mesmenien vorgestellt habe.

»Äh, ja genau, Laurent, ich befinde mich gerade in dem kleinen Ort Wlaskinsky, ganz in der Nähe der russischen Grenze, wo das Vorkommen an Seltenen Erden gefunden wurde. Wie Sie hinter mir sehen können, herrscht hier eine gewisse Aufregung.«

Der Typ hat sich wohl länger nicht mehr umgedreht. Denn hinter ihm sind lediglich ein paar tote Stämme und in der Ferne eine männliche Gestalt zu sehen, die sich mühsam vorwärtsbewegt. Der Nachrichtensprecher in seinem Studio in Paris zieht es vor, nicht weiter darauf einzugehen.

»Thierry, könnten Sie vorab unseren Zuschauern kurz erklären, worum es sich bei diesen Seltenen Erden handelt?«

Der rotgesichtige Dicke reibt sich die Hände, um sie aufzuwärmen. Eine weiße Wolke entweicht seinem Mund und seiner Nase. Jede Wette, dass er viel lieber in die nächste Kneipe gelaufen wäre, um sich einen Glühwein zu bestellen, als diese Frage seines Kollegen zu beantworten.

»Also, Laurent, zuerst muss man wissen, dass der Begriff ›Seltene Erden‹ an sich verwirrend ist. Man sollte besser von ›Metallen der Seltenen Erden‹ reden, und selbst dann wäre die Bezeichnung noch ungenau, da sie gar nicht selten sind, sondern recht häufig in der Erdkruste vorkommen. Ihr Name rührt von der Tatsache her, dass sie erst recht spät, zu Beginn des neunzehnten Jahrhunderts, entdeckt wurden, weshalb man davon ausging, dass sie nur selten zu finden seien.«

»Könnten Sie uns sagen, warum sie dann so bedeutsam sind? Wenn sie sogar recht häufig vorkommen, warum hat diese Entdeckung dann derart für Aufsehen gesorgt?«

»Das ist eine sehr gute Frage, Laurent. Warum diese Aufregung? Na ja, wenn Seltene Erden auch recht häufig vorkommen, so sind sie doch sehr schwer zu gewinnen, und in gewissen Ländern, in China zum Beispiel, das einer der

Hauptexporteure Seltener Erden ist, werden dafür Lösungs-mittel verwendet, die die umliegenden Gewässer verschmut-zen und die vorher für die Landwirtschaft genutzten Flächen vollkommen unfruchtbar machen. China ist also derzeit das Land, das die größte Menge an Metallen der Seltenen Erden produziert und exportiert, und bereits seit einiger Zeit ist davon die Rede, dass die Exporte reduziert oder sogar ganz eingestellt werden sollen. Daher werden Sie sicher verstehen, welche Bedeutung dieses sozusagen in nächster Nähe liegen-de Vorkommen für Europa hat.«

»Vielen Dank für diese Erklärung, Thierry, allerdings haben Sie den ersten Teil meiner Frage noch nicht beantwor-tet: Welche Bedeutung haben diese so schwer zu gewinnen-den Metalle?«

»Ach ja, Laurent, die Bedeutung. Die ist immens, denn einige dieser Metalle wie das Terbium oder das Neodym sind aus unserem heutigen Leben nicht mehr wegzudenken. Natürlich müssen die hier in Wlaskinsky gefundenen Erden von Experten noch genau analysiert werden, aber man weiß schon, dass es sich dabei um Elemente handelt, die zur Fer-tigung von Energiesparlampen, Flachbildschirmen oder ex-trem leistungsfähigen Magneten verwendet werden können, wie man sie zum Beispiel in Hybridmotoren oder Wind-rädern braucht. Sie sehen also, Laurent, dass es sich um die Schlüsselelemente der neuen Energien, der sogenannten alternativen Energien, handelt. Wenn die hier entdeckten Vorkommen sich tatsächlich als reich an diesen Elementen herausstellen, ist es möglich, dass Mesmenien für die Welt-wirtschaft von morgen eine Schlüsselrolle spielt.«

»Vielen Dank für all diese Informationen, Thierry. Wir las-sen Sie sich jetzt ein wenig aufwärmen und wenden uns dem Sport zu ...«

Der rotgesichtige Dicke verschwindet vom Bildschirm, und ich stelle den Fernseher leiser, während ich mich zu Sandrine umdrehe. Für dieses eine Mal interessiert mich der Sport kein bisschen.

Dieser Bericht hat mich in größte Aufregung versetzt, und ich kann nicht anders, als Sandrine daran teilhaben zu lassen.

»Kannst du dir das vorstellen? Mesmenien in den Nachrichten! Das ist der Wahnsinn, oder?«

»Ja. Aber vielleicht gibt es heute einfach nichts Wichtigeres mitzuteilen.«

Wie es aussieht, kann sie meinen Enthusiasmus nicht teilen. Möglicherweise hat sie sogar recht, dennoch verärgert mich ihre Bemerkung. Ich jedenfalls habe das Gefühl, dass Mesmenien erneut eine Rolle in meinem Leben spielen wird, und das für längere Zeit.

X
Drei Tage später

Nathalie Vermont hat immer noch nicht angerufen. Noch nie habe ich ohne auch nur den geringsten sexuellen Hintergedanken so intensiv an eine Frau gedacht – vor allen Dingen nicht um sieben Uhr morgens im Halbschlaf. Ich habe überhaupt keine Ahnung, wie sie aussehen könnte, ihr Gewicht, ihre Größe, ihr Alter, all das ist mir vollkommen gleichgültig. Ich nehme an, dass sie sich auf jeden Fall früher oder später bei mir melden wird. Schließlich hat Alvizaar das gesagt, und wenn ich dessen Verhalten mir gegenüber glauben darf, sagt er nichts einfach so dahin.

Außerdem gibt es noch etwas anderes, was mir keine Ruhe lässt: In meiner Eile, das Büro des Leiters des KIfnbS zu verlassen, habe ich ganz vergessen, ihn zu fragen, unter welchem Titel meine Übersetzung erschienen ist. Also bin ich gestern in der vagen Hoffnung, zufällig darauf zu stoßen, in die Buchhandlung gegangen. Dort habe ich mich, nachdem ich zehn Minuten lang zwischen den Regalen mit der ausländischen Literatur umhergeirrt bin, an einen Verkäufer gewandt. Er hat den Verlag ELL'M auch tatsächlich in seinem Computer gefunden, meinte jedoch, es handle sich um eine sehr kleine Firma, und die Buchhandlung habe derartige Erzeugnisse nicht im Sortiment. Seiner Meinung nach wäre es wohl das Beste, wenn ich mich direkt an den Verlag wenden würde, dessen Telefonnummer er mir gern geben könne.

Ich höre, dass Sandrine ins Schlafzimmer kommt und im Kleiderschrank wühlt. Sie wird alles durcheinanderbringen, um eine Hose oder einen Rock zu finden, die ihren minimalen Gewichtsverlust zur Geltung bringt.

»Hallo, bist du wach?«

»Mhmmmm …«

»Du solltest aufstehen, gleich in den Frühnachrichten werden sie über Mesmenien berichten.«

Diese Information hat sie mir so kühl, beinahe aggressiv hingeworfen, als wäre ich für diese übermäßige Werbung für das vorher beinahe unbekannte Land verantwortlich. Seit der Entdeckung des Bodenvorkommens an Seltenen Erden ist Mesmenien in aller Munde. Gestern ist in der Zeitschrift *Géographie* ein ganzes Dossier über den dortigen Reichtum an unterirdischen Schätzen erschienen, und das Magazin *Histoire* hat sich mit den aktuellen Beziehungen Mesmeniens zu Russland befasst. Also warum nicht die Frühnachrichten?

Ich hole mir eine Tasse Kaffee und lasse mich aufs Sofa fallen, als gerade der letzte Werbespot für einen Treppenlift aus britischer Produktion läuft. Anschließend erscheint William Leymergie, Sandrines Frühstückskumpan, auf dem Bildschirm.

»Wie ich bereits vor der Werbepause sagte, wird sich unsere Nachrichtensendung an diesem Morgen ausschließlich mit der mesmenischen Kultur befassen, und diese überhaupt zu finden war nicht leicht für unsere Redakteure.«

William lacht sich kaputt, während Frédérick Gersal, ein Historiker aus Poitiers, mit königsblauem Jackett und eierschalenfarbener Fliege zu einer Art russischem Militärmarsch daherschreitet. Dann setzt er sich hin, die Musik bricht ab, und er wendet sich gleich an den Moderator.

»Äh, ja, William, Mesmenien. Können Sie sich vorstellen, dass dieser Staat nur durch einen Zufall entstanden ist? Wie das?, werden Sie mich fragen. Und das ist ganz einfach: Als im Jahr 1991 aufgrund des Zerfalls der Sowjetunion Estland unabhängig wurde, stellte sich die Frage, was mit jenem kleinen nördlich gelegenen Gebiet, jener sumpfigen Erhebung im baltischen Meer, um es mit diesen Worten zu sagen, geschehen sollte. Wie zu erwarten war, haben sich die neu entstandenen Staaten nicht gerade darum gerissen. Und die Gründe für dieses Desinteresse sind leicht zu erklären. Mesmenien war unter den vielen armen Regionen der UdSSR eine der ärmsten. Unfruchtbares Land, das – wie man glaubte – über keine Rohstoffe verfügt, dessen Bevölkerung zudem äußerst zurückgezogen lebt und eine Sprache spricht, deren Herkunft kaum zu bestimmen ist und die außer den Muttersprachlern niemand versteht. Eine direkte Verbindung zu Europa gibt es auch nicht. Als die Esten also ihre Unabhängigkeit erklären wollten, sagten die Russen darauf: ›Sehr schön, aber dann nehmt gefälligst Mesmenien dazu‹, woraufhin die Esten entgegneten: ›Auf keinen Fall! Aus welchem Grund sollten wir diese analphabetischen Parasiten und das Schlammloch, in dem sie leben, dazunehmen?‹ Also, was war Ihrer Meinung nach zu tun, William? Wie ließ sich so kurz vor dem Ziel ein diplomatischer Zwischenfall vermeiden? Na ja, die Russen und die Esten haben zu den armen Mesmenen gesagt: ›Seht selbst zu, wie ihr klarkommt.‹ Und das führte dazu, dass dieses kleine Land entstanden ist, schlichtweg, weil keiner es wollte, William. Und nun hat die Ironie des Schicksals dafür gesorgt, dass dieser winzige Staat möglicherweise eine Art modernes Saudi-Arabien wird.«

All das ist für mich nichts Neues. Der nächste Gesprächspartner, ein schlecht frisierter kleiner Mann mit aufmerksamem Blick namens Alex Jaffray, soll nun über die mesmenische Musik sprechen. Spöttisch erklärt er gleich zu Beginn, dass sein Bericht sehr kurz sein werde. Daraufhin präsentiert er drei picklige Jugendliche, die mit einem gerappten Remix des großen Klassikers *Poljuschko Pole* einen Hit gelandet haben, und einen Militärchor, der die Internationale auf Mesmenisch vorträgt.

Der dritte Gast vom Typ blonder Streber läuft musikalisch begleitet von dem Song *You're simply the Best* ein, wobei sein Gesichtsausdruck deutlich macht, dass diese Wahl sarkastisch zu verstehen ist. Sobald die Musik abbricht, wird er von William angeherrscht:

»Guten Tag, Damien. Heute Morgen also, wie soll ich sagen … eine etwas eigenwillige literarische Auswahl.«

»Guten Tag, William. Äh, ja, eine eigenwillige Auswahl, so könnte man es nennen. Als Sie mich gebeten haben, ein paar aus dem Mesmenischen übersetzte Bücher zu präsentieren, habe ich mir gedacht: Nichts leichter als das. Ich habe mich also zu meiner Lieblingsbuchhandlung begeben und dort im vollsten Vertrauen um eine Titelauswahl gebeten, und … nichts. Absolut nichts, vollständige Leere. Nicht ein einziges Buch, das dieses Kriterium erfüllte. Und, noch schlimmer: Kein Buchhändler konnte mir über eventuell existierende Übersetzungen Auskunft geben. Sie werden verstehen, dass ich in dem Moment von Panik ergriffen wurde und in jede Buchhandlung gerannt bin, die ich finden konnte. Und am Ende, als ich bereits jegliche Hoffnung verloren hatte, ist es mir gelungen, in einer kleinen Buchhandlung im Fünften Arrondissement, die sich auf osteuropäische Literatur spezialisiert hat, dieses Buch ausfindig zu machen. Der Titel ist *Das*

Landleben in Mesmenien. Der Autor, ein gewisser Thomas Lagrange, scheint es zunächst auf Mesmenisch geschrieben zu haben, um es dann selbst ins Französische zu übersetzen. Fragen Sie mich bitte nicht, warum.«

Ich bin völlig baff. Ich habe nicht nur den seltsamen Titel des Buches erfahren, das ich übersetzt habe – *Das Landleben in Mesmenien* –, sondern bin im selben Augenblick mit der noch seltsameren Tatsache konfrontiert worden, dass ich der Autor dieses Machwerks sein soll, soweit es sich nicht um eine Falschmeldung handelt, was ja immer mal wieder vorkommt. Während Damien weiterspricht, hält er ein durchaus umfangreiches Buch in die Kamera, dessen schwarzer Einband in der Mitte das Foto einer verschneiten Landschaft zeigt, der man einen gewissen melancholischen Charme nicht absprechen kann. Ich nehme an, dass es sich bei diesem Objekt um die finale Version meiner Übersetzung handelt. Und ich stehe derart unter Schock, dass ich zu keiner Reaktion in der Lage bin.

»Da ich unter den diese Sendung unterstützenden Buchhändlern keinen einzigen finden konnte, der in der Lage ist, mir eine Auswahl von drei mesmenischen Werken vorzustellen, habe ich zur Strafe drei von ihnen ausgewählt, die *Das Landleben in Mesmenien* lesen mussten, und hier ist nun das Ergebnis.«

Die Einspielung beginnt. Der erste Buchhändler ist eine Buchhändlerin. Eine Frau um die sechzig, die vor einer Regalwand voller Taschenbücher steht.

»Mir ist es wirklich äußerst unangenehm, mich über dieses Buch äußern zu müssen. Der Roman führt den Leser in ein anderes, sehr eigenwilliges Universum, in dem die üblichen Regeln des Liebesromans durch die Geschichte einer

Frau im reifen Alter, die sich wie ein junges Mädchen verliebt, pervertiert werden. Das Buch enthält auf fast britische Art absurde Tendenzen, wobei davon auszugehen ist, dass das nicht wirklich die Absicht des Autors war. Ganz im Gegenteil spricht aus diesem Roman eine ziemlich verwirrende Aufrichtigkeit. Bis hin zur letzten Zeile habe ich versucht, das Mysterium dieses Buches zu durchdringen, was mir frustrierenderweise jedoch nicht gelungen ist. Und das ist alles, was ich dazu sagen kann.«

Der zweite Buchhändler, ein junger, sehr magerer Mann, steht vor mehreren Bücherstapeln, ohne dass einer der Buchtitel zu lesen ist.

»Ich werde jetzt etwas sagen, was ich üblicherweise niemals über ein Buch sagen würde: Ich hasse es, im wahrsten Sinne des Wortes. Zunächst mal ist die Geschichte völlig unverständlich. Erotische Szenen arten scheinbar grundlos in Kampfszenen aus. Die Motivationen der Figuren sind unklar oder unglaubwürdig. Die Handlung ist rätselhaft und erschließt sich dem Leser nicht. Zudem ist das Buch, was natürlich auch an der Übersetzung liegen kann, äußerst schlecht geschrieben! Man stößt auf Fehler im Satzbau, wie ein Grundschüler in der ersten Klasse sie nicht macht. Nein, wirklich, wenn ich diesem Autor einen Rat geben darf, dann dass er seine eigenen Bücher besser nicht selbst übersetzen sollte.«

Die dritte Buchhändlerin, die ziemlich hübsch ist und um die dreißig, sitzt bequem auf einem hässlichen Ledersessel.

»Ich habe dieses Buch schlichtweg geliebt! Natürlich kann man ihm ein paar kleine Inkohärenzen vorwerfen, gewisse Auslassungen, ein recht offenes Ende, was jedoch nicht wirklich von Bedeutung ist. Ich unterstelle dem Autor sogar, dass er uns Leser mit diesem Ende, das im Sande verläuft, ein wenig provozieren will. Von der ersten Seite an fühlte ich mich in eine Welt versetzt, die gleichzeitig an Almodóvar und an Kusturica im hohen Norden erinnert, eine veraltete Welt mit abwechslungsreichen, lebendig gezeichneten Figuren, die einen sofort die Alltagssorgen vergessen lassen. Eine absolute Leseempfehlung.«

Die Kamera kehrt zurück zu William Leymergie und Damien. Die machen den typischen leicht amüsierten und sich gleichzeitig ein wenig schuldig fühlenden Eindruck von Journalisten, die sich, während sie nicht im Bild waren, ein paar Scherze erlaubt haben. Der blonde Damien ergreift als Erster das Wort:

»Wie Sie gerade sehen konnten, sind unsere Buchhändler durchaus geteilter Meinung über dieses Buch, sodass der beste Rat, den wir unseren Lesern geben können, ist, sich selbst ein Urteil zu bilden.«

»Wobei wir viel Glück dabei wünschen, es irgendwo aufzutreiben (William ironisch). In der Zwischenzeit wenden wir uns der Wettervorhersage zu ...«

Sandrine stellt den Ton aus.

»Was soll das? Hast du das gewusst?«

»Was?«

»Na, das alles! Wusstest du, dass das Buch erschienen ist? Wusstest du, dass es heute Morgen vorgestellt wird? Und warum haben sie gesagt, dass du der Autor bist?«

»Ich habe davon gehört, dass es erschienen ist, aber sonst ...«

»Was heißt ›davon gehört‹? Hast du es gewusst oder nicht?«

»Man hat es mir gesagt, ja. Ich bin beim KIfnbS vorbeigekommen, rein zufällig vor drei Tagen, und da bin ich kurz reingegangen, um nachzufragen.«

»Du bist rein zufällig beim KIfnbS vorbeigekommen, hast Licht gesehen und bist hineingegangen, um zu fragen, ob dein Buch vielleicht schon veröffentlicht worden ist?«

Das war's. Da ist sie nun. Die Szene, vor der ich die ganze Zeit Angst gehabt habe. Seit zwei Monaten haben wir nicht mehr über meine Übersetzung gesprochen. Wenn ich jetzt darüber nachdenke, hat Sandrine sie nie von sich aus erwähnt. Sie hat sich, während ich daran gearbeitet habe, nie erkundigt, ob ich gut vorankomme, wollte nie wissen, worum es in dem Buch geht, hat niemals irgendetwas gefragt, bis ich mein Werk Sergeï übergeben habe. Alles, was sie interessiert, alles, was sie je interessiert hat, ist, dass ich irgendeinen blöden Job annehme, damit sie mich weiterhin mit ihrem unendlichen Verständnis erdrücken kann. Daher finde ich es ziemlich aufgeblasen von ihr, mir dafür Vorwürfe zu machen, dass meine Übersetzung im Fernsehen vorgestellt wird.

Angesichts meines Schweigens steht sie auf.

»Gut, wenn du meine Frage nicht beantworten willst, werde ich nicht den ganzen Tag darauf warten. Ich habe nämlich einen Job.«

»He, warte! Du verstehst das völlig falsch …«

»Und wie soll ich es deiner Meinung nach verstehen? Du schlitterst da gerade in eine undurchsichtige Geschichte hinein und willst mir offensichtlich nichts darüber erzählen. Mich, die ich so blöd bin, immer für dich da zu sein, um dich nach besten Kräften zu unterstützen, dir bei der Arbeitssuche zu helfen. Und währenddessen mauschelst du hinter meinem Rücken. Entschuldige, dass ich das nicht einfach mit einem Lächeln hinnehme.«

»Komm, hör auf! Ich habe dir nichts verschwiegen, sondern du wolltest es nicht wissen. Die Wahrheit ist doch, dass du dich einen Scheiß für meine Übersetzung interessiert hast. Weil es dir stinkt, dass ich ganz allein, ohne deine Hilfe, etwas auf die Beine gestellt habe. Du hast Angst, dass du die Kontrolle über mich verlieren könntest. Denn selbst die kleinste Fluchtmöglichkeit wie diese Übersetzung ist verboten für so ein armes Schwein, wie ich es bin. Gib zu, dass du mich genauso siehst!«

Sie hat Tränen in den Augen. Ich bereue meine Worte sofort. Was ich gesagt habe, ist mir einfach so und ungewollt aggressiv herausgerutscht. Nun sehen wir uns an, ohne ein Wort zu sagen, und sind uns bewusst, dass unsere Beziehung an einem Wendepunkt angelangt ist, dass es nun kein Zurück mehr gibt. Schließlich verlässt sie das Zimmer, und ich höre, wie sie im Eingangsbereich ihren Regenmantel und ihre Schuhe anzieht. Dann tritt sie noch einmal kurz in die Tür, um mir an den Kopf zu werfen:

»Ehrlich gesagt, erkenne ich dich nicht mehr wieder, seit du mit dieser Scheißübersetzung angekommen bist.«

Ich kann es nicht fassen. Sie hat »Scheiß« gesagt! In den vier Jahren, die wir nun schon zusammen sind, hat sie nicht einmal geflucht! Die Wohnungstür fällt zu, und ich bin allein. Auf dem Fernsehbildschirm agieren tonlos die Schauspieler einer Billigserie. Ich greife zur Fernbedienung und mache dem Elend ein Ende.

Noch bevor ich fähig bin, mich vom Sofa zu erheben, klingelt das Telefon. Mein Herz macht einen Satz. Ich denke an Nathalie Vermont. Ein kurzer Blick aufs Display sorgt jedoch schnell für Ernüchterung. Der Anrufer ist meine Mutter. Dennoch gehe ich ran.

»Thomas? Du wirst nicht glauben, was ich eben in den Frühnachrichten gesehen habe!«

»Doch, ich kann es mir in etwa vorstellen.«

Meine Mutter, die generell nicht zuhört, wenn die Leute ihr antworten, lässt sich nicht beirren.

»Es gibt einen Roman über Mesmenien, der gerade erschienen ist, und der Autor heißt genau wie du. Das ist ein Zufall, was? Wenn man bedenkt, dass du an der Uni ja auch diese Sprache gelernt hast!«

»Das ist kein Zufall, Mama. Das bin ich.«

»Du bist was?«

»Ich habe dieses Buch übersetzt.«

»Jetzt red keinen Quatsch, Thomas, wie hättest du dieses Buch auf Mesmenisch schreiben können?«

»Ich habe es nicht geschrieben, Mama, ich habe es übersetzt, nur übersetzt.«

»Na ja, im Fernsehen haben sie etwas anderes gesagt.«

»Ja, aber das stimmt nicht. Von mir stammt nur die Übersetzung.«

»Ich verstehe kein Wort von dem, was du da erzählst, aber ich hoffe, dass du keine Dummheiten gemacht hast.«

Das ist typisch meine Mutter. Sie ist so darauf erpicht, das letzte Wort zu haben, dass sie das Thema wechselt und mich fragt, was es Neues über Sandrine und meinen miesen Job bei McDonald's zu erzählen gibt. Da ich ihr noch nicht gebeichtet habe, dass ich gefeuert worden bin, umgehe ich eine Antwort, indem ich unser Gespräch abkürze und verspreche, dass wir am nächsten Sonntag bei ihr essen werden.

Das Gespräch mit meiner Mutter hat mich deprimiert, sodass ich fast eine Stunde lang schlapp auf dem Sofa liegen bleibe. Allerdings hat mich meine kurze Erfahrung in der Arbeitslosigkeit bereits gelehrt, dass es höchst gefährlich ist, ins Nichtstun zu verfallen, da man auf diese Art Gefahr läuft, düsteren Grübeleien nachzuhängen. Also raffe ich mich letztendlich auf, mir wie jeden Tag die Tagespresse zu besorgen, um meine Jobsuche im Anzeigenteil fortzusetzen.

Zurück in der Wohnung, mache ich mich daran, die Zeitungen zu durchforsten, die ich mitgebracht habe. Wie zu erwarten war, ist Mesmenien das große Thema. Die gesamte Presse fragt sich, ob die Bodenvorkommen wohl abgebaut werden oder nicht. *Le Monde* widmet sich der Frage unter wissenschaftlichen Aspekten: Welche Konzentrationen der verschiedenen Metalle sind zu erwarten? Wie viele Tonnen ließen sich gewinnen? Zum Vergleich bezieht sich der Artikel auf eines der bedeutendsten Vorkommen im chinesischen Bayan Obo. Denn der Abbau lohne sich erst ab einer gewissen Konzentration und Mindestmenge, so der Journalist, um die Umweltverschmutzung, die dabei unvermeidlich sei, zu rechtfertigen. *Libération* und *Le Figaro* hingegen beurteilen das Ganze unter politischen und sozialen Gesichtspunkten. *Libération* geht davon aus, dass das Vorkommen abgebaut wird. Der Artikel beschäftigt sich wohlwollend mit Androw Zornoïff, dem mesmenischen Präsidenten, der ein ungewöhnlicher Mann sei und sich sehr für sein Land einsetze. Wenn man dem, was dort steht, glauben kann, wird dieser entschiedene Mensch zweifellos diese Gelegenheit ergreifen, um Mesmenien zu einer florierenden Wirtschaft zu verhelfen. *Le Figaro* bezeichnet denselben Mann als schwach, opportunistisch und inkompetent und damit unfähig, die richtige Entscheidung zu treffen, weshalb die ersten sozialen Unruhen nicht lange auf sich warten lassen würden.

Nach zwei Stunden anstrengender Lektüre lege ich die Zeitungen beiseite. Es gelingt mir nicht, mich wirklich zu konzentrieren, und ich bin unfähig, auch nur eine Zeile von dem, was ich gelesen habe, zu behalten, geschweige denn, mir eine Meinung zu bilden.

Trotz des Streits mit Sandrine, trotz all der Neuigkeiten, die ich gerade gelesen habe, denke ich nur an das, was heute Morgen in den Nachrichten gesendet wurde. Dank William Leymergie weiß ich nun, wie das Buch aussieht und welchen Titel es trägt: *Das Landleben in Mesmenien.* Ein komischer Titel, der eher zu einem Sachbuch passt als zu einem Liebesroman, und ich frage mich, wer wohl diese Entscheidung getroffen hat.

Mit Sicherheit dieselbe Person, die mich eben mal so zum Autor des Buches erklärt hat.

XI
Zwei Tage später

Mittags bin ich mit Richard zum Essen verabredet. Wir haben uns seit dem Tag, an dem er ohne Charlotte zum Abendessen bei uns war, nicht mehr gesehen. Als er mich angerufen hat, war ich fest entschlossen, ihn wegen seines dämlichen Verhaltens an jenem Abend zur Rede zu stellen, doch er kam mir zuvor, indem er mir verkündete, dass Charlotte letztendlich seinem Artikel über ihr Leben als Traderin doch zugestimmt habe, an dem er nun auch in seiner Freizeit hart arbeite. Um vierundzwanzig Stunden im Leben einer Traderin zu beschreiben, muss er berichten, wie sie am Morgen ihre Garderobe auswählt, was sie zu Mittag isst, wie sie ihren SUV fährt und wie viele Anrufe sie dabei erhält. Anscheinend interessiert das die Leute. Warum auch immer. Charlotte hatte ihren Chef sogar um Erlaubnis gebeten, dass Richard sie einen ganzen Tag lang bei der Arbeit begleiten durfte. Er hatte ihre Kollegen interviewt und gemeinsam mit ihnen gegessen.

Allerdings hatte Charlotte ihre Bedingungen gestellt, wie er mir am Telefon gesagt hatte, und genau darüber will er mit mir beim Essen reden. Ohne zu wissen, worum es geht, ahne ich bereits, dass ich diese Bedingungen nicht toll finden werde.

Als ich gerade aufbrechen will, meldet sich mein Handy. Nummer unbekannt.

»Monsieur Thomas Lagrange?«

Ich errate sofort, wem die Stimme am anderen Ende der Leitung gehört.

»Ja?«

»Nathalie Vermont. Éditions ELL'M. Ich rufe wegen des Buches *Das Landleben in Mesmenien* an.«

»Ah, ich habe Ihren Anruf bereits sehnsüchtig erwartet.«

Das ist die reine Wahrheit. Denn seit ich weiß, dass das Buch erschienen ist, und seit es in den Frühnachrichten vorgestellt wurde erst recht, brenne ich darauf, meinen Namen auf dem Umschlag zu sehen und es wie ein echtes Buch durchzublättern.

»Ja, ich weiß, aber nun hat sich ein dringender Notfall ergeben. Hätten Sie heute Nachmittag ein wenig Zeit für mich?«

Ich überlege eilig. Richard hat mich in eine Pizzeria im fünfzehnten Arrondissement bestellt, die in der Nähe seiner Wohnung liegt, während sich der Verlag direkt neben dem KIfnbS im siebzehnten Arrondissement befindet. Also würde ich eine knappe Stunde unterwegs sein, und bis ich mit Richard alles besprochen hatte, was anlag, würde es bestimmt drei Uhr nachmittags sein.

»Um sechzehn Uhr? Wäre das möglich?«

Sie willigt ein, gibt mir noch einmal die Adresse durch, die ich schon kenne, und wir beenden das Gespräch.

Als ich in der Pizzeria ankomme, sitzt Richard bereits vor einem Glas Whisky. Er liest gerade *Libération*, und als er mich entdeckt, winkt er mit der Zeitung.

»Salut. Hast du heute schon die Schlagzeilen gelesen?«

»Nein, was ist los?«

Ausnahmsweise war ich an diesem Morgen nicht hinuntergegangen, um mir die Tagespresse zu besorgen, denn die Routine, der ich seit zwei Monaten unterworfen bin, beginnt mich zu nerven.

»Russland droht damit, in Mesmenien einzufallen, wie es damals der Irak mit Kuwait gemacht hat.«

»Nach der Krimkrise wäre das keine große Überraschung. Aber Europa wird das in diesem Fall nicht akzeptieren. Und auch Zornoïff wird das nicht mit sich machen lassen.«

»Da magst du recht haben, aber es ist trotzdem eine üble Sache.«

Er faltet die Zeitung zusammen und legt sie neben sich auf die Bank. Der Kellner kommt, um die Bestellung aufzunehmen. Ein wenig schnell, wenn man bedenkt, dass ich gerade erst gekommen bin. Wie üblich nehme ich eine Vier-Käse-Pizza und Richard eine Pizza Vier Jahreszeiten. Dazu bestellen wir einen Krug Rotwein und eine Karaffe mit Wasser, und der Kellner verschwindet wieder.

»Es muss seltsam für dich sein, dass Mesmenien plötzlich in aller Munde ist, oder?«

»Das ist noch dezent ausgedrückt. Vor allem seitdem im Fernsehen von meinem Buch die Rede war.«

»Komm, das ist ein Witz, oder?«

»Ich schwöre es dir. In den Frühnachrichten. Ein kompletter Bericht.«

Ich erzähle ihm alles. Wirklich alles, ohne irgendetwas auszulassen, einschließlich der Angst, die Monsieur Alvizaar mir gemacht hat, der Typ mit dem Mafiosoblick. Es ist das erste Mal, seit ich in *20 Minutes* die Anzeige entdeckt habe, dass ich mich jemandem so offen anvertraue wie ein Kommunionkind im Beichtstuhl seinem Lieblingspriester. Ich gestehe ihm sogar, dass ich nachts wieder von Mali geträumt und tagsüber an sie gedacht habe. Noch während ich rede, habe ich das Gefühl, eine Dummheit zu machen. Richard ist zwar seit Jahren mein bester Freund, doch ich weiß ganz genau, dass er absolut dazu in der Lage ist, mich zu verraten, sobald meine Mutter oder Sandrine in der Nähe sind. Ihnen gegenüber hält er sich vornehm zurück, benimmt sich wie der ideale Schwiegersohn, der das unvernünftige Benehmen seines Freundes nicht wirklich gutheißt, jedoch in seiner Nähe bleibt, um Schlimmeres zu verhindern. All das weiß ich, und dennoch kann ich nicht anders, als ihm die ganze Geschichte zu erzählen. Zu meiner Verteidigung muss ich anfügen, dass Richard auf eine schizophrene Art durchaus aufrichtig mir gegenüber ist: Wenn wir unter uns sind, unterstützt er mich zu hundert Prozent, ohne Hintergedanken. Und seine Meinung ist mir im Augenblick einfach zu wichtig, als dass ich meine Sorgen für mich behalten könnte.

Er hört mir mit hochgezogenen Augenbrauen zu, wobei er mich hin und wieder mit ungläubigen Ausrufen unterbricht. Zuletzt berichte ich ihm von Nathalie Vermonts Anruf.

»Aber das ist eine völlig verrückte Geschichte! Und du hast keine Ahnung, was aus diesem Sergeï geworden ist?«

»Wie ich gesagt habe. Bevor ich zum KIfnbS gegangen bin, habe ich tausendmal versucht, ihn zu erreichen. Er ist nie ans Telefon gegangen. Sein Name ist Sergeï Ivoon oder so ähnlich. Das ist mehr oder weniger alles, was ich über ihn weiß. Er hat mir gesagt, dass er aus Estland kommt und dass er kein Mesmenisch spricht, aber das ist natürlich zu wenig, um nach ihm zu suchen.«

Schweigend verputzen wir eilig unsere Pizzas. Richard trinkt seinen Wein aus und ruft nach dem Kellner, um einen weiteren Krug zu bestellen. Ich sage nichts dazu, wobei ich, ehrlich gesagt, finde, dass er viel zu viel trinkt. Sobald ich die

Pizza aufgegessen habe, fahre ich mit meinen Überlegungen fort.

»Ich werde diese Nathalie fragen, ob sie Sergeï kennt, und natürlich auch, warum man mich als den Autor des Buches ausgegeben hat.«

Richard mir gegenüber kaut weiter, ohne etwas zu sagen. Mein ungutes Gefühl verstärkt sich. Mir wird bewusst, dass ich eindeutig zu viel geredet habe. Wenn er all das Sandrine erzählt, wird sie sich, wie ich sie kenne, furchtbar aufregen. Und es würde nichts bringen, Richard darum zu bitten, seinen Mund zu halten: Er würde einfach nur leicht pikiert fragen, wofür ich ihn hielte. Daher beschließe ich, das Thema zu wechseln.

»Gut. Also was ist jetzt mit deinem Artikel über Charlotte?«

»Er wird im nächsten Monat in *L'Économiste moderne* erscheinen. Ich bin mit dem Ergebnis ziemlich zufrieden, und außerdem zahlen sie gut.«

Dennoch wirkt er nicht wirklich glücklich, und mir fällt wieder ein, was er am Telefon erwähnt hat.

»Und die Bedingungen, die Charlotte gestellt hat?«

»Sie will, dass wir beide nach London umziehen.«

Daran kann ich nicht wirklich glauben. Zwar hatte ich Charlotte schon mehrfach die Vorteile der britischen Hauptstadt loben hören, die florierende Börse im Vergleich zu den zweitrangigen Geschäften, die in Paris getätigt werden, und mir ist durchaus klar, dass sie zu gern den Ärmelkanal überqueren und bei den Briten arbeiten würde. Was Richard angeht, sieht die Sache jedoch anders aus. Wie sollte er einen Job bei einer englischen Zeitung bekommen, wenn es hier in Frankreich schon schwierig für ihn ist, genügend Aufträge zu ergattern?

»Und? Wirst du mitgehen?«

Er seufzt, was nicht gerade für viel Enthusiasmus spricht.

»Ich denke schon. Zumindest habe ich es ihr versprochen, und wenn ich mich nicht daran halte, dürfte das das sichere Ende unserer Beziehung sein.«

»Hat sie drüben schon einen Job gefunden?«

»Nein, aber sie sucht intensiv.«

»Was wirst du dort machen?«

»Keine Ahnung. Immerhin spreche ich Englisch, das ist ja schon was.«

Es ist schon immer Richards Traum gewesen, durch die Welt zu reisen, allerdings glaube ich nicht, dass London zu den fernen Zielen zählt, an die er dabei gedacht hat. Er würde gern irgendwann für *National Geographic* arbeiten, um dann über die Vulkane in Peru, die Tempel der Khmer in Kambodscha oder die Aborigines in Australien zu berichten. Da ist der typische Londoner Geschäftsmann mit Schirm und Melone wohl in seinen Augen nicht exotisch genug, fürchte ich. Er seufzt erneut.

»Gut, lass uns über etwas anderes reden. Die Sache geht mir schon auf den Sack, wenn ich nur daran denke. Was sagt denn Sandrine zu der Geschichte mit diesem Sergeï?«

Das ist genau das, was ich befürchtet habe. Er ist mindestens so besorgt um sie wie um mich, und vielleicht hat sie ihn sogar schon angerufen, um ihm davon zu erzählen, dass das Buch erschienen ist. Sollte das der Fall sein, ist Richard der größte Heuchler auf dem Planeten, schließlich hat er mir gegenüber so getan, als wäre er nicht auf dem Laufenden. Wenn ich jetzt darüber nachdenke, bin ich mir fast sicher, dass die beiden bereits miteinander geredet haben. Denn unser Streit infolge des Fernsehberichts über die Publikation meines Buches ist im Sande verlaufen. Als Sandrine an dem

Abend nach Hause gekommen ist, hat sie nichts mehr dazu gesagt, aber in ihrem Verhalten lag etwas Ungelenkes, Künstliches, als ob sie den Rat ihres Freundes Richard, des Verräters, befolgen würde, der mir jetzt mit seinen großen, unschuldig blickenden Augen gegenübersitzt und mich auszuquetschen versucht. Aber egal, was er sagt, noch einmal werde ich nicht darauf hereinfallen! Ich werfe einen Blick auf die Uhr, bereit, irgendeinen Vorwand zu suchen, um abhauen zu können. Was gar nicht nötig ist, denn es ist bereits fünfzehn Uhr zehn.

»Mist, ich bin spät dran. Ist es okay, wenn ich dich allein lasse? Ich würde bei meinem ersten Besuch im Verlag gern pünktlich sein, um keinen schlechten Eindruck zu machen.«

Ich bin bereits aufgestanden.

»Kein Problem, mach dich auf den Weg, und halt mich auf dem Laufenden.«

Draußen auf der Straße renne ich, um die nächste Metro zu erwischen. Exakt um fünfzehn Uhr achtundfünfzig erreiche ich die angegebene Adresse, ein Gebäude im Haussmann-Stil, das nur etwa dreißig Meter vom KIfnbS entfernt liegt. Neben der Tür ist ein Schild angebracht, wie man es von Arztpraxen kennt und auf dem zu lesen ist: *Éditions ELL'M – 3. Etage links.* Neben der Klingel steht schlicht noch einmal *ELL'M*. Ich klingle. Nach ein paar Sekunden weist mich ein kränkliches Brummen darauf hin, dass ich die Tür öffnen kann. Ich betrete den Eingangsbereich, und ohne mich nach dem Aufzug umzusehen, eile ich die Treppe hinauf in die dritte Etage.

Die junge Frau am Empfang lackiert sich gerade die Fingernägel. Als sie mich eintreten sieht, dreht sie sich ohne ein Lächeln zu einem hinter ihr liegenden Büro um.

»Nathaliiie! Dein Besuch ist da!«

»Er soll hereinkommen.«

»Bitte. Die erste Tür rechts.«

Angesichts dieses unhöflichen Empfangs bin ich ein wenig eingeschüchtert. Ohne zu widersprechen, gehe ich zu der angegebenen Tür hinüber und klopfe an. Eine Stimme bittet mich hereinzukommen.

Der Raum, den ich betrete, sieht mit dem Stuck an der Decke und dem offenen Kamin wie das Wohnzimmer einer ganz normalen Wohnung aus. Im Grunde wirkt alles, was ich bisher von ELL'M gesehen habe, nicht wie ein Verlagsgebäude, und ich bin mir sicher, dass ich, wenn ich so dreist wäre, nacheinander alle Türen zu öffnen, auch eine Küche und ein Badezimmer entdecken würde. Aber ich bin ja nicht gekommen, um den Ort zu erkunden. Also konzentriere ich mich auf die junge Frau, oder besser, das Mädchen, das hinter dem Schreibtisch sitzt und nun aufsteht, um mir die Hand zu geben. Meine Verlegerin ist höchstens ein- oder zweiundzwanzig Jahre alt, groß, blond, schlank und ziemlich hübsch. Das schwarze Kostüm und die Brille, die sie trägt, lassen sie wie ein Kind aussehen, das in die Kleidung seiner Mutter geschlüpft ist, um »erwachsen« zu spielen.

»Sie sind Thomas Lagrange? Freut mich, Sie endlich kennenzulernen. Ich bin Nathalie Vermont.«

»Angenehm.«

»Bitte nehmen Sie Platz. Wir haben viel zu besprechen.«

Sie zeigt auf einen Stuhl, der an einem kleinen runden Tisch steht, und nimmt selbst auf einem zweiten Stuhl daneben Platz.

»Zunächst möchte ich Ihnen zu Ihrem Buch gratulieren. Ich bin mir absolut sicher, dass es sehr gut ist, und ich werde es lesen, sobald ich dazu komme.«

Ihr Kompliment verblüfft mich, denn es scheint mir unvorstellbar, dass eine Verlegerin einfach so zugibt, eines der Bücher, die sie publiziert hat, nicht gelesen zu haben. Daher kann ich nicht anders, als sie nach dem Grund für diesen merkwürdigen Umstand zu fragen.

»Oh, das ist leicht zu erklären. Mein Großvater vertraut mir alle Werke an, die das KIfnbS veröffentlichen möchte: Broschüren, Essays, Kunstbücher oder andere Werke aus dem kulturellen Bereich. Gewöhnlich sind keine Romane darunter. Es ist nicht nötig, dass ich alles davon lese, denn mein Großvater legt Wert darauf, sich persönlich um den Inhalt zu kümmern. Meine Aufgabe ist es dann hauptsächlich, für die Herstellung zu sorgen, das Format, den Satz und die Einbandgestaltung. Anschließend gebe ich die gewünschte Auflage in Druck und achte darauf, dass die Bücher dorthin verschickt werden, wo sie hinsollen, zum Beispiel an die Buchhandlungen, die sich auf die Kultur der baltischen Staaten spezialisiert haben, an die Kulturzentren und ähnliche Einrichtungen, verstehen Sie?«

Was ich vor allem verstehe, ist, dass sie keine wirkliche Verlegerin ist, sondern eher eine Art Angestellte des KIfnbS, die auf die Herstellung von Büchern spezialisiert ist. Zudem scheint es so, dass sie den Job nur dank eines genetischen Zufalls innehat. Ich frage neugierig nach.

»Demnach ist Monsieur Alvizaar Ihr Großvater und derjenige, der Ihnen diese Aufgabe übertragen hat?«

»Genau. Sie wissen ja: Wenn man erfolgreich sein will, muss man seine Kontakte nutzen.«

Ich hätte sie gern darauf hingewiesen, dass es Menschen gibt, die von Geburt an über diese Kontakte verfügen, andere dagegen nicht, verzichte dann jedoch lieber darauf. Schließlich bin ich ja nicht hergekommen, um mich in den philosophischen Betrachtungen eines verbitterten Arbeitslosen zu ergehen. Daher spreche ich lieber das Thema an, das mich wirklich interessiert.

»Also, wenn ich Sie richtig verstehe, dann hat Ihr Großvater meine Übersetzung gelesen, oder?«

»Äh, na ja, theoretisch ja, praktisch jedoch nicht.«

Ich habe leichte Schwierigkeiten zu verstehen, wie man ein Buch theoretisch, jedoch nicht praktisch lesen kann, daher verzichte ich darauf, das Thema zu vertiefen, dem sie offenbar nicht wirklich gewachsen ist. Ich versuche es also über eine andere Schiene.

»Aber Sie wissen zumindest, dass ich das Buch nicht auf Mesmenisch geschrieben habe, oder? Ich bin nur der Übersetzer, und ich muss gestehen, dass ich sehr überrascht war, als der Journalist in den Frühnachrichten mich als den Autor des Werkes bezeichnete.«

»Na ja, dann hätten Sie nicht Ihren Namen auf die oberste Seite des Manuskripts schreiben dürfen. Sie können mir dankbar sein, denn beinahe hätte ich auch noch Ihre Telefonnummer mit auf das Deckblatt drucken lassen, weil sie direkt darunter stand. Glücklicherweise ist mir das noch rechtzeitig aufgefallen, und ich konnte sie noch streichen.«

Sie prustet los, was mir nicht besonders professionell erscheint, woraufhin ich einmal tief durchatme und mit all der Ruhe, zu der ich noch fähig bin, nachhake:

»Aber Sie müssen doch wissen, wer der Autor dieses Buchs ist, oder? Es muss Ihnen doch aufgefallen sein, dass mein Name gleichzeitig als der des Autors und des Übersetzers aufgeführt ist!«

Sie zögert wie ein kleines Mädchen, das bei einem Streich ertappt wird, beißt sich auf die Unterlippe und antwortet dann in schmollendem Tonfall:

»Nein, ich weiß nicht, wer der Autor ist. Und dass Ihr Name zweimal genannt wird, ist mein Fehler, den ich jedoch nicht absichtlich begangen habe. Jedenfalls meinte mein Großvater, dass es nicht schlimm sei.«

»Aber was ist mit Sergeï? Kennen Sie ihn? Sie wissen doch sicher, dass er an diesem Projekt beteiligt war, und er kennt den Namen des Autors doch mit Sicherheit, oder?«

Mit einem Augenverdrehen macht meine Gesprächspartnerin mir deutlich, dass sie meine Fragen nicht beantworten kann und dass sie sie im Grunde nicht die Bohne interessieren.

»Der Grund, warum ich Sie hergebeten habe, hat weder mit Sergeï noch mit dem eigentlichen Autor zu tun. Denn heute Morgen ist etwas wirklich Außergewöhnliches geschehen.«

Diese junge Frau hat wirklich eine seltsame Auffassung von den Aufgaben einer Verlegerin. Von Berufsethik hat sie jedenfalls keine Ahnung. Aber wenn sie sich in der Sache keine Sorgen macht, warum sollte ich es dann tun? Ich stoße einen resignierten Seufzer aus, um mein Einverständnis zu signalisieren, das Thema zu wechseln.

»Meinen Sie den Bericht in den Frühnachrichten?«

»Genau. Um ehrlich zu sein, habe ich die Sendung selbst nicht gesehen, doch gleich um neun Uhr hat mein Telefon zu klingeln begonnen. Im Laufe des Vormittags haben mich dann Anfragen von allen Seiten erreicht: von Privatpersonen, Buchhändlern, alle wollten Ihr Buch bestellen. Allerdings habe ich lediglich zweihundert Exemplare drucken lassen, sodass ich die Bestellungen nicht annehmen konnte, verstehen Sie?«

Ich antworte mit einem Seufzer, da mich dieses Kleinkind,

das hier mit seinem Kaufladen spielt, in den Wahnsinn treibt. Sie dagegen scheint sichtlich stolz auf sich zu sein und versucht, möglichst professionell zu wirken.

»Und dann kam mir eine ganz großartige Idee. Ich habe mir gesagt, dass wir unbedingt eine weitere Auflage von mindestens zehntausend Exemplaren drucken sollten. Allerdings sind wir Verleger an einen gewissen finanziellen Rahmen gebunden, und ein kleines Unternehmen wie das meine kann die Kosten einer solchen Neuauflage allein nicht stemmen. Also habe ich gleich meinen Großvater angerufen, um ihn um seine Erlaubnis und die nötige Summe zu bitten.«

Nun beißt sie sich nicht mehr auf die Lippe, sondern schenkt mir ein strahlendes Lächeln.

»Ich habe mich sehr dafür eingesetzt, müssen Sie wissen. Am Anfang wollte er nichts davon hören. Ich musste ihn anflehen, ihm mit meiner Kündigung drohen und damit, für immer jeglichen Kontakt zu ihm abzubrechen. Ich habe ihm auch gesagt, dass Sie vielleicht woanders unterschreiben und die Rechte an ein großes Verlagshaus verkaufen und wir dann jegliche Einnahmen an Ihrem Werk verlieren, und schließlich hat er dann doch eingewilligt. Allerdings hat er eine nicht verhandelbare Bedingung gestellt: Er will nie wieder von dieser Sache hören, ich muss von nun an allein zurechtkommen. Und deshalb habe ich Sie heute hergebeten, Monsieur Lagrange, um Sie zu bitten, unseren Vertrag zu unterschreiben.«

Das naive Dummchen vor mir hört auf zu reden und sieht mich mit höchst selbstzufriedenem Gesichtsausdruck an. Wie es aussieht, erwartet sie, dass ich jetzt in Begeisterungsstürme ausbreche und ihr auf Knien danke. Da ich aber gar nicht reagiere, ist sie enttäuscht und fühlt sich verpflichtet, der Liste ihrer Heldentaten noch etwas hinzuzufügen.

»Und das ist noch nicht alles. Ich habe auch bereits mit der Druckerei Kontakt aufgenommen. Ausnahmsweise ist man bereit, mir die zehntausend Exemplare bereits nächste Woche zu liefern. Wir müssen dann nur noch den Vertrieb organisieren. Nicht schlecht für einen einzigen Arbeitstag, oder?«

Ich habe keine Ahnung von der Verlagsbranche und bin daher auch nicht in der Lage einzuschätzen, ob diese zehntausend Exemplare unser Werk zu einem erfolgreichen Buch machen können. Jedenfalls habe ich keine Lust, mich in einer Situation wiederzufinden, der ich nicht gewachsen bin.

»Wäre es möglich, den Namen des Autors noch zu ändern oder wenigstens anzugeben, dass der Autor unbekannt ist?«

»Warum sollten wir das tun? Das würde das Ganze nur unnötig verkomplizieren. Sie müssen wissen, dass Sie als Autor bestimmte Rechte haben und auch dementsprechend am Gewinn beteiligt sind. Außerdem gehen Sie überhaupt kein Risiko ein, wie ich Ihnen versichern kann.«

Den finanziellen Aspekt hatte ich noch gar nicht bedacht, und ehe ich michs versehe, habe ich, dem Lockruf des Geldes folgend, eingewilligt.

»Gut. Ich habe den Vertrag bereits vorbereitet.«

Zufrieden zieht sie eine Mappe aus einer ihrer Schubladen und legt sie mir vor die Nase. Ich beginne zu lesen. Es ist ein langer Text, der sehr klein geschrieben ist, und Nathalie Vermont wird ungeduldig.

»Es ist ein Standardvertrag. Ich habe ihn aus dem Internet. Darin ist festgehalten, dass Sie der Autor des Romans sind und dass Sie zehn Prozent des Nettoladenpreises erhalten. Ich habe festgelegt, dass das Buch 14,99 Euro kosten soll, Sie können also leicht ausrechnen, auf welche Summe sich Ihr Anteil beläuft. Leider bin ich derzeit nicht in der Lage, Ihnen einen Vorschuss zu zahlen. Die Laufzeit des Vertrages ist auf ein Jahr festgelegt. Ist das in Ihrem Sinne?«

Das bedeutet, dass ich, wenn die Auflage komplett verkauft wird, in einem Jahr fünfzehntausend Euro verdienen würde, was für mich ein kleines Vermögen ist. Das Projekt beginnt allmählich mir zu gefallen, und ich fühle mich beinahe, als wäre ich tatsächlich der Autor. Allerdings sollte der Text, wenn das Buch breit angeboten wird, so gut wie möglich sein, sodass mir daran liegt, dass meine Übersetzung noch einmal von jemandem, der etwas davon versteht, durchgesehen wird.

»Ich nehme an, dass jemand mein Buch überarbeiten wird, bevor es in Druck geht, oder? Ein professioneller Lektor, meine ich. Um alle Fehler zu korrigieren, finden Sie nicht?«

Dabei denke ich an die Kämpfe mit den Wattestäbchen, das mysteriöse Objekt mit den magischen Fähigkeiten sowie gewisse geografische und historische Details, die ich nicht nachgeprüft hatte und die von einem Spezialisten verifiziert werden sollten. Doch Nathalie Vermont scheint meine Ansicht nicht zu teilen.

»Man muss das Eisen schmieden, solange es heiß ist, Monsieur Lagrange, und abgesehen davon, kann ich Ihnen versichern, dass Ihr Buch, so wie es ist, einen sehr guten Eindruck macht.«

XII
Einen Monat später

Die Experten haben inzwischen ein vorläufiges Urteil über die Seltenen Erden in Mesmenien geäußert, und die Ansicht lautet einheitlich: Das entdeckte Vorkommen kann bereits jetzt als eines der bedeutendsten angesehen werden, die je gefunden wurden. Es enthält ein sehr breites Spektrum an Mineralien, das beinahe die gesamte Gruppe der Lanthanoiden umfasst, zu denen auch das Terbium und das Neodym gehören, die an manchen Stellen in einer nie da gewesenen Konzentration vorliegen. Die Frage der Konzentration ist also geklärt, und nun sind die Wissenschaftler dabei, die Menge dessen einzuschätzen, was daraus gewonnen werden kann. Allerdings hat der mesmenische Präsident Androw Zornoïff bereits beschlossen, mit dem Abbau zu beginnen, womit der Ärger vorprogrammiert ist.

Plötzlich tauchen jede Menge Leute auf, denen das betroffene Land angeblich gehört. Die Erben des vorrevolutionären moskowitischen Landadels schwenken ihre alten Besitzurkunden. Die Nachkommen der Bauern, die die Ländereien zur Zeit des Kommunismus bebauen mussten, als sie nur drei Kohlköpfe und ein paar Rüben abwarfen, fordern nun, dafür entlohnt zu werden. Die Kämpfer, die das Land vom russischen Eindringling befreit haben, sind bereit, erneut zu den Waffen zu greifen, um ein Stück von dem Kuchen abzubekommen. Fehlt nur noch, dass die Säufer, die sich irgendwann einmal auf diesem Boden erleichtert haben, ihren Anteil fordern, weil sie ihren Beitrag zur Fruchtbarkeit geleistet haben.

Außerhalb des Landes, in Europa und überall sonst auf der Erde, melden sich Umweltschützer zu Wort. Ökologen aus aller Welt, von Kanada bis Australien, über Deutschland und England, sind auf Mesmenien aufmerksam geworden und demonstrieren gegen den Abbau. Ich bin davon ausgegangen, dass die Metalle, die ja zur Gewinnung alternativer Energien dienen sollten, die Anzahl der Demonstranten auf ein Minimum begrenzen würden, doch so einfach ist das Ganze nicht. Die Gewinnung der Metalle setzt den Einsatz von extrem schädlichem Lösungsmittel voraus, und das gefällt den Umweltschützern ganz und gar nicht.

Wenn es auch in Mesmenien Ökos gibt, scheinen die noch zu schlafen, denn aus dem Land selbst hört man nichts dergleichen, obwohl unermüdlich über das Land berichtet wird. Zum ersten Mal sehe ich im Fernsehen Bilder aus der mesmenischen Hauptstadt Gownia. Die Stadt wirkt weniger ärmlich, als ich es mir nach Malis Beschreibungen vorgestellt habe. Besonders der Präsidentenpalast ist ziemlich beeindruckend. Er könnte beinahe als Motiv für einen touristischen Werbeprospekt dienen. Im Rest des Landes dagegen herrscht absolutes Elend. Die Häuser wirken wie Hütten aus einem vergangenen Jahrhundert, die Straßen sind nicht asphaltiert und scheinen von keinem motorisierten Fahrzeug genutzt zu werden. Ich sehe mir gewissenhaft sämtliche Reportagen an, vor allem die, in denen die Bevölkerung zu sehen ist. Ich sage mir, dass ein Journalist, wenn er auf Malis hübsches Gesicht stößt, sie einfach interviewen muss, und das möchte ich um nichts in der Welt verpassen.

Wie immer, wenn es ein saftiges Thema gibt, sind die Medien entschieden, es bis zum letzten Tropfen auszuquetschen. An diesem Morgen geht es um eine große internationale Protestaktion, bei der einige der teilnehmenden Umweltaktivisten öffentliche Gebäude besetzt haben, um dort Transparente mit antimesmenischen Slogans aufzuhängen. Die Presse räumt ein, dass die Gegner des Abbaus der Seltenen Erden damit eine Grenze überschritten haben.

Ich habe keinen Grund, mich über den ganzen Wirbel zu beklagen. Das Buch, das ich angeblich geschrieben habe, ist in großer Auflage erschienen und verkauft sich wie warme Semmeln. Letzte Woche bin ich kurz an der Buchhandlung vorbeigegangen, in der der Buchhändler behauptet hatte, er habe »derartige« Bücher nicht im Sortiment. Nun stand es ganz oben in dem Regal mit den Bestsellern, daneben ein Hinweis, dass es sich um das Lieblingsbuch des Buchhändlers handle. Angesichts dessen wurde ich zuerst von heftigem Stolz übermannt, gleich darauf jedoch von einem vagen Unwohlsein. Ich hätte einerseits gern laut hinausgeschrien, dass ich der Übersetzer dieses Werkes sei, andererseits war ich mir sicher, dass irgendein Idiot mich dann gefragt hätte, warum ich es zuerst auf Mesmenisch geschrieben hätte. Daher hielt ich vorsichtshalber meine Klappe. Und ich habe auch nicht mit der Wimper gezuckt, als ich gestern Nachmittag eine Frau in der Metro das Buch lesen sah.

Die Literaturkritiken, die in den Fachzeitschriften und im Feuilleton erschienen sind und in denen das Buch in aller Ausführlichkeit verrissen wird, lassen mich dagegen kalt. Ich lese sie in aller Gleichgültigkeit, ohne mich getroffen zu fühlen, und wenn ich auf Artikel stoße wie den im heutigen *L'Express*, in denen der Roman auf ätzende Weise niedergemacht wird, finde ich das eher zum Totlachen:

Das Landleben in Mesmenien – man kann das Erschei-
nen dieses Ufos in der Literaturlandschaft nur beklagen.
Dieses schlecht geschriebene Buch ist geschmacklos, unzu-
sammenhängend, lächerlich und pathetisch zugleich, ohne
dass klar wird, worauf der Text überhaupt abzielt. Dabei
trifft den Autor eine doppelte Schuld, denn laut Aussage
seiner Verlegerin hat er diese Katastrophe zuerst auf Mes-
menisch verbrochen, um uns dann mit der französischen
Übersetzung zu quälen. Eine Lektüre, die man sich auf jeden
Fall sparen sollte, auch wenn man sich nur ein Bild von
der Atmosphäre im »ursprünglichen« Mesmenien machen
möchte.

Meine Mutter hat sich letztendlich damit abgefunden, dass ich *der* Thomas Lagrange mit dem Buch bin, und sie ruft mich jedes Mal an, wenn sie es irgendwo im Schaufenster sieht oder etwas darüber in der Presse liest, was also bedeutet, dass wir nun jeden Tag telefonieren. Und auch wenn sie es nicht offen zugibt, glaube ich, dass sie stolz auf mich ist. Das erkenne ich an der Art, wie sie vor Freude gluckst, wenn sie mir vom Neid ihrer Nachbarn erzählt. Dennoch kann sie es sich nicht verkneifen, mich am Ende des Gesprächs stets daran zu erinnern, dass dieser Erfolg nicht ewig anhalten werde und dass ich einen richtigen Job finden müsse.

Sandrine ist da von einem anderen Kaliber. Sie hat mein Buch nicht einmal gelesen, obwohl ich es »zufällig« ein paar Tage auf dem Couchtisch habe liegen lassen. Offensichtlich hat sie beschlossen, mein neues literarisches Leben kom-plett zu ignorieren, als ob die simple Tatsache, nicht darüber zu reden, dem Ganzen die Bedeutung nehmen würde. Ich merke, dass sie nervös ist und abwartet, was nun passiert. Was mich angeht, weiß ich nicht mehr, wie ich darauf reagieren soll. Wenn ich einen Schritt auf sie zumache, wenn ich zum Beispiel versuche, ihr zu sagen, was das Buch in ein paar Monaten einbringen wird, zieht sie sich in ihr Schneckenhaus zurück und lässt mich mit meinen Hoffnungen und meinen Ängsten einfach stehen.

Daher trete auch ich einen strategischen Rückzug an, und wir verbringen unsere gemeinsame Zeit damit, irgendwelche Banalitäten auszutauschen. Im Bett beschränke ich mich auf das unvermeidliche Minimum, und ich koche auch nicht mehr meine leckeren kalorienarmen Gerichte für sie, die sie so gern gegessen hat, denn auf einmal schlägt sie sich mit herausforderndem Blick den Bauch mit Pizza und Schokolade voll. Die Folgen dieser neuen »Diät« lassen nicht lange auf sich warten: Man kann praktisch zusehen, wie sie immer dicker wird, und dementsprechend hat sie auch ihre alte, aus übergroßen Pullovern und unförmigen Röcken bestehende Garderobe wieder ausgegraben. Auch wenn sie sich noch nicht ganz damit abgefunden hat.

Ich liege noch im Bett und beobachte im Halbschlaf, wie sie Jeans und Röcke anprobiert, die sich alle nicht mehr schließen lassen. Wütend wirft sie ein Teil nach dem anderen auf den Teppich, bevor sie nach dem nächsten Kleidungsstück greift, in der Hoffnung, ihre Fettpolster hineinquetschen zu können.

Ohne jegliches Mitleid lache ich sie aus und werfe ihr an den Kopf:

»Vielleicht bin ich nicht in der Lage, meinen Lebensunterhalt zu verdienen, aber du musst fleißig arbeiten, wenn du alle drei Monate deine komplette Garderobe austauschen musst.«

Sie dreht sich um, als hätte ich einen Dartpfeil auf ihren Hintern geworfen, und sorgt mit einem wortlosen Blick dafür, dass ich mich plötzlich wie ein mieses Reptil fühle, das durch Zufall in ihrem Bett gelandet ist. Dann verlässt sie, immer noch ohne ein Wort zu sagen, das Zimmer. Doch als sie die Tür schließt, kann ich kurz ihr Gesicht sehen, von dem ihr Kummer abzulesen ist.

Nach dieser Szene bleibe ich noch eine Weile im Bett liegen, unfähig, mich zu bewegen, und vom Gewicht meiner Schuld niedergestreckt. Denn ich bin schuldig, dreifach schuldig, vielleicht tausendfach schuldig, und genau das ist mein Problem. Egal, was ich tue oder sage, es bleibt eine unumstößliche Tatsache: Sandrine kann man, was ihr Verhalten mir gegenüber angeht, nichts vorwerfen. Sie hat mich unterstützt, als ich entlassen wurde. Sie hat akzeptiert, dass ich drei Wochen lang an dieser bescheuerten Übersetzung gesessen habe, und auch jetzt lässt sie mich bei sich wohnen und wäscht meine Wäsche, ohne mir einen einzigen Vorwurf zu machen. Unter Tausenden, vielleicht unter Millionen anderer junger Frauen würde ich keine Einzige mit dieser bewundernswerten Haltung finden. In aller Aufrichtigkeit kann ich behaupten, dass ich von den vier Jahren, die wir inzwischen zusammen verbracht haben, keines bereue. Das Problem dabei ist jedoch Sandrines ewiges Bedürfnis nach Anerkennung. Für alles, von jedem, immer und immer wieder. Sie hat ein derartiges Bedürfnis nach Dankbarkeit, dass ihr Leben nichts als ein riesiges Opfer ist. Sie ergreift jede Möglichkeit, um ihre Selbstlosigkeit zu demonstrieren: Sie überlässt mir im Flugzeug den Fensterplatz und das beste Fleisch vom Huhn, sie schaut im Kino Filme an, die ich ausgesucht habe und die sie nicht wirklich interessieren, sie hat nichts dagegen, wenn ich mir ein Fußballspiel ansehe oder mit meinen Freunden Billardspielen gehe. Kurz gesagt, sie ist perfekt.

Natürlich bin ich dafür dankbar, ich schäume über vor Dankbarkeit, die Dankbarkeit dringt mir aus allen Poren, nur irgendwann kommt es zur Überdosis. Und wie bei jeder Überdosis hat sie zerstörerische Folgen. Wenn ich es nicht mehr ertragen kann, kriege ich einen Koller und erlaube mir fünf Minuten ungebremste Gemeinheit, und natürlich werde ich danach von Schuldgefühlen und Selbstvorwürfen gequält, eben so wie an diesem Morgen.

Endlich schaffe ich es aufzustehen. Um die Sache – zumindest zum Teil – wiedergutzumachen, beschließe ich, ihr einen Kaschmirpullover in Altrosa zu kaufen, den ich in der letzten Woche im Schaufenster entdeckt habe. Die Farbe wird ihr hervorragend stehen, und ich weiß, dass sie diese weiche Wolle liebt. Natürlich ist das Stück nicht billig, aber ich glaube, dass sie diese Geste der Entschuldigung verdient hat.

Vor allem weil Sandrine mir einmal mehr einen großen Gefallen getan hat. Heute Abend wird im Sendegebäude von France Inter die Kultursendung *Le Masque et la Plume* aufgezeichnet, und Nathalie Vermont hat mich höchst aufgeregt angerufen, um mir mitzuteilen, dass dort über unser Buch gesprochen wird. Da ich zu gern inkognito als Zuschauer dabei sein, aber nicht allein dorthin gehen möchte, habe ich mit Sandrine gesprochen, und sie hat sich widerwillig bereit erklärt, mich zu begleiten. Sie war sogar so nett und hat Richard angerufen, um zu fragen, ob er und Charlotte nicht mitkommen möchten. Wie zu erwarten war, hat Richards herzallerliebste Traderin abgesagt, sodass wir zu dritt hingehen werden. Es sei denn, Richard hat es sich anders überlegt oder den Tag oder die Uhrzeit vergessen, womit man bei ihm immer rechnen muss. Allerdings ist mir seine Unterstützung derart wichtig, dass ich selbst noch mal bei ihm anklingle, damit er mir sein Kommen bestätigt.

»Mhmmm ... Hallo, Thomas?«

Es ist elf Uhr vierundfünfzig. Ich weiß nicht, ob ich ihn geweckt habe oder ob er den ganzen Morgen über gesoffen hat, jedenfalls lallt er.

»Ja, hallo. Alles in Ordnung?«

»Passt schon. Und bei dir?«

»Ich rufe wegen heute Abend an. Bleibt's dabei?«

»Deiner Sendung im Radio? Ja, ist in meinem übervollen Terminkalender vorgemerkt. Was ist mit dir? Hast du keine Angst, erkannt zu werden?«

»Nein. Da ich nicht zu den Leuten gehöre, die überall in den sozialen Netzwerken ihr Foto posten, dürfte das nicht passieren. Sagen wir, um neunzehn Uhr fünfzehn vor dem Sendegebäude?«

»Okay. Bis heute Abend.«

»Ja, bis heute Abend.«

Wir legen gleichzeitig auf. Richard hat gerade mit einer kleinen Flaute zu kämpfen. Der Artikel, den er über Charlotte und ihr Leben geschrieben hat, ist wie erhofft veröffentlicht worden, hat jedoch kein großes Echo hervorgerufen. Er hatte damit gerechnet, dass ein Beitrag über ein derart angesagtes Thema für ihn der Beginn einer großen Karriere sein würde, dass die Chefredakteure daraufhin in Scharen bei ihm anrufen und um seine Mitarbeit bitten würden. Das ist jedoch nicht der Fall, was ihn sehr enttäuscht hat, zumal er nun Charlotte nach England begleiten muss. Ich habe den Eindruck, dass er ein wenig eifersüchtig auf den unerwarteten Erfolg meines Buches ist, während er sich wie ein Verrückter abstrampelt, um sich in der Presse einen Namen zu machen. Allerdings habe ich keine Lust, ihn darauf anzusprechen.

Er würde das ja sowieso nur weit von sich weisen. Es wird schon wieder vorbeigehen.

Sandrine hat angerufen, um mir mitzuteilen, dass sie befürchtet, am späten Abend nach der Aufzeichnung zu frieren, und sie deshalb noch zu Hause vorbeikommen will, um sich umzuziehen, bevor wir gehen. Mit keinem Wort hat sie die Gemeinheit erwähnt, die ich ihr am Morgen an den Kopf geworfen habe, doch ich habe an ihrer Stimme gehört, dass sie traurig und erschöpft ist. Also habe ich eilig mein Versöhnungsgeschenk gekauft, und als sie die Wohnungstür öffnet, erwarte ich sie mit dem Paket in der Hand.

»Überraschung!«

Sie sieht mich eher erstaunt als erfreut an und lässt ein schwaches »Oh« verlauten. Offenbar habe ich den gewünschten Effekt erzielt, allerdings macht sie keine Anstalten, das Paket entgegenzunehmen, das ich ihr hinhalte.

»Hey, worauf wartest du? Mach's auf!«

Folgsam nimmt sie das Geschenk, zerreißt das Papier und stößt auf den Pullover, den ich mit so viel Liebe ausgewählt habe.

»Er ist wunderschön, aber das hättest du nicht tun sollen.«

Das sind genau die Worte, die ich erwartet habe, aber sie hat es nicht im richtigen Tonfall gesagt, und in ihren Augen ist kein Funken der Freude zu sehen, was bedeutet, dass ich den blöden Pulli wirklich nicht hätte kaufen sollen. Sie hat eindeutig recht. Unsere derzeitigen Probleme gehören nicht zu denen, die sich mit einem überraschenden Geschenk aus der Welt schaffen lassen. Sie lässt den Pullover auf dem Sofa liegen und geht ins Schlafzimmer, um sich umzuziehen. Vergeblich versuche ich ihr Verhalten zu verstehen und merke, dass ihre Abfuhr mich wütend macht.

Als wir mit zehnminütiger Verspätung am Sendegebäude ankommen, erwartet Richard uns bereits mit den Eintrittskarten in der Hand. Die Zuschauerplätze sind kostenlos, doch da sie begrenzt sind, braucht man die Karten, um wieder eingelassen zu werden, wenn man seinen Platz doch einmal verlässt.

Sandrine und ich kommen Hand in Hand, doch sie lässt sich hinterherziehen wie ein aufsässiges Kind, das nicht in die Schule gehen will. Ich habe sie angetrieben, ein wenig schneller zu gehen, sodass sie nun etwas außer Atem und deutlich schlecht gelaunt ist. Erst als sie Richard sieht, findet sie ihr Lächeln wieder. Er küsst sie auf die Wangen und gibt mir die Hand. Mir fällt auf, wie mitgenommen er aussieht, ich sage allerdings nichts. Stattdessen stellen wir uns in die Schlange, die bereits vorgerückt ist.

»Bist du sicher, dass du nicht erkannt werden wirst?«

»Ich habe dir doch schon gesagt, dass niemand mein Gesicht kennt. Ich bin inkognito hier, es sei denn, du bist so gemein und verrätst, wen die Leute vor sich haben.«

Diese Anspielung hätte ich mir sparen sollen, denn sofort macht er sich interessant, indem er auf einmal sehr laut redet:

»Was, du bist Thomas Lagrange, der berühmte mesmenische Autor ...«

Ein paar Leute wenden erstaunt und ungläubig die Köpfe. Ich verpasse Richard einen Ellbogenstoß, damit er mit dem Quatsch aufhört, und Sandrine bricht in Gelächter aus, als hätte er den Witz des Jahrhunderts gemacht. Allmählich hängt mir ihr komplizenhaftes Getue zum Hals heraus.

Ohne ein weiteres Wort zu wechseln, gelangen wir ins Studio 105, wo die Aufzeichnung stattfinden wird und wo wir in der siebten Reihe unsere Plätze haben. Sie liegen etwa in der Mitte, nicht zu nah bei den Kritikern, aber auch nicht zu weit entfernt. So kann ich ihre Reaktionen gut sehen, ohne das Gefühl zu haben, dass sie sich direkt an mich wenden.

Bevor die Show beginnt, erklärt der Moderator Jérôme Garcin den Ablauf der Aufzeichnung. Es wird zwei Teile geben, einen, der sich mit Literatur befasst, und einen zum Thema Film. Die Sendung über die Bücher wird Sonntag in einer Woche auf France Inter ausgestrahlt, die über die Filme eine Woche später. Nach dieser kurzen Einführung kommen die Kritiker auf die Bühne. Ich kenne keinen von ihnen, und Richard raunt mir in der Reihenfolge ihres Auftretens ihre Namen ins Ohr: Olivia de Lamberterie, Arnaud Viviant, Anne Delplanque und Jean-Louis Ezine. Die Musik des Vorspanns erklingt im Studio, und Jérôme Garcin verkündet mit weicher Stimme den Titel der Sendung:»Le Masque et la Plume«, und los geht's. Zuerst wird in einer Art ironischer Heiterkeit die Zuhörerpost zur vergangenen Sendung vorgelesen und kommentiert. Es gelingt mir nicht, mich ausreichend zu konzentrieren, um dem, was gesagt wird, folgen zu können. Vor uns sitzt jemand, der das Programm der Sendung in der Hand hält. Ich linse über seine Schulter: Mein Buch wird das dritte sein, das auseinandergenommen wird. Langsam wird mir bewusst, dass sie es gleich analysieren, sezieren, misshandeln, ihm den Garaus machen werden. Zum ersten Mal fühle ich mich ein wenig verantwortlich für dieses Werk, und ich habe keine Lust, dabei zu sein, wenn es vor aller Augen in der Luft zerrissen wird. Es ist völlig egal, dass außer Sandrine und Richard niemand weiß, wer ich bin, es ist etwas Persönliches zwischen dem Buch, den Kritikern und mir. Ich würde mir am liebsten die Ohren zuhalten, diesen Ort verlassen, die Zeit zurückdrehen und dieses verdammte Buch nicht übersetzen. Doch zu spät! In Überschallgeschwindigkeit sind sie bereits bei »meinem« Buch angekommen. Jérôme Garcin erklärt, worum es geht.

»Nun wenden wir uns einem Thema zu, das gerade in aller Munde ist: Mesmenien. Allerdings werden wir uns nicht mit den Seltenen Erden beschäftigen, sondern über eine sympathische Großmutter reden, die eine außergewöhnliche Liebesgeschichte mit einem dreißig Jahre jüngeren russischen Soldaten erlebt. Also, wer möchte beginnen?«

Pause. Die Kritiker werfen sich gegenseitig spöttische Blicke zu. Im Publikum erklingen ein paar vorfreudige Lacher, die dem erwarteten Massaker vorausgreifen. Schließlich ergreift Olivia de Lamberterie das Wort.

»Also, auch wenn es Sie überrascht, mir hat dieses Buch gefallen. Wenn ich auch nicht wirklich weiß, warum. Vielleicht weil ich auf das Schlimmste gefasst war, aber ich finde, dass dieser Roman durchaus seine Qualitäten hat.«

»Ah! Dann bin ich gespannt, welche das sein sollen, denn obwohl ich danach gesucht und den Roman von vorn nach hinten und von hinten nach vorn gelesen habe, habe ich nichts gefunden, was nur im Ansatz von Interesse sein könnte.«

»Na ja, immerhin ist es schnell gelesen.«

Allgemeines Lachen. Ich sinke auf meinem Stuhl zusammen.

»Aber das ist auch schon alles. Da stimme ich mit Arnaud vollkommen überein: Es ist absolut lieblos heruntergeschrieben, man hat den Eindruck, dass weder der Autor noch der Übersetzer – die übrigens zufällig ein und dieselbe Person sind –, noch irgendein Lektor den Text überarbeitet haben.

Der Roman enthält eine beachtliche Menge an Unstimmigkeiten, wie ich sie noch in keinem anderen Buch finden konnte, abgesehen von all den anderen Mängeln, die zu kommentieren ich Arnaud und Jean-Louis überlasse, und dennoch hat er einen gewissen Charme: Dieses alte Mädchen, das durch ganz Mesmenien ihrer Liebe hinterhereilt wie eine gerade der Kindheit entronnene Heranwachsende, mithilfe ihrer Freundin, die genauso alt und genauso naiv ist wie sie selbst ... Ich fand es ... bewegend. Ja, ich schäme mich nicht, es zu sagen. Ich finde es bewegend.«

Die beiden anderen Journalisten auf der Bühne lachen sich tot, und das Publikum ist außer sich. Ich sehe zuerst zu Richard, dann zu Sandrine hinüber. Richard schüttet sich vor Lachen aus, während Sandrine wohlwollend lächelt.

»Ich würde gern wissen, was Olivia geraucht hat, bevor sie dieses Buch gelesen hat, denn es muss verdammt stark gewesen sein (Gelächter im Publikum). Ehrlich gesagt, habe ich selten etwas so Schlechtes gelesen. Man merkt sofort, dass dieser Thomas Lagrange, der irgendwo aus dem Nichts gekommen ist, mit diesem unter literarischen Gesichtspunkten empörenden Werk auf der mesmenischen Erfolgswelle mitschwimmen wollte. Und das Schlimmste, das wirklich Schlimmste ist, dass sein Plan funktioniert hat, da wir hier darüber reden. Dafür solltest du dich übrigens schämen, Jérôme. Man könnte fast meinen, dass es sich bei diesem Buch um eine Marketingaktion eines bekannten Verlagshauses handelt und dass es in Kürze eine Enthüllung geben wird, die selbst noch im kleinsten Kaff für Aufsehen sorgt.«

»Was willst du damit sagen? Spielst du darauf an, dass es diesen Thomas Lagrange gar nicht gibt? Wer sollte das Buch denn dann geschrieben haben? Meinst du, dass es sich um das Pseudonym eines bekannten Autors handelt?«

»Ich sage nur, dass das nicht unmöglich ist. Darüber hinaus ist die Tatsache, dass der Autor und der Übersetzer ein und dieselbe Person sind, durchaus seltsam, oder nicht?«

»Ehrlich gesagt, sehe ich nicht den Sinn dahinter. Wer könnte denn deiner Meinung nach zu einer derart kranken Aktion in der Lage sein?«

»Was weiß ich ... Houellebecq zum Beispiel oder Patrick Sébastien. Es wäre nicht das erste Mal.«

»Ich erlaube mir, dich darauf hinzuweisen, mein Lieber, dass dieses Buch veröffentlicht wurde, bevor das Bodenvorkommen an Seltenen Erden in Mesmenien entdeckt worden ist. Und davor war Mesmenien in etwa so interessant für die Öffentlichkeit wie der Wellhornschneckenfang zur Muschelsaison. Wenn also Houellebecq oder Sébastien oder irgendein anderer Provokationskünstler den Erfolg dieses Buches vorhergesehen hat, muss er ein Hellseher sein.«

»Gut. Ich glaube, dass wir Olivia heute Abend nicht von ihrer Meinung abbringen können. Anne, von Ihnen haben wir bisher kaum etwas zu diesem Buch gehört. Sollten Sie vielleicht auch dem Charme des mysteriösen Thomas Lagrange verfallen sein?«

»Äh, ich wage kaum, es zuzugeben ... (erneutes Lachen), aber ich bin mit Olivia ziemlich einer Meinung. Dieses Buch ist ... wie soll ich es sagen ... anders. Hör auf zu lachen, Arnaud, ich kann dir ein Beispiel vorlesen, hier, Seite 57.

Eng aneinandergeschmiegt, genossen die beiden Liebenden schweigend das Glück, sich wiedergefunden zu haben. Mit leicht wiegenden Bewegungen presste sich Maria immer enger an Chlobak. Ihm entrang sich ein Stöhnen heißer Begierde, wobei seine Hände einen teuflischen, irrlichternden Tanz auf ihren Schenkeln ausführten. Über seine Schulter hinweg nahm Maria einen Capistniou wahr,

der den Boden durchdrungen hatte. Sieh an, sagte sie sich, es wird
bald Frühling werden. Denn tatsächlich wurde in ihrem Dorf die
Ankunft der wärmeren Tage gefeiert, sobald der grüne Kopf des ers-
ten Capistnious durch die noch gefrorene Erde drang. Dann be-
reitete jede Familie eine der siebzehn traditionellen Metarten zu,
die für diesen Teil Mesmeniens typisch waren, und am Abend fand
im Gemeindehaus ein gemeinsames frühlingshaftes Mahl statt, bei
dem sämtliche Dorfbewohner fröhlich und gut gelaunt zusammen-
kamen. Als Maria diese Erinnerung in den Sinn kam, wurde sie von
einer Welle des Heimwehs erfasst. Sie setzte sich auf, rückte, so gut
es ging, ihre Korsage zurecht, die Chlobak während des Liebesspiels
heruntergerissen hatte ...«

Ich weiß nicht, ob es an dem Ton liegt, in dem die Frau meinen Text vorgelesen hat, aber jetzt brüllen alle vor Lachen.
Wenn ich an die ganze Mühe denke, die ich mir gemacht
habe, um diesen Absatz zu übersetzen, fühle ich mich schon
ein wenig gedemütigt. Zum Beispiel habe ich im Internet re-
cherchiert, was ein Capistniou ist: eine Kohlsorte mit großen
Köpfen, die außerordentlich hässlich ist. Im Gegensatz zu
anderen Sorten produziert die mesmenische Variante kleine
Samen, die von den Landesbewohnern besonders gern gegessen werden. Ich bin mir sicher, dass Anne Delplanque
davon keine Ahnung hat, was sie jedoch nicht davon abhält,
auf dem Podium Volksreden zu halten und stolz auf das Gelächter zu sein, das sie provoziert hat.

»Und ich könnte noch Dutzende ähnlicher Absätze vorlesen. Also, von mir gibt es ein dickes Lob. In unseren Zeiten,
da überall offen über Sex gesprochen wird, da jeder simple
Schreiberling einen Bestseller landet, indem er seitenweise
Obszönitäten serviert, das Wagnis einzugehen, eine derartige Naturverbundenheit im Rahmen einer Szene einzu-

setzen, die in ihrer Banalität ansonsten abstoßend wäre, das muss man erst mal hinkriegen. Ja, mir ist dieser Thomas Lagrange sehr ans Herz gewachsen, und ich starte hier feierlich den Aufruf: Thomas Lagrange, wenn Sie mich hören: Schreiben Sie weiter, ich flehe Sie an! Und wenn Sie eines Tages Lust haben, mit mir gemeinsam den Capistnious beim Wachsen zuzusehen, zögern Sie nicht, unserem Jérôme hier Ihre Adresse durchzugeben. Er wird sie an mich weiterleiten.«

Sie wartet ab, bis die Pfiffe und anzüglichen Rufe im Publikum verstummt sind.

»Und jetzt im Ernst: Mir gefällt die Idee, über die romantische Liebe von Frauen im reifen Alter zu schreiben. Natürlich bin ich auch der Meinung, dass dieses Buch äußerst unbeholfen verfasst ist, voller Rechtschreib- und Syntaxfehler, und dass es nicht in dieser Rohversion hätte veröffentlicht werden sollen, keine Frage, aber alles in allem hege ich durchaus Sympathie für diesen Roman und seinen Autor.«

»Gut. Ich denke, dass unsere Zuhörer begriffen haben, dass diese Reise nach Mesmenien auf der weiblichen Seite größere Zustimmung gefunden hat als auf der männlichen. Widmen wir uns nun dem Spannungsgenre mit diesem neuen Thriller, der ...«

Meine Ohren glühen und sind wahrscheinlich leuchtend rot, aber zumindest habe ich die Feuerprobe bestanden. Ein kurzer Seitenblick auf Sandrine und Richard sagt mir, dass sie bereits der Besprechung des nächsten Buches lauschen, wozu ich absolut nicht in der Lage bin.

XIII
Drei Tage später

Mein Buch wird in allen Medien besprochen. Es gibt keine Zeitschrift, keine Literatursendung und keine Talkshow, in denen es nicht Thema ist. Es wird alles Mögliche darüber gesagt. Manche Leute finden es bestürzend, symptomatisch für die kulturelle Armut, von der das ganze Land befallen ist. Andere halten es für sympathisch, poetisch, originell und sind angenehm überrascht, dass ein Mann in der Lage ist, ein derart heikles Thema wie die weibliche Sexualität im reifen Alter mit so viel Feingefühl zu behandeln. Es gibt sogar einen Witzbold, der mein Buch für »konzeptuell« hält und behauptet, dass die Rechtschreib- und Syntaxfehler absichtlich eingebaut worden seien, um das letzte Tabu der französischen Sprache zu brechen, und dass die Idee, sich gleichzeitig als Autor und Übersetzer dieses Kunstwerks auszugeben, ein Geniestreich sei.

Diese Medienpräsenz bleibt nicht folgenlos. In den letzten drei Tagen habe ich zwei Leute in der Metro bei der Lektüre gesehen. Zwei nicht mehr junge Frauen, was Jérôme Garcins Theorie zu bestätigen scheint, dass mein Lesepublikum eher weiblich als männlich ist. In einem bestimmten Moment meinte ich sogar, dass eine der beiden Frauen mir zugezwinkert hat, woraufhin ich beinahe ohnmächtig geworden wäre, bis ich mich zur Ordnung gerufen habe. Denn wie hätte sie mich erkennen sollen? Schließlich ist nirgendwo ein Foto von mir erschienen. Nein, dieses Zwinkern habe ich mir eindeutig nur eingebildet. Wahrscheinlich hatte sie ein Staubkorn im Auge oder einen nervösen Tick oder so etwas.

Man kann sagen, dass ich meinen Erfolg durchaus freudig beobachte, doch es gibt jemanden, der sich noch viel mehr darüber freut als ich: Nathalie Vermont.

Gerade eben hat sie mich völlig überdreht angerufen.

»Hallo, Thomas?«

Seit die Verkaufszahlen unaufhaltsam ansteigen, ist sie dazu übergegangen, mich zu duzen. Ohne großen Enthusiasmus bemühe ich mich, ihrem Beispiel zu folgen. Es ist mir noch nie leichtgefallen, Leute zu duzen, die ich nicht wirklich kenne.

»Ja, Nathalie?«

»Ich habe eine wunderbare Neuigkeit für dich. Die aktuelle Auflage ist schon beinahe vergriffen.«

»Und das ist eine gute Nachricht?«

»Na klar! Das bedeutet, dass wir eine weitere Auflage nachlegen können. Wie ich gesagt habe: Man muss das Eisen schmieden, solange es heiß ist. Mein Großvater hat mir erlaubt, weitere zwanzigtausend Exemplare drucken zu lassen. Ist das nicht genial?«

»Bist du sicher, dass wir so viele Bücher verkaufen können? Denn wenn nicht, hast du verdammt viel Geld in den Sand gesetzt.«

»Mach dir darum keine Sorgen. Mit dem ganzen Wirbel, den dein Buch verursacht, neben den aktuellen Ereignissen in Mesmenien, wird sich auch diese Auflage verkaufen wie geschnitten Brot. Das ist reine Mathematik.«

Ich kann mir nicht vorstellen, dass der Verkauf meines

Buches irgendwie mathematisch zu erklären ist, aber das behalte ich lieber für mich. Dafür kommt mir etwas anderes in den Sinn, was mir persönlich viel interessanter scheint.

»Sag mal, wenn das Buch sich so gut verkauft, könntest du mir dann vielleicht einen kleinen Vorschuss auszahlen?«

Ich merke, dass ihre Begeisterung auf der Stelle nachlässt.

»Ja, natürlich kann ich das. Allerdings muss ich vorher Großvater um sein Einverständnis bitten. Er ist immer noch wütend auf dich und deinen Freund Sergeï, und er will den bereits erzielten Gewinn sicher in die nächste Auflage investieren, wie du sicher verstehst. Wie viel möchtest du denn?«

Ich war mir so sicher, dass sie ablehnen würde, dass ich mir darüber gar keine Gedanken gemacht habe.

»Fünftausend Euro? Wäre das möglich?«

»Sagen wir dreitausend, okay?«

Ich habe absolut keine Lust, mich in längere Verhandlungen zu stürzen, weshalb ich sofort zustimme. Schließlich ist das schon mal was. Sie will sofort mit ihrem Großvater darüber sprechen. Ich soll heute Nachmittag bei ihr vorbeikommen und den Scheck abholen.

Nachdem ich aufgelegt habe, denke ich noch einmal über das nach, was das blonde Dummchen über die aktuellen Ereignisse in Mesmenien gesagt hat, über das Aufsehen, das sie verursachen, und dessen Auswirkungen auf den Verkauf des Buches.

Unter dem Druck der Umweltschutzbewegungen hat Europa die mesmenische Regierung gebeten, mit dem Abbau der Vorkommen an Seltenen Erden noch zu warten und deren Erforschung fortzusetzen. Es scheint so zu sein, dass das, was man über das Spektrum der vorhandenen Metalle der Seltenen Erden und ihre Dichte weiß, den Bau einer Mine noch nicht wirklich rechtfertigt. Zeitschriften, die sich intensiver mit dem Thema beschäftigen, erklären, dass alles eine Frage der Tonnage sei. Zum Beispiel wird das Vorkommen im chinesischen Bayan Obo, was die Reserven an Oxiden in den Seltenen Erden angeht, auf mindestens achtzig Millionen Tonnen geschätzt. Diese Zahl allein rechtfertigt die Umweltverschmutzung, die die Gewinnung der Mineralien verursacht. Das Vorkommen im mesmenischen Wlaskinsky ist vermutlich fünfzigmal kleiner. Wenn sich dies bestätigen sollte, wäre die Beziehung zwischen den durch das Lösungsmittel verursachten Umweltschäden und dem weltweit dadurch erzielten Gewinn so, dass dem Abbau nicht zugestimmt werden könnte. In diesem Fall würde Europa ein Veto einlegen.

Die mesmenische Regierung in Person des Präsidenten Androw Zornoïff protestiert, fleht und droht sogar damit, aus der Europäischen Union auszutreten, wenn diese sich an die Spitze der Gegner stellen sollte. In den Augen des mesmenischen Präsidenten stellt dieses Bodenvorkommen eine einzigartige Chance für das Land dar, die Bedeutungslosigkeit und die wirtschaftliche Krise, mit denen der Staat quasi seit seiner Gründung zu kämpfen hat, hinter sich zu lassen. Daher ist er zu allem bereit, um den Abbau durchzusetzen, und Russland scheint dieses Vorhaben unterstützen zu wollen – eine Kraftprobe zwischen Europa und Russland, die seit einigen Tagen der Aufmacher in den Hauptnachrichten ist.

Die städtische Bevölkerung Mesmeniens, die bisher nicht in Erscheinung getreten ist, wird nun langsam aktiv. Die überwiegende Mehrheit ist auf der Seite der Regierung, und die Menschen drängen sich bei der geringsten Gelegenheit vor die ausländischen Fernsehkameras. Der Rest, ein paar Hundert, organisiert sich und bildet eine ökologische Gegenbewegung. An deren Spitze agiert ein gewisser Piotr Toulkoff, der aus einer der großen mesmenischen Familien stammt, die das Gebiet, wo die Metalle der Seltenen Erden gefunden wurden, für sich beanspruchen. In sämtlichen Zeitschriften ist sein Gesicht zu sehen, das mit dem blonden Haar, der beinahe violetten Augenfarbe und dem energischen Kinn an das eines amerikanischen Schauspielers aus den Fünfzigerjahren erinnert.

Ich bin von den Ereignissen regelrecht besessen und verfolge sie Stunde um Stunde, als ob mein Leben davon abhinge. Jedes Mal, wenn ich eine Demonstration im Fernsehen sehe, studiere ich die einzelnen Gesichter in der Menge und versuche, darin Mali zu erkennen. Natürlich weiß ich, dass ich das nicht tun sollte, doch ich brauche unbedingt eine Ablenkung, einen Zeitvertreib, der mich meinen Status als Arbeitsloser und meine Unfähigkeit, aus dieser Sackgasse herauszukommen, vergessen lässt.

Sandrine interessiert sich noch immer nicht für meinen Erfolg. Jedes Mal, wenn ich das Thema anspreche, weicht sie meinem Blick aus, geht mir aus dem Weg, wechselt das Thema. Allmählich glaube ich, dass sie auf meinen Erfolg eifersüchtig ist oder, noch wahrscheinlicher, dass sie so engstirnig ist, sich nicht mit mir freuen zu können, ganz einfach, weil sie nichts damit zu tun hat. Stattdessen durchforstet sie noch immer mit einer Besessenheit, die mich regelrecht krank macht, sämtliche Anzeigenteile nach Stellen. Immer wenn sie auf ein Stellenangebot für einen Lagerarbeiter, einen Kellner oder Verkäufer stößt, hält sie es mir unter die Nase, als hätte sie den Heiligen Gral gefunden, die Lösung all unserer Probleme. Dabei habe ich nicht den Schimmer einer Ahnung, wie sie darauf kommt, dass ich mich nach diesem medialen Erfolg noch mit einem solch simplen Job zufriedengeben könnte.

Gerade gestern Abend hat sie ihre Engstirnigkeit erneut unter Beweis gestellt. Wir saßen zusammen auf dem Sofa, um uns irgendeinen dämlichen Film anzusehen, als sie mich gefragt hat, ob sie ein wenig zappen dürfe. Ich hatte vollstes Vertrauen zu ihr und sah keinen Grund, ihr dies nicht zu erlauben. Daraufhin hat sie zwei-, dreimal umgeschaltet, um mich an der Nase herumzuführen, und ist dann »rein zufällig« bei einer Art Talkshow hängen geblieben. Ich habe es nicht gleich begriffen, aber nach zehn Minuten wurde mir die Sache allmählich klar. Es ging um Leute, die irgendwann mal eine Castingshow oder so etwas gewonnen hatten, eine postpubertäre junge Frau, die behauptete, als Kind mal einen Hit gesungen zu haben, einen Typen, der vor zwanzig Jahren einen Krimibestseller geschrieben hatte und dann in der Versenkung verschwunden war. Jeder der Teilnehmer erzählte, wie es mit ihm bergab gegangen war: Entweder waren sie drogen- oder alkoholabhängig geworden oder hatten unter Depressionen gelitten und sich verschuldet, und das nur, weil sie für kurze Zeit auf der Erfolgsspur gesegelt waren. Ich nehme an, dass Sandrine gehofft hatte, damit ein – wie sie immer sagt – nüchternes und vernünftiges Gespräch über das Thema anzuregen, im Stil von »auch du wirst in fünfzehn Jahren in einer solchen Sendung auftreten, wenn es dir nicht gelingt, in den nächsten Stunden einen festen Job zu finden«. Allerdings habe ich mich auf das Spiel gar nicht erst eingelassen. Ich bin wortlos zu Bett gegangen. Und später, als sie nachkam und mir eine Hand auf den Arm gelegt hat, habe ich so getan, als schliefe ich, und ihr den Rücken zugedreht.

Ich komme zurück nach Hause, nachdem ich bei Nathalie meinen Scheck über dreitausend Euro abgeholt habe. Dabei geht mir das Telefongespräch nicht aus dem Kopf, das ich in ihrem Büro mit angehört habe. Ich wollte mich gerade verabschieden, als das Telefon klingelte.

»Hallo …? Ah, Opi, ich hätte dich gleich eh angerufen.«

Das konnte nur Alvizaar sein. Neugierig war ich im Türrahmen stehen geblieben. Unbeweglich hörte ich Nathalie zu und versuchte mir, so gut es ging, die Fragen am anderen Ende der Leitung vorzustellen.

»Ja, ja, ich habe das Manuskript bekommen.«

»…«

»Ich gebe es gleich in Druck. Tausend Exemplare, wie besprochen.«

»…«

»Das ist eine großzügige Entschädigung, ich hoffe, er weiß zu schätzen, was du für ihn tust.«

»…«

»Thomas ist gerade hier bei mir im Büro, und ich werde ihn daran erinnern, einverstanden. Bussi, Opi.«

Sie legte mit einem strahlenden Lächeln auf und erklärte mir, dass sie mit ihrem Großvater gesprochen habe – was ich bereits wusste –, der gerade ein weiteres Buch über Mesmenien veröffentlichen lasse, ein dokumentarisches Sachbuch über die volkstümlichen Gebrauchsgegenstände in der mesmenischen Kultur. Ohne ihre Ungezwungenheit zu verlieren, wies sie mich darauf hin, dass ich erst nach Ablauf der im Vertrag festgelegten Frist bezahlt würde, wie hoch die Verkäufe des Buches auch seien. Ich wollte gerade gegen diesen Betrug protestieren, der darin bestand, einem Autor das ihm zustehende Honorar nicht auszuzahlen, als mir wieder einfiel, dass ich ja gar nicht der Autor war und dass es wohl besser war, mich in diesem Punkt zurückzuhalten. Wie jedes Mal, wenn ich daran dachte, schnürte sich mir bei der Vorstellung, dass der wahre Autor eines Tages wiederauftauchen könnte, der Magen zusammen. Was würde dann wohl geschehen? Würde ich öffentlich des Betrugs bezichtigt werden? Und noch schlimmer: Würde ich den Vorschuss zurückzahlen müssen, den ich gerade erhalten hatte? Ich zog es vor, mich nicht länger mit dem Thema zu beschäftigen und mich ohne weitere Forderungen aus dem Staub zu machen.

Als ich zu meinem Besuch bei Éditions ELL'M aufgebrochen war, hatte ich mein Handy zu Hause vergessen, und nun stelle ich fest, dass ich in der Zwischenzeit nicht weniger als fünfzehn Anrufe erhalten habe. Alle stammen von Richard, der mir mehr oder weniger immer die gleiche Nachricht hinterlassen hat: »Thomas, ruf mich an, sobald du deine Mailbox abgehört hast. Ich habe eine geniale Idee, über die ich mit dir sprechen möchte. Du wirst begeistert sein, mein Freund.« Die letzte Nachricht klingt ungeduldiger: »Verdammt, was zum Teufel machst du? Bitte geh gleich nach Hause, wenn du diese Nachricht gehört hast. Wenn ich nicht heute Abend noch mit dir rede, platze ich.«

Ich rufe ihn zurück. Einmal, zweimal, dreimal. Jetzt geht er nicht ran. Es ist bereits beinahe neunzehn Uhr, und Sandrine wird jeden Moment von der Arbeit zurückkommen. Ich habe keine große Lust, sie heute Abend zu sehen, und ich sterbe vor Neugier darauf, worum es sich bei Richards genialer Idee handelt. Vielleicht hat er ja herausgefunden, wer der wahre Autor des Buches ist, das angeblich von mir stammt, was mich durchaus interessieren würde. Wenn er nicht sogar etwas über Sergeïs Verbleib in Erfahrung gebracht hat. Ich zögere kurz, und dann – was soll's? – hinterlasse ich für Sandrine eine Notiz am Kühlschrank und mache mich auf den Weg zu Richard.

Genau wie ich wohnt er an der Linie 6 der Metro, er an

der Station La Motte-Picquet – Grenelle, ich Place d'Italie. Das ist durchaus praktisch. Ich habe diese Metrolinie schon immer sehr gemocht, die wie eine Achterbahn teils unterirdisch und teils oberirdisch verläuft und als Zugabe einen schönen Blick auf den Eiffelturm bietet. Als auf Höhe der Station Saint-Jacques mein Handy in der Tasche vibriert, nehme ich es eilig heraus, in der Erwartung, Richards Namen auf dem Display zu sehen. Doch es ist Sandrine. Ich gehe nicht ran und stecke das Telefon wieder in die Tasche. Wenn sie mir nur ein bisschen mehr Freiraum lassen würde, würde es zwischen uns sicher wieder besser laufen. Es dauert noch ungefähr zwanzig Minuten, bis wir La Motte erreichen, und obwohl mehrere Sitzplätze frei sind, bleibe ich in dem Bereich zwischen den Türen stehen. Sobald wir an meinem Ziel angekommen sind und sich die Türen öffnen, stürze ich nach draußen und renne zu dem Haus, in dem Richard wohnt. Ich hoffe, dass er so schlau war, seine Wohnung nicht zu verlassen, nachdem ich extra den weiten Weg zurückgelegt habe. Wie ein Verrückter klingle ich an der Sprechanlage, und dreißig Sekunden später höre ich Richards genervte Stimme, die überhaupt nicht mehr so klingt wie auf meiner Mailbox.

»Wer ist da?«

»Ich bin's, Thomas. Mach auf.«

Es ertönt ein Summen, woraufhin ich die Tür öffne und eilig in den dritten Stock hinauflaufe. Richard hat bereits aufgemacht, die Tür steht offen, und gleich als ich die Wohnung betrete, spüre ich die Anspannung, die in der Luft liegt. Aus dem Wohnzimmer klingen Stimmen herüber, und ich frage mich plötzlich, ob ich hier vielleicht völlig fehl am Platz bin.

»Ist jemand da?«

»Ja, komm, wir sind drüben.«

Ich trete in das schnieke Wohnzimmer, das Charlotte

eigenhändig und stilbewusst eingerichtet hat: mit einem weißen Ledersofa, Möbeln aus Metall und Glas und afrikanischen Masken an den Wänden. Ganz anders als unsere Dreizimmerwohnung mit den Ikea-Möbeln. Richard hat sich aufs Sofa gesetzt, die Beine übereinandergeschlagen, sodass seine linke Wade auf dem rechten Knie liegt, und den linken Ellbogen aufs linke Knie gestützt. Charlotte steht neben dem Tisch. Die beiden schweigen und blicken auf mich. Ich habe das eindeutige Gefühl, in irgendetwas hineingeplatzt zu sein. Etwa drei Sekunden lang herrscht absolute Stille, bis sich Charlotte derart abrupt in Bewegung setzt, dass ich beinahe zusammenfahre. Sie stößt ein Stöhnen aus, das an das Pfeifen eines alten Wasserkessels erinnert und wohl Ausdruck ihrer überbordenden Verzweiflung sein soll, dann verlässt sie mit großen Schritten das Zimmer und rempelt mich im Vorbeigehen an. Man hört sie an der Garderobe im Eingangsbereich herumkramen, dann, wie sie die Wohnungstür zuschlägt, und es wird wieder still. Ich bin wie vor den Kopf geschlagen.

»Was hat sie? Was habe ich ihr getan?«

»Nichts. Du hast überhaupt nichts damit zu tun. Kümmer dich nicht darum, sie wird sich wieder beruhigen.«

»Na ja, obwohl ...«

»Lass es einfach gut sein, sag ich dir. Hast du meine Nachrichten bekommen?«

»Äh, ja, deswegen bin ich hier. Habt ihr euch deswegen gestritten?«

»Nein, das hat nichts damit zu tun.«

Er steht mühsam vom Sofa auf.

»Willst du etwas trinken?«

Ohne meine Antwort abzuwarten, geht er zum Büfett und schenkt uns jeweils einen großen Whisky ein. Er hält für einen Moment die Nase über sein Glas, dann blickt er mich an und sagt:

»Ich möchte einen Artikel über dich schreiben.«

»Du willst was?«

»Einen Artikel über dich schreiben. Wer du bist, wo du herkommst, warum du dieses Buch übersetzt hast, wie es in deine Hände gelangt ist. Nicht irgendetwas Zweitklassiges, weißt du, etwas richtig Gutes, was dir schmeichelt. Ich lobe deine Bildung, deine Kenntnis der osteuropäischen Länder, besonders der slawischen Kultur. Ich könnte über deinen Liebeskummer schreiben, weshalb du dein Studium abgebrochen hast, und darüber, wie du dann wie Phönix aus der Asche wiedererstanden bist. Etwas in der Art, wie ich über Charlotte geschrieben habe.«

Während er sein Glas in einem Zug leert und sich gleich noch mal nachschenkt, denke ich über sein Angebot nach. Ich bin mir nicht sicher, ob ich mir wünsche, dass mein Name auf den Titelseiten der Zeitschriften zu lesen ist, ob ich will, dass meine Lebensgeschichte Schlagzeilen macht. Was würde geschehen, wenn der wahre Autor des Buches von diesem Artikel erfahren würde? Wenn er gerichtliche Schritte gegen mich unternehmen würde? Oder wenn er in einem anderen Blatt eine Gegendarstellung veröffentlichen und uns lächerlich machen würde? Denn ich brauche mir nichts vorzumachen: Der- oder diejenige, der einen solchen Roman verzapft hatte, kann nicht ganz dicht sein! Diese Geschichte von der lüsternen Alten kann nur dem Gehirn eines Kranken entsprungen sein, und ich habe überhaupt keine Lust, mich plötzlich einem verrückten Schriftsteller gegenüberzusehen!

Dann kommt mir noch eine andere Hypothese in den Sinn. Monsieur Alvizaar könnte einer Art Mafia angehören, und Sergeï ist deren Handlanger. Denn Alvizaar muss den

Namen des wahren Autors kennen und möchte aus irgendeinem Grund nicht damit herausrücken, um wen es sich handelt. Genauso wie er nicht wollte, dass das Buch veröffentlicht wird. Er toleriert mich, weil er keine andere Möglichkeit hat und weil ich meinen Namen dafür hergegeben habe: Solange es mich gibt, wird der Roman von den Medien nicht mit dem KIfnbS in Verbindung gebracht. Und wenn Richard nun diesen Artikel schreiben würde, wäre das nicht mehr gewährleistet, und ich würde jede Menge Ärger kriegen.

Aus all diesen Gründen beschließe ich, Richards Vorschlag abzulehnen.

»Ich glaube nicht, dass das eine gute Idee ist, weißt du …«

Er sieht mich zum ersten Mal an diesem Abend an, völlig verblüfft.

»Warum? Das ist doch eine super Werbung für dich!«

»Aber ich bin mir nicht sicher, ob ich Werbung für mich machen möchte. Ich habe keine Ahnung, wo dieses Buch herkommt, weiß nicht, wer es wirklich geschrieben hat, noch nicht mal, wo derjenige abgeblieben ist, der es mir gegeben hat. Und wenn ich ehrlich bin, will ich all das auch gar nicht wissen.«

»Jetzt mach aber mal einen Punkt! Dafür wird es eine ganz einfache Erklärung geben, und du riskierst gar nichts.«

»Vielleicht, aber das ändert nichts an der Tatsache, dass ich einen solchen Artikel über mich nicht möchte. Punkt, aus.«

Er steckt die Nase in sein zweites Whiskyglas, und als er den Kopf wieder hebt, sieht er mich mit einem Blick an, der mir beinahe Angst macht.

»Dass ich in der Scheiße stecke, ist dir wohl völlig egal, hm? Ich brauche diesen Artikel! Was dich angeht, du hast es ja immer leicht: Du kündigst deinen Job, und keiner macht dir einen Vorwurf. Du übersetzt irgendeinen Mist, der dann ein Riesenerfolg wird. Du hast eine Tussi, die dir zu Füßen liegt, und behandelst sie wie den letzten Dreck. Hast du auch nur ein Mal in deinem Leben an jemand anderen gedacht als nur an dich selbst?«

Ich frage mich, wie viele Whiskys er bereits getrunken hat, bevor ich gekommen bin. Daher beschließe ich, dieses Gespräch zu einem späteren Zeitpunkt weiterzuführen.

»Du bist total voll. Wir reden morgen noch mal darüber, wenn du möchtest.«

Diese Feststellung scheint ihn für zwanzig Sekunden zu beruhigen. Er starrt in sein Glas, als wäre er erstaunt, dass es leer ist.

»Also kann ich den Artikel schreiben?«

»Ganz sicher nicht.«

»Du bist ein Arschloch!«

Ich werde nicht länger bleiben und mich beschimpfen lassen. Entschlossen stelle ich mein halb volles Glas auf dem Couchtisch ab.

»Na gut, dann wird das Arschloch jetzt mal nach Hause gehen. Du kannst mich morgen anrufen, wenn du wieder nüchtern bist.«

Ich knalle hinter mir die Tür zu, wie es zwanzig Minuten zuvor Charlotte gemacht hat. Die Nachbarn dürften begeistert sein. Sauer, wie ich bin, renne ich beinahe zur Metrostation. Es ist einundzwanzig Uhr fünfzehn, zu dieser Zeit ist in der Metro nicht viel los. Die Hauptverkehrszeit ist bereits vorbei, und die Nachtschwärmer sind noch nicht unterwegs. Aus dem Augenwinkel nehme ich wahr, dass jemand *Das Landleben in Mesmenien* liest. Wieder eine reife Dame. Am liebsten hätte ich ihr das Buch aus der Hand gerissen und auf die Gleise geschmissen.

XIV
Eine Woche später

Richard hat nicht wieder angerufen. Weder, um sich zu entschuldigen, noch, um mich doch noch davon zu überzeugen, mit ihm diesen Artikel zu schreiben. Stattdessen hat er ihn tatsächlich allein und auf meine Kosten verfasst. Ich frage mich sogar, ob er ihn am Tag unseres Streits nicht schon geschrieben und verkauft hatte, so schnell, wie er erschienen ist. Jedenfalls bin ich vorgestern zufällig darauf gestoßen, als ich zum Kiosk gegangen bin, um mir die Tagespresse zu besorgen. Zeitschriften leiste ich mir nicht oft. Das ist bei unserem knappen Budget nicht drin. Diesmal jedoch konnte ich nicht anders, als mir die aktuelle Ausgabe von *L'Express* zu kaufen, da mein Gesicht in seiner ganzen Pracht auf dem Cover prangte. Na ja, oder auch nicht. Also nicht in seiner ganzen Pracht. Eher im Gegenteil: mit gesenkten Lidern, hängenden Schultern und dämlichem Grinsen. Ich sehe aus wie ein bescheuerter Vollidiot. Zuerst konnte ich mich nicht erinnern, wann dieses glanzvolle Porträt entstanden ist. Dann ist es mir wieder eingefallen: an einem unserer Saufabende, als wir noch Singles waren. Natürlich war Richard dabei, und er hat das Foto gemacht. Auf dem Original habe ich den Arm um eine Blondine rechts neben mir gelegt, die genau wie meine Schulter dank Photoshop auf dem Zeitungscover nicht zu sehen ist. Dafür ist unterhalb dieses hübschen retuschierten Bildes eine mindestens genauso schmeichelhafte Schlagzeile zu lesen: *Thomas Lagrange: Autor oder Betrüger?*

Beinahe hätte ich sofort alle Exemplare dieser Zeitschrift gekauft, wie man es manchmal in Filmen sieht, konnte mich jedoch noch gerade rechtzeitig zusammenreißen: Es hätte nichts gebracht. Und Folgendes hat mein sogenannter bester Freund über mich geschrieben:

> *In diesen Tagen, da Mesmenien in aller Munde ist, ist das Buch* Das Landleben in Mesmenien, *als dessen Autor ein gewisser Thomas Lagrange angegeben wird, in beinahe jedem Bücherregal zu finden. Denn es ist, wie der gute Damien Thévenot vor ein paar Wochen in den Frühnachrichten verkündete, der bisher einzige aus dem Mesmenischen ins Französische übersetzte Roman. Diese Tatsache allein ist schon ein Grund, unsere Neugier zu erregen, doch hat dieses nicht sehr umfangreiche Buch, das von den einen gelobt und von den anderen verrissen wird, noch einige andere Originalitäten zu bieten. Tatsächlich hat in Fachkreisen noch niemand von dem mysteriösen Autor und Übersetzer Thomas Lagrange gehört. Und wir fragen uns: Wer ist dieser Mann, und was wollte er damit beweisen, dass er diesen Roman zuerst auf Mesmenisch geschrieben hat, um ihn dann in die Sprache Molières zu übersetzen? Wollte er seinem Roman mehr Tiefe, eine größere Authentizität verleihen? Ist er ein anerkannter Spezialist für die Kultur der baltischen Staaten, ein emeritierter Linguist, ein Experte in vom Aussterben bedrohten Sprachen? Ein Franzose in der zweiten Generation, der zweisprachig aufgewachsen ist?*
>
> *Um dies zu ergründen, habe ich mich intensiv mit dem jungen Autor beschäftigt, und das, was ich herausgefunden*

habe, wird meine Leser mit Sicherheit genauso erstaunen wie mich selbst. Denn der junge Mann von siebenundzwanzig Jahren, dessen Vater aus der Bourgogne stammt und dessen Mutter Baskin ist, hat noch nie in seinem kurzen Leben einen Fuß auf mesmenischen Boden gesetzt. Beinahe noch seltsamer mutet es an, dass er bis vor Kurzem als einfache Servicekraft in einer Filiale einer bekannten Fast-Food-Kette arbeitete. Diese Tatsachen konnten meine Neugier jedoch nicht befriedigen, sondern warfen neue Fragen auf: Wie ist dieser junge Franzose, der weder ein Universitätsdiplom hat noch in irgendeiner Beziehung zu Mesmenien steht, zu seinen Sprachkenntnissen gekommen? Und wenn er wirklich der Autor dieses Romans ist, was hat ihn dann dazu inspiriert, und warum hat er sich die Mühe gemacht, ihn ursprünglich in einer Sprache zu schreiben, die niemand – oder fast niemand – beherrscht? Und wenn er nicht der Autor ist, wer ist es dann, und warum hat er Thomas Lagrange die Übersetzung anvertraut? Und zu guter Letzt die Frage: Wie kam es zu der Veröffentlichung des Buches, noch bevor Mesmenien aus den aktuellen Gründen in die Schlagzeilen geraten ist? Um all diese Rätsel zu lösen, habe ich mich an den Verlag Éditions ELL'M gewandt. Dort erklärte mir die charmante Verlegerin Nathalie Vermont, das Buch von ihrem einzigen Auftraggeber, dem KIfnbS – Kulturinstitut für neue baltische Staaten –, erhalten zu haben, wo ich meine Recherchen fortführen wollte.

Doch an diesem Punkt stieß ich auf eine Mauer des Schweigens. Der Direktor der Einrichtung, ein gewisser Igor Alvizaar, war nicht gewillt, meine Fragen zu beantworten. Allerdings habe ich von einer freundlichen Angestellten des Instituts erfahren, dass ein Mitarbeiter des KIfnbS, die einzige Kontaktperson unseres mysteriösen Autors, kurz nach

der Veröffentlichung des fraglichen Buches unter rätselhaf-
ten Umständen verschwunden ist. Sollte dieser Mann eines
Tages wiederauftauchen, wird er uns zweifellos über seine
Beziehung zu Thomas Lagrange aufklären, aus der meiner
Überzeugung nach dieser hübsche kleine Roman entstanden
ist. Bis dahin jedoch bleibt das Geheimnis ungelöst.

Was zum Teufel war in Richard, meinen besten Freund, gefahren, dass er so ein Zeug verfasst hat? Zwölf Jahre Freundschaft, und dann das? Hat er so dringend Geld gebraucht?
Denkt er, dass ich mich nicht selbst zum Affen machen kann?

Ich las den Artikel ein zweites Mal und hätte es wahr-
scheinlich noch ein Dutzend Mal getan, wenn ich nicht vom
Klingeln meines Handys unterbrochen worden wäre. Es war
Nathalie Vermont, aufgeregt und strahlender Laune.

»Hast du den Artikel über uns in *L'Express* gelesen? Du
wirst es nicht glauben, aber das ist das erste Mal, dass mein
Name in einer bedeutenden Zeitschrift genannt wird. Genial,
oder?«

Dieses Mädchen ist wirklich jenseits von Gut und Böse. Ich
glaube nur allzu gern, dass sie entzückt war, ihren Namen in
der Presse zu lesen – und ehrlich gesagt, glaube ich genauso
gern, dass es das erste Mal ist –, aber auch ihr musste doch
klar sein, dass es für mich alles andere als angenehm war,
mein Leben auf eine solche Art durch den Kakao gezogen
zu sehen.

»Nein! Hast du den Artikel mal gelesen? Hast du gesehen,
was da drinsteht?«

»Ja, ja, ich weiß. Natürlich hätten sie Großvater und seine
Sekretärin besser nicht erwähnt. Opi hat mich eben angerufen und ist alles andere als erfreut. Aber trotz allem ist das
doch eine super Werbung für uns.«

Sie sagte das völlig unbedarft, als ob ihr vollkommen egal wäre, welche Auswirkungen dieser Artikel auf meine Übersetzerkarriere oder mein ganzes Leben haben könnte. Und das ist wohl kaum übertrieben, schließlich weiß ich letztendlich nicht, wozu Sergeï und Alvizaar zusammen oder jeder für sich fähig sind. Soweit ich es beurteilen kann, habe ich beide nicht wirklich als ausgeglichene Charaktere kennengelernt. Ganz abgesehen von der möglichen Reaktion des wahren Autors. Aus irgendeinem Grund habe ich das Gefühl, dass mir in der Sache noch mehr Ärger bevorsteht und dass dieser Artikel möglicherweise die falschen Leute auf dumme Ideen bringen könnte.

»Ich rede nicht von deinem Großvater, seiner Sekretärin oder seiner Angorakatze, hier geht es um mich! Um mich und um diesen Artikel. Darf ich dich daran erinnern, dass ich nicht der Autor von dem Scheißbuch bin? Und ich habe absolut keine Lust, dass eines schönen Tages Sergeï oder wer auch immer vor meiner Tür steht und mich zur Rechenschaft zieht.«

»Oh, Mann, du mit deiner Paranoia! Da hat es einen kleinen Fehler in Sachen Urheberschaft gegeben, okay. Aber wenn dir das bisher noch niemand vorgeworfen hat, kannst du davon ausgehen, dass der wahre Autor stillschweigend damit einverstanden ist, dass du diese Rolle übernommen hast. Du musst das jetzt nur noch verinnerlichen und dich auch so verhalten, als hättest du einen Bestseller geschrieben.«

Ich habe nichts darauf geantwortet, denn angesichts dieser bewussten arglistigen Täuschung fehlten mir die Worte. Das Schlimmste dabei ist, dass es sich vielleicht gar nicht um arglistige Täuschung handelt, sondern dass sie den Quatsch, den sie mir da aufgetischt hat, tatsächlich glaubt. Alvizaar erzählt ihr garantiert nichts von seinen schmutzigen Geschäften. Offensichtlich fasste sie mein Schweigen als Zustimmung auf, denn sie ergriff erneut das Wort, um in noch freudigerem, beinahe jubelndem Tonfall fortzufahren:

»Und das Beste habe ich dir noch gar nicht gesagt: Der Artikel hat die Verkäufe regelrecht explodieren lassen. Weißt du, was Großvater und ich gerade entschieden haben, bevor ich dich angerufen habe? Wir drucken nach! Aber diesmal wird richtig geklotzt! Fünfzigtausend Exemplare, kannst du das fassen? Zusammen mit den bereits erschienenen und verkauften Exemplaren nähern wir uns damit der magischen Zahl hunderttausend. Das ist echt der Hammer! Aber jetzt ist es wichtig, dass du deinen Beitrag leistest und auch den anderen Journalisten zur Verfügung stehst.«

Das war natürlich etwas anderes! Dass das Buch sich so gut verkauft, freute mich durchaus zu hören. Wenn man es so sieht, verdiene ich für einen Arbeitslosen nicht schlecht, auch wenn ich das große Geld noch nicht kassiert habe. Doch wie es scheint, erwartete Nathalie, dass ich dafür vor der Presse den Hanswurst spiele. Natürlich versuchte ich mit allen Mitteln, ihr das auszureden. Was sie offensichtlich kein bisschen beeindruckte.

»Thomas, jetzt sei doch vernünftig! Die Vermarktung gehört zur Veröffentlichung eines Romans einfach dazu. Du hast ihm das Leben geschenkt, und jetzt bist du dir selbst schuldig, ihn wachsen und gedeihen zu lassen, bis kein Buchhändler mehr daran vorbeikommt. Mach dir keine Sorgen: Ich bin deine Verlegerin, und ich werde auch deine Pressereferentin sein. Du musst nur meinen Anweisungen folgen, okay?«

Seufzend gab ich nach. Mit ein bisschen Glück würde sich niemand melden, und Nathalie würde die Sache einfach vergessen.

Nachdem ich aufgelegt hatte, habe ich Richards Artikel noch einmal gelesen. Was mich am meisten ärgerte, war nicht das, was er geschrieben hatte, sondern die Tatsache, dass er dieses Machwerk hinter meinem Rücken veröffentlicht hatte. Also habe ich Richard angerufen, aber die feige Socke ist nicht rangegangen. Ich hinterließ eine Nachricht auf seiner Mailbox, die in etwa so lautete: »Weißt du, dass du ein Arschloch bist? Hab ich nicht deutlich genug gesagt, dass ich diesen Artikel nicht will? Wenn dir unsere Freundschaft nicht einmal so viel wert ist, kannst du sie vergessen, und ruf mich bloß nicht an!«

Daraufhin habe ich wütend aufgelegt. Es war das erste Mal, dass ich mich mit einem Anrufbeantworter gestritten habe, und irgendwie hat es gutgetan. Nachdem ich mir auf diese Art Luft gemacht hatte, verließ ich die Wohnung, um ein wenig spazieren zu gehen. Es wäre natürlich besser gewesen, ich wäre zu Hause geblieben und hätte mir einen Job gesucht, wozu mich Sandrine immer stärker drängt, doch dazu war ich nicht in der Lage.

Seitdem sind zwei Tage vergangen, und es ist nichts passiert. Es ist kein neuer Artikel erschienen, und ich habe keinen außergewöhnlichen Anruf erhalten. Offenbar war es richtig, Nathalie ihrem Wahn zu überlassen und mir weiter keine Sorgen zu machen: Die Journalisten haben Wichtigeres zu tun, als sich mit einem Wesen wie mir zu befassen.

Wenigstens was das angeht, ist Sandrine mit mir einer Meinung. Für sie ist es unvorstellbar, dass sich irgendjemand für meinen Erfolg interessieren könnte. Dafür hat sie mir, nachdem sie Richards Artikel gelesen hatte, einmal mehr bewiesen, auf wessen Seite sie steht. Als sie fertig war, hat sie mich mit ihren großen, unschuldigen Augen angesehen:

»Das ist gut für ihn, oder?«

»Was? Du fragst dich, ob es gut für ihn ist? Und was ist mit mir? Du hast doch gelesen, was er über mich geschrieben hat, oder?«

»Es ist nicht nett, dass er dich als simple Servicekraft bei McDonald's runtergemacht hat, okay, aber abgesehen davon, hat er doch nichts Schlimmes geschrieben, oder?«

»Natürlich ist es schlimm! Er schreibt einfach drauflos, nachdem ich es ihm verboten habe. Denk mal daran, was auf mich zukommt, wenn sich die Medien jetzt auf die Sache stürzen!«

Meine Worte klangen selbst in meinen eigenen Ohren seltsam, als wäre ich plötzlich der Held in einem Roman von John Grisham, das Opfer eines bösen Komplotts, dem niemand glaubt. Was nichts daran ändert, dass Sandrine als meine offizielle Lebensgefährtin angesichts Richards Verhalten durchaus ein wenig Mitleid und Empörung hätte an den Tag legen können! Aber nein. Sie hat offen Partei für meinen neuen Feind ergriffen. Und wie es aussieht, war sie sich nicht bewusst, welche Wut das in mir auslöste, denn sie verteidigte ihn weiter.

»Ich habe keine Ahnung, warum du dich so darüber aufregst, Thomas, denk doch auch mal an ihn. Charlotte macht ihm das Leben schwer, weil es ihm nicht gelingt, als Journalist richtig Fuß zu fassen. Sie droht ihm, dass er mit nach London gehen muss, was er absolut nicht will. Sein Artikel ist vielleicht nicht gerade nett, aber ich denke, dass es ihm vor allem darum geht, seine Probleme in den Griff zu bekommen. Dazu hat man doch Freunde, oder nicht?«

Ich traute meinen Ohren nicht. Mit ihren scheiß psychoanalytischen Theorien fand sie für Richard immer eine Entschuldigung, während ihr Verständnis für das, was mit mir dabei geschah, gleich null war. Wobei im Übrigen nicht von Psychoanalyse oder auch nur von Psychologie die Rede sein kann. Es ging ihr einfach nur darum, Richard zu verteidigen. Außerdem meinte ich eine gewisse Kälte aus ihrer Stimme herauszuhören, als ob sie mich für meinen Egoismus ihrem geliebten Richard gegenüber verurteilte. Wenn ich darauf etwas erwidert hätte, wäre ich wahrscheinlich explodiert. Woraufhin sie, die noch immer nichts ahnte, noch mal nachlegte.

»Und übrigens: Ich glaube nicht, dass die ganze Welt jetzt den Blick auf dich richtet. Wenn jemand hier anruft, sage ich ihm, dass du nicht hier wohnst, und in ein paar Tagen redet kein Mensch mehr über die Sache, du wirst sehen.«

Als wäre es das Selbstverständlichste von der Welt, stand sie auf und ging zum Kühlschrank, um sich eine Nachspeise zu holen. Dabei fiel mir auf, dass sie im Vorbeigehen auf die abblätternde Farbe in der Ecke über der Spüle blickte. Mir ist durchaus klar, dass sie gehofft hat, ich würde die Zeit meiner Arbeitslosigkeit dazu nutzen, die Wohnung auf Vordermann zu bringen: die Küche streichen, die Duschkabine erneuern, die Toilettenspülung reparieren, die Regale im Wohnzimmer befestigen. Es war immer die gleiche Leier, aber ich konnte mich einfach noch nicht dazu aufraffen. Zeit für meine chronischen Schuldgefühle. Als Sandrine zum Tisch zurückkam, dachte sie schon nicht mehr an Richards Artikel. Noch während des Essens griff sie nach einem Blatt Papier, das auf einem Stuhl lag und mir vorher noch gar nicht aufgefallen war.

»Schau mal, ich habe eine Anzeige gefunden, in der es um einen Job geht, der vielleicht etwas für dich wäre.«

Sie hielt mir eine Anzeige des Jobcenters unter die Nase, die sie aus dem Internet ausgedruckt hatte. Es ging um die Leitung der Fleischabteilung eines Supermarkts. Zuerst dachte ich, sie würde einen Witz machen, bis mir klar wurde, dass sie es ernst meinte. Ich war kurz davor, ein Schriftsteller von nationalem Format zu werden, und meine Lebensgefährtin war der Meinung, ich solle in einem heruntergekommenen Vorort Schinken und Würstchen verkaufen! Ich verließ die Küche und knallte die Tür hinter mir zu. In den nächsten drei Stunden verfolgte sie mich mit Argumenten, denen ich nichts entgegensetzen konnte: Mir würde bald die Decke auf den Kopf fallen, wenn ich weiterhin den ganzen Tag über allein zu Hause herumsäße, und ich müsse mit irgendetwas anfangen, um mich wieder ans Berufsleben zu gewöhnen. Was damit endete, dass ich zur Wohnungstür ging, um draußen meine Nerven zu beruhigen, woraufhin sie mir schließlich die Worte an den Kopf warf, die ihr schon eine ganze Weile auf der Seele gelegen haben mussten.

»Weißt du, Thomas, so können wir nicht mehr lange weitermachen!«

Nachdem ich einmal um den Block gegangen war, war ich wieder etwas ruhiger. Äußerst widerwillig rief ich die in der Anzeige angegebene Telefonnummer an. Trotz Sandrines wütender Worte wusste ich genau, dass sie mich nicht einfach mit Sack und Pack vor die Tür setzen würde, zu so etwas ist sie genetisch schlichtweg nicht in der Lage. Mich trieb etwas viel Subtileres, Schmerzhafteres dazu anzurufen. Wenn ich weiterhin tatenlos zu Hause herumsäße, hätte ich, selbst wenn ich mit Nathalies Vorauszahlungen meinen Lebensunterhalt bestreiten konnte, das Gefühl, ein ausgehaltener Mann zu sein. Einmal mehr wäre ich Sandrine dafür zu Dank verpflichtet, dass sie mich bei sich wohnen ließ. Einmal mehr würde ich vor Dankbarkeit ihr gegenüber ersticken. Also hatte ich wohl keine andere Wahl, als diesen dämlichen Job als Würstchenverkäufer anzunehmen, sollte ich ihn denn bekommen.

Der Mann, der meinen Anruf entgegennahm, bestellte mich für den nächsten Tag am späten Morgen zu einem »Blitzgespräch« ein, das irgendwo in einem entlegenen Vorort, der nur mit dem Zug zu erreichen war, beinahe zwei Stunden von Paris entfernt stattfinden sollte.

Und so stehe ich nun am Bahnhof Denfert-Rochereau auf dem Weg zu diesem bescheuerten Gespräch. Meine Mutter hatte mir eine Nachricht hinterlassen und sich erkundigt, wer diese Leute vom KIfnbS seien, nicht ohne mich zu warnen, dass ich mir mit diesem Buch keinen Ärger einhandeln solle, was meine Wut auf Richard neu anfachte. Der Bahnsteig ist schwarz von Menschen, und der nächste Zug wird erst in zwölf Minuten erwartet – wegen eines technischen Problems, wie über den Lautsprecher verkündet worden ist. Ich laufe Gefahr, mich zu verspäten, und wenn ich aus diesem Grund abgelehnt werde, wird mir Sandrine das nie verzeihen. Dann wäre ich gezwungen, sie zu belügen und mir irgendeinen Vorwand auszudenken, weshalb ich den Job nicht bekommen habe. Wenn ich ihn jedoch bekomme, werde ich für den Rest meiner Tage Würstchen verkaufen. Und wenn es nicht dieser ist, wird es ein anderer Job in der Art sein. Ich fühle mich eingeengt, erstickt von der Düsternis meiner Zukunft.

In meiner Tasche vibriert mein Handy. Eine Nummer, die mir nichts sagt. Ein Journalist, denke ich sofort. Daher zögere ich ranzugehen, doch letztlich ist die Neugier stärker. Schließlich habe ich hier auf dem Bahnsteig nichts anderes zu tun, und ich kann immer noch auflegen, wenn das Gespräch in die falsche Richtung läuft. Also nehme ich den Anruf entgegen.

»Hallo?«

»Hallo, Thomas?«

Die Stimme kommt mir bekannt vor, ohne dass ich ihr einen Namen oder ein Gesicht zuordnen könnte. Doch während die Person weiterspricht, kommt die Erinnerung, und mein Herz klopft immer stärker.

»Ich weiß nicht, ob du dich an mich erinnerst. Ich bin Malislowna Jerona, deine ehemalige Mesmenisch-Lehrerin.«

Malislowna. Ich hätte ihre Stimme in der Sekunde erkennen müssen, als ich sie vernommen habe, allerdings gibt es einen bedeutenden Unterschied zu früher: Sie hat überhaupt keinen Akzent mehr. Plötzlich habe ich ein Pfeifen in den Ohren, das Gefühl, dass mir jemand mit einem Ziegelstein auf den Kopf geschlagen hat, den Eindruck, aus einem Albtraum zu erwachen, das Gefühl, dass es die vergangenen vier Jahre nicht gegeben hat. Nur mit Mühe stammle ich ein paar Worte.

»Malislowna. Natürlich erinnere ich mich an dich. Wie geht es dir?«

»Gut. Ich würde mich gern mit dir treffen, wenn du möchtest.«

»Ja, natürlich. Wann hast du denn Zeit?«

»Jetzt sofort, wenn das für dich okay ist. Um zehn Uhr im Falstaff an der Place de la Bastille, geht das?«

»Klar, ich mach mich gleich auf den Weg.«

XV
Eine halbe Stunde später

Ich stürme durch die Gänge der Metrostationen, renne durch die Straßen, und als ich die Tür des Falstaff öffne, bin ich völlig außer Atem. Mein Blick schweift über die Tische, bleibt zweimal an allein am Tisch sitzenden jungen Frauen hängen, einer kleinen, die mit ihrem Handy beschäftigt ist, und einer molligen mit Brille, die in einem Buch liest. Die Erste kann es nicht sein, weil Mali in den letzten vier Jahren sicherlich nicht geschrumpft ist. Dass sie zugenommen hat, ist natürlich möglich, wenn ich auch noch einen Moment lang zögere. Ich will gerade auf die Dame zugehen, als ich Mali entdecke, ganz hinten in dem dunklen Raum. Wahnsinn! Sie ist noch schöner als in meiner Erinnerung – und noch genauso seltsam gekleidet wie früher. Sie trägt einen apfelgrünen Rock und einen bonbonrosafarbenen Pullover mit V-Ausschnitt aus einem Material, das ich nicht kenne und das aussieht wie Schaum. Das lange, blonde Haar fällt ihr, zu einem nachlässigen Zopf geflochten, auf den Rücken. Jede andere hätte in dieser Aufmachung schlampig gewirkt. Mali dagegen leuchtet, und alles andere in dem Café erscheint mir auf einmal trist und leblos. Sie hat mich bereits entdeckt und winkt mir lächelnd zu.

Ich gehe zu ihrem Tisch hinüber. Als ich vor ihr stehe, beuge ich mich zu ihr hinunter, um sie auf beide Wangen zu küssen, bevor ich mich ihr gegenübersetze. Ich bin unbeholfen wie ein Schuljunge bei seinem ersten Rendezvous. Offensichtlich fällt ihr meine Verlegenheit auf, denn sie verzieht für einen Moment auf eine drollige Art ihr Gesicht, bevor sie mit der Unterhaltung beginnt.

»Es ist lange her, was?«

»Kann man sagen, ja.«

Im direkten Gespräch ist ihr Akzent noch weniger wahrzunehmen als am Telefon. Ich bin derart damit beschäftigt, sie anzusehen, dass ich kaum ein Wort herausbringe. Glücklicherweise geht es ihr nicht genauso.

»Wenn du wüsstest, wie sehr ich mich freue, dich wiederzusehen!«

Aus ihren Worten ist ein durchaus natürlich wirkender Enthusiasmus herauszuhören, und um das Gesagte zu verstärken, hat sie ihre Hand auf meine gelegt. Doch wenn ich mich recht erinnere, gibt es für sie eigentlich keinen Grund, sich so zu freuen, da wir damals, zu Studienzeiten, neben dem Unterricht überhaupt nichts miteinander zu tun gehabt haben. Wobei ich natürlich nicht so dumm bin, ihr Gedächtnis in dieser Sache aufzufrischen. Stattdessen werfe ich einen kurzen Blick auf ihre Hand, um erleichtert festzustellen, dass sie keinen Ehering trägt. Sie folgt meinem Blick und spreizt die Finger ihrer linken Hand. Dabei seufzt sie schwer.

»Geschieden, seit sechs Monaten. Traurig, nicht?«

Ich beschränke mich darauf zu nicken, weil ich nicht weiß, was ich darauf sagen soll.

»Und du lebst in Paris?«

»Ich bin gerade in unsere Zweitwohnung gezogen, die Antonio mir nach der Scheidung überlassen hat. Nicht weit von hier. In der Rue du Béarn, falls du die kennst.«

Ich kenne die Straße nicht, und Mali erklärt mir, dass sie

sich irgendwo im Marais-Viertel befindet. Gegen meinen Willen hallt der Name Antonio in meinem Kopf wider und erweckt meine Eifersucht. Ich will alles über ihre Hochzeit erfahren, wer dieser Ehemann ist, wo sie gelebt haben, ob sie glücklich miteinander waren, warum sie sich haben scheiden lassen. Obwohl es indiskret ist, frage ich nun doch nach.

»Warst du lange verheiratet?«

»Zwei Jahre. Antonio ist Italiener. Wir haben ein Jahr lang in Rom gewohnt, in dem Haus, das er von seinen Eltern geerbt hat, aber es hat nicht funktioniert. Ich habe mich zu … fremd gefühlt.«

»Das verstehe ich. Wenn man kein Italienisch spricht, ist es sicher nicht leicht, in Rom zu leben.«

»Die Sprache war nicht das Problem, ich spreche Italienisch. Du musst wissen, dass Tonio zwanzig Jahre älter ist als ich. Am Anfang fand ich das toll. Er hatte jede Menge Beziehungen in der Modebranche, und ich dachte, er könnte mir helfen, eine eigene Kollektion herauszubringen, vielleicht sogar Modedesignerin zu werden, eine international bekannte Modedesignerin so wie Sonia Rykiel, aber es hat nicht funktioniert. Er hat sich nur für die Verwaltung seines Familienvermögens interessiert, wollte immer den Anstand wahren, moralisch sein und hatte jedes Mal, wenn ich etwas Neues anfangen wollte, Angst vor einem Skandal … Na ja, kurz gesagt, ich konnte mich an das Leben dort nicht gewöhnen, und deswegen haben wir beschlossen, uns scheiden zu lassen. Und das ist auch der Grund, warum ich … Aber wir haben bisher nur über mich geredet. Erzähl mir doch lieber, was aus dir geworden ist. Bist du mit jemandem zusammen? Wie hast du es geschafft, ein Buch auf Mesmenisch zu schreiben? Nur durch meinen Unterricht? Ich bin sehr geschmeichelt, weißt du …«

Da wir uns gerade erst wiedergesehen haben, scheint es mir noch zu früh, ihr die ganze Wahrheit über mein Buch anzuvertrauen. Daher beschränke ich mich darauf, ihre erste Frage zu beantworten, und erzähle ihr von Sandrine, ihrer Eifersucht in Bezug auf mein Buch, der Tatsache, dass sie immer meine Kreativität erstickt und es nicht erträgt, dass ich ihrer Kontrolle entgleite. In meinem Enthusiasmus behaupte ich, dass ich in den nächsten Tagen Schluss machen will. Wahrscheinlich bin ich ein wenig voreilig, frage mich jedoch tatsächlich, ob das Wiedersehen mit Mali vielleicht der letzte Anstoß ist, um das Nest zu verlassen. Denn hätte ich auf Sandrine gehört, wäre ich jetzt bei einem dämlichen Vorstellungsgespräch, um Wurstverkäufer zu werden. Stattdessen bin ich meinem Instinkt gefolgt und sitze nun glücklich im Warmen mit einer Tasse Kaffee und – vor allem – der schönsten Frau der Welt.

Mali sieht mich eindringlich an, als ob sie fasziniert an meinen Lippen hängen würde, und mir fällt auf, dass sie besonders an allem interessiert ist, was mit meinem Buch zu tun hat. Daher beschließe ich, noch ein paar Worte dazu zu sagen.

»Diese Übersetzung ist eigentlich nicht mein Verdienst, weißt du? Es ist dir zu verdanken, dass es dieses Buch nun auf Französisch gibt, der besten Lehrerin des ganzen Universums. Du bist wirklich unglaublich begabt! Hör mal, du sprichst Italienisch, und dein Französisch ist seit unserer letzten Begegnung so viel besser geworden …«

Für den Bruchteil einer Sekunde kommt mir der letzte Satz in Erinnerung, den sie damals zu mir gesagt hat – »Ich nicht denken, dass das ist eine sehr gute Idee!« –, als ich sie zu einem Kaffee eingeladen habe. Eilig dränge ich diese unangenehme Episode in ein finsteres Eck meines Gedächtnisses zurück.

»Ich spreche auch noch Russisch, Deutsch und Englisch, aber das ist nichts im Vergleich dazu, dass du in der Lage warst, einen Roman komplett auf Mesmenisch zu schreiben und ihn dann ins Französische zu übersetzen!«

Diese Fülle an gegenseitigen Komplimenten wird uns plötzlich ein wenig unangenehm, was uns einen Moment schweigen lässt. Doch ein paar Sekunden später ergreift Mali mit einem strahlenden Lächeln erneut das Wort.

»Hast du Lust, irgendwo etwas zu essen?«

Ich willige ein, denn schließlich habe ich nichts Besseres zu tun, nachdem ich mein Vorstellungsgespräch habe sausen lassen. Wir bezahlen und verlassen das Café. Draußen herrscht das perfekte Wetter, um ein wenig umherzuflanieren. Wir beschließen, in Richtung Marais zu gehen. Und da ich gerade nicht gezwungen bin, ihr in die Augen zu sehen, bringe ich den Mut auf, ihr die Frage zu stellen, die mich die ganze Zeit über quält.

»Mali, bitte glaub nicht, dass ich mich nicht gefreut habe, aber … ich frage mich … warum du mich angerufen hast?«

»Ja, ich verstehe, dass dir das seltsam vorkommt. Ich werde es dir beim Essen erklären. Weißt du, ich hatte dich vollkommen vergessen, und dann habe ich den Artikel über dich in L'Express gelesen und dein Foto gesehen, und mir ist alles wieder eingefallen … Ich habe deinen Verlag angerufen und nach deiner Telefonnummer gefragt, und das war's …«

Ich habe keine Lust, dieses für mich wenig schmeichelhafte Geständnis zu kommentieren. Das Positive ist, dass sie, wie es scheint, gemeinsame Pläne für uns hat, was bedeutet, dass ich sie wiedersehen werde. Ich bin neugierig zu erfahren, worum es geht, doch um nicht wie ein kleiner Junge zu erscheinen, der sich nicht in Geduld fassen kann, stelle ich eine harmlose Frage.

»Und Nathalie hat dir meine Nummer gegeben?«

»Sie hat mich gefragt, ob ich eine Journalistin sei, woraufhin ich mich als die Freundin vorgestellt habe, die dir Mesmenisch beigebracht hat. Ich hoffe, ich bin damit nicht in irgendein Fettnäpfchen getreten!«

»Nein, überhaupt nicht, der Presse versuche ich gerade eher aus dem Weg zu gehen.«

»Ich verstehe, das ist der Preis des Ruhms. Aber weißt du, berühmt zu sein hat auch viele Vorteile, und man sollte sie nutzen ...«

Genau in diesem Moment, als sie endlich bereit scheint, etwas Wesentliches zu sagen, kommen wir an einem italienischen Restaurant vorbei. Einem dieser kleinen, intimen, mit karierten Tischdecken und Kerzen auf den Tischen.

»Warte, hier wollte ich schon immer mal essen gehen.«

Sie legt eine Hand auf meinen Arm, damit ich stehen bleibe, und beginnt die Speisekarte zu lesen. Wie elektrisiert von der leichten Berührung ihrer Finger auf meinem Hemd, bin ich nicht in der Lage, mich zu bewegen.

»Hast du Lust?«

Ich würde überall mit ihr hingehen, in welches Restaurant auch immer ... Ich nicke, und wir öffnen die Tür. Drinnen werden wir von gedämpfter Musik empfangen. Da es noch recht früh ist, sind wir die einzigen Gäste, und der Kellner bietet uns beinahe überrascht einen Platz an und reicht uns mit kriecherischer Höflichkeit die Speisekarten. Ich entscheide mich schnell für eine Vier-Käse-Pizza, und Mali wählt Seezunge an Fenchelkompott. Mit entschiedener Stimme bestellt sie dazu einen Weißwein.

Ich würde nun gern endlich wissen, weshalb genau sie mich angerufen hat, doch sobald der Kellner gegangen ist, spricht sie die aktuellen Ereignisse in Mesmenien an.

Am Vorabend waren die Aktivisten überraschend zur Tat geschritten. Nach einem Tag mit den in den letzten Wochen zur Routine gewordenen Demonstrationen waren ein paar Partisanen um Piotr Toulkoff gemeinsam mit einer Handvoll Unabhängigkeitskämpfer unter *Nechta-hosti-Russaia*-Rufen – was so viel heißt wie »Nein zu Russland« – in den Palast von Präsident Zornoïff eingedrungen. Anstatt sie aufzuhalten, hatte die Nationalgarde sie in die privaten Räumlichkeiten eingelassen, und innerhalb von zwei Stunden hatte die Menge das Gelände besetzt. Glücklicherweise waren die Demonstranten nicht gewalttätig und zudem nicht bewaffnet. Daher war es nicht zu Verwüstungen gekommen, und es hatte auch keine Verletzten oder gar Tote gegeben. Nachdem die Eindringlinge den Palast erobert hatten, wirkten sie eher verstört und machten sich, mit dicken Filzstiften bewaffnet, daran, die Porträts der ehemaligen Staatsoberhäupter mit Hörnen und Schnurrbärten zu verschönern. Ohne die Leute beleidigen zu wollen, fand ich diese Protestaktion ziemlich schwach, hütete mich jedoch, das gegenüber Mali zu äußern, für den Fall, dass sie Partei für die Demonstranten ergreifen sollte.

Präsident Zornoïff hatte mit olympiareifer Kaltblütigkeit den Palast verlassen und sich mit seiner Entourage in das Haus eines seiner Minister geflüchtet. Überraschend bereitwillig hatte er sich, in einen bodenlangen Pelzmantel gehüllt und die Knollennase von der Kälte gerötet, den Fragen der Journalisten gestellt. Selbstsicher hatte er verkündet, dass er nach Hause zurückkehren würde, sobald »die Kinder« sich beruhigt hätten. Genauso hatte er die Regimegegner bezeichnet, bestätigt mir Mali nun in verächtlichem Tonfall: »Kinder.«

»Und hast du heute Morgen schon irgendwelche Neuigkeiten gehört?«

»Meine Mutter hat mich angerufen. Wie es scheint, ist im Moment alles ruhig. Ich nehme an, es wird noch ein paar Tage dauern, bis sich die Lage wieder normalisiert hat.«

»Wirst du hinfahren?«

Sie wirkt überrascht von meiner Frage, als hätte ich etwas vollkommen Hirnrissiges gesagt.

»Wozu? Glaubst du, ich könnte Zornoïff zur Vernunft bringen? Und außerdem kommt es mir sehr gelegen, dass Mesmenien von sich reden macht.«

Sie wirft mir einen schelmischen, vielsagenden Blick zu.

»Lass uns woanders darüber reden, okay?«

Ich war derart in unser Gespräch vertieft, dass ich gar nicht gemerkt habe, wie die Zeit vergangen ist. Überrascht stelle ich fest, dass wir vor leeren Tellern sitzen und die Kellner mit kaum verborgener Ungeduld darauf warten, dass wir gehen. Energisch bittet Mali um die Rechnung und nimmt ihr Portemonnaie heraus.

»Ich lade dich ein. Zur Feier unseres Wiedersehens.«

Sie gibt dem Kellner ihre Kreditkarte, bezahlt und geht sich die Nase pudern, wie sie sagt. Etwas, das sie überraschenderweise mit Sandrine gemeinsam hat, denn auch sie kann kein Restaurant verlassen, ohne vorher noch die Toilette aufzusuchen. In der Zwischenzeit blicke ich auf mein Handy, das während des Essens mehrfach in meiner Tasche vibriert hat. Sandrine hat versucht, mich zu erreichen, wahrscheinlich um mich zu fragen, wie das Vorstellungsgespräch gelaufen ist. Ich sollte sie zurückrufen, ihr sagen, dass ich es vermasselt habe, dass ich gar nicht erst hingegangen bin. Doch stattdessen schalte ich das Telefon aus.

Als wir schließlich hinaus auf die Straße treten, nimmt Mali wie selbstverständlich meinen Arm. Ich fühle mich ein wenig linkisch, als sie so an mir hängt, stehe ganz verspannt und habe gleichzeitig Angst, mich zu bewegen, weil sie mich dann loslassen könnte. Sie scheint von all dem nichts mitzubekommen.

»Weißt du, es ist wunderbar, hier mit dir zusammen zu sein. Ich habe das Gefühl, als hätte ich zufällig einen alten Freund wiedergetroffen. Dir kann ich alles sagen, mit dir kann ich über Tonio sprechen und über meine Heimat, du verstehst alles.«

Sie übertreibt eindeutig. Wir waren nie befreundet, und ich verstehe überhaupt nicht alles, im Gegenteil. Dennoch freue ich mich über ihre Worte und widerspreche nicht. Schweigend spazieren wir durch den Marais, die Rue de Turenne, die Rue des Francs-Bourgeois, die Rue Pavée, die Rue des Rosiers und die Rue Vieille du Temple entlang. Hin und wieder macht Mali eine Bemerkung über die Schönheit der Stadt, über ihre Liebe zu Paris und das Privileg, hier zu wohnen.

»Ihr Westeuropäer ahnt ja gar nicht, was für ein Glück ihr habt, dass ihr in Frankreich oder in Italien aufwachsen konntet, stets mit all diesen architektonischen Wundern vor Augen.«

»Du meinst im Vergleich zu Mesmenien?«

»Ja, im Vergleich zu Mesmenien. Du kannst dir nicht vorstellen, wie hässlich es dort ist. All diese grauen, seelenlosen Gebäude aus der Zeit des Kommunismus. Die Städte sind einfach nur funktional, und auf dem Land herrscht Armut, und alles ist schmutzig. Der blanke Horror. Und es scheint nicht einmal die Sonne, um das Elend ein bisschen aufzuwärmen.«

»Wirst du nie mehr dorthin zurückkehren?«

»Um dort zu leben, meinst du? Nicht in meinen schlimmsten Albträumen. Natürlich habe ich meine Eltern, meine

Brüder und meine Schwester dort zurückgelassen, und die Trennung tut manchmal weh. Aber dann denke ich an die Zukunft, die in diesem elenden Land auf mich warten würde. Dorthin zurückzukehren würde bedeuten, lebendig begraben zu sein.«

»Und was hast du dann vor?«

Sie umfasst meinen Arm ein wenig fester, zwingt mich, stehen zu bleiben und sie anzusehen. Ihre Augen glänzen, und sie strahlt mich an.

»Eine sehr gute Frage! Genau das habe ich überlegt, als ich das Geld aus der Scheidung bekommen habe. Und dann ist die Sache mit den Seltenen Erden passiert, und auf einmal ist Mesmenien in aller Munde. Und so bin ich auf eine geniale Idee gekommen.«

Ich vergebe ihr die Unbescheidenheit auf der Stelle. Und bevor ich eine Frage stellen kann, fährt sie fort.

»Ich habe mir gesagt, ich könnte doch ein Geschäft eröffnen und Dinge aus meinem Heimatland verkaufen. Vor allem Kleidung, weißt du, ich hatte schon immer ein Faible für Mode, aber auch für Gastronomie und Kunsthandwerk. Und wie man bei mir zu Hause sagt: Wenn du auf Tauwetter wartest und dabei einschläfst, wachst du mit erfrorenem Hintern wieder auf. Also habe ich hier im Marais einen Laden gekauft und mir ein paar Sachen schicken lassen, um sie zu verkaufen. Er ist gleich da vorn, mein Laden.«

Sie weist mit dem Kinn auf ein ziemlich schmales unbeleuchtetes Schaufenster, über dem in glänzenden Buchstaben zu lesen ist: *Ein kleines Stück Mesmenien.* Mir wird klar, dass wir nicht zufällig in dieser Straße gelandet sind. Zweifellos hat sie irgendeinen Hintergedanken, und ich spiele das Spiel mit, um mehr darüber zu erfahren.

»Das ist toll! Und du glaubst, das wird funktionieren?«

»Ich weiß nicht, aber ich werde alles dafür tun. Und genau deshalb habe ich dich heute angerufen … Als ich den Artikel über dich gesehen habe … Du weißt schon, in der Zeitschrift … Da habe ich mich an dich erinnert und mich gefragt, ob du vielleicht bereit wärest, hier in meinem Laden ein paar Bücher zu signieren, um mir ein wenig Starthilfe zu geben?«

Das sind also die Pläne, die sie für uns hat. Ich bin gleichzeitig enttäuscht und geschmeichelt. Natürlich war nicht zu erwarten gewesen, dass sie plötzlich darauf gekommen ist, mich schon immer höchst begehrenswert gefunden zu haben. Und alles in allem ist der kleine Gefallen, um den sie mich bittet, nichts im Vergleich zu der Gelegenheit, die sich mir nun bietet, unsere Beziehung zu vertiefen. Nathalie wäre hochzufrieden, dass ich mich an der Vermarktung des Buches beteilige, und ich denke nicht, dass Sergeï oder Alvizaar oder ein anderer Mensch, der mir etwas nachtragen könnte, mich in diesem kleinen Laden aufspüren wird. Also sage ich ihr so wohlwollend wie möglich zu, woraufhin sie sich in meine Arme stürzt.

»Oh, Thomas! Danke, danke, danke! Du könntest ein- oder zweimal pro Woche vorbeikommen, weißt du? Wir könnten im Schaufenster Schilder aufhängen, die dich ankündigen, und ich richte auf meiner Webseite eine Rubrik ein, in der ich dein Buch vorstelle und mitteile, dass man in meinem Geschäft den Autor treffen kann …«

Ich habe das ungute Gefühl, in eine Falle getappt zu sein. Von »ein paar Bücher signieren« bin ich plötzlich an einen ehrenamtlichen Vollzeitjob gekommen, von dem ich mir nicht sicher bin, ob ich ihn haben will. Andererseits kann ich, wenn ich ihn annehme, Mali so oft sehen, wie ich will. Ich zögere noch, wie ich reagieren soll, als Mali ihre Hände von meinem Hals löst und sie auf meine Schultern liegen lässt.

Ihr Blick ist leicht verschleiert, ihre Augen hat sie ein wenig zusammengekniffen, was ihr einen Ausdruck verleiht, den ich hoffentlich nicht falsch verstehe.

»Du hast dich so sehr verändert, Thomas, du bist ein wunderbarer Mensch geworden, du …«

Während sie spricht, kommt sie mit ihrem Gesicht immer näher, und das Ende des Satzes erstirbt auf meinen Lippen. In der folgenden Sekunde schmiegt sie sich an mich, ich spüre ihren weichen, warmen, süßen Körper und streiche mit der Hand über ihren Hals, ihre Brüste, ihren Bauch, während sie mit ihren feuchten Lippen meinen Hals mit kleinen gierigen Küssen übersät. Nur schwer löse ich mich ein wenig von ihr.

»Ich denke, wir sollten dieses Gespräch woanders fortsetzen, oder?«

Das habe ich ihr mit zärtlicher Stimme ins Ohr gemurmelt, und sie antwortet mir auf die gleiche Art.

»Meine Wohnung liegt direkt über dem Geschäft.«

XVI
Früh am nächsten Morgen

Ich werde von einem gleißenden Licht geweckt. Für eine Sekunde frage ich mich, wo ich bin, dann fällt es mir wieder ein. Ich bin bei Mali. Mali, die ich geküsst habe, die ich in meinen Armen gehalten habe, die ich begeistert, kraftvoll und zärtlich geliebt habe ... Mali, Mali, Mali. Mali in Nussbraun, Apfelgrün mit fliederfarbenen Punkten, die in genau diesem Moment mit einem Fotoapparat in den Händen auf mir sitzt.

»Upps, ich habe vergessen, den Blitz auszumachen. Ich bin untröstlich.«

Dabei sieht sie, ihrem strahlenden Lächeln nach zu urteilen, alles andere als untröstlich aus. Ich frage mich, welcher Floh sie gebissen haben mag, dass sie morgens, gleich nach dem Wachwerden, auf den Gedanken kommt, Fotos zu machen. Doch dann verstehe ich: Sie will unsere erste gemeinsame Nacht für die Ewigkeit festhalten. Geschmeichelt lächle ich zurück und frage, auf Begeisterung angesichts meiner Fähigkeiten als Liebhaber gefasst, mit verführerischer Stimme:

»Hallo, was tust du da?«

»Ich mache ein paar Fotos für meine Webseite.«

Abrupt richte ich mich auf, und sie fällt lachend neben mir auf die Matratze. Die ganze Geschichte mit der Werbung für ihr Geschäft, worauf ich mich im Eifer des Gefechts eingelassen habe, fällt mir auf einen Schlag wieder ein. Nun ist es wohl zu spät, um mich komplett aus der Affäre zu ziehen, aber ich werde mich bemühen, den Schaden irgendwie zu begrenzen.

»Warte! Du hast doch wohl nicht vor, Fotos, auf denen ich nackt im Bett liege, ins Netz zu stellen!«

»Natürlich nicht, du Dummerchen. Ich habe nur ein paar Probeaufnahmen gemacht. Komm, steh auf, wir haben einiges zu tun heute.«

Kaum hat sie das gesagt, springt sie vom Bett und verschwindet durch eine Tür, hinter der ich das Badezimmer vermute. Ich stehe auf und inspiziere ihren Kühlschrank. Gähnende Leere, nicht mal ein Magerjoghurt oder eine alte Möhre ist darin zu finden. Schade, ich habe zwar keinen Hunger, aber ich hätte gern einen Orangensaft getrunken. Stattdessen fülle ich ein Glas mit Leitungswasser und mache es mir, nackt, wie Gott mich schuf, auf dem Ledersofa bequem.

In regelmäßigen Abständen klingelt mein Telefon. Also nehme ich es aus der Tasche meiner Jeans und höre die Mailbox ab. Die letzte Nachricht ist, wie zu erwarten war, von Sandrine. Sie ist von sechs Uhr morgens. Sie weint beinahe und fleht mich an, sie zurückzurufen. Insgesamt zähle ich acht Nachrichten von ihr, wobei die älteren darunter bedeutend ruhiger klingen. Die erste ist sogar ziemlich lässig, und sie fragt mich nur, ob mein Vorstellungsgespräch gut gelaufen sei. Das Vorstellungsgespräch für den Job als Würstchenverkäufer, das hatte ich bereits komplett vergessen.

Zwischen all dem Gerede von Sandrine stoße ich auch auf eine Nachricht meiner Mutter, die mich mit autoritärer Stimme fragt, wo ich die Nacht zu verbringen gedenke, als wäre ich ein Jugendlicher, der zum Schlafen nicht nach Hause kommt. Sandrine muss mit ihr geredet haben. Wenn es gegen mich geht, halten sie immer wie Pech und Schwefel zusammen.

Aus Reflex will ich als Erstes Sandrine zurückrufen, mich tausendmal bei ihr entschuldigen, um ihr dann irgendeine Ausrede in der Art »Ich habe das Vorstellungsgespräch vermasselt und habe mich daraufhin mit einem alten Kumpel sinnlos besoffen« zu servieren. Ich bin derart daran gewöhnt, mich rechtfertigen zu müssen, dass mir der Gedanke ganz automatisch kommt, während ich noch dabei bin, meine Nachrichten abzuhören. Doch auf einmal lehnt sich alles in mir dagegen auf. Ich habe die Nase gestrichen voll davon, immer der Schuldige zu sein, vor den anderen zu kriechen und mich beim kleinsten Regelverstoß erbärmlich zu fühlen. Und das auch noch um sieben Uhr morgens! Sandrine kann mit ihrer großen tränenreichen Szene auch noch bis heute Abend warten.

Ich will gerade auflegen, als meine Mailbox die älteste Nachricht abspielt. Sie stammt von Nathalie – gestern Nachmittag, fünfzehn Uhr sieben. Mit der üblichen überdrehten Stimme spricht sie über einen Artikel im *France Soir*. Offensichtlich geht sie davon aus, dass ich ihn gelesen habe. Sie teilt mir mit, dass sie die Journalisten nicht mehr gebändigt kriegt und dass ich sie so schnell wie möglich zurückrufen soll.

Inzwischen ist es sieben Uhr zehn, was aber eindeutig immer noch zu früh ist, um Nathalie anzurufen. Außerdem muss ich unbedingt den Artikel im *France Soir* lesen, bevor ich mit ihr rede. Mali kommt, in ein Handtuch gewickelt, mit nassem Haar aus dem Badezimmer und sieht umwerfend schön aus.

»Was hast du denn für heute geplant?«

»Äh, ich weiß nicht … Erst mal frühstücken, würde ich sagen.«

»Eine gute Idee. Gehst du uns ein paar Croissants holen?«
Sie wühlt in ihrer Handtasche und hält mir einen Schlüsselbund hin. Nach einem gierigen Kuss teile ich ihr mit, dass ich gleich wieder zurück sei, ohne zu erklären, dass ich auch eine Zeitung kaufen will oder dass es einen neuen Artikel über mich gibt. Ich verlasse die Wohnung, eile die Treppe hinunter und gehe direkt Richtung Bastille. Unterwegs stoße ich auf einen Tabakladen, der gerade öffnet, und kaufe eine Ausgabe des *France Soir*. Dann suche ich mir ein ruhiges Eckchen in einem Café in der Nähe. Zu dieser frühen Stunde sind nur wenige Gäste da, und die Kellner lassen mich in aller Ruhe meine Zeitung auf zwei Tischen ausbreiten. Ich blättere sämtliche Seiten von vorn nach hinten und hinten nach vorn durch, finde jedoch nicht eine einzige Zeile, in der es um mich geht. Zwar gibt es einen langen Artikel über den Präsidentenpalast in Gownia und den künstlerischen Schaden, den die neuen mesmenischen Umweltschützer angerichtet haben, aber ich denke nicht, dass Nathalie den gemeint hat. Als ich allmählich verzweifle, geht mir plötzlich ein Licht auf. Angesichts der Uhrzeit, zu der Nathalie mir die Nachricht hinterlassen hat, hat sie sicher von der Ausgabe vom Vortag gesprochen und nicht von der, die ich in den Händen halte. Ich stürze meinen Kaffee hinunter, lege vier Euro neben die Tasse und mache mich eilig erneut auf den Weg zu dem Zeitungsverkäufer.

»Entschuldigen Sie, Sie haben nicht zufällig noch eine Ausgabe des *France Soir* von gestern?«

»Von gestern? Die wird nicht mehr verkauft.«

»Aber haben Sie vielleicht noch welche? Unverkaufte Exemplare?«

»Die werden nicht mehr verkauft, sondern gehen zurück.«

»Sind die schon weg?«

»Wie bitte?«

»Könnten Sie bitte mal nachsehen? Ich flehe Sie an, es ist extrem wichtig!«

Der Typ wirft mir einen tödlichen Blick zu, seufzt und geht schließlich ins Hinterzimmer des Geschäfts. Kurz darauf kommt er mit der wertvollen Zeitung in der Hand zurück und knallt sie auf den Verkaufstresen.

»Sonst noch was? *Le Monde* von der letzten Woche? *Le Figaro* vom letzten Monat?«

Ich lächle ihn strahlend an, um ihm zu zeigen, dass ich seinen Humor zu schätzen weiß.

»Wie viel schulde ich Ihnen?«

»Nichts. Geschenk des Hauses.«

Ich bedanke mich eilig und beginne gleich draußen auf der Straße die Zeitung zu durchforsten. Der Artikel, den ich suche, finde ich auf Seite 3. Der Titel lautet: *Thomas Lagrange, der Mann, der auf alte Frauen steht?* Sofort stellen sich mir die Nackenhaare auf. Was soll das denn? Welcher Schwachsinn, welche Hirngespinste mögen sich hinter dieser Schlagzeile verbergen? Ich nehme an, dass das Fragezeichen als Alibi für irgendwelche haltlosen Behauptungen herhalten soll. Eilig mache ich mich auf den Rückweg zu Malis Wohnung. Denn ich brauche einen ruhigen Ort, um mich mit den Enthüllungen im *France Soir* zu befassen.

Als ich die Wohnung betrete, sitzt Mali vor dem Computer. Leider hat sie sich bereits angezogen und trägt einen orangefarbenen Rock mit Schlangenhautprägung sowie einen offenbar handgestrickten Pullover mit Schottenkaro. Sie ist derart in die Arbeit vertieft, dass sie nur kurz den Kopf hebt. Wahrscheinlich sollte ich sie nicht stören, doch meine angeborene Neugier ist zu groß.

»Hallo, ich bin's. Was machst du gerade?«

»Na ja, wie du sehen kannst, aktualisiere ich meine Webseite. Hast du die Croissants mitgebracht?«

»Äh, nein … Hab ich vergessen.«

»Macht nichts.«

Das ist typisch für mich. Zum Glück scheint sie es mir nicht übel zu nehmen. Sie gibt mir einen flüchtigen Kuss und geht dann in die Küche, um sich einen Tee zu machen.

»Gut, wollen wir heute deine erste Signierstunde vorbereiten?«

Sie scheint regelrecht besessen zu sein von diesem Plan. Ich hatte eigentlich vor, den *France Soir* zu lesen und Nathalie anzurufen, um dann nach Hause zu gehen und Sandrine meine Ausrede zu präsentieren. Doch Malis Lächeln wirft diesen Tagesplan mit einem Schlag über den Haufen. Die Aussicht, den ganzen Tag mit ihr zu verbringen, erscheint mir auf einmal viel vernünftiger. Vielleicht sogar mehr als einen Tag. Warum sollte ich nicht die nächsten Tage, die nächsten Wochen dazu nutzen, mir über alles klar zu werden? Eine Auszeit nehmen, Urlaub machen, meinem Instinkt folgen? Denn im Moment bin ich nicht in der Lage, mich zwischen Mali und Sandrine zu entscheiden, zwischen dem Feuer und dem lauwarmen Wasser, zwischen dem Charme und der Vernunft. Wenn Mali einverstanden wäre, mich eine Weile bei sich aufzunehmen, könnte ich meine Energie auf die Pressearbeit konzentrieren, auf die Werbung für mein Buch, um dann später die Entscheidung über mein Privatleben zu treffen, wenn mein Kopf wieder frei ist sozusagen.

»Okay, kümmern wir uns um die Organisation dieser Signierstunde. Würde es dir etwas ausmachen, wenn ich mich vorübergehend hier einquartiere? Ich müsste nur ein paar Dinge holen und habe mit meiner Verlegerin noch etwas zu klären. Danach stehe ich dir zur Verfügung …«

»Das würde mir überhaupt nichts ausmachen. Im Gegenteil, wenn du hier vor Ort bist, würde das unsere Zusammenarbeit deutlich erleichtern. Tu, was du tun musst, und ich hole die Croissants.«

Wenn doch alles im Leben so einfach wäre! Sie verlässt die Wohnung, und ich stürze mich auf die Lektüre des Artikels im *France Soir*.

Die Überraschung war groß, als gestern in Literaturkreisen bekannt wurde, dass Thomas Lagrange, Autor und Übersetzer des inzwischen berühmten Werks Das Landleben in Mesmenien, *in keinerlei Beziehung zu diesem Land steht. Wie einer unserer geschätzten Kollegen enthüllte, unterhält er lediglich eine lockere Verbindung zu einer Einrichtung namens KIfnbS. Doch um was für eine Einrichtung handelt es sich dabei? Und welche Rolle spielt der junge Autor dort? Auf unsere Fragen hin hat Igor Alvizaar, der Direktor des KIfnbS, jegliche Zusammenarbeit mit Thomas Lagrange bestritten und versichert, dass er in keiner Weise mit den Machenschaften dieses sogenannten Autors in Verbindung stehe. Er hat sogar gedroht, jeden, der das Gegenteil behauptet, wegen Verleumdung zu verklagen. Die Heftigkeit dieser Aussage hat uns daraufhin zu der Frage gebracht, was sich hinter dem so harmlos erscheinenden Buch verbergen könnte. Und bei der erneuten Lektüre ist uns Folgendes aufgefallen: Was könnte einen Mann im Alter von Thomas Lagrange dazu veranlassen, einen Roman über die erste Liebe einer älteren Frau zu schreiben? Ist es vielleicht sein ganz eigenes sexuelles Interesse? Und worum handelt es sich bei dem mysteriösen Gegenstand, der in der Geschichte mehrfach auftaucht und über dessen Natur der Leser weiter nichts erfährt? Wäre es möglich, dass die in*

dem Buch enthaltenen naiven Absurditäten nicht nur der
Unterhaltung der Leser dienen sollen, sondern in Wahrheit
ein düsteres Geheimnis bergen, das in direktem Zusammen-
hang zu den aktuellen Ereignissen in Mesmenien steht?
Unter diesem Gesichtspunkt betrachtet, erscheint selbst der
Zeitpunkt der Veröffentlichung äußerst suspekt. Wenn wir
auch derzeit nicht in der Lage sind, irgendetwas mit gutem
Gewissen zu bekräftigen, so sind wir doch fest davon über-
zeugt, dass die nächsten Tage uns einige erhellende Neuig-
keiten über das Buch aus der Feder jenes Thomas Lagrange
bringen werden …

Im gleichen Tonfall setzte der Artikel seine Fantastereien fort. Was zum Teufel war in diesen Journalisten gefahren? Hätte er sich nicht mit einem anderen Thema beschäftigen können? Kein Wunder, dass Nathalie ausgerastet ist, als sie diesen geballten Schwachsinn gelesen hat! Ich bin ja selbst kurz davor, zur Waffe zu greifen. Wie soll ich denn jetzt noch Werbung für das Buch machen, ohne mich der Lächerlichkeit preiszugeben? Wer weiß, vielleicht ist sogar mein Leben in Gefahr! Ich muss mich erst einmal beruhigen, bevor ich mit Nathalie spreche, daher beschließe ich, zunächst das Problem mit meinem Umzug anzugehen.

Ich gehe ins Bad, um kurz zu duschen. Dabei stelle ich fest, dass diese Dusche verdammt gut ausgestattet ist, mit mehreren Wasserstrahlen, die ich so stark wie möglich einstelle. Dieser Tonio hat sich wirklich nicht lumpen lassen, denn das ist ideal, um meine verkrampften Muskeln zu lockern. Eilig trockne ich mich ab und schlüpfe in die Klamotten von gestern. Mali ist noch nicht zurück, also hinterlasse ich ihr eine Nachricht neben dem Computer und mache mich auf den Weg zur Metro. An der Bastille nehme ich die Linie 5 zur Haltestelle Place d'Italie. Dort stoße ich wieder auf eine Frau im gesetzten Alter, die *Das Landleben in Mesmenien* liest. Allmählich frage ich mich, ob, abgesehen von den Journalisten, auch nur ein Mann die Nase in dieses Buch gesteckt hat. Nachdem ich die Metrostation verlassen habe, mache ich, wie ich es mir inzwischen angewöhnt habe, einen kleinen Umweg, um nicht an der McDonald's-Filiale vorbeizukommen. Das ist vielleicht ein wenig feige, aber ich habe keine Lust, das Gesicht dieser Ratte Martial zu sehen.

Als ich Sandrines Wohnung betrete, erscheint sie mir auf den ersten Blick heruntergekommen, viel zu klein, schmutzig und beinahe fremd, dabei ist es nicht mal vierundzwanzig Stunden her, dass ich sie verlassen habe. Wahrscheinlich liegt es an Malis sauberem, hellem und behaglichem Zuhause, dass die Wohnung so auf mich wirkt. Aber ich werde ja nicht lange bleiben. Ich gehe ins Schlafzimmer, nehme meine Sporttasche und werfe ohne jedes System T-Shirts, Hosen, Unterhosen und Socken hinein. Dann eile ich ins Badezimmer, wo ich meine Zahnbürste, den Rasierschaum und das Antischuppenshampoo zusammenpacke. Nun zu den wichtigen Dingen: dem Papierkram. Meine Krankenversicherungskarte, meine Gehaltsabrechnungen, meine Steuererklärungen, mein Vertrag mit Éditions ELL'M und die Fotokopien von *Das Landleben in Mesmenien*, die ich gemacht habe, was gefühlt bereits ein Jahrhundert zurückzuliegen scheint. All das ist wohlgeordnet in verschiedenfarbigen Mappen abgelegt und oben rechts sorgsam und elegant von Sandrine beschriftet worden. In den letzten vier Jahren hat sie sich um unseren Papierkram gekümmert und alles sorgfältig sortiert. Um sicher zu sein, dass ich nichts vergessen habe, gehe ich noch einmal alle Mappen durch.

Schließlich bin ich davon überzeugt, alles zu haben, was ich brauche. Meine Sporttasche kommt mir seltsam leer vor, wenn man bedenkt, dass sie vier Jahre meines Lebens enthält, aber darüber will ich jetzt nicht philosophieren. Bevor ich die Wohnung verlasse, gehe ich noch einmal in die Küche. Ich muss Sandrine ein paar erklärende Worte hinterlassen. Es fällt mir schwer, aber es muss sein.

Liebe Sandrine,

ich wollte wirklich zu diesem Vorstellungsgespräch hingehen, das in Deinen Augen so wichtig war, doch als ich auf dem Bahnsteig stand, konnte ich mich nicht dazu durchringen, in den Zug zu steigen. Wir beide müssen wohl zugeben, dass unsere Beziehung in letzter Zeit ziemlich den Bach heruntergegangen ist, und ich weiß nicht, wie wir das wieder hinkriegen könnten. Mir ist klar, wie viel ich Dir zu verdanken habe, aber manchmal kommt es vor, dass das weiche Kissen, auf dem man sich ausruhen wollte, einen zu ersticken droht. Ich brauche mehr Raum, mehr Freiheit, und dieses kleinkarierte Leben ist für mich zu einem Käfig geworden. Ich muss für eine Weile weggehen, um darüber nachzudenken, wie mein zukünftiges Leben aussehen soll, unser zukünftiges Leben, wenn wir uns noch eine gemeinsame Zukunft vorstellen können. Ich war hier, um ein paar Sachen zu holen. Bitte sei nicht allzu böse auf mich, und versuch in den nächsten Wochen nicht mich zu erreichen. Ich verspreche Dir, dass ich mich melde, sobald ich bereit dafür bin.

Pass gut auf Dich auf!

Ich habe das Gefühl, mich geschickt aus der Affäre gezogen zu haben, ganz ohne Lüge und mit genau der richtigen Dosis Gefühl. Ich hefte die Nachricht mithilfe eines hübschen Magnets an den Kühlschrank, lege meine Schlüssel auf den Tisch und verlasse die Wohnung. Es ist vielleicht das letzte

Mal, dass ich hier gewesen bin, und plötzlich werde ich schwermütig und fühle mich innerlich leer.

Ich bin derart in meine widersprüchlichen Gedanken vertieft, dass ich, ohne es zu bemerken, an der McDonald's-Filiale vorbeigehe, in der ich bis vor Kurzem noch gearbeitet habe. Ich bin fast daran vorbei, als ich plötzlich eine Stimme hinter mir höre.

»Thomas? Ich habe mir gleich gedacht, dass du es bist! Wo warst du die ganze Zeit? Seit deiner Entlassung habe ich dich überhaupt nicht mehr gesehen!«

Meine ehemalige Kollegin Alice strahlt mich an. Sie könnte mir böse sein, weil ich, seit ich nicht mehr mit ihr zusammenarbeite, nicht ein einziges Mal vorbeigeschaut habe, aber ich weiß, dass sie über solch kleinlichen Dingen steht.

»Hast du Zeit für einen Kaffee? Ich habe gerade Pause.«

Es fällt mir nicht leicht, ebenfalls ein Lächeln zustande zu bringen. Ich zögere kurz, dann gehe ich auf ihren Vorschlag ein. Schließlich ist Alice mehr als eine ehemalige Kollegin, eher eine Freundin. Gemeinsam entscheiden wir uns für ein Café, das etwas hundert Meter von McDonald's entfernt liegt. Als wir noch Kollegen waren, sind wir oft zusammen dorthin gegangen. Kaum haben wir Platz genommen, beginnt Alice zu bohren:

»Los, erzähl! Was ist mit dem Buch? Ich konnte es nicht fassen, als ich es in der Buchhandlung gesehen habe! Hast du deshalb gekündigt? Um es zu schreiben?«

»Du meinst, ob Martial mich deswegen gefeuert hat? Aber du hast recht, wegen des Buches habe ich um drei Wochen unbezahlten Urlaub gebeten. Hast du es gelesen?«

»Natürlich, was denkst du denn? Ich habe es sofort verschlungen, nachdem ich deinen Namen auf dem Cover gelesen hatte. Man merkt sofort, dass dieses Buch von dir ist.

Manchmal hatte ich den Eindruck, dich reden zu hören. Allerdings hat mich die Wahl des Themas ein wenig verwundert. Wie bist du denn auf die Geschichte mit der alten Frau gekommen?«

»Oh, weißt du, manchmal hat man nicht wirklich die Wahl. Es ist eher so, dass das Thema sich aufdrängt, wenn man es so sagen will.«

»Aha.«

So wie sie sich verhält, könnte ich schwören, dass sie nur Bahnhof verstanden hat. Aber bevor ich mich mit irgendwelchen Erklärungen abmühe, wechsle ich lieber das Thema.

»Und was ist mit dir? Wie geht's? Ist Martial immer noch so schwer zu ertragen?«

»Was, du weißt das gar nicht? Er ist rausgeflogen. Dieser Widerling ist einer neuen Angestellten etwas zu nahe gekommen. Einer Studentin, das typische Papakind, das mal das wahre Leben kennenlernen will. Dummerweise hat die Version des wahren Lebens, die Martial im Sinn hatte, ihr nicht gefallen, und da der Papa Anwalt ist, kannst du dir vorstellen, was passiert ist ...«

Das kann ich allerdings, und das miese Arschloch, das mir drei Jahre lang das Leben zur Hölle gemacht hat, tut mir kein bisschen leid.

»Das geschieht ihm recht, wenn du mich fragst.«

Sie nickt stumm. Für ein paar Sekunden herrscht Schweigen zwischen uns, doch dann startet Alice einen neuen Angriff.

»Aber dein Buch. Sandrine muss doch super stolz auf dich sein, oder?«

Wenn Sandrine mich von der Arbeit abgeholt hat, hat sie sich immer mit Alice unterhalten, und die beiden haben sich immer gut verstanden, sie sind beinahe Freundinnen geworden. Deshalb komme ich nicht darum, die Wahrheit zu sagen.

»Nicht wirklich, nein. Man könnte eher sagen, dass sie eifersüchtig ist, und wir sind so gut wie getrennt.«

»Oh! Ich ... Das tut mir leid ... Aber ...«

Alice ist eindeutig eher skeptisch, als dass es ihr leidtut, sodass ich vorsichtig werde.

»Was? Was genau tut dir leid?«

Das hatte aggressiver geklungen, als ich beabsichtigt hatte. Und nun wirkt Alice aufrichtig zerknirscht.

»Entschuldige, aber ... na ja ... Ich finde einfach, dass es nicht zu Sandrine passt, eifersüchtig zu sein. Vielleicht ist es nicht an mir, das zu sagen, aber ich hatte immer den Eindruck, dass Sandrine dich sehr geliebt hat. Und du hast ihr jeden Wunsch von den Augen abgelesen ... Hast ihr kleine Geschenke gemacht, für sie gekocht ...«

Sie stammelt. Wie es aussieht, ist es ihr unangenehm, über ein Thema zu reden, das wir vorher noch nie angesprochen haben. Offensichtlich wirke ich nicht gerade überzeugt, denn sie fährt fort, sich zu rechtfertigen.

»Erinnerst du dich noch, als du bei uns im McDonald's eine Überraschungsparty zu ihrem Geburtstag für sie organisiert hast? Was haben wir gelacht! Du hast Martials Hamburger zur Hälfte mit Abführmittel gefüllt, damit er früher nach Hause geht, und das Ganze ist vollkommen in die Hose gegangen. Wir mussten um acht Uhr schließen wegen der Ansteckungsgefahr. Aber dann hast du für uns alle hinter dem Restaurant eine tolle Grillparty auf die Beine gestellt. Das war ein super schönes Fest. Farid hat erst letzte Woche darüber gesprochen. Sandrine hatte Tränen in den Augen. Weißt du, an dem Tag habe ich mir gesagt, dass ich auch gern mal einen Mann wie dich kennenlernen möchte ...«

Sie schweigt und errötet leicht nach diesem Geständnis. Ich denke an Sandrine und unser gemeinsames Leben. Da ich weiter schweige, fühlt sich Alice erneut verpflichtet, etwas zu sagen.

»Natürlich weiß ich, dass mich das nichts angeht. Nur ... Es ist so selten, dass man ein Paar trifft, das sich so gut ergänzt. Sie ist die Ernsthafte, und du bist der Kreative, ihr scheint füreinander bestimmt zu sein. Und wenn man dann erfährt, dass sogar ein Paar wie ihr sich trennt, ist das unglaublich traurig, verstehst du?«

Das verstehe ich sehr gut, und ich nehme es ihr nicht übel. Was sie jedoch nicht weiß, ist, dass Mali jetzt irgendwo auf mich wartet und dass es zu spät ist, einen Rückzieher zu machen. Also beruhige ich sie so schnell wie möglich, damit sie sich nicht länger Sorgen macht, zu indiskret gewesen zu sein, verspreche ihr, dass ich bald wieder vorbeikommen werde, um sie zu besuchen, und stürze beinahe im Laufschritt aus dem Café, um zurück zu Mali zu eilen.

Als ich vor ihrem Haus ankomme, sehe ich sie im Geschäft herumwerkeln und kann der Versuchung nicht widerstehen, mir den Laden mal anzuschauen. Sobald ich durch die Tür trete, werde ich von einer Million Farben angefallen, eine schreiender als die andere. Die Wände sind in leuchtendem Rot und fluoreszierendem Grün gestrichen, und die Kleiderständer drohen unter Tonnen an bunt gemusterten Klamotten zusammenzubrechen. Außerdem befinden sich mehrere mit Flaschen und Konservendosen – zweifellos aus handwerklicher Produktion – vollgestellte Regale im Raum sowie ein paar Holzobjekte, bei denen ich nicht wirklich begreife, wofür sie gut sind. Als Mali mich sieht, lässt sie alles stehen und liegen und fällt mir um den Hals.

»Hallo, geht's dir gut? Wie findest du mein Geschäft? Die Kleider stammen alle aus einer Schneiderwerkstatt in Nordmesmenien.«

Stolz weist sie mit der Hand auf die Ansammlung regenbogenfarbener Klamotten, um dann auf eine bestimmte Reihe zu zeigen.

»Diese dort habe ich selbst entworfen. Ich schicke ihnen die Muster und bekomme von ihnen die fertigen Modelle. Sie sind wunderschön, nicht?«

Ich nehme an, dass ein Neandertaler unter Einfluss einer großzügigen Dosis LSD diese Teile sexy finden würde, fürchte jedoch, dass Mali das nicht gerade als Kompliment auffassen könnte. Stattdessen ziehe ich es vor, ihr meine aufrichtige Bewunderung dafür auszudrücken, dass sie all das in nur zwei Monaten auf die Beine gestellt hat. Sie nimmt mein Lob mit einem bescheidenen Lächeln und einem Schulterzucken entgegen.

»Och, das ist doch nichts Großartiges, ein paar Freunde haben mir geholfen, weißt du? Gehst du schon mal nach oben? Ich beende eben noch die Vorbereitungen für deine Signierstunde und komme dann nach, okay?«

Das lasse ich mir nicht zweimal sagen, zumal Nathalie ja auf meinen Anruf wartet. Ich schnappe mir die Schlüssel und gehe die Treppe hinauf, wobei ich versuche, nicht darüber nachzudenken, welche »Freunde« das wohl waren, die Mali bei der Einrichtung des Geschäfts geholfen haben. Sobald ich auf dem Sofa sitze, rufe ich Nathalie an, die schon beim ersten Klingeln abnimmt.

»Thomas! Ich habe mich schon gefragt, was du machst. Hast du den Artikel im *France Soir* gelesen?«

»Ja, habe ich. Das ist totaler Schwachsinn. Es gibt kein düsteres Geheimnis, das sich hinter dem Text verbirgt.«

»Das ist völlig egal, Thomas! Wichtig ist, dass du im Ge-spräch bleibst. Ist dir bewusst, welchen Werbeeffekt dieser Artikel hat?«

»Ja, aber dennoch. Warum spricht dein Großvater von ›Machenschaften‹, als ob ich ein Verbrecher wäre?«

Nathalie gluckst am anderen Ende der Leitung.

»Wahrscheinlich wollte er dich ein wenig necken, denn du musst zugeben, dass das, was du gemacht hast, für ihn nicht gerade angenehm war.«

»Ich? Aber ich habe überhaupt nichts gemacht! Es war Sergeï, der …«

»Das tut jetzt nichts weiter zur Sache. Wirklich wichtig ist, dass du vorbereitet bist, denn die Journalisten werden dir keine Ruhe lassen.«

»Aber dazu fehlt mir die Fantasie …«

»Wer's glaubt, wird selig, Thomas, dein Buch ist der beste Beweis dafür, dass das nicht so ist. Was ich für dich tun kann, ist, dir ein wenig Zeit zu verschaffen. Ich werde sorgfältig auswählen, wem du ein Interview geben solltest, und deine Telefonnummer nicht einfach so herausgeben. Schließlich ist das die Aufgabe einer Verlegerin. Und dein Job ist es, dir eine gute Geschichte auszudenken, denn die wirst du brauchen, okay?«

Tja, und so verbleiben wir.

Ich werde wohl ein wenig Zeit brauchen, über all das nachzudenken, aber wie zum Beweis, dass ich von nun an keine Minute mehr für mich haben werde, tritt genau in dem Moment Mali ins Zimmer.

»Привет любвеый!«

Was auf Mesmenisch so viel wie »Guten Abend, mein Liebling« bedeutet, und diese wenigen Worte sorgen dafür, dass sich all meine Ängste zerstreuen.

XVII
Zwei Tage später

Ganz Europa scheint von galoppierender Mesmenianie befallen zu sein. Die Umweltschützer haben sich schnell wieder beruhigt, Zornoïff konnte in seinen Palast zurückkehren, und die Untersuchungen des Bodenvorkommens an Seltenen Erden werden fortgesetzt. Wie weit erstreckt sich das Vorkommen? Gibt es Verzweigungen, die bis nach Estland oder Russland reichen? Könnten diese Verzweigungen eine gleich hohe Konzentration der wertvollen Metalle enthalten wie das zuerst gefundene Vorkommen? Reicht das Vorkommen vielleicht gar bis ins Baltische Meer? Und wenn das der Fall wäre, wäre dann ein Abbau unter Wasser möglich? In den Fernsehsendern wechseln sich die Fachleute ab, die mithilfe von Zahlen, Schemata und Grafiken jede Menge Erklärungen abgeben, sodass inzwischen in Frankreich kein Mensch mehr existieren dürfte, der die Abkürzungen, die den Lanthanoiden im Periodensystem zugeordnet sind, nicht auswendig kennt.

Brüssel hat vor lauter Begeisterung gleich einen Ausschuss zusammengestellt, der sich mit der Möglichkeit befasst, Mesmenien finanzielle Hilfe zu gewähren, zum Beispiel in Form einer Steuerbefreiung über fünf Jahre für jedes Unternehmen, das sich in dem Land ansiedelt, oder der Einrichtung spezieller Fonds, um das Straßennetz auszubauen oder die Landwirtschaft zu subventionieren.

Mali verfolgt all diese Nachrichten mit Interesse. Sie scheint den »alten Zornoïff«, wie sie ihn nennt, nicht besonders zu mögen, ansonsten lassen die Seltenen Erden, die Umweltschützer und die mesmenische Politik sie im Grunde ziemlich kalt. Das Einzige, worauf es ihr ankommt, ist, dass das Thema Mesmenien weiterhin die Titelseiten der Zeitungen beherrscht, um so für das Land und damit indirekt für ihr Geschäft zu werben. Sie ist davon überzeugt, dass sie in Windeseile in ganz Frankreich bekannt sein wird, in ganz Europa sogar, und dass es bald eine Franchisekette mit dem Namen *Ein kleines Stück Mesmenien* geben wird.

Ich wage nicht, sie darauf hinzuweisen, dass jedem Dämlack auffallen dürfte, dass kaum ein Kunde das Geschäft betritt. Sogar ich habe das bemerkt, und mir will einfach nicht in den Kopf, dass Mali, was das angeht, so blind sein kann. Dabei ist genau diese Blindheit ein Teil ihres Charmes. Sie ist derart bei der Sache, so voller Leidenschaft, dass ihr nichts und niemand widerstehen kann. Und anders als Sandrine macht sie sich niemals Gedanken über die Zukunft. Ganz nach dem Prinzip, dass die Welt den Mutigen gehört, strebt sie, ohne sich die Laune verderben zu lassen, dem Erfolg entgegen. Sie hätte Grund genug, deprimiert zu sein, wenn man bedenkt, dass sie sich gerade hat scheiden lassen und ihr ganzes Geld in dieses dumme Geschäft gesteckt hat, aber nein: Sie glaubt an sich und schuftet von morgens bis abends. An ihrer Seite erhalte ich jeden Tag eine Unterrichtsstunde in Sachen Mut und Optimismus.

Dabei wünsche ich mir jedoch, dass sie mir auch nur ein Zehntel der Aufmerksamkeit zuwenden würde, die sie ihrem kleinen Laden angedeihen lässt. Natürlich lieben wir uns jedes Mal, wenn es mir gelingt, sie zu ergreifen und an mich zu ziehen. Sie wirkt immer ein wenig erstaunt, widersetzt sich jedoch nie, im Gegenteil. Voller Enthusiasmus und Ausdauer macht sie alles mit, wonach mir der Sinn steht, doch sobald ich schweißüberströmt und ausgepowert auf die Matratze sinke, gibt sie mir einen Kuss auf die Nasenspitze und macht sich wieder an die Arbeit.

So hat sie es tatsächlich fertiggebracht, meine Signierstunde in weniger als achtundvierzig Stunden auf die Beine zu stellen, und nun sitze ich an einem kleinen Holztisch in dem Geschäft unter der Wohnung, um geduldig auf meine Fans zu warten. Da ich auch etwas beitragen wollte, habe ich Nathalie gebeten, mir fünfzig Bücher zur Verfügung zu stellen, die sie mir, geizig, wie sie ist, zum Buchhändlerpreis überlassen hat. Immerhin kann ich so, wenn ich die Bücher schwarz verkaufe, einen ganz ordentlichen Gewinn machen.

Auf Malis Befehl hin habe ich mich um acht Uhr dreißig auf meinen Platz begeben. Nun ist es laut meiner Uhr zehn Uhr fünfundvierzig, und ich habe noch keinen Fan zu Gesicht bekommen. Glücklicherweise kann ich mich damit ablenken, Mali zuzusehen, die sich mangels Kundschaft darangemacht hat, das Schaufenster umzudekorieren.

Gerade als ich mich erheben will, um mir ein wenig die Beine zu vertreten, kommt eine alte Dame mit meinem Buch unter dem Arm ins Geschäft.

»Sind Sie Thomas Lagrange? Ich bin hier, um mein Buch signieren zu lassen, wie Sie es in der Metzgerei angekündigt haben.«

Tatsächlich hat Mali in sämtlichen Geschäften in der Nähe Flugblätter ausgelegt, um meinen Auftritt anzukündigen. Mir wäre es lieber gewesen, wenn meine erste Kundin nicht gerade beim Kauf von Blut- oder Zervelatwurst auf den Gedanken gekommen wäre, zu meiner Signierstunde zu gehen, allerdings kann ich mir wohl nicht den Luxus erlauben, wählerisch zu sein. Doch wenn die Alte glaubt, dass ich das Buch signiere, das sie mitgebracht hat, hat sie sich geschnitten. Schließlich arbeite ich nicht umsonst. Als ich gerade versuche, ihr zu erklären, dass sie, wenn sie ein signiertes Exemplar haben möchte, sich dieses kaufen muss, greift Mali ein.

»Aber was erzählst du denn da, Thomas? Natürlich wirst du das Buch für Madame signieren, und du wirst auch noch ein paar nette persönliche Worte hinzufügen.«

Dann wendet sie sich mit dem charmanten Lächeln, das sie immer benutzt, um die ganze Welt zu verführen, an die Alte.

»Entschuldigen Sie, Madame, Sie wissen ja, wie diese Künstler sind … Wie die Axt im Walde, wenn sie mit dem falschen Fuß aufgestanden sind …«

Die Alte wirft mir einen bösen Blick zu.

»Ich möchte, dass er schreibt: ›In Liebe für Germaine.‹«

»Aber sicher, es wird ihm eine Freude sein, alles zu schreiben, was Sie möchten.«

Ich öffne den Mund, um zu protestieren, doch ein Brauenrunzeln von Mali zwingt mich, ihn wieder zu schließen, mich erneut hinzusetzen und zu schreiben. Die Alte inspiziert ihr Buch misstrauisch. Nachdem sie überprüft hat, dass meine Schrift auch gut lesbar ist und dass ich ihr tatsächlich auf dem Papier meine Liebe erklärt habe, schließt sie ihr Buch und bedankt sich bei Mali, bevor sie geht.

Als wir wieder unter uns sind, erklärt mir Mali ihre Sicht der Dinge. Ich bin nicht dazu da, um mein Buch zu verkaufen, auch nicht, um dafür Werbung zu machen, sondern einzig und allein, um ihre Geschäfte anzukurbeln. Ich bin wie ein Stück Käse in einer Mausefalle: Es ist allein meine Aufgabe, den Köder zu spielen, und sobald das Opfer sich in der Nähe der Registrierkasse befindet, tritt Mali auf den Plan, um ihm den Inhalt seines Portemonnaies abzuschwatzen. Die Männer sollen sich gezwungen sehen, eine oder zwei Flaschen Kroach-Wodka zu erwerben, und was die Frauen angeht, sollen sie den Ort möglichst mit einer komplett neuen Garderobe verlassen. Genau das sind Malis Worte. Eine Sekunde lang quält mich die Horrorvision von der Alten, die in einem der Miniröcke in fluoreszierendem Orange mit Schlangenlederprägung das Geschäft verlässt. Doch glücklicherweise hat sich die dickbäuchige Oma nicht ködern lassen.

Also nehme ich meinen Platz hinter dem Tisch wieder ein, davon überzeugt, mich bis zum Ende meiner Gefangenschaft heute Abend ordentlich zu langweilen. Doch da habe ich mich gewaltig geirrt. Denn ab elf Uhr kommen die Kunden. Okay, sie stehen vor meinem Tisch nicht gerade Schlange, aber ich sitze auch nie länger als zehn Minuten Däumchen drehend herum, was ein gutes Zeichen ist. Die meisten sind Frauen zwischen vierzig und siebzig Jahren, würde ich sagen, aber hin und wieder erlebe ich, wenn ich den Blick hebe, die angenehme Überraschung, ein junges, frisches Gesicht vor mir zu sehen. Männliche Bewunderer geben sich nicht gerade die Klinke in die Hand, und die drei oder vier Mutigen, die mich um eine Unterschrift bitten, haben wie die meisten Damen auch bereits das Verfallsdatum überschritten.

Um vierzehn Uhr bringt das Eintreten eines jungen Mannes um die dreißig meine Statistik ziemlich durcheinander. Allerdings nehme ich an, dass dieser Kunde eher vom Ausblick auf das Hinterteil der immer noch im Schaufenster wirkenden Mali angezogen wurde als von meiner Schriftstellerberühmtheit. Er irrt durch das winzige Geschäft, als suche er etwas Bestimmtes, und ich bin gezwungen, ihn anzusprechen, um seine Aufmerksamkeit zu erregen. Ich muss mehrfach nachfragen, bis er einräumt, meinen Namen schon mal gehört zu haben, und letztendlich ist er bereit, außer der Flasche Kroach-Wodka, die Mali ihm in die Hand drückt, auch ein Buch zu kaufen. Er bezahlt und wendet sich dann Richtung Ausgang, unverschämterweise ohne mich zu bitten, das Buch zu signieren. Entrüstet sehe ich mich gezwungen, ihn aufzuhalten und ihm eine Widmung anzutragen, was er mit einem herablassenden Schulterzucken hinnimmt. Allerdings fällt ihm, als ich nach meinem Stift greife, keine Formulierung ein, die er sich wünschen könnte, und ich habe in meiner Unerfahrenheit auf diesem Gebiet noch keine Textbausteine im Kopf, die ich ihm anbieten könnte. Daher gebe ich ihm eine kurze Inhaltsangabe der Geschichte, um ihm auf die Sprünge zu helfen. Als er vom Alter meiner Romanheldinnen erfährt, lacht er sich kaputt, was ich ziemlich demütigend finde und einfach ignoriere. Nach fünfminütiger Diskussion einigen wir uns auf »Für Oma von Deinem Dich liebenden Enkel«, bevor er deutlich erleichtert die Flucht ergreift.

Anschließend gestattet meine Aufseherin mir eine längere Pause. Ich verlasse das Geschäft, um mir ein Sandwich zu kaufen, das ich anschließend unter Malis vorwurfsvollem Blick, den ich zu ignorieren versuche, an meinem Arbeitsplatz verspeise. Ich bin bereit, alles zu opfern, außer mein leibliches Wohl.

Gegen siebzehn Uhr setzt sich Mali neben mich, um eine erste Bilanz des Tages zu ziehen. Sie hat wesentlich weniger Kleidung verkauft, als sie gehofft hat, dafür sind beinahe alle Wodkaflaschen und sämtliche Konserven mit Hasenhirn über den Ladentisch gegangen – die Leute haben wirklich abenteuerlustige Geschmacksnerven. Mali denkt bereits an den nächsten Signiermarathon: Sie muss irgendeine Strategie finden, um junge Frauen anzuziehen, damit sie ihre Kleider loswird, wie sie mir erklärt. Und kaum hat sie es ausgesprochen, kommen sie.

Mit »sie« meine ich allerdings keine jungen Frauen, das wäre zu schön, um wahr zu sein, sondern eine Horde alter Weiber, die sich alle untereinander zu kennen scheinen. Auf den ersten Blick habe ich den Eindruck, dass es sich mindestens um ein Dutzend handelt, was wohl eine Art Wahrnehmungsverzerrung infolge meiner Panik ist. In Wahrheit sind es nur fünf, was jedoch mehr als genug ist. Sie alle sind mit meinem Buch bewaffnet, was beweist, dass sie meinetwegen gekommen sind. Und die ganze Gruppe ist beängstigend interessiert an mir.

Diszipliniert stellen sie sich in einer Reihe vor meinem Schreibtisch auf, halten mir nacheinander ihr Buch hin und diktieren mir den Text, den ich schreiben soll.

Die Erste wirkt ziemlich spießbürgerlich, trägt ein Kostüm mit Hahnentrittmuster, während die Form ihres Mundes eher an den Hintern des gleichen Federviehs erinnert. Sie möchte, dass ich schreibe: »Für Adèle mit herzlichen Grüßen«.

Die Zweite ist pummelig und der Typ »liebe Oma«. Sie ist in eine Art geblümten Morgenrock gekleidet und scheint eher schüchtern zu sein. Auf ihre Bitte hin schreibe ich: »Für Henriette mit herzlichen Grüßen«.

Die Nächste ist eher der sportliche Typ im königsblauen Jogginganzug und wirkt etwas frischer als ihre Kameradinnen. Sie diktiert mir: »Für Liliane, die immer gut drauf ist«. Als sie ihr Buch wieder an sich nimmt, streicht sie mit der Hand über meine, wobei mir leicht übel wird.

Es folgt eine Dame im violetten Pullover, der in einer Jeans steckt, die ihr bis unter die Achseln reicht. Bei ihr habe ich keine Ahnung, welcher Kategorie ich sie zuordnen soll. Sie scheint auch nicht gerade viel Fantasie zu haben, denn sie gibt sich mit einem einfachen »Für Monique von Thomas« zufrieden.

Als Letzte folgt eine gealterte Marylin, die mir mit anzüglichem Blick und verführerischer Stimme ins Ohr raunt: »Millionen Küsse für die schöne Emma«, was sofort mein Misstrauen weckt.

Mali stürzt sich, jedes Mal, wenn ich mit einer der alten Schachteln fertig bin, auf sie. Ich kann regelrecht hören, wie ihr vor lauter Gier das Wasser im Mund zusammenläuft. Schlau, wie sie ist, hat sie aufgrund des Aussehens der Damen sofort bemerkt, dass trotz des Alters hier etwas zu holen ist. Vor allem Henriette und Monique wirken sehr interessiert. Ich bereite mich bereits seelisch auf eine Horrormodenschau vor, als ich sie zu meiner großen Erleichterung klagen höre, dass ihre Größe nicht im Angebot sei. Als Ersatz bietet Mali ihnen nun Accessoires wie Schals, Handschuhe und Handtaschen an. Sie ist wirklich sehr überzeugend, wenn es darum geht, jetzt, im sonnigen Mai, Fäustlinge aus Kaninchenfell an den Mann – oder besser an die Frau – zu bringen, und meine Bewunderung für sie steigt kontinuierlich.

Die Einzige in der Truppe, die sich nicht von Mali bezirzen lässt, ist die, die mit Vornamen Adèle heißt. Sie wirft ihren Mitstreiterinnen einen leicht vorwurfsvollen Blick zu, drückt ihr Buch fest an ihren Busen und stürzt sich gierig auf mich. Eine Maschinengewehrsalve an Fragen prasselt auf mich ein: Ob mich eine wahre Geschichte zu dem Buch inspiriert habe? Ob es bald eine Verfilmung geben werde? Ob ich schon mal in Mesmenien gewesen sei? Wie es komme, dass ich diese beinahe unbekannte Sprache gelernt habe? Ich antworte einsilbig, doch sie lässt sich von meiner Zurückhaltung nicht entmutigen, im Gegenteil: Sie öffnet mein

Buch an einer Stelle, die mit einem Post-it markiert ist, was mir zeigen soll, dass sie ihren Angriff gut vorbereitet hat, und beginnt eifrig vorzulesen.

»Andreï Bergoff lebte mit seiner vielköpfigen Familie im größten Haus des Dorfes, das, wenn man von Nordnordwest aus den Ort betrat, von der Mittelachse aus gesehen, etwa auf der Hälfte der dritten Straße von links lag, nur dreihundertfünfzig Meter von dem Hühnerstall entfernt, in dem Maria Chlobak aufgefunden hatte. Der Mann hinkte, hatte einen Buckel und schielte auffällig. Dieses nachteilige Aussehen hätte ihn wahrscheinlich an jedem anderen Ort auf der Erde stark behindert, in Mesmenien jedoch fiel es nicht so auf, zumal es ihm geholfen hatte, sich vor dem Kriegsdienst zu drücken, sodass er nun in der ganzen Region zu den seltenen männlichen Wesen seiner Generation zählte. Apropos »Generation«: Er war nur wenig älter als Maria, die er schon als Kind geliebt hatte, was bewies, wie hartnäckig hässliche Menschen sein können, denn er ging bereits auf die fünfundsiebzig zu.«

Sie hebt den Kopf.

»Meinen Sie nicht, junger Mann, dass Sie hier etwas zu weit gegangen sind? Und nur ein paar Seiten später setzt dieser behinderte Mann trotz allem zu einem Spurt an und läuft wie ein Hase genauso schnell wie die russischen Soldaten, die wahrscheinlich gut durchtrainiert und im besten Alter sind … Das ist ein bisschen unrealistisch, oder?«

Ich erinnere mich sehr gut an diesen Abschnitt. Er beginnt mit ein paar obskuren Betrachtungen über die Wurzeln der Familie Bergoff, die ich durch die genaue Beschreibung ihres Wohnorts ersetzt habe, weil mir dies für den französischen Leser interessanter schien. Die Erklärung, dass Andreïs spezielles Äußeres in Mesmenien durchaus anders eingeschätzt wird, stammt ebenfalls aus meiner Feder, da ich sie für nötig hielt, um Andreïs Rolle in der Geschichte glaubwürdig zu gestalten. Und nach all der Mühe, die ich mir gemacht habe, finde ich es nun äußerst ungerecht, dass diese Oma auf meiner olympiareif gestalteten Nebenfigur herumreitet.

Glücklicherweise muss ich nicht darauf antworten, da Mali ihre Verkaufsveranstaltung beendet hat und mit dem ganzen Rudel Omas zu uns herüberkommt, die schwer an den Taschen mit der Aufschrift *Ein kleines Stück Mesmenien* schleppen. In dem Augenblick, als sie bei mir anlangen, höre ich zufällig, dass das Mesmenische eine schöne Sprache sein soll.

Allmählich kenne ich sie ein wenig, meine Mali. Das verzückte Lächeln in ihrem Gesicht verrät mir, dass sie eine hervorragende Idee hat, was sich gleich darauf bestätigt, als sie sich an die meckernde Oma richtet.

»Ich habe Ihren Freundinnen gerade vorgeschlagen, diese schöne Sprache zu erlernen!«

Adèle sieht sie überrascht an.

»Aber … aber ich spreche bisher nicht ein einziges Wort Mesmenisch, und wie sollte ich einen Lehrer finden?«

»Sie könnten es von mir lernen, wenn Sie möchten, ich habe bereits Mesmenisch unterrichtet, müssen Sie wissen, Thomas war mein Schüler. Und ich wäre gern auch Ihre Lehrerin.«

Die alten Damen sehen sich fragend an. Keine von ihnen möchte die Erste sein, die die Entscheidung trifft, und dennoch ist deutlich zu spüren, wie verlockend dieser Vorschlag für sie ist. Das muss auch Mali gemerkt haben, denn mit ihrem charmantesten Lächeln setzt sie noch einmal nach.

»Es wird auch nicht teuer sein, müssen Sie wissen. Ich würde Ihnen natürlich einen Freundschaftspreis machen.«

Nach weiterem Austausch unsicherer Blicke wagt die sportliche Liliane schließlich den Sprung ins kalte Wasser.

»Na ja, das könnte lustig werden ...«

»Damit wären wir absolut auf der Höhe der Zeit ...«

»Und Sie könnten uns sicher auch etwas über die Lebensart der Mesmenen erzählen ...«

»Wir müssten doch nicht zu viele Hausaufgaben machen, oder?«

Sie reden alle durcheinander und scheinen voller Enthusiasmus für das Projekt zu sein. Meine wunderbare Mali beruhigt sie, ermutigt sie, wickelt sie ein, und keine zwanzig Minuten später haben sie entschieden, gleich morgen Nachmittag mit dem Kurs zu beginnen. Kurz darauf verlassen sie das Geschäft, und sobald sie um die nächste Ecke gebogen sind, schließt Mali die Tür ab und fällt mir um den Hals.

»Danke, danke, danke! Dank dir laufen endlich die Geschäfte!«

Ich tätschle ihr den Rücken und frage mich, ob aus ihrem Verhalten wohl wahre Liebe spricht.

XVIII
Eine Woche später

Die betagten Schülerinnen haben mit ihrem Sprachkurs begonnen. Mali hat ihnen einen streng durchgetakteten Stundenplan auferlegt: dreimal pro Woche zwei Stunden. Ihr sogenannter Freundschaftspreis beläuft sich für jeden Kurstag auf achtzig Euro pro Person, sodass sie an einem Nachmittag vierhundert Euro verdient, tausendzweihundert Euro pro Woche und viertausendachthundert Euro pro Monat. All das steuerfrei, da sie sich natürlich bar bezahlen lässt. Sandrine hätte eingewandt, dass sie so nicht sozialversichert ist, aber mit solchen Überlegungen gibt sich Mali erst gar nicht ab.

Da das Geschäft nicht groß genug für den Kurs ist, findet der Unterricht in der Wohnung statt, wo Mali dazu Tee und Gebäck serviert. Man könnte meinen, dass Mali die Naivität ihrer Schülerinnen ausnutzt, um ihnen während der Teestunde ein paar Worte Mesmenisch beizubringen, doch ich kann bestätigen, dass sie ihre Rolle durchaus ernst nimmt. Sie hat die alten Unterlagen unseres Sprachkurses herausgesucht, sie sorgfältig an die Bedürfnisse ihrer neuen Schülerinnen angepasst, und sie macht eigenhändig die Fotokopien, die sie für den Unterricht benötigt. Ich bewundere ihre professionelle Einstellung und habe nicht den Eindruck, dass die alten Damen übers Ohr gehauen werden.

Um das Geschäft während des Unterrichts nicht schließen

zu müssen, hat sie mich gebeten, in dieser Zeit die Stellung zu halten. Natürlich kann ich ihr diesen kleinen Gefallen nicht abschlagen. Immerhin wohne ich schon seit zehn Tagen kostenlos bei ihr, und ehrlich gesagt handelt es sich nicht gerade um eine schweißtreibende Angelegenheit. Meine Signierstunde hat zwar kurzzeitig für einen kleinen Erfolg gesorgt, Mali jedoch nicht zu einem Kreis treuer Kunden verholfen, wie sie es erhofft hat. Ich persönlich habe durchaus Verständnis dafür, dass die Kunden ihr nicht die Bude einrennen, denn schließlich bietet sie zu unverschämten Preisen Ware an, die ich nicht mal geschenkt haben möchte. In der Regel verbringe ich die Zeit damit, herumzusitzen und Zeitschriften zu lesen. Ich habe Mali vorgeschlagen, in einer Ecke des Geschäfts einen kleinen Fernseher aufzustellen, was sie jedoch kategorisch abgelehnt hat. Ihrer Meinung nach soll ich den ständig gestressten Verkäufer spielen, auch wenn keine Socke im Laden ist. Das scheint eine Art frommer Wunsch zu sein: Sie denkt, wenn wir uns so verhalten, als hätten wir eine treue Kundschaft, wird es eines Tages tatsächlich so sein. Anstatt fernzusehen, bin ich gezwungen, ununterbrochen die gleiche mesmenische Musik zu hören, die genauso schrecklich ist wie alles andere in diesem Laden.

Mich selbst wiederum beunruhigt Malis Verhalten mehr als die ausbleibende Kundschaft. Seit dem Tag unseres Wiedersehens ist mir bewusst, dass sie nicht unbedingt tiefe romantische Gefühle für mich hegt. In diesem Punkt ist sie schmerzhaft ehrlich. Doch als ich bei ihr eingezogen bin, war ich davon überzeugt, den Weg zu ihrem Herzen zu finden. Ich war mir sicher, sie mit meinen liebhaberischen Fähigkeiten für mich gewinnen zu können, doch bisher war jegliche Mühe umsonst. Ich höre ihr aufmerksam zu, schenke ihr Blumen, überrasche sie mit einem Candle-Light-Dinner, ohne anscheinend auch nur irgendein Gefühl in ihr zu wecken. Gestern hat sie mich sogar gebeten, das Licht anzumachen, da sie im Kerzenschein nicht genug sehen könne. Im Bett beteiligt sie sich bereitwillig an meinen Liebesspielen, doch sobald sie befriedigt ist, wendet sie sich wieder ihren anderen Tätigkeiten zu. Ich existiere für sie nur, wenn ich über ihr Geschäft rede und darüber, wie man es zum Erfolg führen könnte.

Wenn ich allein im Laden bin, habe ich nichts anderes zu tun, als an sie zu denken und mir neue Möglichkeiten zu überlegen, ihre Aufmerksamkeit zu erregen. Wahrscheinlich würde ich verrückt werden, wenn nicht ab und zu mein Handy klingeln und für willkommene Abwechslung sorgen würde. Richard hat mehrfach versucht, mich zu erreichen. Beim ersten Mal hat er mir eine lange Nachricht hinterlassen und sich für seinen miesen Artikel auf meine Kosten entschuldigt. Angeblich hat der Chefredakteur ihn gezwungen, diese Dinge zu behaupten, um mich in den Augen der Leser zu einem fragwürdigen Subjekt zu machen. In seinen folgenden Nachrichten spricht er über Sandrine und darüber, wie verzweifelt sie ist, seit ich sie verlassen habe. Am Ende jeder Nachricht bittet er mich, ihn zurückzurufen. Er fleht mich regelrecht an. Ich habe die Nachrichten nicht gelöscht und höre sie regelmäßig ab. Irgendwann werde ich mich wohl bei ihm melden müssen, schließlich kann ich nicht so einfach ohne Erklärung aus seinem Leben verschwinden. Allerdings brauche ich noch etwas Zeit, denn mein Instinkt sagt mir, dass der richtige Moment noch nicht gekommen ist.

Und dann ist da noch Nathalie. Auch sie hat mich jeden Tag angerufen. Anfang der Woche haben wir uns darauf geeinigt, dass die Zeit gekommen ist, endlich auf die zahlreichen Presseanfragen zu reagieren. Inzwischen ist es mir einigermaßen gelungen, meine Angst, dass Sergeï, Alvizaar oder der mysteriöse Autor mir auf den Fersen sein könnten, in den Griff zu bekommen. Denn wenn sich einer von ihnen an mir rächen wollte, hätte er das sicher längst getan. Außerdem habe ich Nathalie gestanden, dass der Gedanke, einem Journalisten gegenüberzusitzen, mich nervös macht. Dafür hatte sie Verständnis und hat für mich nach einigen beruhigenden Gesprächen als Erstes ein Interview mit einer Zeitschrift namens *Psychologie Madame* arrangiert. Vor drei Tagen habe ich die Journalistin getroffen und konnte feststellen, dass Nathalie recht hatte, als sie versuchte, mich zu überzeugen. Ich durfte mir die Zeit nehmen, meine Antworten sorgfältig zu formulieren, mich korrigieren, das Interview unterbrechen und nach Belieben wieder einsteigen, so wie Nathalie es mir erklärt hatte. Die Journalistin war sehr verständnisvoll, und ich habe das Interview zur Freigabe erhalten:

PSYCHOLOGIE MADAME Guten Tag, Monsieur Lagrange.

Ich Guten Tag.

P.M. Sie sind der Autor des Buches Das Landleben in Mesmenien und haben sich freundlicherweise bereit erklärt, mit uns zu sprechen. Bevor Sie das Buch ins Französische übersetzt haben, haben Sie es auf Mesmenisch geschrieben. Was genau verbindet Sie mit diesem Land?

Ich Nichts Besonderes. Ich habe vor einigen Jahren während meines Studiums an der Uni Mesmenisch gelernt. Meine damalige Lehrerin ist inzwischen eine sehr gute Freundin geworden, sodass ich den Kontakt zu diesem Land nicht verloren habe, auch wenn ich selbst nie dort war.

P.M. Womit das geklärt wäre. Kommen wir nun zum Thema Ihres Romans. In der letzten Zeit ist oft von Frauen die Rede, die – wie in Ihrem Buch – eine Schwäche für jüngere Männer haben. Man nennt diese Neigung, angelehnt an den Jagdtrieb des Silberlöwen, auch »Cougar-Syndrom«. Was halten Sie von diesen Frauen?

Ich Ich finde, dass sie das Richtige tun. Denn wenn man darüber nachdenkt, fühlen sich ja auch viele reife Männer von jungen Frauen angezogen. Warum also sollte die umgekehrte Konstellation so schockierend sein?

P.M. Wobei Sie für Ihr Buch einen recht deutlichen Altersunterschied gewählt haben, wenn Sie mir erlauben, das zu sagen: Die Heldin ist um die siebzig und lebt in einer sehr ländlichen Gegend, wo man – womöglich fälschlicherweise – eine Liebesbeziehung dieser Art eher nicht vermutet. Könnten Sie uns erklären, wie Sie auf dieses Thema gekommen und warum Sie es auf diese radikale Weise angegangen sind?

Ich Wie das Leben so spielt. Die gute Freundin, die ich vorhin erwähnt habe, kommt aus Mesmenien. Übrigens hat sie im Marais ein Geschäft mit dem Namen *Ein kleines Stück Mesmenien*. Sie hat mir die Geschichte einer ihrer Tanten erzählt, die im reifen Alter die Familie verlassen hat, um mit einem sehr viel jüngeren ukrainischen Soldaten fortzugehen.

P. M. Demnach hat Ihr Buch in gewisser Weise biografische Züge. Ist Ihnen bewusst, welche Auswirkungen auf die Gesellschaft Ihr Roman hat, dass er einen wichtigen Beitrag zur Befreiung all der Frauen leistet, die bisher wegen ihrer sexuellen Vorliebe stigmatisiert wurden?

Ich Wenn ich eine kleine Anmerkung machen darf: Das Buch ist nicht wirklich biografisch, denn die Tante meiner Freundin war bereits verheiratet und Mutter von zwei Kindern, als sie den ukrainischen Soldaten traf. Und um auf Ihre Frage zurückzukommen: Als ich das Buch geschrieben habe, habe ich absolut nicht damit gerechnet, dass es derart erfolgreich werden könnte. Wie Sie sich sicher erinnern, hat damals niemand über Mesmenien gesprochen, denn zum Zeitpunkt der Veröffentlichung des Buches waren die Seltenen Erden noch nicht entdeckt worden. Der Roman ist schlicht und einfach aus der Freude, auf Mesmenisch zu schreiben, und der Faszination, diese Sprache ins Französische zu übertragen, entstanden, ohne die Absicht, damit berühmt zu werden. Also können Sie davon ausgehen, dass der Einfluss auf die Gesellschaft nicht vorhersehbar war. Wenn es nun dazu gekommen ist, freue ich mich sehr, zur Öffnung für dieses Thema beigetragen zu haben.

P. M. Gewisse Zeitschriften haben berichtet, dass Sie nie eine wirkliche Verbindung zu Mesmenien gehabt haben. Sie haben sogar anklingen lassen, dass Ihr Text gewisse versteckte Botschaften enthalten könnte wie zum Beispiel in Form des mysteriösen Objekts, von dem Sie im Roman nicht verraten, was es ist. Könnten Sie uns dazu etwas mehr sagen?

Ich Ich habe ja bereits erklärt, was mich mit Mesmenien verbindet. Die meisten Journalisten, die über mich oder mein Buch geschrieben haben, haben kein Wort mit mir gewechselt. Sie haben aufgrund anderer Artikel irgendwelche Vermutungen angestellt und sind dann auf die Möglichkeitsform ausgewichen, um die Realität zu entstellen. Ich trage es ihnen nicht nach, aber mal ganz im Ernst, wer würde eine derart doppeldeutige Geschichte glauben?

P. M. Sie haben eingewilligt, dieses Interview mit uns zu führen, und dafür danke ich Ihnen im Namen der ganzen Redaktion. Denn es ist – kaum zu glauben – Ihr erstes Interview, aber vermutlich nicht das erste Interview, um das Sie gebeten wurden. Warum waren Sie bisher so zurückhaltend, was die Medien angeht?

Ich Um ehrlich zu sein, überlasse ich es meiner Verlegerin, die Zeitungen und Zeitschriften auszuwählen, denen ich zur Verfügung stehen soll. Wie in vielen anderen Bereichen auch haben Frauen, wenn es um psychologische Dinge geht, das bessere Händchen.

P. M. Vielen Dank für das Kompliment. Bleibt noch eine letzte Frage, die ich Ihnen gern stellen möchte, Monsieur Lagrange. Um noch mal auf den Beginn unseres Gesprächs zurückzukommen: Sie haben gesagt, dass Sie die sogenannten Cougar-Frauen verstehen und schätzen. Könnten Sie sich vorstellen, auch irgendwann einmal mit einer älteren Frau zusammen zu sein?

Ich Ich bin der festen Überzeugung, dass man nicht einer Rasse oder des Alters wegen sein Herz an einen anderen Menschen verliert. Sich zu verlieben ist ein magisches Ereignis, das nicht zu erklären oder zu werten ist, daher würde ich sagen: Warum nicht?

P.M. Das ist eine gute Nachricht, die unsere Leserinnen sicherlich freuen wird. Mir bleibt nur noch, Ihnen für das Interview zu danken. Auf Wiedersehen, Monsieur Lagrange.

Ich Auf Wiedersehen.

Mali, die den Text über meine Schulter hinweg mitgelesen hat, fällt mir um den Hals und küsst mich. Seit sie erfahren hat, dass ich dieses Interview geben soll, hat sie mich angefleht, unbedingt ihr Geschäft zu erwähnen, falls sich die Gelegenheit ergeben sollte. Sie hat mein Buch noch nicht gelesen, aber sie hat mich gebeten, ihr die Geschichte zusammenzufassen, und dabei ist sie auf die Idee mit der alten Tante gekommen, die mit dem Soldaten durchgebrannt ist. Am liebsten wäre ihr gewesen, wenn ich sie als geheime Ko-Autorin des Buches ausgegeben hätte, als diejenige, die in Wahrheit den mesmenischen Text geschrieben hat. Sie hätte auch gern, dass ich Nathalie bitte, bei der nächsten Ausgabe ihren Namen mit aufs Cover zu drucken, wozu ich jedoch noch nicht eingewilligt habe. Denn dies könnte einmal mein Hauptargument sein, um sie endgültig zu verführen, wenn es anders nicht klappt.

Was mich an dieser Zeitschrift – *Psychologie Madame* – sehr amüsiert hat, ist, wie sorgsam auf politische Korrektheit geachtet wurde. All diese Fragen, die die Journalistin mir gestellt hat und zu denen mir keine Antwort eingefallen ist! Sie hat mir sozusagen die Worte in den Mund gelegt, und am Ende war das Interview, das wir geführt hatten, nicht mehr wiederzuerkennen. Doch was soll's? Die einzige Anweisung, die ich ihr erteilt habe, war, das Geschäft zu erwähnen, und das hat sie getan.

Ich habe Lust, meinen Nutzen aus Malis guter Laune zu ziehen. Wir könnten uns gleich hier, auf dem Boden des Geschäfts, lieben, mit dem Risiko, von einem Kunden überrascht zu werden. Wobei sich die Gefahr zugegebenermaßen in Grenzen hält. Ich erwäge es kurz, doch dann denke ich an das, was mich heute Abend erwartet, und auf einen Schlag wird meine Libido von meiner Nervosität erstickt.

Nathalie hat für mich einen weiteren Pressetermin arrangiert. Diesmal wird es ernst. Ich werde an der Premiere einer live ausgestrahlten Literatursendung namens *Des livres et des lettres* teilnehmen, die von einem gewissen Julien Pujol moderiert wird, und es gibt kein Zurück. Mali und Nathalie setzen mich zu sehr unter Druck, sodass eine Absage nicht infrage kommt. Also werde ich hingehen und von Mali sprechen, auch wenn das zu irreparablen Schäden führen könnte.

Nun sitze ich also im Fernsehstudio. Unter den Zuschauern habe ich Nathalie und neben ihr Monsieur Alvizaar entdeckt. In der ersten Reihe sehe ich Mali, die mir beruhigend zulächelt. Ausnahmsweise hat sie ein schwarzes Kostüm angezogen, in dem sie äußerst sexy aussieht, und ihr Haar zu einem Knoten à la Audrey Hepburn hochgesteckt. Sie ist die hübscheste Frau im Publikum, und ich bin mir beinahe sicher, dass das auch dem Kameramann auffallen wird, was mir alles andere als angenehm ist. Denn sollte Richard sie in der Sendung entdecken, wird er die Neuigkeit Sandrine brühwarm erzählen, so viel ist sicher.

Neben Mali sitzen die fünf Omas, denen sie Mesmenischunterricht erteilt: Henriette, Monique, Liliane, Emma und vor allem Adèle, die wie gewohnt mein Buch an die Brust drückt. Sie muss regelrecht besessen sein! Jedes Mal, wenn sie mich nach dem Unterricht zu fassen kriegt, stellt sie mir eine andere bescheuerte Frage zu meinem Buch. Glücklicherweise ist es mir bisher fast immer gelungen, mich davonzustehlen, indem ich vorgegeben habe, dringend etwas erledigen zu müssen.

Hinter den Kulissen habe ich soeben die Bekanntschaft von zweien der drei anderen Gäste der Sendung gemacht: einem mageren, kahlköpfigen Riesen und einem Alten mit struppigem Haar, der aussieht wie ein weißer Igel. Ein Gast fehlt noch, was den Moderator, Julien Pujol, ziemlich nervös macht.

Wir sitzen um einen riesigen Glastisch herum auf hohen schmiedeeisernen Designerstühlen, die extrem unbequem sind. Gerade als ein rotes Lämpchen zu blinken beginnt, das Zeichen, dass wir auf Sendung gehen, taucht der noch fehlende Gast auf. Es ist der Mann, den ich vor einer Ewigkeit im KIfnbS wütend aus Monsieur Alvizaars Büro habe stürzen sehen. Mein Herz beginnt zu rasen, als er näher kommt. Julien Pujol dagegen stößt einen Seufzer der Erleichterung aus. Ich glaube, ihm ist noch nicht aufgefallen, dass der Mann stockbesoffen ist. In jedem Fall ist es jetzt zu spät, ihn wieder hinauszuschicken, denn die Sendung beginnt, und Pujol lächelt in die Kamera.

»Meine Damen, meine Herren, herzlich willkommen zur ersten Ausstrahlung von *Des livres et des lettres*. Dazu haben wir ein paar Spezialisten zum Thema Mesmenien eingeladen, da dieses kleine baltische Land, wie Sie wissen, derzeit in aller Munde ist. Zunächst möchte ich Ihnen meine Gäste vorstellen: Links von mir sitzt Doktor Gérard Lebrun, der sich als Wissenschaftler bei der nationalen französischen Forschungsorganisation CNRS mit dem Thema ›Das mesmenische Volk: russisch oder europäisch?‹ befasst. Neben ihm begrüße ich Michel Alexandre, Professor am Pariser Institut für politische Studien, der uns sein Buch *Willkommen in Europa* vorstellen wird; rechts von mir ist gerade Alain Minardeau zu uns gestoßen. Er hat sich auf das Thema ›baltische Handwerkskunst‹ spezialisiert und im Verlag ELL'M das Buch *Mesmenische Handwerkskunst* veröffentlicht. Und schließlich Thomas Lagrange, der zum ersten Mal im Fernsehen über seinen Bestseller *Das Landleben in Mesmenien* sprechen wird.«

Außer Alain Minardeau begrüßt jeder der Angesprochenen nach der Nennung seines Namens das Publikum. Ich habe den Eindruck, dass Minardeau stattdessen mir einen tödlichen Blick zugeworfen hat. Vielleicht träume ich ja, und die Nervosität spielt mir einen Streich. Ich konzentriere mich wieder auf Julien Pujol, der sich dem alten Igel zuwendet.

»Doktor Lebrun, beginnen wir mit einer kurzen Vorstellung Ihres Buches. Darin widmen Sie sich der interessanten Frage des Ursprungs Mesmeniens und der Mesmenen. Wie steht diese Frage im Zusammenhang mit den Wurzeln der anderen baltischen Länder?«

»Na ja, wissen Sie, das ist eine Frage, die sehr weit zurückreicht. Angesichts ihrer physischen Eigenschaften und ihrer Sprache – die übrigens eher ein Dialekt als eine Sprache ist – scheint alles darauf hinzuweisen, dass die Mesmenen aus einer Mischung mehrerer wandernder Völker hervorgegangen sind, von denen einige mongolische Wurzeln haben, was wohl niemanden verwundert, ein anderes jedoch aztekischen Ursprungs ist. Das ist eine Besonderheit, die keinem anderen Volk auf unserem Planeten zu eigen ist. Und was das Land angeht, hat Monsieur Lagrange absolut recht, wenn er es mit diesen Worten beschreibt: ›Dieses Land ist wie eine Pustel, ein Furunkel, der sich zufällig neben den baltischen

Staaten gebildet hat. Man könnte es sich genauso im Fernen Osten oder in Südamerika vorstellen. Seine Hässlichkeit macht es zu einer Kuriosität, denn der Anblick ist kaum zu ertragen, außer von denen unter seinen Bewohnern, die noch nie etwas anderes kennengelernt haben.‹ Das klingt ziemlich unfreundlich, entspricht unglaublicherweise jedoch der Wahrheit. Ich würde sagen ...«

Alain Minardeau unterbricht ihn mit einem verächtlichen Schnauben. Ich fühle mich dagegen sehr geschmeichelt, weil endlich mal jemand meine Verdienste anerkannt hat. Julien Pujol, für einen Moment von Minardeaus Verhalten irritiert, schenkt diesem einen beunruhigten Blick und wendet sich dann wieder seinem Gesprächspartner zu, als ob nichts gewesen wäre.

»Das ist interessant. Könnten Sie etwas zu den physischen Eigenschaften sagen, die Sie erwähnt haben?«

»Im Allgemeinen kann man sagen, dass die Mesmenen groß sind und lange Gliedmaßen haben. Es gibt nur wenige übergewichtige Menschen unter ihnen, und das liegt nicht nur an der Ernährung. Außerdem haben sie hohe Wangenknochen wie die Slawen, und ihre Augen sind von einer ungewöhnlichen intensiv violetten Farbe, die man sonst nirgendwo findet. Ihr Haar dagegen, genauso wie die Form ihrer Nase und ihrer Ohren, hat seinen Ursprung eindeutig jenseits des Atlantiks.«

Wie ich es mir bereits gedacht habe, nimmt die Kamera Mali ins Bild, die ganz genau dieser Beschreibung entspricht. Wenn tatsächlich alle Mesmenen so aussehen, wird sich das Land im Sommer vor Touristen nicht retten können. Julien Pujol dagegen konzentriert sich weiterhin nur auf den Professor.

»Das heißt, Sie sind der Meinung, dass die Mesmenen ihre

Unabhängigkeit bewahren sollten, dass sie nicht zu Europa dazugehören?«

»Nein, das bin ich natürlich nicht. Dass man nach den Wurzeln eines Volkes fragt, bedeutet nicht, ihm zu verbieten, sich weiterzuentwickeln. Es ist eine komplexe Frage, und wie jedes andere Volk muss es sich der modernen Welt anpassen ...«

»Gut. Vielen Dank für diesen vielversprechenden Einstieg. Wir werden gleich noch einmal darauf zurückkommen, doch zunächst möchte ich unseren Zuschauern auch die anderen Gäste vorstellen. Thomas Lagrange, Sie mussten in letzter Zeit vonseiten der Presse viel Kritik einstecken: So wurde behauptet, dass Sie gar kein Mesmenisch sprechen, dass Sie lediglich Ihren Namen zur Verfügung gestellt haben, dass dahinter eine Einrichtung steckt, die wir hier nicht näher benennen wollen, dass dieses schmale Buch ursprünglich nur dazu dienen sollte, eine geheime Botschaft weiterzuleiten ... Wie reagieren Sie auf diese Vorwürfe?«

Ich zucke zusammen, als ich meinen Namen höre. Aus irgendeinem unerfindlichen Grund habe ich gedacht, dass ich als Letzter dran sein würde. Vielleicht weil ich der Jüngste bin. Nun muss ich mir in aller Eile eine Antwort einfallen lassen. Ohne weiter nachzudenken, rufe ich mir mein Interview für *Psychologie Madame* in Erinnerung und wiederhole, was ich dort schon gesagt habe.

»Was meine Mesmenischkenntnisse angeht, ist die Antwort ganz einfach: Ich habe diese Sprache vor einigen Jahren an der Uni gelernt. Meine damalige Lehrerin ist inzwischen zu einer guten Freundin geworden. Sie sitzt übrigens heute im Publikum, da sie mich hierher begleitet hat.«

Ich weise auf Mali, und der Kameramann, der sie bereits entdeckt hatte, nimmt ihr hübsches Lächeln groß ins Bild. Ein beifälliges Raunen geht durchs Publikum. Ich denke an die Fernsehzuschauer, an Richard, an Sandrine, die sich die Sendung vielleicht ansehen. Am liebsten würde ich im Boden versinken. Julien Pujol, der ebenfalls einen Blick auf Mali geworfen hat, wendet sich wieder an mich.

»Aha, damit wäre eines der Rätsel bereits auf sympathische Weise gelöst. Kommen wir nun auf den anderen Teil meiner Frage zurück.«

Alain Minardeau lacht hämisch, verschluckt sich und rülpst deutlich hörbar mit offenem Mund. Sogar erfahrene Kneipengänger könnten von ihm in Sachen Vulgarität noch einiges lernen. Diesmal nimmt Doktor Gérard Lebrun die Unterbrechung nicht einfach so hin. Seine weißen Haare sträuben sich wie das Fell einer wütenden Katze.

»Ich muss schon sagen, Monsieur Pujol, wir sind doch nicht hier, um uns das schlechte Benehmen dieses Säufers gefallen zu lassen! Tun Sie etwas!«

»Säufer? Ich? Leck mich doch am Arsch, Opa. Ich bin hier, um mir diesen Clown vorzuknöpfen. Diesen elenden Heuchler ...«

Während er seine Drohungen ausspricht, droht er mit der Faust in meine Richtung. Da ich nicht weiß, was er gegen mich hat, versuche ich möglichst lässig zu wirken, als ob ich mich nicht angesprochen fühlte.

»Also bitte, meine Herren, dürfte ich um Ruhe bitten! Bitte warten Sie, bis Sie dran sind ...«

Julien Pujol ist völlig überfordert, zumal meine gespielte Gleichgültigkeit Minardeau auf die Palme bringt.

»Er wird mich kennenlernen, dieser Clown!«

Minardeau klettert von seinem Hocker hinunter, um zu mir herüberzukommen, wobei er noch bedrohlicher wirkt als zuvor. Ich wünschte, ich hätte den Mut, ihm gegenüberzutreten und zu fragen, was er gegen mich hat, aber ich habe mich seit der Grundschule nicht mehr geschlagen und bin nicht gerade darauf aus, vor laufender Kamera eine Tracht Prügel einzustecken. Doktor Lebrun steht auf, um den wütenden Verrückten aufzuhalten, während ich mich erhebe, um die Flucht zu ergreifen. Zu spät. Lebrun ist Minardeau nicht gewachsen. Und in dem Moment, als ich realisiere, dass er sich auf mich stürzt und ich mich eiligst davonmachen sollte, donnert seine Faust bereits auf meine Nase.

Um mich herum wird es schwarz.

XIX
Am nächsten Morgen
gegen elf Uhr

Ich wache mit dem Gefühl auf, dass mir ein Schrank auf den Kopf gefallen ist. Licht dringt in mein halb geöffnetes rechtes Auge – das linke bekomme ich nicht auf. Als ich mich gerade damit befassen will, spüre ich plötzlich ein Gewicht auf meiner Brust. Die auf einen Schlag aus meinen Lungen entweichende Luft bringt mich zum Husten, was meine Kopfschmerzen unangenehm verstärkt. Ich öffne den Mund, um zu protestieren, als plötzlich ein heller Blitz mein funktionierendes Auge blendet. Mali sitzt rittlings auf mir und hat wieder ihren verdammten Fotoapparat in der Hand.

»Nicht bewegen, ich brauche noch ein paar.«

»Was zum Teufel machst du da?«

»Siehst du doch: Fotos für meine Webseite.«

Vergeblich versuche ich mich aufzurichten und lasse mich dann protestierend zurück auf die Matratze sinken.

»Nein, das kommt überhaupt nicht infrage! Du wirst keine Fotos von mir in diesem Zustand veröffentlichen!«

»Natürlich werde ich das, Thomas! Wenn du wüsstest, wie glücklich ich bin! Im Fernsehen bist du auf allen Kanälen, und die sozialen Netzwerke stehen deinetwegen kurz vor dem Zusammenbruch. Dank dir werde ich Millionen von Kunden haben. Du ahnst es nicht, aber du bist mein Held.«

Ich bin mir nicht sicher, ob ich mich darüber freuen soll, fühle mich in meinem Zustand einer Diskussion jedoch nicht gewachsen. Mühsam quäle ich mich aus dem Bett, um im Bad eine Aspirin zu nehmen. Mali verewigt mich noch ein-, zweimal und gibt sich damit zufrieden.

Als ich zurück ins Schlafzimmer komme, stelle ich fest, dass mein Handy in der Tasche meiner Jeans, die auf dem Boden neben dem Bett liegt, vibriert und klingelt wie verrückt. Der Ton dröhnt in meinen Schläfen, sodass ich das Handy eilig ausschalte. Dann lasse ich mich wieder aufs Bett fallen und warte mit dem Kopf auf dem Kissen, dass die Tablette zu wirken beginnt.

Eine halbe Stunde später wache ich auf. Die Stille sagt mir, dass Mali nicht da ist. Die Kopfschmerzen sind immer noch da. Sie lauern hinter meinen Lidern wie ein Tier, jederzeit bereit, mir in die Schläfen zu springen. Mein erster Beitrag zu Malis Hausstand war eine wunderbare Nespresso-Kaffeemaschine, die ich sofort anwerfe. Dazu gönne ich mir ein Stück Brot von gestern Abend, das ich auf der Arbeitsfläche finde. Meine Kopfschmerzen flauen ein wenig ab, um sich auf mein zugeschwollenes Auge zu konzentrieren. Immerhin kann ich so ein paar klare Gedanken fassen.

Der erste davon gilt meinem Angreifer von gestern Abend. Wie hieß er noch? Ach, ja, Alain Minardeau. Der brutale Hüne, den ich aus Alvizaars Büro hatte stürzen sehen, wobei er die Drohung ausgestoßen hatte, irgendeinem mysteriösen Individuum alle Fingerknochen zu brechen, sollte es ihm über den Weg laufen. Ich habe große Lust, ihn aufzusuchen, um ihn zur Rede zu stellen und ihm die Nase einzuschlagen, doch meine Vernunft behält die Oberhand. Dieser Typ ist eindeutig ein Wilder, der kein anderes Kommunikationsmittel als rohe Gewalt kennt. Ich würde wahrscheinlich keine plausible Antwort bekommen und eine weitere Abreibung riskieren. Nicht aus dem Weg gehen kann ich dagegen einem gewissen Unwohlsein, das mich befällt, wenn ich an gestern Abend denke. Ein Satz kommt mir in den Sinn, wie er sonst nur in atemberaubenden Thrillern zu lesen ist:»Sie sind mir dicht auf den Fersen!«Wie viel ahnen die anderen?

Doch bevor ich mich den düsteren Vorstellungen überlasse, die mich quälen, höre ich lieber meine Mailbox ab. Die letzte Nachricht ist von Nathalie. Sie hat sie mir vor etwa einer Stunde hinterlassen. Die Produzenten der Sendung *Des livres et des lettres* haben bei ihr angerufen. Sie befürchten ein gerichtliches Nachspiel. Wenigstens ist sie so freundlich, sich nach meinem Gesundheitszustand zu erkundigen, bevor sie um Rückruf bittet.

Vor ihr, bereits früh am Morgen, hat der Sender auch bei mir angerufen. Eine männliche Stimme bittet mich mit beunruhigtem Unterton, so schnell wie möglich zurückzurufen.

Alle anderen Nachrichten stammen von gestern Abend. Darunter sind einige von alten Freunden, die ich seit einem oder zwei Jahren nicht mehr gesehen habe. Entweder fragen sie ausgelassen nach, was für ein Witz das gewesen sei, oder sie teilen mir respektvoll mit, dass sie schon immer gewusst hätten, dass ich eines Tages Erfolg haben würde. Einen Schlag auf die Nase zu kriegen ist zwar nicht das, was ich mit Erfolg verbinde, aber okay, da mögen die Meinungen auseinandergehen. Alice, meine Kollegin bei McDonald's, ist besorgt wegen meines Auges und betont, dass ich ja wisse, wo ich sie finden kann, wenn ich Hilfe bräuchte, wofür ich ihr innerlich sehr dankbar bin. Meine Mutter will typischerweise als Erstes wissen, ob *das Mädchen* aus dem Fernsehen die mesmenische Hexe sei, die mir schon einmal das Leben zerstört habe, und beschwört mich, wieder zur Vernunft zu kommen. Sie hat nun mal einen Hang zum Melodramatischen.

Die letzte Nachricht, die ich mir anhöre, ist von Richard. Er hat sie gleich nach dem Ende der Sendung hinterlassen, als ich schon nicht mehr in der Lage war, ans Handy zu gehen. Er scheint wütend zu sein und schreit böse ins Telefon:»Was soll der Scheiß? Was hast du in dieser Sendung zu suchen? Und dann noch mit dieser Tussi? Ist dir klar, dass wir Angst hatten, dass du dich umbringen willst? Dass wir bei der Polizei und bei allen Krankenhäusern in der Stadt nach dir gefragt haben? Ruf gefälligst zurück, sobald du diese Nachricht abhörst, denn sonst …« Er legt auf, ohne seine Drohung zu konkretisieren.

Ich weiß, dass Richards »Wir« Sandrine beinhaltet, sie selbst hat mir jedoch keine Nachricht hinterlassen. Ich weiß nicht, ob ich mich davor gefürchtet habe, ihre Stimme zu hören, oder ob ich es gehofft habe. Jedenfalls muss ich unbedingt bald mit ihr reden. Je mehr Zeit vergeht, desto klarer wird mir, wie mies ich mich ihr gegenüber verhalten habe. Sobald es meinem Auge wieder besser geht, werde ich sie anrufen. Morgen vielleicht oder übermorgen.

Vorher muss ich mich bei Nathalie melden. Sie kann mir bestimmt erklären, was der Fernsehsender von mir will.

»Hallo? Ich bin's, Thomas.«

»Ah, Thomas. Ich habe schon auf deinen Anruf gewartet. Wie geht es dir?«

»Ganz okay, abgesehen von meinem Auge!«

»Warum hast du dich gestern mit deiner Freundin wie ein Dieb aus dem Staub gemacht? Das medizinische Personal des Senders wollte dich eigentlich untersuchen.«

Ehrlich gesagt, weiß ich gar nicht mehr so genau, was gestern passiert ist. Jedenfalls nicht, was nach dem Angriff auf mich geschehen ist. Ich erinnere mich daran, dass um mich und meinen Angreifer herum ein Riesenaufruhr herrschte, dass einige Leute aus dem Publikum oder aus den Kulissen herangestürzt kamen, um den betrunkenen Typen unschädlich zu machen und nach mir zu sehen. Dann saß ich auf einmal mit Mali in einem Taxi, die mir ein Taschentuch unter die blutende Nase hielt. Das ist dann aber auch schon alles.

»Ich bin okay, wie ich schon gesagt habe. Nicht nötig, dass mich jemand untersucht.«

»Das ist eine Versicherungsangelegenheit. Könntest du vielleicht herkommen? Ich würde gern mit dir reden.«

Warum nicht? Schließlich habe ich nichts anderes zu tun.

Als ich das Haus verlasse, sehe ich Mali im Schaufenster des Geschäfts. Sie hat keine Zeit verloren, denn sie ist gerade dabei, ein paar großformatige Fotos von mir und meinem blauen Auge aufzuhängen. Ich strecke kurz den Kopf durch die Tür, um sie darauf aufmerksam zu machen, dass das ein bisschen zu viel des Guten ist, doch ihr strahlendes Lächeln entwaffnet mich.

»Ah, Thomas, du kommst gerade recht. Ich wollte eben hochgehen, um dir zu sagen, dass du dich um den Laden kümmern musst.«

»Äh ... Ich kann jetzt nicht, ich habe einen Termin mit Nathalie ...«

»Oh! Meine Schülerinnen kommen gleich, und ich kann den Laden jetzt unmöglich schließen.«

»Doch, du kannst. Ich bin nur eine oder zwei Stunden weg. Dieses eine Mal ist das Geschäft eben geschlossen. Macht doch nichts.«

»Du hast überhaupt nichts verstanden! Man darf nicht einschlafen, wenn man auf Tauwetter wartet!«

»Wenn dein Hintern einfriert, werde ich ihn dir nach meiner Rückkehr gern wieder aufwärmen, und ich bin mir sicher, dass die tollen Fotos genügend Leute anziehen werden.«

Es ist das erste Mal, dass ich sie so auflaufen lasse, und sofort zieht sie sich in ihren Panzer zurück wie eine Schnecke, nachdem man ihre Fühler berührt hat. Ich zögere, würde mich gern entschuldigen, ohne ihrer Bitte nachzugeben, doch ich finde nicht die richtigen Worte. Also schließe ich leise die Tür und mache mich auf den Weg zu Nathalie.

Meine Verlegerin begrüßt mich mit offenen Armen wie einen Kriegshelden, der aus der Schlacht zurückkommt.

»Oje, er hat dich voll erwischt! Bist du dir sicher, dass es dir gut geht?«

»Ja, hab ich ja schon gesagt. Muss ich wirklich zu dieser ärztlichen Untersuchung gehen?«

»Das ist nur eine Formalität, wenn du wirklich nichts hast. Überlegst du, rechtliche Schritte einzuleiten?«

»Äh … nein. Darüber habe ich noch gar nicht nachgedacht. Meinst du, das sollte ich tun?«

»Wenn du meine ehrliche Meinung hören willst, dann Nein. Alain tut das Ganze furchtbar leid, wie er Großvater erzählt hat. Er ist kein übler Typ, weißt du, er ist einfach nur der Meinung, dass er deinen Erfolg verdient gehabt hätte.«

»Das ist mir egal, der Typ ist krank! Ich will ihn nie mehr wiedersehen, Schluss, aus.«

Seufzend wechselt Nathalie das Thema, um sich weniger heiklen Dingen zuzuwenden.

»Ich habe dich auch gar nicht hergebeten, um über Minardeau zu sprechen, sondern weil ich eine gute Nachricht für dich habe. Rat mal, wer wegen deines Buchs angerufen hat!«

Ich denke an Sergeï, an den wahren Autor des Buches, an Alvizaar, und plötzlich ist meine Kehle vor Angst wie zugeschnürt. *Sie sind mir auf den Fersen und kommen immer näher.* Das ist das Erste, was ich denke. Denn Nathalie würde, naiv, wie sie ist, als Letzte merken, dass mein Leben in Gefahr ist. In meiner Panik bringe ich kaum mehr als ein Wimmern heraus. Völlig ungerührt von meinem Zustand, lächelt Nathalie mich an, macht eine Pause und hebt fragend eine Augenbraue. Schließlich, nach einer gefühlten Ewigkeit, hat sie die Gnade, das Geheimnis zu lüften.

»Catherine Deneuve!«

Ich starre sie völlig fassungslos an. Was um alles in der Welt hat Catherine Deneuve mit dieser Geschichte zu tun? Oder kennt sie etwa den wahren Autor? Dann fällt mir noch etwas anderes ein, was ich nicht zögere auszusprechen, auch wenn es völlig verrückt klingt.

»Warum? Ist sie … oder war sie … Minardeaus Geliebte?«

Nathalie stutzt kurz, bevor sie in schallendes Gelächter ausbricht.

»Aber nein, wie kommst du denn darauf? Sie hat sich erkundigt, wer die Filmrechte hat, denn sie will unbedingt die Maria spielen, sollte es eine Verfilmung geben. Ist dir klar, was das für eine Ehre ist?«

Im ersten Augenblick bin ich unglaublich erleichtert. Dann wird mir bewusst, was diese Neuigkeit bedeutet. Ein Film heißt sicher mehr Geld und größere Berühmtheit. Ich weiß schon, wer sich darüber freuen wird wie ein Schneekönig, daher frage ich Nathalie gleich, wann der Film in die Kinos komme und wie viel ich daran verdienen würde. Schnell füge ich noch hinzu, dass ich nichts gegen einen weiteren Honorarvorschuss hätte, denn das Geld auf meinem Konto schmilzt dahin wie Eis in der Sonne. Doch sie holt mich unverzüglich auf den Boden der Tatsachen zurück.

»Warte! Ich habe mit keinem Wort gesagt, dass es tatsächlich einen Film geben wird. Natürlich haben wir nach der Sendung gestern beschlossen nachzudrucken. Wieder eine enorm hohe Auflage. Vielleicht weitere fünfzigtausend. Aber noch einen Vorschuss wird es nicht geben, du hast schon genug Geld bekommen, den Rest zahlen wir dir, wenn er fällig ist. Wenn du einen Vorschuss willst, musst du mir einen neuen Text anbieten. Egal, was, Hauptsache, es hat mit Mesmenien zu tun.«

Sie sieht mir direkt in die Augen. Lässt keinen Zweifel an dem, was sie will: Dieser blonde Blutegel versucht mich zu erpressen, um sich noch mehr an meiner Berühmtheit zu bereichern. Ich sollte empört sein, aufbegehren, sie beschimpfen, doch dazu fehlt mir die Kraft, sodass ich nur schwach protestiere.

»Ich hab dir doch schon gesagt, dass ich überhaupt keine Fantasie habe. Außerdem: Darf ich dich daran erinnern, dass ich das verdammte Buch überhaupt nicht geschrieben habe?«

»Wie du willst, aber überleg dir gut, was du tust. Einen weiteren Vorschuss gibt es nur bei einem neuen Buch.«

Nachdem ich mich mit den üblichen Höflichkeitsfloskeln verabschiedet habe, verlasse ich den Verlag. Von dem Gespräch mit Nathalie, das schrecklich war und voller enttäuschter Hoffnungen, ist mir ein bitterer Geschmack im Mund zurückgeblieben. Irgendwie sehe ich heute alles schwarz, wahrscheinlich wegen der Schmerzen.

Als ich wieder bei Mali bin, sind die alten Damen schon wieder gegangen. Da erst wird mir bewusst, dass ich beinahe vier Stunden weg war, einschließlich meines Streifzugs durch die Straßen von Paris nach meinem Besuch im Verlag. Mali sitzt mit ernstem Gesichtsausdruck vor ihrem Computer. Ein kurzer Blick auf den Bildschirm verrät mir, dass sie gerade ihre Webseite aktualisiert, auf der mein Porträt mit dem blauen Auge der Hingucker ist.

»Hallo, ich bin wieder da.«

»Hallo.«

Ich habe sie noch nie so kalt erlebt, so schroff. Nachdem ich ihr eben noch vorwerfen wollte, dass sie mich hemmungslos ausnutzt, bin ich nun beunruhigt, fühle mich beinahe schuldig, und ich bin zu allem bereit, um wieder Gnade in ihren Augen zu finden.

»Was ist los? Es sieht aus, als ob du ein Problem hättest.«

»Alles in Ordnung, kümmer dich nicht um mich.«

Sie sieht mich nicht an, und es folgen zwei Minuten in absoluter Stille. Gerade als ich beschlossen habe, mich zwischen sie und den blöden Apparat zu stellen, sagt sie etwas, noch immer ohne in meine Richtung zu blicken.

»Ich arbeite gerade, falls du es noch nicht gemerkt hast. Wenn du also nichts Besseres zu tun hast, empfehle ich dir, wieder zu Nathalie zu gehen.«

Sofort gehen in meinem Gehirn die roten Lämpchen an. Ich könnte ihre spitze Bemerkung als Eifersucht interpretieren, aber mein Instinkt sagt mir, dass sie einfach nur wütend ist, weil ich nicht parat gestanden habe, um mich um ihren Laden zu kümmern. Und dass sie diese Gelegenheit möglicherweise nutzen will, um mich in die Wüste zu schicken. Anders als Sandrine würde Mali nicht einen Moment zögern, mich auf die Straße zu setzen, ohne auch nur einen Gedanken daran zu verschwenden, was aus mir werden würde. Ich bin hin- und hergerissen, ob ich mich entschuldigen oder auf meinem Recht bestehen soll, mich wann auch immer mit wem auch immer zu treffen. Letztlich entscheide ich mich dafür, einen versöhnlichen Ton anzuschlagen, aber nicht klein beizugeben.

»Ich denke nicht, dass ich dir Rechenschaft schuldig bin.«

»Das stimmt. Und ich bin nicht verpflichtet, dich hier wohnen zu lassen.«

Für zwei Sekunden kreuzen sich unsere Blicke, dann wirft sie sich in meine Arme und bricht in Tränen aus.

»Entschuldige, entschuldige, entschuldige. Aber ich habe so große Angst, das, was ich in dieses Geschäft investiert habe, zu verlieren! Du bist der Einzige, der mir helfen kann, indem du mich mit deiner Bekanntheit unterstützt, verstehst du?«

Ihre Angst beruhigt mich zumindest teilweise. Immerhin sind wir nicht so zerstritten, wie ich befürchtet habe. Andererseits gibt sie ohne Umschweife zu, dass ihr meine Berühmtheit wichtiger ist als ich als Mensch. Dennoch tröste ich sie, so gut ich kann, indem ich ihr Gesicht mit kleinen Küssen bedecke. Dabei nähern wir uns langsam dem Bett, bis wir, uns weiterhin küssend, auf die Matratze sinken. Allerdings schlafen wir nicht miteinander. Wir liegen nur da, küssen und streicheln uns, und ich rede sanft auf sie ein, spreche von dem Erfolg, den sie zweifellos haben wird, sage genau das, wonach sie sich sehnt.

Eine Stunde später treibt der Hunger mich in die Küche. Der Kühlschrank ist immer noch genauso leer wie vor meiner Zeit. Allerdings habe ich für Notsituationen wie diese Reis und ein paar Konserven gekauft. Während ich Wasser koche, setzt Mali sich an den Tisch.

»Und wie war dein Besuch bei Nathalie?«

»Ach, sie wollte mit mir über gestern Abend reden und mir Minardeaus Entschuldigung überbringen. Und natürlich auch über mein Buch sprechen.«

»Und? Wird sie nachdrucken?«

»Ja. Und es wird vielleicht eine Verfilmung geben, aber das ist noch nicht entschieden. Allerdings hat sie sich geweigert, mir einen weiteren Vorschuss zu zahlen. Sie meint, dass ich ein neues Buch schreiben solle. Als ob ich dazu in der Lage wäre!«

»Wir könnten es zu zweit versuchen. Würde es viel Geld einbringen?«

»Wärst du in der Lage, dir eine Geschichte auszudenken und sie in einem Buch zu erzählen?«

»Kommt darauf an. Wenn wir eine Fortsetzung von deinem Buch schreiben würden, wird uns dazu schon etwas einfallen. Wie geht es denn aus?«

Ich seufze lustlos. Natürlich weiß ich, dass sie nicht viel Zeit hat, dennoch denke ich, dass sie sich ruhig mal dazu aufraffen könnte, meinen Roman auf Mesmenisch und Französisch zu lesen, um mir zu sagen, was sie von der Übersetzung hält. Wenn sie schon vorhat, meine Ko-Autorin zu werden, könnte sie das ruhig mal machen. Für Sandrines Vorbehalte hatte ich durchaus Verständnis, doch Malis offensichtliches Desinteresse verletzt mich zutiefst. Daher verziehe ich nur das Gesicht, anstatt ihre Frage zu beantworten.

»Das ist kein Buch, zu dem man einfach so eine Fortsetzung schreibt. Und wenn du es gelesen hättest, wüsstest du es.«

Sie geht auf meine spitze Bemerkung nicht ein, doch ihr Enthusiasmus ist verflogen.

»Ich nehme an, dass du, wenn du deine schriftstellerische

Karriere nicht fortführst, früher oder später wieder in der Anonymität versinken wirst.«

Ich entgegne nichts darauf. Natürlich hat sie recht. Wahrscheinlich denkt sie bereits über die Folgen für ihr Geschäft nach. Während ich den Reis esse, macht Mali sich eine Tasse Tee. Beide sagen wir kein Wort, und ich habe einen Kloß im Hals. Ich denke an all die Hoffnungen, die ich hatte, als ich vor kaum zwei Wochen auf dem Bahnsteig plötzlich Malis Stimme am Telefon gehört habe. Damals habe ich uns sorglos und verliebt auf Rosen gebettet vor mir gesehen, aber ich muss realistisch sein: Es wird mir niemals gelingen, Mali wahrhaftig für mich zu gewinnen, aber ich kann auch nicht aufgeben. Kurz gesagt: Ich stecke ziemlich tief in der Scheiße. Und sie? Mit traurigem Gesicht sitzt sie mir gegenüber, das schönste Mädchen, das ich jemals gesehen habe. Wie sehr ich mich danach sehne, sie zu berühren, zu küssen, sie an mich zu drücken! Offenbar spürt sie, dass ich sie ansehe, denn abrupt hebt sie den Kopf. Ihr Gesichtsausdruck hat sich komplett verändert. Ihre Niedergeschlagenheit ist verflogen, und ihre Augen leuchten.

»Weißt du, was wir tun sollten?«

»Nein, aber ich habe das Gefühl, dass du es mir gleich sagen wirst.«

»Wir sollten den Typen, der dich geschlagen hat, in ein paar Tagen zu einem Gespräch in mein Geschäft einladen.«

»Sag mal, tickst du nicht ganz richtig? Du willst, dass er mir auch noch das rechte Auge grün und blau schlägt?«

»Natürlich nicht. Erstens wird er nüchtern sein, wenn wir es morgens machen. Und zweitens hast du mir doch gesagt, dass ihm sein Verhalten leidtut, oder?«

»Ja, aber wenn er mich dann vor sich sieht, dreht er vielleicht wieder durch. Der Typ ist total durchgeknallt.«

»Wir passen schon auf, und ich könnte ein paar Freunde bitten, als Bodyguards einzuspringen. Einverstanden?«

Wieder so eine Anspielung auf eine Horde an männlichen Freunden. Sie hat einen Freund, der sich um ihre Webseite kümmert, Freunde, die ihr Geschäft eingerichtet haben, Freunde, die als Bodyguards fungieren, Freunde für alles. Und vor allen Dingen Freunde, die ich noch nie zu Gesicht bekommen habe und die ich mir allesamt gut aussehend, groß und kräftig vorstelle. Dennoch will ich sie nicht verärgern, indem ich dumme Fragen stelle, und auch nicht, indem ich die Begegnung mit Minardeau kategorisch ablehne. An einem einzigen Nachmittag hatten wir uns schon zweimal gestritten, und ein drittes Mal will ich nicht riskieren. Daher zucke ich lächelnd mit den Schultern.

»Lass mich ein wenig darüber nachdenken, okay?«

Sie gluckst vor Freude.

»Du wirst sehen, es wird keine Probleme geben. Schließlich hat er auch kein Interesse daran, sich noch einmal mit dir zu schlagen. Denn dann würde ihn jeder für einen gefährlichen Psychopathen halten. Wir können ein Drehbuch für eure Begegnung schreiben, wenn dich das beruhigt.«

Je aufgeregter sie wird, desto heftiger schmerzt meine Migräne. Automatisch fasse ich mir an das lädierte Auge.

»Oh, mein armer Schatz! Ich rede wie ein Wasserfall, dabei leidest du noch immer unter deinen Kriegsverletzungen! Komm, ich werde dich pflegen.«

Sie zieht mich ins Schlafzimmer. Trotz der Schmerzen kann ich nicht widerstehen, auf ihre Zärtlichkeiten zu reagieren. Sie nimmt die Sache in die Hand. Während ich bequem auf dem Rücken liege, geleitet sie mich ins Paradies der Lust, wobei sie sorgfältig darauf achtet, meine linke Gesichtshälfte nicht zu berühren.

Eine halbe Stunde später liegen wir schwitzend und gesättigt nebeneinander und dämmern beide dahin. Kurz vor dem Einschlafen höre ich sie noch irgendwelche konfusen Pläne zur Organisation des morgigen Tages vor sich hin murmeln. Ohne nachzudenken, sage ich zu allem, was sie vorschlägt, Ja und Amen.

Stunden später wache ich auf und habe das Gefühl, dass mir noch ein Schrank auf den Kopf gefallen ist. Offenbar ist er nicht ganz so schwer gewesen wie der von gestern, aber immerhin ein Schrank. Allerdings kann ich mein linkes Auge nun einen Spaltbreit öffnen. Mali liegt nicht neben mir im Bett. Als ich sie rufe, antwortet sie nicht. Sofort denke ich an den gestrigen Abend und daran, wie traurig sie war. Gerade als mir alles wieder einfällt, höre ich den Schlüssel der Wohnungstür im Schloss.

»Hallo, bist du schon wach?«

Der heitere Ton ihrer Stimme beruhigt mich sofort. Sie ist wieder so fröhlich und gut gelaunt, wie ich es an ihr liebe. Lächelnd und munter kommt sie ins Schlafzimmer, das schönste Mädchen der Welt.

»Rate mal, was ich gekauft habe?«

Sie streckt mir ein Buch entgegen, allerdings kann ich den Autorennamen und den Titel auf die Entfernung nicht erkennen. Äußerst zuvorkommend setzt sie sich neben mich, damit ich das Cover betrachten kann. Es ist Alain Minardeaus Buch *Mesmenische Handwerkskunst* mit dem Untertitel *Die moderne Version eines vergessenen Landes*.

Ehrlich gesagt, wäre es mir lieber gewesen, wenn sie Croissants mitgebracht hätte.

XX
Zwei Monate später

Mali erdrückt mich nicht gerade mit ihrer Liebe. Absolut nicht. Nicht mal für einen Moment. Nachdem Minardeaus Faust in meinem Gesicht gelandet ist zum Beispiel, hätte Sandrine mich gezwungen, mehrere Tage das Bett zu hüten und anschließend ein CT machen zu lassen, um Spätfolgen auszuschließen. Mali dagegen hat darauf bestanden, mein Auge zu schminken, um die Farbe meines Veilchens aufzufrischen, als sie nach und nach verblasste. Es sah völlig grotesk aus, aber ich musste eine ganze Woche dagegen protestieren, bis sie es endlich aufgegeben hat.

Am Anfang hat ihr Verhalten mich nicht gestört. Ganz im Gegenteil verlieh es mir das Gefühl von Freiheit, von Stärke, von einer Energie, mit der es mir gelingen würde, Mali und den Rest der Welt zu erobern. Endlich gab es keine Mutter, keine Lebensgefährtin und keinen Freund mehr, die mich ständig zu Vorsicht und Vernunft ermahnten. Allerdings vergeht die Zeit, und ich habe noch gar nichts erobert. Schlimmer noch: Ich beginne an mir zu zweifeln, und die Begeisterung, die ich noch vor wenigen Wochen verspürt habe, ist verpufft, sodass ich mich innerlich völlig leer fühle.

Um alles noch schlimmer zu machen, läuft das Geschäft auch nicht gerade gut. Mali hat große Probleme, sich mit ausreichend Kroach-Wodka einzudecken, weshalb auf den Getränkeregalen gähnende Leere herrscht. Die Kaninchenkonserven – in Mesmenien scheint es an großen weißen Albinokaninchen nur so zu wimmeln – werden wir jedoch nicht los. Wobei ich die Kunden gut verstehen kann, denn die Dosen sehen nicht gerade appetitlich aus, und das Zeug riecht alles andere als lecker. Und wenn man es probiert, ist es noch schlimmer. Ich weigere mich hartnäckig, Hasenhirn zu essen, sosehr Mali auch darauf beharrt, die so für Platz im Geschäft sorgen will. Und was die anderen Konserven angeht – eingelegter Hase mit Möhren-, Kohl- oder Kartoffelstückchen –, bekomme ich davon unerträgliches Sodbrennen.

Inzwischen haben wir einen festen Arbeitsrhythmus – insofern man meine rein physische Präsenz im Geschäft als Arbeit bezeichnen kann. Ich halte fünfeinhalb Tage pro Woche von zehn bis neunzehn Uhr die Stellung im Laden, während Mali ihr Bestes tut, um über ihre Webseite den Internethandel anzukurbeln, und Mesmenischunterricht gibt.

Heute betritt meine erste Kundin um elf Uhr fünfundvierzig das Geschäft, was ausgesprochen früh ist. Ihr bläulichweißes Haar und der Rollator weisen auf fortgeschrittenes Alter hin, daher eile ich zur Tür, um sie ihr aufzuhalten.

»Vielen Dank, junger Mann.«

»Guten Tag, Madame, was kann ich für Sie tun?«

»Ich bin gekommen, um mir mal die mesmenischen Waren anzusehen, die Sie verkaufen.«

Ich schenke ihr mein schönstes Lächeln.

»Bitte fühlen Sie sich wie zu Hause.«

Sie marschiert, so schnell es ihre Gehhilfe erlaubt, an den Regalen vorbei, dann kommt sie zurück zu mir an die Kasse.

»Sagen Sie, junger Mann, wie ich gesehen habe, verkaufen Sie Hasenpastete und Biberpelz. Finden Sie das richtig?«

»Ich bin mir nicht sicher, ob ich Sie richtig verstehe …«

»Zu meiner Zeit, junger Mann, wurde, wenn man ein Tier tötete, alles davon verarbeitet. Ihre Generation hat offensichtlich den Respekt vor dem Tier verloren!«

Diese alte Mesmenienanhängerin ist genauso aggressiv wie die Jugendlichen aus den Vororten, wenn sie bei McDonald's einfallen. Wahrscheinlich hat sie sogar recht, aber kann sie das nicht etwas freundlicher zum Ausdruck bringen?

Ich bemühe mich um ein Lächeln.

»Vielleicht wird dafür in Mesmenien Biberpastete gegessen, und die Leute tragen Schals aus Hasenfell um den Hals, wer weiß?«

»Und warum verkaufen Sie das dann nicht?«

Offenbar kommt mein Humor nicht bei ihr an. Daher frage ich sie in ernsthaftem Tonfall, ob sie etwas gefunden habe, was ihr gefalle.

»Vielleicht komme ich vor Weihnachten noch mal her und kaufe eine Mütze für meinen Enkel. Auf Wiedersehen, junger Mann.«

Sie verlässt das Geschäft mit leeren Händen. Zum Glück hat Mali sie nicht gesehen. Das letzte Mal, als sie Zeugin einer solchen Szene wurde, hat sie mich gefragt, ob ich genauso viele Hamburger verkauft hätte, als ich noch bei McDonald's war. Ich habe so getan, als hätte ich es nicht gehört, doch allmählich macht ihr Sarkasmus mich wütend.

Um sechzehn Uhr vierzig betritt noch eine Dame den Laden. Sie ist nicht ganz so alt, aber auch schon ziemlich betagt, also im dritten oder vierten Frühling. Diesmal bleibe ich hinter der Verkaufstheke. Allmählich habe ich die Nase voll von all den alten Schachteln, die mich für ihren Lakaien halten! Die Kundin lässt sich von meiner Apathie nicht beeindrucken. In aller Ruhe sieht sie sich die Regale und alle Kleiderständer an, und schließlich kommt sie mit einem

Kleiderbügel und einer Konservendose in den Händen zur Kasse herüber, was ein gutes Zeichen ist.

»Haben Sie diesen Pullover auch in Kindergröße? Gibt es zu dem Kroach-Wodka auch etwas zu knabbern? Und gibt es die Hasenpastete auch in Fünfhundert-Gramm-Dosen?«

Geduldig reagiere ich auf all ihre Fragen mit der gleichen Antwort: »Nein, Madame. Das haben wir im Moment nicht vorrätig.«

Sie schüttelt missbilligend den Kopf.

»Und Kroach-Wodka haben Sie auch keinen mehr?«

Das bestätige ich so gleichmütig wie möglich. Wenn sie den Wodka kennt, muss sie eine Stammkundin sein, auch wenn mir ihr Gesicht mit den rot geäderten Wangen nicht bekannt vorkommt. Denn der Kroach-Wodka ist unser einziges Produkt, für das es einen kleinen Kreis treuer Kundschaft gibt. Also werde ich sie mir nicht aus einer puren Laune heraus zur Feindin machen.

»Wissen Sie, ob es den Kroach-Wodka auch im Supermarkt gibt?«

»Nein, Madame, den gibt es nur hier. Die Schnapsdrosseln, die sich auf mesmenische Art betrinken wollen, sind gezwungen, sich bei uns einzudecken.«

Ich bereue sofort, was ich gesagt habe, und versuche mit meinem schönsten Lächeln meine harschen Worte abzumildern. Leider vergeblich. In dem Moment, da ihre alkoholgetränkten Neuronen den Sinn meiner Worte erfassen, macht sie mit den Lippen ein Geräusch, das wie die leisere Version eines knallenden Champagnerkorkens klingt, und verlässt wortlos das Geschäft, wobei sie den Pullover und die Konservendose achtlos auf der Verkaufstheke liegen lässt. Heutzutage wissen nicht einmal mehr die Alten, wie man sich benimmt.

Sie ist kaum eine halbe Stunde weg, als eine weitere Kundin die Tür öffnet. Heute ist wirklich viel los! Die Kundin kommt mir ziemlich jung vor, und als ich gerade mein schönstes Verkäuferlächeln aufsetze, stelle ich fest, dass es sich um Nathalie, meine Verlegerin, handelt, die ich seit zwei Monaten nicht mehr gesehen habe.

»Hallo, Thomas. Ich war gerade hier im Viertel unterwegs, da habe ich mir gedacht, dass ich die Gelegenheit nutzen und mal nachsehen könnte, was du so machst.«

Beim letzten Mal, als wir miteinander gesprochen haben, habe ich ihr erzählt, dass ich mit meiner mesmenischen Freundin ein Geschäft eröffnet hätte, ohne darauf hinzuweisen, dass der Laden allein Mali gehört. Schließlich schufte ich so viel für sie, dass ich mich schon fast wie ein Miteigentümer fühle. Nathalie kommt zu mir herüber, begrüßt mich mit einem Wangenkuss und sieht sich um. Dabei hat sie sicherlich längst festgestellt, dass sie die einzige Kundin im Laden ist und dass auf den Regalen größtenteils gähnende Leere herrscht.

»Der Laden läuft, wie du siehst. Heute ist es ziemlich ruhig, muss am Regen liegen.«

Verwundert zieht sie eine Augenbraue hoch. Heute Morgen hat es zwar tatsächlich ein paar Tropfen geregnet, allerdings sind die Gehsteige längst wieder trocken. Ab und zu kommt sogar die Sonne heraus. Daher wirkt mein Argument nicht gerade überzeugend.

»Wie es aussieht, hast du Lieferschwierigkeiten.«

»Meinst du wegen der leeren Regale? Das ist der Preis des Erfolges. Selbst wenn die Lieferanten zweimal pro Woche kommen, können wir den Bedarf unserer Kunden nicht vollständig decken. Vor allem, was den Wodka angeht. Es ist verrückt, dass alte Frauen so gerne Wodka trinken!«

Das hätte ich nicht sagen sollen, denn so habe ich gegen meinen Willen eingestanden, dass unsere Kundschaft fast ausschließlich aus älteren Damen besteht. Und an Nathalies Lächeln kann ich erkennen, dass sie verstanden hat. Was soll's.

»Ist doch toll, wenn der Laden läuft. Das Wichtigste ist, sich einen treuen Kundenstamm aufzubauen. Hast du schon mal über Sonderangebote nachgedacht?«

»Nein, noch nicht. Du scheinst dich auszukennen. Hast du schon mal in einem Geschäft gearbeitet?«

»Meine Großeltern hatten einen Kurzwarenladen. In den Ferien habe ich dort manchmal ausgeholfen.«

»Und hast du noch mehr gute Tipps auf Lager?«

»Meine Großmutter hat immer gesagt, dass es für einen dauerhaft anhaltenden Erfolg wichtig ist, die Waren zu einem angemessenen Preis zu verkaufen. Keine Tricks, verstehst du? Es … es geht mich zwar nichts an, aber ich habe den Eindruck, dass es doch nicht ganz so gut läuft, wie du es dir erhofft hast, oder?«

»Sagen wir, es könnte um einiges besser gehen.«

Sie schlendert in Richtung des Regals mit den Röcken, nimmt einen grünen, dann einen rosafarbenen heraus und hält sie auf Taillenhöhe vor sich.

»Denkst du, der steht mir?«

Gegen meinen Willen muss ich lachen.

»Ist nicht wirklich dein Stil.«

Sie wird wieder ernst und legt die Röcke zurück.

»Hast du mal über meinen Vorschlag nachgedacht, noch ein Buch zu schreiben? Du weißt: Ich werde es veröffentlichen. Egal, was es ist, wenn dein Name draufsteht, werden wir auf jeden Fall mindestens hunderttausend Exemplare verkaufen.«

»Ich weiß nicht, was ich schreiben soll, mir fällt nichts ein. Dazu bin ich nicht fantasievoll genug.«

»Gut, es ist deine Entscheidung. Denk noch mal darüber nach.«

Sie nimmt sich eine Dose mit Pastete und stellt sie auf den Verkaufstresen.

»Wie auch immer, ich möchte auf jeden Fall mal eine mesmenische Spezialität probieren. Ist das gut?«

Ich bin versucht, ihr die Wahrheit über die Beschwerden unserer ehemaligen Kundinnen zu erzählen, vor allem über die, die ihren Magen auspumpen lassen musste. Andererseits gehen die Geschäfte wirklich schlecht, und es ist eindeutig nicht der richtige Moment, die wenigen Produkte, die wir noch haben, schlechtzumachen.

»Probier es aus. Ist ein Geschenk des Hauses.«

»Nein, nein. Ich möchte zum Erfolg deines Projekts beitragen.«

Sie dreht die Dose in der Hand, bis sie den Preis entdeckt. Angesichts der 65,50 Euro, die auf dem Etikett angegeben sind, zieht sie eine Augenbraue hoch, hält mir dann jedoch zwei Fünfzigeuroscheine hin, ohne etwas zu sagen. Ich gebe ihr das Wechselgeld zurück.

»Also, tschüss dann, und denk noch mal über das nach, was ich gesagt habe.«

Drei Minuten nachdem sie sich verabschiedet hat, höre ich Geräusche im Treppenhaus. Es ist verrückt, wie schlecht diese alten Gebäude isoliert sind. Ich muss nicht mal besonders gut hinhören, um Mali und die Schar ihrer betagten Schülerinnen zu erkennen. Sofort ist mir klar, dass irgendetwas Ungewöhnliches im Gange ist. Erstens sind sie wesentlich länger oben in der Wohnung gewesen als gewöhnlich, und zweitens schließe ich aus ihrem Kreischen, dass sie sehr aufgeregt sind.

»Das ist eine wunderbare Idee!«

»Brauchen wir ein Visum?«

»Ich habe schon immer davon geträumt, fremde Länder zu erforschen!«

Wie gewöhnlich verstecke ich mich möglichst weit hinten im Laden, um Adèles Zudringlichkeiten zu entgehen. Auf der Straße verabschieden sie sich voneinander. Ihre mesmenischen Abschiedsworte sind nur noch schwach zu hören, daher wage ich es, aus meinem Versteck hervorzukommen und mich wieder hinter den Tresen zu stellen. Als Mali das Geschäft betritt, hat sie ein Lächeln im Gesicht, wie ich es seit Wochen nicht mehr bei ihr gesehen habe, und das erinnert mich daran, warum ich so verliebt in sie bin. Sie stürzt in meine Arme.

»Liebling, ich habe eine super Idee. Das errätst du nie!«

Sie irrt sich, ich weiß es schon.

»Du willst eine Mesmenienreise organisieren, oder?«

»Hast du uns gehört? Was denkst du? Genial, oder?«

»Ist dir klar, wie viel Arbeit damit auf dich zukommt? Du musst Hotelzimmer und die Flüge buchen. Überlegen, was ihr dort machen könnt. Dich entsprechend versichern. Reiseveranstalter zu sein ist ein harter Job!«

»Dass du immer alles so dramatisieren musst! Sie sind nur auf der Suche nach ein wenig Abenteuer, um ihren Alltag aufzupeppen. Und wir werden ihnen genau das bieten. Wir sprechen schon seit einer Woche von der Reise, und ich habe bereits mit meiner Schneiderwerkstatt in Mesmenien gesprochen. Sie sind einverstanden, uns zu empfangen und ihnen ein paar Modelle auf den Leib zu schneidern. Natürlich kassiere ich dabei eine schöne Provision.«

»Du wirst sie begleiten?«

»Natürlich! Wir beide werden sie begleiten.«

Genau das habe ich befürchtet. Wenn ich darauf eingehe, kann ich für diese abgefahrene Aktion als Chauffeur zur Verfügung stehen und Malis durchgeknallte alte Schachteln durch die Gegend kutschieren. Wenn ich ablehne, kann ich unsere Beziehung vergessen, insoweit man überhaupt von einer Beziehung sprechen kann. Ich versuche auf Zeit zu spielen.

»Denkst du nicht, wir sollten noch mal in Ruhe darüber nachdenken, bevor wir eine solche Entscheidung treffen?«

Sie zieht sofort einen Flunsch.

»Du kannst allein darüber nachdenken. Ich bin jetzt erst mal eine Weile unterwegs.«

Nach diesem frostigen Abschied könnte man auf den Gedanken kommen, dass sie sich nun mit ihrem Liebhaber trifft, aber allein die Vorstellung scheint mir absurd. Das bedeutet nicht, dass ich ihr unterstelle, dass dies ihren Prinzipien widersprechen würde oder dass sie zu verliebt in mich wäre, um mich zu betrügen, nein. Ich habe nach der Zeit, die wir inzwischen gemeinsam verbracht haben, einfach nur eingesehen, dass Männer ihr nicht so wichtig sind, als dass sie zwei Beziehungen parallel führen würde. Sie ist bereits mit einer ziemlich überfordert, zumindest was meine Person angeht. Viel lieber kümmert sie sich um ihr bescheuertes Geschäft und alles, was damit zusammenhängt. Daher bin ich mir sicher, dass sie sich nun ins nächste Café setzt, um sich, mit ihrem Notizbuch bewaffnet, an die Organisation dieser Reise zu machen. Sie wird versuchen, die Route zu planen und geeignete Ziele zu finden, und sich nebenbei Gedanken darüber machen, wie viel Geld sie den armen alten Frauen dafür aus der Tasche ziehen kann. Und wenn sie heute Abend nach Hause kommt, wird sie ihren Charme spielen lassen, um mich davon zu überzeugen, sie zu begleiten, falls ich nicht vorher schon schwach geworden bin.

Allmählich wird mir klar, dass unsere Beziehung trotz meiner Gefühle für sie möglicherweise nicht mehr lange Bestand haben wird. Sie denkt, dass sie mich und meine Bekanntheit im Moment braucht, um ihre Geschäfte anzukurbeln. Doch wenn der Laden in den nächsten Wochen oder Monaten in Konkurs geht, wird sie mich wahrscheinlich genauso aus ihrem Leben streichen wie das Geschäft. Daher wäre es nur vernünftig, sie mit ihren alten Schachteln allein nach Mesmenien reisen zu lassen.

Nur bin ich dazu leider nicht in der Lage. Ich habe für sie alles aufgegeben: meine Familie, Sandrine, Richard, all die, bei denen ich mich nun nicht mehr zu melden wage, weil ich sie einfach fallen gelassen habe. Ich kann gar nicht anders, als die Sache mit Mali durchzuziehen, sie weiterhin zu erobern zu versuchen, auch wenn meine Erfolgschancen gleich null sind. Und, ehrlich gesagt, möchte ich ihr strahlendes Lächeln nicht missen, die Berührung ihrer Haut, den Duft ihres Haars, wenn ich mein Gesicht darin versenke.

Das Handy in meiner Tasche vibriert. Ich kümmere mich nicht darum und gehe nicht ran. Ich sehe nicht einmal nach, wer anruft, denn ich habe keine Lust, mit wem auch immer zu reden. Ich weiß bereits, dass ich mich auf diese verdammte Reise einlassen werde, auch wenn sie vielleicht in einer Katastrophe enden wird, weil ich keine Ahnung habe, was ich sonst in der nächsten Zeit tun soll.

Gestärkt von dieser feigen Entscheidung, gehe ich hinauf in die Wohnung und setze mich vor den Fernseher, während ich darauf warte, dass Mali zurückkommt, um ihr meinen Beschluss mitzuteilen. In meiner Tasche vibriert das Handy erneut. Jemand muss mir eine Nachricht hinterlassen haben, was das Telefon mir alle zehn Minuten verkündet. Ich würde diese Funktion gern deaktivieren, wenn ich wüsste, wie man das macht. Nach der dritten Aufforderung sehe ich nach, welcher Blödmann es wagt, mich in einem Moment wie diesem zu stören. Sergeï. Ein Ruck geht durch meinen Körper. Ihn hatte ich inzwischen überhaupt nicht mehr auf dem Schirm, fest davon überzeugt, er sei von der Bildfläche verschwunden, sozusagen neutralisiert. Und ich habe Angst vor dem, was er mir mitzuteilen hat. Aber wenn er einen Teil von dem Geld abhaben will, den mir das Buch einbringt, warum meldet er sich dann erst jetzt? Und auch wenn er mich fertigmachen will, hätte er das doch schon längst tun können! Ob er sich endlich dazu durchgerungen hat, mir zu erzählen, woher dieses verdammte Buch stammt? Vielleicht will er mir aber auch einen neuen Job anbieten. Im Grunde kann ich kaum erwarten, was er mir zu sagen hat. Also wähle ich meine Mailbox an und höre kurz darauf Sergeïs weinerliche Stimme:

»Hallo, Thomass? Warum du mir und meiner Familie das antun? Warum, Thomass? Du mich anrufen und es mir sagen, Thomass!«

Diese kurze, rätselhafte Nachricht hinterlässt ein vages Gefühl der Unruhe bei mir und bestärkt mich in der Entscheidung, mich nach Mesmenien zu flüchten.

XXI
Zwei Wochen später

Als wir am Flughafen ankommen, sind Malis Schülerinnen bereits dort und warten wie eine Schar aufgeregter Hühner vor dem Schalter von Baltic Airways. Ich habe mich damit abgefunden, in den folgenden acht Tagen die Rolle des Hahns zu spielen, denn genau das ist es, was Mali von mir erwartet. Wir haben die Reise nicht wirklich gut durchorganisiert. Mali hat nur die Flugtickets von Paris nach Tallinn, Estland, gekauft und einen Bauernhof in der Nähe der Schneiderwerkstatt, die die Kleider herstellt, die sie unter die Leute bringen will, kontaktiert. Wir haben nicht einmal einen Reiseführer oder einen Plan von Mesmenien, denn es gibt keine. Als ich Mali darauf aufmerksam gemacht habe, dass wir nicht einfach so ohne eine Straßenkarte losfahren können, ohne Kenntnis der touristischen Infrastruktur des Landes, hat sie erwidert, dass wir nach unserer Rückkehr ja einen solchen Reiseführer schreiben könnten. Und in den letzten vierzehn Tagen war ihre Verärgerung jedes Mal, wenn ich sie auf das Thema angesprochen habe, deutlich zu spüren.

Und nun stehen wir hier, in Halle vier des Terminal West auf dem Flughafen Orly, und wissen nicht einmal genau, wie wir das Ziel unserer Reise erreichen können. Aber ich ziehe es vor, meinen Mund zu halten.

Sobald die alten Hühner uns sehen, beginnen sie herumzu-
zappeln und durcheinanderzukreischen.

»Gott sei Dank, da seid ihr ja!«

»Wir sind schon seit einer Stunde hier und wissen nicht,
was wir tun sollen!«

»Wir haben schon gedacht, dass wir uns mit dem Treff-
punkt geirrt haben!«

»Wir hatten Angst, das Flugzeug zu verpassen!«

Dabei sind wir gar nicht zu spät dran. Im Gegenteil, bis
zum Bording müssen wir noch drei Stunden lang auf dem
Flughafen totschlagen. Dennoch behalte ich die sarkasti-
schen Kommentare, die mir auf der Zunge liegen, lieber für
mich, denn das wäre kein guter Anfang.

Mali geht lächelnd auf die Gruppe zu und küsst eine nach
der anderen herzlich auf die Wangen. Als sie alle auf diese
Art begrüßt hat, dreht sie sich zu mir um, und ich fühle mich
verpflichtet, es ihr gleichzutun. Dabei fällt mir auf, dass sie
noch bizarrer ausstaffiert sind als sonst.

Henriette trägt ein unförmiges Kleid unter einem waden-
langen Kamelhaarmantel.

Liliane präsentiert sich – beinahe normal – im Trainings-
anzug mit Turnschuhen und mit einem Anorak über dem Arm.

Monique ist in einen Poncho, eine Mütze, einen Schal
und Handschuhe im mexikanischen Stil gehüllt.

Adèle hat sich für einen schlichten schwarzen Hosenan-
zug entschieden, eine nicht dazu passende weiße Rüschen-
bluse und eine Kameebrosche und wirkt wie dem neunzehnten Jahrhundert entsprungen.

Emma ist in einen dicken, rosafarbenen Daunenmantel
gekleidet und trägt dazu passende Moonboots und Leggins
aus falschem Leopardenfell, als hätte sie eine Polarexpedi-
tion vor sich.

Ich verkneife mir die Frage, ob es wirklich das Ziel ihrer Reise ist, ihre Garderobe zu vergrößern, denn meiner Meinung nach haben sie die mesmenische Haute Couture gar nicht nötig, um auf sich aufmerksam zu machen.

Die Angestellte am Check-in-Schalter teilt uns betrübt mit, dass sie keine Plätze für uns alle nebeneinander hat, was ich durchaus begrüße. Denn im Geiste habe ich schon vor mir gesehen, wie die irre Adèle mit meinem Buch unter dem Arm über mich herfällt. Daher bin ich sofort bereit, den Einzelplatz hinten im Flieger zu nehmen. Mali sitzt ein paar Reihen vor mir zwischen Emma und Monique. Von meinem Sitzplatz aus kann ich ihre Köpfe sehen, die aufgeregt hin und her wippen. Ich nehme an, dass dies die erste Reise ihres Lebens ist. Die anderen drei sitzen zusammen irgendwo vorn und außerhalb meines Blickfelds.

Sobald das Flugzeug abhebt, fallen meine Sorgen wieder über mich her.

Sergeï. Ich sehe ihn vor mir wie an dem Tag, als er mir das Manuskript übergeben hat. Mit seinem breiten, schwitzenden roten Gesicht, seinem imposanten Bauchumfang und seinen Streichholzbeinen. Ich kann mich noch genau an sein verängstigtes, verschwörerisches Verhalten erinnern. Der zwielichtige Typ hat mich in den letzten zwei Wochen siebenmal angerufen. Ich habe nicht darauf reagiert, und jedes Mal hat er mir eine Nachricht hinterlassen. Diese wurden nach und nach immer vorwurfsvoller, und er warf mir darin vor, ihm und seiner Familie großen Schaden zugefügt zu haben, vor allem seiner Großmutter. Dass ich ihre Ehre mit Füßen getreten hätte und mich unverzüglich für dieses Verbrechen verantworten solle. Aber da kann er lange warten! Denn ich habe absolut nicht vor, mich ihm und seiner Sippe zu stellen.

Je länger ich über seine beunruhigenden Worte nachgedacht habe, desto mehr bin ich zu der Überzeugung gekommen, dass die »Familie«, von der Sergeï spricht, nichts mit Blutsverwandtschaft zu tun hat, sondern im durchaus üblichen Sinne von »Mafia« zu verstehen ist. Und die »Großmutter« ist in diesem Fall wohl der Name, der in jenen seltsamen Regionen dem Paten zukommt. Wenn ich von dieser Hypothese ausgehe, habe ich mich mit der baltischen Mafia angelegt, was mich in Teufels Küche bringt. Und Sergeï ist wahrscheinlich nur ein Handlanger, ein Scherge, ein kleiner Bandit, der einen Verrat begangen hat und mir nun die Sache in die Schuhe schieben will, um seine eigene Haut zu retten.

Aber worin sollte mein Verrat bestanden haben? Dazu habe ich mir folgende Theorie zusammengereimt: Der Pate, oder die »Großmutter« in der codierten Sprache Sergeïs, ist natürlich Alvizaar. Er steht vielleicht nicht ganz oben an der Spitze des Ganzen, aber nicht weit darunter. Das mesmenische Manuskript, das Sergeï mir übergeben hat, ist in Wahrheit doch kein Roman, sondern die wahre Geschichte einer betagten Verwandten, eines Politikers oder eines Richters, den die Mafia erpressen will. Und Sergeï wiederum hat den Text gestohlen und ins Französische übersetzen lassen, um die Mafia zu erpressen. Der Schwachpunkt in meiner Theorie ist, dass ich keine Ahnung habe, inwiefern meine Übersetzung eine Bedrohung für irgendjemanden darstellen könnte. Na ja, ich nehme an, dass es für all das eine logische Erklärung gibt. Vielleicht wollte Sergeï das Manuskript an die französische Mafia verkaufen, und bei der Übergabe ist etwas schiefgegangen, sodass Nathalie zufällig in den Besitz gekommen ist.

Um meine Vermutungen zu untermauern, bin ich auf eine geniale Idee gekommen: Möglicherweise ist mir in dem mesmenischen Original ein Detail entgangen, das eine Persönlichkeit, die in Mesmenien in der Öffentlichkeit steht, direkt beschuldigt. Oder das mysteriöse Objekt, dessen Bedeutung ich nicht entschlüsseln konnte, ist ein Hinweis, den alle Mesmenen verstehen würden. Und nun ist Sergeï wütend, dass ich ihn in der Übersetzung einfach weggelassen habe, was durchaus verständlich wäre. Daher habe ich die ganze Angelegenheit Mali übergeben: Sie soll die beiden Versionen lesen und mir anschließend sagen, was ich in dem mesmenischen Text übersehen habe. Dafür habe ich mich bereit erklärt, mit den alten Schachteln nach Mesmenien zu reisen. Sie hat den Auftrag kommentarlos angenommen, doch seitdem hat sie kaum noch mit mir gesprochen.

Kurz vor der Landung frage ich mich, wo wir heute Abend übernachten sollen. Ich wünschte, Mali hätte unser Vorhaben mit etwas mehr Engagement organisiert. Denn letztendlich ist sie ja diejenige, die das Land kennt. Doch jedes Mal, wenn ich das Thema anspreche, motzt sie mich an:
»Wir werden schon ein Restaurant und einen Schlafplatz finden. Oder glaubst du, Mesmenien gehört zur Dritten Welt?«
Das glaube ich tatsächlich, aber ich sage lieber nichts. Sandrine hat unsere Reisen immer mehrere Monate im Voraus geplant. Sie hat mehrmals bei den Hotels angerufen, um sich zu versichern, dass mit der Reservierung alles in Ordnung ist, hat Reiseführer und Straßenkarten gekauft und eine Woche vor der Abreise die Koffer herausgeholt. Ich habe das immer als lächerlich empfunden und mich über sie lustig gemacht, ohne mir bewusst zu sein, wie viel Sicherheit sie mir damit bot. Bei Mali habe ich dagegen das Gefühl, neben einer Atombombe zu leben, die jederzeit hochgehen kann.

Bei der Landung wird unser Flugzeug von heftigen Windböen durchgerüttelt. Äußerst beunruhigt von dieser wackeligen Ankunft, klammere ich mich an die Armlehnen meines Sitzes. Ich lasse die anderen Passagiere zuerst aussteigen und versuche mich wieder zu fassen.

Malis Truppe erwartet mich am Gepäckband. Die alten Damen schweigen, wahrscheinlich noch unter dem Eindruck unseres gefährlichen Landemanövers. Sie versammeln sich brav hinter Mali und weisen mit dem Kinn auf die Koffer und die Taschen, die ich für sie vom Band wuchten soll. Ich staple das ganze Zeug auf zwei Gepäckwagen, die nun sicher mehrere Tonnen wiegen. Dann schiebe ich den schwereren Wagen Richtung Ausgang, während Liliane sich mit einem komplizenhaften Zwinkern in meine Richtung den anderen schnappt. So machen wir uns auf den Weg zur Autovermietung.

Ohne Probleme gelangen wir an einen Transporter für acht Personen, was Mali recht gibt: Die baltischen Staaten sind sehr touristenfreundlich, und es war absolut nicht nötig, unseren Trip komplett durchzuplanen.

Ich setze mich wie selbstverständlich ans Steuer. Henriette bittet mit unsicherer Stimme, sich neben mich setzen zu dürfen. Wie es scheint, wird ihr schlecht, wenn sie im Auto hinten sitzt. Nach einem Seitenblick auf sie bin ich davon überzeugt, dass sie sich spätestens nach zwei Kilometern übergeben und der Imbiss aus dem Flugzeug auf meinen Knien landen wird. Sie macht einen äußerst ängstlichen Eindruck, aber natürlich kann ich ihr den Beifahrersitz nicht verweigern. Sie steigt ein, und ich mache den Motor an. Mali hat einen Blick auf die Karte geworfen, die die Mietwagenagentur uns mitgegeben hat, und entschieden, dass wir die Nacht in Kohtla-Järve verbringen sollten, der letzten Stadt vor der mesmenischen Grenze. Bis dahin sind es hundertfünfzig Kilometer. Nach einer halben Stunde lässt Henriette mit beunruhigter Stimme einen Schwall Fragen auf mich los.

»Glauben Sie, dass wir hier irgendwo Benzin bekommen?«

»Aber sicher, Henriette. Schließlich wird in diesem Land sogar Öl gefördert.«

»Glauben Sie, dass wir ein Restaurant finden?«

»Aber sicher, Henriette. Die Leute hier müssen genauso essen wie wir Franzosen.«

»Glauben Sie, dass wir ein Hotel finden?«

»Aber sicher, Henriette. Die Leute hier müssen genauso schlafen wie wir Franzosen.«

Im Grunde jedoch teile ich ihre Befürchtungen.

Ich werfe einen Blick in den Rückspiegel. Emma und Monique finden alles unglaublich exotisch: ein Feld mit Windkrafträdern, die sich heftig drehen, eine Möwe, die auf die Windschutzscheibe kackt, Straßenbauarbeiter in Aktion, ein Nadelwald. Adèle lässt ihren inquisitorischen Blick zwischen der Landschaft und meinem Buch hin und her wandern. Inzwischen muss sie es so oft gelesen haben, dass sie es besser kennt als ich. Die sportliche Liliane sieht mir jedes Mal, wenn ich in den Rückspiegel schaue, in die Augen: Sie hat es eindeutig auf mich abgesehen, und ich bereite mich innerlich schon mal darauf vor, sie abzuwehren, wenn sie zur Tat schreiten sollte. Mali scheint wie Adèle zu den Leuten zu gehören, die im Auto lesen können, ohne dass ihnen schlecht wird. Sie schmökert in aller Ruhe in meiner Übersetzung und lächelt hin und wieder, was ich als gutes Zeichen interpretiere.

Um neunzehn Uhr fünfunddreißig erreichen wir die Randbezirke von Kohtla-Järve. Ich bin angenehm überrascht, als wir gleich auf ein Hinweisschild stoßen, das uns über einen baumbestandenen Kiesweg zu einem charmanten, creme-weiß gestrichenen Landhotel mit Reetdach und frisch ge-mähter Wiese führt. Die alten Damen bleiben im Transporter, während Mali und ich zur Rezeption gehen.

Dort empfängt uns eine große Blondine, die eine mir völlig unverständliche Sprache spricht. Das muss wohl Est-nisch sein. Mali redet mit ihr. Ich wusste, dass sie Mesme-nisch, Französisch, Deutsch, Russisch, Italienisch und Eng-lisch spricht. Was ich dagegen nicht wusste, ist, dass ich auch noch Estnisch der Liste hinzufügen muss. Nach einem kur-zen Gespräch lächeln die beiden Frauen sich an, und die Blondine weist auf ein Schild, das mir zu entschlüsseln ge-lingt. Auf der linken Seite sind die verschiedenen Zimmer-typen aufgeführt: Zwei- oder Dreibettzimmer mit Dusche, mit Badewanne, solche Dinge. Auf der rechten Seite sind die entsprechenden Preise angegeben. Das kleinste Zimmer kostet 380 Euro. Ein Doppelzimmer kostet 520 Euro. Wir brauchen vier Zimmer. Auf die Art sind wir in einer Woche etwa 15 000 Euro los, allein für die Übernachtungen. Das ist eine Stange Geld, aber Mali hat von den Damen für den Auf-enthalt die astronomische Summe von 5000 Euro pro Person verlangt, wir verfügen also über die entsprechenden Mittel.

Ich öffne den Kofferraum des Transporters, um das Ge-päck herauszunehmen, als ich Mali im Innenraum des Wa-gens scheinbar betrübt sagen höre, dass das Hotel ausge-bucht sei. Ich bin mir sicher, dass sie lügt, dennoch setze ich mich brav wieder hinters Steuer. Nicht sehr weit entfernt sehen wir uns ein zweites und dann ein drittes Hotel an, die Mali alle zu teuer sind. Am Stadtrand stoßen wir schließlich auf einen großen, typisch sowjetischen Betonklotz. Die dorti-gen Preise sagen Mali nun endlich zu, nur leider ist das Hotel wirklich ausgebucht.

Es ist bereits einundzwanzig Uhr fünf. Im Wagen ist es still geworden. Die ersten der wenigen Restaurants, an denen wir vorbeikommen, sind bereits geschlossen. Kein Mensch ist auf der Straße zu sehen und auch kaum ein Auto. Ich habe große Lust, mich zu Mali umzudrehen und ihr ein anklagendes »Ich hab's ja gesagt!« vor den Latz zu knallen, als sie plötzlich einen Schrei ausstößt und auf ein Schild zeigt.

»Da! Dort sind noch Zimmer frei!«

»Wo da?«

»Da links. Halt an!«

Eines muss man der Stadt Kohtla-Järve zugestehen: Hier gibt es kein Parkplatzproblem. Ich bleibe einfach am Gehsteig stehen, ohne irgendwo einparken zu müssen, und einmal mehr begleite ich Mali zur Rezeption.

Ein griesgrämiger kahlköpfiger Mann um die sechzig empfängt uns. Ohne irgendein Höflichkeitsgeplänkel schnauzt Mali ihn an. Er antwortet einsilbig in kurzen Sätzen. Zwei Minuten später dreht Mali sich zu mir um.

»Das ist ein ehemaliges Gymnasium. Fünfzig Euro das Doppelzimmer. Bad ist auf dem Flur. Das nehmen wir.«

»Findest du das nicht etwas zu spartanisch für die Damen?«

»Was schlägst du denn vor?«

»Wir könnten umkehren und zu dem ersten Hotel zurückfahren.«

»Machst du Witze? Hast du die Preise gesehen? Die Damen wollten es doch exotisch. Das können sie jetzt haben!«

Zurück im Auto, erklärt Mali die Situation. Wie üblich finden Emma und Monique das Ganze wunderbar landestypisch, während Adèle ihre schmalen Lippen noch ein wenig mehr zusammenkneift. Liliane amüsiert sich, und Henriette sorgt sich um die Sicherheit.

Die Zimmer sind winzig und mit zwei einzelnen Feldbetten ausgestattet, auf denen etwa drei Zentimeter dicke Matratzen liegen. Der Linoleumboden ist von zweifelhafter Sauberkeit, und an den Wänden sind die Schmierereien der ehemaligen Schüler zu bewundern. Die Bettdecken haben Löcher, die Laken sind grau, und die alten Schachteln machen lange Gesichter. Als sie den Zustand der Gemeinschaftsdusche auf dem Treppenabsatz erkunden, wird die Luft noch dicker. Zum Glück sind sie zu verunsichert, um ernsthaft zu protestieren.

Wir steigen wieder ins Auto, um uns auf die Suche nach einem Restaurant zu machen, das um diese Zeit noch offen hat. Schließlich entdecken wir eine typische Vorstadtpizzeria, in der ein pickliger Jugendlicher nasebohrend unsere Bestellung aufnimmt. Er ist nicht gerade freundlich zu uns. Wie es aussieht, sind wir die letzten Gäste, und er hat es eilig, nach Hause zu kommen. Sie haben nur noch zwei Schinkenpizzas, unsere Wahl ist also schnell getroffen. Als diese uns nach einer Viertelstunde serviert werden, sind sie in der Mitte noch tiefgefroren und an den Rändern verbrannt. Mit langen Zähnen kauen wir an dem ekligen Gemisch aus mit Ketchup garniertem steinharten Pizzaboden, Analogkäse und Pressschinken. Keiner von uns hat danach noch Lust, ein Dessert oder auch nur einen Kaffee zu probieren. Wir verlangen die Rechnung, Mali bezahlt mit ihrer Visakarte, und dann verlassen wir diesen tristen Ort so schnell wie möglich.

Draußen empfängt uns ein kalter Sprühregen. Emma, die ja bereits mit Daunenjacke und Moonboots ausgestattet ist, nimmt eine dazu passende Kopfbedeckung aus der Tasche. In dieser Ausstattung sieht sie aus wie ein dicker rosafarbener Flamingo, aber das ist ihr offenbar völlig egal. Hauptsache, das Wasser und die Kälte können ihr nichts anhaben.

Im Hotel teilen die alten Damen in beredtem Schweigen die Zimmer auf. Emma und Monique, Liliane und Henriette, Adèle allein im Zimmer. Gierig, wie Mali ist, fürchte ich für einen Moment, dass sie einen Aufschlag von Adèle verlangen könnte, doch sie hält sich zurück. Wahrscheinlich ist ihr die Idee nicht gekommen. Ich bringe das Gepäck in die Zimmer und stelle es vor dem jeweiligen Bett ab. Dann gehe ich zu Mali, die bereits in unserem Zimmer ist. Gern würde ich unsere Betten zusammenschieben, doch die Füße sind am Boden befestigt. Was letztendlich auch egal ist, denn ich bin vollkommen erledigt und will nur noch schlafen. Mali ist in mein Buch vertieft. Kurz bevor ich wegdämmere, bringe ich noch die Kraft auf, sie zu fragen, was sie davon halte.

»Es ist nicht schlecht. Ich kann gut verstehen, dass ältere Frauen es lieben. Ein leicht naiver Kitschroman, der speziell für betagte Leserinnen geschrieben ist.«

Ich bin ein wenig gekränkt von ihrem Kommentar. Außerdem hat sie nicht das gesagt, was ich hören will.

»Und denkst du, dass an meiner Übersetzung etwas nicht stimmt? Hast du dir mal die Originalversion angesehen?«

»Noch nicht. Bisher finde ich deine Übersetzung ein wenig zusammenhanglos, das ist alles.«

Man kann nicht wirklich sagen, dass sie es versteht, Komplimente zu machen. Auf ihre freundlichen Worte hin wünsche ich ihr eine gute Nacht und drehe ihr den Rücken zu.

XXII
Einen Tag später

Mesmenien ist noch schlimmer als in meinen düstersten Albträumen. Denn wenn ich versucht habe, mir diesen Ort vorzustellen, hatte ich vergessen, das Klima mit einzubeziehen.
Obwohl es Mitte Juli ist, hat es, seit wir die Grenze überquert
haben, nicht aufgehört zu regnen. Die Landschaft, die man
durch die beschlagenen Fenster des Transporters erahnen
kann, präsentiert sich in einem einheitlichen gräulichen
Braun, und die seltenen Hügel, die zu erkennen sind, wirken
wie Vollkornbrotlaibe, die in der mit Feuchtigkeit gesättigten
Luft vor sich hin schimmeln.

In ihrer unverantwortlichen Sorglosigkeit macht Mali sich
nicht einmal Gedanken darüber, wo genau der Bauernhof
liegt, der unser Ziel ist. Das Einzige, was sie weiß, ist die Adresse der Schneiderwerkstatt, von der sie beliefert wird und
die sich irgendwo im Norden des Landes befindet. Also fahre
ich instinktiv oder nach dem Kompass in eine Richtung, die
Mali sich in den Dörfern, in denen wir anhalten, regelmäßig
bestätigen lässt. Man könnte meinen, dass ein so kleines Land
in einem halben Tag zu durchqueren sei, doch der schlechte
Zustand der Straßen und das miese Wetter lassen es nicht zu,
schneller als vierzig Kilometer pro Stunde zu fahren.

Da wir so häufig anhalten und so langsam fahren, fallen
mir unterwegs ein paar Plakate auf. Es sind nur wenige und

immer die gleichen: eines mit einem kakifarbenen Hintergrund, das andere mehr in Richtung Senfgelb tendierend. Abgesehen von diesem Unterschied, sind die Plakate komplett identisch. Sie zeigen das Porträt des mesmenischen Präsidenten Androw Zornoïff in der Mitte, direkt darunter eine Aufschrift in Großbuchstaben, die ich nicht verstehe. Neugierig frage ich Mali, was dies zu bedeuten habe, die schulterzuckend erklärt:

»Bald sind Wahlen, und der Präsident ist im Wahlkampf.«

»Okay, aber ich sehe nur Plakate von Zornoïff. Gibt es in Mesmenien nur eine politische Partei?«

»Aber nein, es gibt zwei, wie du siehst. Die kakifarbenen Plakate sind von der VP, der Volkspartei, und die gelben von der PFA, der Partei Für Alle.«

»Aber warum ist dann Zornoïff auf beiden Plakaten zu sehen?«

»Na, weil er der Generalsekretär beider Parteien ist! Was denkst du denn?«

Sie hat mir in derart aggressivem Ton geantwortet, dass ich es nicht wage, weitere Fragen zu stellen, doch eine Minute später stößt sie einen resignierten Seufzer aus und fährt mit ihren Erklärungen fort.

»Als Mesmenien 1991 unabhängig wurde, mussten viele Dinge sehr schnell geregelt werden. Vorher war alles von Russland abhängig. Da die Familie Zornoïff damals die einzige war, die ein wenig Einfluss hatte, hat sie ganz selbstverständlich die Politik in die Hand genommen. Androw Zornoïff hat die VP gegründet und sein Bruder Polopow die PFA. Sie vereinbarten, dass abwechselnd alle vier Jahre einer von ihnen gewählt werden sollte. Das System hat gut funktioniert, und als 2003 Polopow starb, hat Androw ihn beerbt, und so ist er nun für beide politischen Bewegungen zuständig.«

»Dann ist die eine Partei eher rechts und die andere eher links, oder?«

»Nicht wirklich, nein. Sie vertreten eher in konkreten Fragen unterschiedliche Standpunkte, zum Beispiel was das Datum des Nationalfeiertages angeht oder die Farbe der Frontgiebel der Schulen: Die VP möchte sie in Kaki, und die PFA bevorzugt einen gelben Anstrich. Im Grunde ist die Sache mit den Seltenen Erden das erste wichtige Thema für Androw. Er hat erklärt, dass er, wird er von der Volkspartei zum Präsidenten gewählt, weiterhin für den Abbau kämpfen wird, und wenn die PFA gewinnt, wird er sich dagegen aussprechen. Ganz einfach, oder?«

Ich persönlich finde dieses System absurd, und ich frage mich, wie es Bestand haben soll, wenn Androw Zornoïff nun internationalem Druck ausgesetzt ist. Doch da Mali ihre gute Laune wiedergefunden zu haben scheint, verzichte ich auf jeglichen Kommentar.

Allerdings kommt ein anderes Problem auf uns zu. Seit dem Morgen haben wir kaum etwas gegessen. In der Mittagspause hat Mali uns mit Graubrot und Froschwurst versorgt, die sie auf einem Bauernhof gekauft hat, als sie nach dem Weg fragte. Und nun herrscht in unseren Mägen gähnende Leere. Außerdem steht die Sonne schon ziemlich tief. Ich denke gerade, dass das angesichts der mageren touristischen Infrastruktur dieses Landes nicht wirklich zum Lachen ist, da entdecke ich eine Art Lagerhalle, an dem eine Fahne mit einem riesigen Kohlkopf prangt sowie eine Banderole, auf der in mindestens zwanzig verschiedenen Sprachen das Wort *Willkommen* steht. Ich zumindest kann *Welcome* und *Bienvenido* entziffern. Als ich mich gerade kneifen will, um festzustellen, ob ich vielleicht träume, meldet sich Henriette neben mir bereits zu Wort.

»Sieh mal, Thomas! Glauben Sie, die haben das gemacht, um uns willkommen zu heißen?«

Ich ziehe diese absurde Hypothese gar nicht erst in Erwägung, sondern wende mich, ohne den Blick von der Straße zu nehmen, an Mali.

»Was ist das?«

Sie zuckt mit den Schultern.

»Ich habe keine Ahnung, was es bedeuten soll, aber halt auf jeden Fall mal an. Schließlich müssen wir irgendwo die Nacht verbringen, und die werden uns schon nicht beißen.«

Auch wenn mir eine etwas enthusiastischere Antwort lieber gewesen wäre, halte ich neben dem Gebäude an, und wir steigen aus. Kurz darauf stehen wir in einem großen Raum, der nichts außer einigen in U-Form angeordneten Tischen enthält. Leider ist keine Menschenseele zu sehen, die uns erklären könnte, wozu wir willkommen sind. Die alten Hühner irren hilflos durch den leeren Saal, und ich will sie gerade wieder zusammenrufen, als am anderen Ende der Halle vorsichtig eine Tür geöffnet wird. Ein Mann streckt zuerst nur den Kopf herein, um dann, nachdem er anscheinend beschlossen hat, dass von uns keine Gefahr ausgeht, den Raum zu betreten. Es handelt sich um eine seltsame Erscheinung in einem grellen apfelgrünen Overall. Sein Schädel ist rasiert bis auf eine Strähne oben auf dem Kopf, die mit einem Stoffband in der gleichen Farbe wie der Overall umwickelt ist. Zuerst starrt er uns mit großen Augen an, doch dann erhellt ein strahlendes Lächeln sein Gesicht. Er legt beide Hände hinter seine großen Ohren, um sie zweimal nach vorn zu drücken, wobei er ein paar unverständliche Worte ruft. Dann schnalzt er mehrfach mit der Zunge und verschwindet eilig wieder durch die Tür, durch die er hereingekommen ist. Völlig verblüfft sehe ich Mali an.

»Was war das denn? Was hat er gesagt?«

»Er hat gesagt: ›Guten Tag, guten Tag, gehen Sie nicht weg, ich komme gleich wieder.‹«

»Und das, was er mit den Ohren gemacht hat? Und seine dämliche Frisur?«

»Eine regionale Tradition. Hier begrüßt man sich mit den Ohren. Was die Frisur angeht, ist sie typisch für Südmesmenien. Du weißt ja, dass es sich hier um eine eher ländliche Gegend handelt, die im Vergleich zum Rest des Landes ein wenig rückständig ist. Die Frisur kommt von den ukrainischen Kosaken. Trotz aller Feindschaft gibt es auch Gemeinsamkeiten. Hast du nie *Taras Bulba* von Nikolai Gogol gelesen?«

Natürlich kenne ich dieses Buch! Ich habe auch die Verfilmung gesehen, bin jedoch der Meinung, dass der stolze Yul Brynner aus dem Film mit der seltsamen Erscheinung von vorhin nicht viel gemeinsam hat. Ich will das gerade aussprechen, als von draußen plötzlich ein ohrenbetäubender Lärm zu hören ist und ein halbes Dutzend Türen, die ich vorher nicht gesehen habe, aufgerissen werden, durch die eine Schar Männer, Frauen und Kinder hereindrängen, die in alle Richtungen laufen, bunte Tischdecken über die Tische werfen, darauf jede Menge Töpfe und Kessel drapieren und, sobald sie die Hände frei haben, diese benutzen, um mit strahlendem Lächeln ihre Ohren in unsere Richtung zu biegen. Unsere Omas antworten, nachdem sie den ersten Schrecken überwunden haben, auf die gleiche Art und beinahe genauso enthusiastisch. Nur Mali scheint Ruhe zu bewahren, und ich wende mich erneut an sie.

»Kannst du mir mal erklären, was hier los ist?«

»Woher soll ich das denn wissen? Nur weil ich Mesmenin bin, heißt das doch nicht, dass ich alles verstehe, was in diesem Land passiert!«

Immerhin geht sie zu dem Mann in dem apfelgrünen Overall hinüber, der wiederaufgetaucht ist und das Ganze zu beaufsichtigen scheint. Ich sehe dem Hin und Her mit den blubbernden Kesseln und den vollen Töpfen zu, als mir plötzlich jemand von hinten auf die Schulter tippt. Nachdem ich mich umgedreht habe, stehe ich der besessenen Adèle gegenüber, die wie immer mein Buch in der Hand hat.

»Sagen Sie, Thomas, spielt sich das Ende Ihres Romans nicht genau in dieser Region Mesmeniens ab?«

Ich bin noch nie auf den Gedanken gekommen, die Handlung meiner Übersetzung irgendwo genauer zu verorten, daher beschränke ich mich auf einen zweifelnden Gesichtsausdruck, ohne mich festzulegen.

»Also bitte, Thomas, nun beleidigen Sie nicht meine Fähigkeiten der Textinterpretation! Da Ihre Helden zu Fuß über die estnische Grenze gehen, müssen sie sich wohl hier in der Gegend aufhalten!«

Ich frage mich zwar, was sie daran so toll findet, die Miss Marple der mesmenischen Literatur zu spielen, muss aber wohl oder übel zugeben, dass ihre Argumentation durchaus schlüssig ist.

»Nehmen wir mal an. Worauf wollen Sie damit hinaus?«

»Na ja, ich habe den Absatz markiert:

Chlobak als gestandener Soldat beherrschte die Kunst des Krieges perfekt. Er hätte jeden Baumstamm, jeden unbedeutenden Hügel oder jede kleine Böschung nutzen können, um sich in Sicherheit zu bringen und sich von dort aus gegen die Angreifer zu wehren. Er hatte alle Möglichkeiten, sich in dieser bergigen, bewaldeten Gegend vor Blicken zu schützen, und er hätte nicht gezögert, seine Gegner in einen Hinterhalt zu locken und unter Beschuss zu nehmen. Doch er hatte gute Gründe, dies nicht zu tun. Zunächst wollte er nicht, dass Maria aus Versehen verletzt wurde oder auch Katia, wenn er ihr auch nach wie vor übel nahm, dass sie mit den Russen gemeinsame Sache gemacht hatte. Außerdem hatte er kaum noch Munition. Daher zog er es vor, durch einen leicht abfallenden Wasserlauf zu robben, wo er sich jedes Mal, wenn er zum Luftholen an die Oberfläche kam, nach seinen Feinden umblickte. Bis er schließlich die estnische Grenze vor sich sah.

Sehen Sie, was mich erstaunt, ist, dass dort die Rede von einer bergigen, bewaldeten Region die Rede ist, während wir heute nur ebenes, von diesem seltsamen Moos bedecktes Land durchquert haben ...«

Es gibt nichts Nervigeres als Leute, die, um sich hervorzutun, versuchen, ihren Gesprächspartner in die Enge zu treiben. Und da Adèle zweifellos zu dieser Kategorie gehörte, schlug ich rücksichtslos zurück.

»Sie wissen schon, dass der Roman vor über fünfzig Jahren spielt, sodass sich in der Zeit die Landschaft verändert haben könnte.«

»Das mag, was die Vegetation angeht, zutreffen, aber was ist mit den Bergen? Na ja, in nur fünfzig Jahren ... Und dann ist da noch die Sache mit der Grenze. Woran kann Chlobak erkennen, wo genau sie sich befindet? Gibt es dort einen Grenzposten? Und wenn ja, warum greift er dann nicht ein?«

Ich habe das unbändige Bedürfnis, ihr das Buch in den Rachen zu stopfen. Doch zu ihrem Glück kommt genau in dem Moment Mali mit der Erklärung für die Feierlichkeiten zurück, sodass ich Adèle nicht meine Meinung sagen kann.

»Der Typ in dem apfelgrünen Overall ist der Bürgermeister hier. Seit er von den Seltenen Erden gehört hat, hat er sich vorgenommen, von dem zu erwartenden Touristenstrom zu profitieren. Er hat mir erzählt, dass sie schon zwei Engländer und drei Schweden hier empfangen haben, aber wir sind die größte Gruppe, die sie bisher begrüßen konnten. Sie haben beschlossen, jedes Mal, wenn eine Gruppe Ausländer hier zu Besuch kommt, ein Capistniou-Fest zu feiern ...«

»Ist Capistniou nicht die Kohlsorte, von der in Ihrem Buch die Rede ist, Thomas? Wenn ich mich recht erinnere, erwähnen Sie sogar dieses berühmte Fest.«

Natürlich reißt die besserwisserische Adèle sofort wieder das Gespräch an sich. Und diesmal hat sie durchaus recht, denn ich erinnere mich noch gut daran, dass ich diesen Absatz übersetzt habe. Dabei fällt mir etwas auf.

»Aber das ist doch eigentlich ein Frühlingsfest, oder nicht?«

Mali nickt.

»In jedem Fall ist der Süden des Landes eine große Capistniou-Region. Ihr habt sicher die ganzen Felder entlang der Straße gesehen. Diese Kohlsorte kommt Anfang März aus der Erde, und das ist der Grund, warum einmal im Jahr, bei Frühlingsbeginn, gefeiert wird. In diesem Jahr feiern sie das Fest jedoch ausnahmsweise schon zum vierten Mal: Das erste Mal war das übliche Dorffest, dann das Fest für die Engländer, das für die Schweden und jetzt das für uns. Seht mal, da kommen die Tänzerinnen!«

Tatsächlich betreten durch eine der versteckten Türen vier junge Frauen den Raum. Sie dürften etwa sechzehn oder siebzehn Jahre alt sein und könnten, anders angezogen, in Frankreich zweifellos als Topmodels arbeiten. Ihre Aufmachung dagegen ist selbst für dieses Land mit seiner seltsamen Art, sich zu kleiden, äußerst ungewöhnlich. Sie besteht in erster Linie aus einer Art leicht abgenutzt wirkendem weißen Fellanzug mit kurzen Ärmeln und Beinen. Um die Taille haben sich die jungen Damen Gürtel aus Capistniou-Blättern gebunden, zumindest erinnert das Grünzeug an die Pflanze, die aussieht wie an Zweigen wachsender Schimmel, und ihre Hand- und Fußgelenke sind mit Bändern aus dem gleichen Material geschmückt. Um die Lächerlichkeit auf die Spitze zu treiben, trägt jede von ihnen einen großen, leicht violetten Kohl auf dem Kopf. Die Mädchen sehen nicht gerade glücklich aus, was ich, ehrlich gesagt, gut nachvollziehen kann. Zu einer solchen Prozedur gezwungen zu werden, und das nicht nur einmal oder zweimal oder dreimal, sondern viermal im Jahr, dazu noch vor irgendwelchen Ausländern, die sich darüber lustig machen, muss ziemlich deprimierend sein. Dennoch ergeben sie sich in ihr Schicksal, als ein paar junge Leute zu ihren Instrumenten greifen, die ich irrtümlich für Küchenutensilien gehalten habe, und beginnen mit einer Choreografie, die eine Art Mischung aus Kasatschok und Ententanz ist. Um ihnen, zumindest was mich angeht, die Erniedrigung zu ersparen, wende ich den Blick ab und konzentriere mich auf die lustigen Frisuren der Musiker. Auch sie haben bis auf eine Haarsträhne kahl rasierte Schädel, nur befindet diese sich nicht wie bei den Älteren mitten auf dem Kopf, sondern auf der Seite und fällt lässig über das linke Ohr. Mali steht neben mir, sodass ich sie, mit dem Kinn auf die jungen Leute weisend, danach fragen kann.

»Ist das auch eine traditionelle Frisur?«

»Nein, das ist eine Protestaktion. Warst du nie jung?«

Zum Glück dauert der Tanz nicht besonders lange. Schon bald stoßen die Musiker in immer kürzer werdenden Abständen und steigender Lautstärke kurze Laute tief aus der Kehle heraus aus, in die die Menge einstimmt, bis plötzlich absolute Stille herrscht und alle unbeweglich verharren, gefolgt von allgemeinem Gelächter, in dem jeder sein Glas mit Kroach-Wodka erhebt. Der offizielle Teil ist beendet. Alle trinken und nehmen sich etwas zu essen. Teller gibt es nicht. Die klumpige weiße Pampe, die das Hauptgericht darstellt, wird von Capistniou-Blättern gegessen. Einmal mehr wende ich mich an Mali:

»Was ich nicht verstehe, ist, warum sie das verdorbene Zeug essen, wenn es doch genügend frischen Kohl gibt?«

Sie verdreht verächtlich die Augen.

»Das ist kein verdorbener Kohl. Der Capistniou sieht schon so welk aus, wenn er geerntet wird.«

Allmählich verstehe ich, warum, seit wir in Mesmenien sind, der Boden überall aussieht wie mit Schimmel überzogen. Da Malis schlechte Laune mich zu nerven beginnt, beschließe ich, ein wenig mit den hübschen Tänzerinnen zu plaudern, nachdem ihre Vorstellung nun beendet ist.

»Guten Tag, meine Damen, und Glückwunsch zu der gelungenen Vorführung!«

Ich habe sie auf Mesmenisch angesprochen, doch sie sehen mich lachend an und antworten irgendetwas Unverständliches, wobei sie genauso mit der Zunge schnalzen wie der Bürgermeister. Als ich sie gerade bitten will, das, was sie gesagt haben, noch einmal langsamer zu wiederholen, höre ich hinter mir eine Stimme. Adèle.

»Sie wollen Ihnen mitteilen, dass sie Sie nicht verstanden haben, Thomas. Das muss an Ihrem Akzent liegen. Wie Sie sicher wissen, werden hier die Vokale in Form von Schnalzlauten ausgesprochen.«

Ich kann es nicht fassen! Wie kann sie es wagen, mir eine Lektion in Mesmenisch zu erteilen, nachdem sie erst seit ein paar Wochen Unterricht nimmt. Doch ohne auf meine Entrüstung zu achten, fährt die eingebildete Ziege fort:

»Genau zu diesem Thema habe ich übrigens einen Abschnitt in Ihrem Buch angestrichen, zu dem ich gern mal Ihre fachkundige Meinung hören würde. Gleich am Anfang des Romans, kurz nachdem Maria und Chlobak sich begegnet sind:

Als Maria Chlobak schließlich hinter den Müllhaufen versteckt hatte, die den Boden ihrer Scheune bedeckten, wandte sie sich mit ihrer lauten, gutturalen und vom Akzent schweren Stimme an ihn, der die erste Verliebtheit bereits anzuhören war.»Sie bleiben hier, bis es dunkel werden, und nichts essen von dem Abfall, denn er giftig sein können. Ich komme heute Abend wieder, um Ihnen bringen etwas zu essen, und, wenn Sie möchten, wir ein paar schmutzige Dinge treiben.« Chlobak versuchte sie zurückzuhalten, doch mit ihrem imposanten Hinterteil, das sie wie eine Keule benutzte, gelang es Maria, sich loszumachen.»Sie müssen vernünftig sein und warten, bis die Leute im Dorf schlafen.« Daraufhin warf sie ihm einen derart vielversprechenden Blick zu, dass Chlobak schließlich die nötige Geduld aufbrachte, so schwer es ihm auch fiel.

Sehen Sie, wenn Maria tatsächlich aus dieser Region stammt, wo wir sie ja bereits verortet haben, müsste sie dann nicht eher mit schnalzender Zunge als mit schwerer Stimme sprechen, wie Sie es übersetzt haben? Und warum macht sie diese eklatanten Grammatikfehler, wenn das Mesmenische doch ihre Muttersprache ist? Was denken Sie?«

»Ich denke, dass Sie lieber auf Ihre Freundin Henriette dort drüben aufpassen sollten ...«

Adèle wendet sich um und sieht, wie ihre Freundin gerade Kroach-Wodka direkt aus der Flasche in sich hineinschüttet. Von Panik ergriffen, eilt sie sofort zu ihr hinüber, wobei sie wie ein aufgescheuchtes Huhn laut gackert, was viel besser zu ihr passt, als Sherlock Holmes zu spielen.

XXIII
Am nächsten Morgen

Wir sind seit zwei Stunden mit dem Auto unterwegs, und die Stille im Wagen wird nur durch das Trommeln des Regens auf dem Dach und Henriettes Husten unterbrochen. Wenn ich die anderen alten Tanten im Rückspiegel betrachte, ist das kein schöner Anblick. Ihre Kleider sind verknittert, das Haar ist zerzaust und die Schminke im Gesicht verschmiert. Emma und Monique wirken ziemlich verstört, während Liliane trotz ihrer angespannten Züge eher verträumt vor sich hin blickt. Ich ertappe mich bei der Hoffnung, dass sie sich in einen Mesmenen verliebt hat und mich nun endlich in Ruhe lässt. Wenn man bedenkt, dass sie gestern Abend den Wodka wie Limonade literweise hinuntergekippt haben, halten sie sich gar nicht schlecht. Nur Adèle ist wie immer. Was keine große Leistung ist, da sie keinen Tropfen Alkohol angerührt hat. Im Gegenteil. Soweit ich es gesehen habe, ist sie nacheinander zu all ihren Freundinnen gelaufen, um ihnen Flaschen und Gläser aus der Hand zu reißen. Und zwischendrin hat sie sich in mein Gespräch mit den jungen mesmenischen Tänzerinnen eingemischt. Auch wenn ich zugeben muss, dass ihr Eingreifen hin und wieder durchaus hilfreich war, um das Kauderwelsch meiner Gesprächspartnerinnen zu ergründen, habe ich selten eine solche Unhöflichkeit erlebt. Denn was hat sie letztendlich von dem Beweis, dass ich tatsächlich kein Wort verstanden habe und nicht nur so getan habe, um die kleinen Mesmeninnen zu unterhalten und sie mir gewogen zu machen? Ihr »Sehen Sie, Thomas, sie möchten einfach nur wissen, ob Sie in Paris leben« oder »Nun antworten Sie doch! Sie haben gefragt, ob Sie ledig sind! Möchten Sie, dass ich ihnen sage, dass Mali Ihre Frau ist?«, ließ mich jedenfalls in den Augen der jungen Mesmeninnen als kompletten Idioten dastehen.

Dabei war mir die Meinung dieser lächerlichen Mädchen mit dem Kohl auf dem Kopf vollkommen gleichgültig. Mein eigentliches Ziel war, auf diese Art Mali eifersüchtig zu machen. Was mir jedoch nicht gelungen ist. Sobald die Kohlblätter mit dieser ekligen Pampe gefüllt waren und der Kroach-Wodka zu fließen begann, zog sie sich mit dem Bürgermeister in eine Ecke der Halle zu einem langen Gespräch zurück und schien sowohl die alten Schachteln als auch mich vollkommen vergessen zu haben. Sandrine hätte mich nicht aus den Augen gelassen und mich mit dem traurigen Hundeblick angesehen, den ich nur zu gut kannte. Ich spürte einen leichten Stich, als ich mir ihr zartes Gesicht auf diesem Fest vorstellte, und musste im Laufe des Abends immer wieder an sie denken.

Als es Zeit wurde, schlafen zu gehen, so gegen drei oder vier Uhr morgens, schleppten unsere neuen Freunde ein paar Matratzen in die Halle, und wir schliefen sofort ein, ohne uns umzuziehen oder auch nur die Zähne zu putzen.

Kurz bevor ich neben Mali eindämmerte, wollte ich mich noch ein wenig über den Bürgermeister, seinen apfelgrünen Fummel und seine Taras-Bulba-Frisur lustig machen, wurde jedoch harsch angefahren.

»Nur weil er ein Bauer ist, heißt das nicht, dass er ein dummer Idiot ist!«

Dann hatte sie mir den Rücken zugewandt, um weiter in meinem Buch zu lesen. Eines muss ich Mali wirklich zugestehen: Wenn sie sich auf etwas einlässt, dann macht sie es gründlich. Sie kann nicht viel geschlafen haben, denn irgendwann im Laufe der Nacht habe ich gesehen, wie sie in meinen Sachen wühlte, um die Originalversion des Romans herauszusuchen.

An diesem Morgen, während die Alten bis auf Adèle ihren Rausch ausschlafen, setzt Mali die Lektüre hinten im Wagen fort. Ich sehe, dass sie sich Notizen macht, die Brauen runzelt und ab und zu lächelt, was mich zu dem Schluss kommen lässt, dass sie sich bald zu meiner Übersetzung äußern wird.

Henriette hustet ununterbrochen, was mir ziemlich auf die Nerven geht. Hoffentlich wird sie nicht ernsthaft krank, denn wir haben hier kaum eine Möglichkeit, sie wieder gesund zu pflegen.

Gegen Mittag erreichen wir schließlich einen Ort, der ein wenig ansprechender aussieht als die übrigen. Die meisten Häuser haben einen Garten, die Fassaden sind sauber und ordentlich, die Fensterläden gestrichen. Es gibt sogar eine Kirche in der Mitte des Dorfs, was in den heidnischen Gegenden Mesmeniens äußerst selten ist. Da ich neugierig bin und unbedingt das Auto lüften will, in dem es nach Kroach-Wodka stinkt, beschließe ich einen Zwischenstopp zu machen, damit wir uns ein wenig umsehen können.

»Nehmen Sie Ihre Regenschirme mit, meine Lieben, wir werden nun das erste historische Monument besichtigen.«

Mali sieht mich angesichts meiner vollmundigen Ankündigung groß an. Hinten im Wagen erwachen Emma und Monique aus ihrem komatösen Zustand, während Liliane aus ihren Träumen gerissen wird. Adèle steht sofort Gewehr bei Fuß, jederzeit bereit, mich zu kritisieren. Henriette gerät in Panik, weil sie ihren Schirm nicht findet. Wir sind gerade mal aus dem Auto gestiegen, da sind sie schon so aufgeregt, als würden wir in den Schlund von Padirac hinunterklettern.

Ich setze mich an die Spitze des Trupps und öffne mit theatralischer Geste die Kirchentür. Dann jedoch ist mein Enthusiasmus auf den ersten Blick verflogen. Die Kirche ist einfach nur eine Kirche, wie sie in jedem französischen Dorf zu finden ist. Die Wände sind in schmutzigem Weiß gestrichen, der Boden ist dunkelbraun gefliest, und der Altar sowie die Kirchenbänke sind aus rohem Pinienholz. Anstatt der traditionellen Glasfenster gibt es hier einfache grün getönte Scheiben. Ich schicke mich gerade an, einen Rückzieher zu machen, als die alten Schachteln ihre Meinung kundtun:

»Das ist also die berühmte sakrale Kunst der Mesmenen …«

»Eines ist sicher: Das ist die Reise von Paris hierher wirklich wert …«

»Dass das hier keinen Eintritt kostet …«

Ich bin völlig verblüfft und frage mich, ob sie das ironisch meinen oder so verkalkt sind, dass sie die Banalität des Ortes nicht erkennen. Als ich Mali fragend ansehe, macht sie mit einer Geste ihr Unverständnis deutlich. Und dann tritt unvermeidlicherweise Adèle zu mir.

»Sagen Sie, Thomas, an einer bestimmten Stelle im Buch beschreiben Sie die Kirche, in der Maria als Kind vom Heiraten träumte. Ich zitiere:

Viele Jahrzehnte bevor Maria Chlobak begegnete, als sie noch ein kleines Mädchen war, träumte sie wie alle kleinen Mädchen davon, als junge Frau einmal in Weiß zu heiraten. Sie stellte sich eine be-

wegende Zeremonie vor, die in dem Strohlehmgebäude der Kirche in ihrem kleinen Dorf abgehalten werden sollte. Dabei durfte man nicht vergessen, dass das Land damals noch unter dem Einfluss des kommunistischen Russland stand, das die Kirche ablehnte. Daher hatte die Dorfbevölkerung, die sehr an den religiösen Festen hing, das ärmlichste und hässlichste Gebäude als Kirche ausgewählt, damit Besucher es nicht als solche erkennen konnten. Und genau in diesem schäbigen Gebäude, wo der Boden mit Stroh bedeckt war, hätte Maria auch nun noch gern ihren Kindheitstraum an der Seite von Chlobak verwirklicht. Doch leider hatte die Flucht ihres Liebsten ihre Hoffnungen zunichtegemacht. Daher saß sie nun vor der behelfsmäßigen Kirche und weinte sich die Augen aus, als Katia eilig herbeilief, um sie zu warnen, dass die Russen sie festnehmen wollten.

Das sakrale Gebäude, das Sie im Buch beschreiben, ähnelt dieser hübschen kleinen Kapelle in keiner Weise. Hätten Sie sich nicht die künstlerische Freiheit nehmen können, dieses kleine, schlichte, aber wunderbare Schmuckstück in Marias Dorf zu versetzen?«

Wenn ich ihr von den künstlerischen Freiheiten erzählen würde, die ich mir tatsächlich genommen habe, würde sie mir nicht glauben. Diesen Absatz zum Beispiel habe ich komplett umgeschrieben. In der mesmenischen Version klagt Maria über den Verlust ihres Geliebten, wobei sie seine sexuellen Fähigkeiten in einer Weise darstellt, die mir äußerst obszön erschien. Zunächst habe ich versucht, die Szene zu entschärfen, doch das Ergebnis war eher peinlich, sodass ich mich entschied, ihr durch die Einflechtung kultureller Elemente mehr Gewicht zu verleihen. Diese schriftstellerische Komplexität kann ich Adèle jedoch schlecht erklären, weshalb ich verzweifelt darüber nachdenke, was ich ihr antworten soll. In diesem Moment muss Henriette lautstark niesen.

»An der Isolierung müssen sie aber noch arbeiten.«

Dies hat sie in einem derart vorwurfsvollen Ton gesagt, dass die anderen anfangen, lautstark zu lachen. Henriette sieht sie zuerst überrascht an und freut sich dann, für diesen Heiterkeitsausbruch gesorgt zu haben. Emma, die ihre Daunenjacke niemals abzulegen scheint, streicht der Kranken über den Rücken.

»Komm, Große, lass uns schnell wieder ins Auto einsteigen, damit du nicht länger frieren musst.«

Gesagt, getan. Ich mache den Motor an und stelle die Heizung auf Maximaltemperatur. Dabei empfinde ich eine Art zärtliche Dankbarkeit für diese Omis, die mir Adèle vom Hals geschafft haben. Ich frage mich sogar, ob sie es nicht sogar absichtlich getan haben. Vielleicht bin ich ja nicht der Einzige, dem diese Hexe auf die Nerven geht, zumal ich den Eindruck habe, dass die anderen sich einfach nur amüsieren wollen. Jedenfalls habe ich mit meinem kleinen kulturellen Intermezzo mein Ziel erreicht. Die Stimmung im Transporter ist spürbar besser geworden. Die alten Damen schwatzen, bedauern, den Fotoapparat nicht mit in die Kirche genommen zu haben, und fragen sich, wann wir wohl unser endgültiges Ziel erreichen werden.

»Wie viele Kilometer müssen wir noch fahren, Thomas?«

»Ich weiß es nicht genau, aber ich hoffe, dass wir noch vor dem Abend ankommen werden.«

»Und können wir dann endlich wieder in normalen Betten schlafen? Was für ein traumhafter Tag!«

Sie sind noch immer zu Scherzen aufgelegt. Mali versucht, darauf einzugehen, doch ich spüre, dass sie mit den Gedanken ganz woanders ist.

Um siebzehn Uhr stoßen wir auf eines der wenigen Hinweisschilder, die es in diesem Land gibt, und Mali zeigt aufgeregt mit dem Finger darauf:»Halt, Thomas, da lang!« Ich biege ab, und etwa fünf Minuten später taucht ein hübscher Bauernhof am Horizont auf. Mali sagt immer wieder:»Hier lang, hier lang!« Ich gehorche ihr und fahre in die entsprechende Richtung. Schließlich halte ich an der Stelle vor dem Gebäude, wo sich die große Küche zu befinden scheint. Eine Frau um die sechzig kommt uns entgegen, wobei sie sich die Hände an einem ihrer vielen Röcke trocken wischt. Sie hätte gut als Vorbild für die Maria aus dem Roman dienen können. Mali tritt zu ihr, schüttelt ihr die Hand und beginnt eine angeregte Unterhaltung. Die zivilisierte Art der Begrüßung beruhigt mich ein wenig. Wir befinden uns eindeutig nicht mehr unter den Bauern des Südens, die es fertigbringen, eine idiotische Geste wie mit den Ohren zu wackeln als Zeichen des Willkommens zu verstehen. Die Mesmenin hört Mali zu, nickt heftig, schenkt uns ein strahlendes, zahnloses Lächeln und macht uns schließlich ein Zeichen, ihr zu folgen. Offensichtlich handelt es sich um die ältere Frau, mit der Mali noch von Paris aus Kontakt aufgenommen hat.

Zehn Minuten später setzen wir uns um einen großen einfachen Tisch, den die Frau mit Wurstaufschnitt, Gemüsesuppe und ein paar dicken Brotlaiben eindeckt. Alles sieht sehr appetitlich aus. Draußen hört es zum ersten Mal auf zu regnen, und ein Sonnenstrahl kämpft sich durch die grauen Wolken. Als zum Nachtisch ein paar Früchte serviert werden, treten zwei große, kräftige, schweißbedeckte Landarbeiter ins Zimmer. Ohne Umstände nehmen sie neben uns Platz und sprechen uns an. Auch wenn sie nicht mit der Zunge schnalzen, bin ich von ihrem viel zu schnellen Redefluss überfordert und nicht in der Lage, auf ihre Fragen zu antworten, nicht einmal auf die, die ich verstehe. Mali dagegen unterhält sich angeregt mit den beiden. Schließlich fragt sie sie nach der Schneiderwerkstatt, und sie erklären ihr, wie wir dorthin kommen.

Dann wendet sich das Gespräch anderen Themen zu, und es geht um Politik, die Seltenen Erden und die Zukunft des Landes. Mehrfach höre ich den Namen Androw Zornoïff heraus, aber da er, wie es scheint, der einzige bedeutende Politiker in diesem Land ist, sagt mir das nicht sonderlich viel. Mali redet und redet und erzählt ihnen von ihrer Kindheit in Gownia, ihrem Umzug nach Paris, ihrer Verzweiflung jedes Mal, wenn sie an ihr Heimatland denkt. Sie pflichten ihr voller Überzeugung bei. In den vergangenen Tagen muss irgendein tragisches Ereignis geschehen sein, allerdings verstehe ich nicht, welches. Dann ändert sich der Tonfall des Gesprächs. Einer der Arbeiter weist mit dem Kinn auf uns und stellt eine Frage. Mali antwortet ihm derart erfreut, dass der Mann lachen muss, bevor er eine weitere Frage stellt. Daraufhin wendet sie sich lächelnd an die Omas.

»Diese netten Herren bieten Ihnen freundlicherweise an, Ihnen am Nachmittag den Hof zu zeigen. Und gleich morgen fahren wir zu der Schneiderwerkstatt. Sagt Ihnen dieses Programm zu?«

Mit vor Freude geröteten Wangen bitten unsere Reisegenossinnen darum, die Zimmer gezeigt zu bekommen, um sich vor der Besichtigung ein wenig frisch machen zu können. Die Frau, die Maria sein könnte, lässt ihren Herd kurz im Stich, um den Gästen ihr Quartier zu zeigen. Die Arbeiter gehen zurück auf den Hof, wo sie auf die Damen warten. Ich bleibe allein mit Mali zurück, die sich sofort wieder normal benimmt und nicht mehr ständig lächelt. Zum Glück ist sie auch nicht mehr sauer.

»Hast du verstanden, was sie mir erzählt haben? Wie es scheint, ist der Abbau der Seltenen Erden definitiv auf Eis gelegt. Man befürchtet neue Unruhen in Gownia.«

»Auf Eis gelegt? Aber warum das denn?«

»Ich weiß nicht. Wahrscheinlich hat Europa entschieden, dass es zu schädlich für die Umwelt wäre und dass sich die ganze Sache nicht lohnt.«

Sicherlich hat sie recht. Wobei mich meine persönlichen Probleme jedoch im Moment deutlich mehr belasten als die Umweltverschmutzung auf unserem Planeten.

»Denkst du nicht, dass es für die alten Schachteln hier zu gefährlich werden könnte? Und deine Eltern? Machst du dir Sorgen?«

Sie zuckt fatalistisch mit den Schultern.

»Ich glaube nicht, dass etwas passieren wird. Die Leute hier sind ziemlich abgestumpft. Sie sind falsche Versprechungen und Enttäuschungen gewohnt. Das Leben wird wieder so sein wie vorher, das ist alles.«

Die alten Damen gehen mit den beiden Landarbeitern durch den Hof. Sie sind so bei der Sache, dass sie uns keines Blickes mehr würdigen. Ich wende mich erneut an Mali.

»Willst du sie nicht begleiten?«

»Nein. Es wird ihnen guttun, mal allein auf Mesmenisch klarkommen zu müssen. Wobei Adèle inzwischen beinahe fließend Mesmenisch spricht. Ich werde in unser Zimmer gehen und die Originalversion deines Buches zu Ende lesen.«

Ich würde ihr gern folgen, um endlich mal wieder mit ihr allein zu sein. Allerdings will ich unbedingt ihre Meinung zu dem Unterschied zwischen den beiden Versionen wissen. Zusammen mit ihr in einem Zimmer, würde ich sie sicher alle fünf Sekunden danach fragen, was sie furchtbar nerven würde. Also ist es wohl besser, wenn ich in Erwartung ihres

Urteils eine Runde spazieren gehe. Davon abgesehen, erscheinen mir ein paar Momente der Einsamkeit gar nicht so übel nach zwei Tagen in ununterbrochener Gesellschaft. Daher beschließe ich, ein wenig die Straße entlangzugehen, über die wir gekommen sind, genau entgegengesetzt zu dem Weg, den die anderen genommen haben.

Unterwegs werde ich wieder von meinen düsteren Gedanken heimgesucht. Sergeï hat erneut mehrfach versucht, mich zu erreichen, und in jeder Nachricht, die er mir hinterlässt, ist von dem Unrecht die Rede, das ich seiner armen Großmutter angetan hätte. Das mit der armen, unglücklichen Großmutter betont er jedes Mal, sodass ich mich inzwischen des furchtbaren Gedankens nicht mehr erwehren kann, dass das Manuskript, das Sergeï mir gegeben hat, in Wahrheit die Biografie seiner Großmutter Maria ist. Allerdings steht in dem Text schwarz auf weiß, dass sie mit siebzig Jahren noch Jungfrau war. Vielleicht hatten Maria und Chlobak ja, nachdem sie in Estland angekommen waren, eines oder mehrere Kinder adoptiert? Oder, noch schlimmer: Vielleicht ist Maria die einzige Frau in der Geschichte, der die Wechseljahre erspart geblieben sind. Möglicherweise ist sie in Mesmenien hochberühmt und gilt dort als medizinisches Wunder. Ein Fall, der hohe Wellen schlägt und unter Wissenschaftlern heiß diskutiert wird. Wenn sie mit über siebzig noch zwei oder drei Kinder geboren hat, könnte es sein, dass Sergeï und Igor Alvizaar beide zu dieser verrückten Familie gehören. Demnach wäre das Ganze doch keine Mafiageschichte, sondern ein Streitfall zwischen zwei Cousins, von denen einer das Familienschicksal offenbaren und der andere es totschweigen will. Ich spüre, dass ich der Wahrheit immer näher komme, verstehe jedoch immer noch nicht, was Sergeï mir genau vorwirft.

In meine Gedanken versunken, habe ich nicht auf die Hasen geachtet, die auf mich zuhoppeln. Inzwischen sind es fast ein Dutzend, dicke weiße Albinoexemplare mit struppigem Fell und wenig vertrauenerweckendem Gesichtsausdruck. Dabei muss es sich um die Rasse handeln, aus denen die Hasenhirnkonserven gemacht werden, die wir in Malis Geschäft verkaufen. Beinahe könnte ich schwören, dass sie die Zähne fletschen und bereit für den Angriff sind. Mir fällt der alte Monty-Python-Film *Die Ritter der Kokosnuss* ein, in dem ein Ritter von einem Killerkaninchen angefallen wird. Die Idee zu dieser Szene ist wahrscheinlich in Mesmenien entstanden. Bevor ich mir die Kehle durchbeißen lasse, entscheide ich mich lieber zurück zu Mali zu gehen. Ich muss mit ihr unbedingt über Maria und die medizinische Sensation sprechen. Sie hat sicher schon davon gehört.

Mali sitzt auf dem Bett und ist dabei, sich mithilfe eines Folterinstruments in Form einer Pinzette die Beine zu epilieren. Die beiden Textversionen liegen neben ihr auf der Tagesdecke. Ich weise mit dem Kinn darauf.

»Hast du alles gelesen? Was hältst du davon?«

»Was soll ich davon halten? Ist eben was völlig anderes.«

»Was? Was ist was völlig anderes?«

»Deine Übersetzung. Sie hat mit dem Original genauso viel gemeinsam wie ein Sketch von Benny Hill mit einem Roman von Barbara Cartland.«

Ich hätte ihr gern geantwortet, dass das ja tief blicken lasse, was ihre Bildung angeht, doch ich bin vor allem völlig perplex. Anstatt ein ernsthaftes Gespräch über die wahre Identität Maria Pawlowna Zoriagnas zu führen, muss ich nun erst einmal meine Arbeit verteidigen!

»Komm, hör auf! Ich habe ein paar Änderungen vorgenommen, um das Ganze für die französischen Leser verständlicher zu machen, aber ich habe weder die Geschichte
umgeschrieben noch die Atmosphäre zerstört.«

»Soll das ein Witz sein? Da ist nicht eine Zeile drin, die
dem Original entspricht. Nimm doch mal den Anfang von
Kapitel fünfzehn. Für mich steht da:

*Chlobak sah Maria mit glühendem Blick tief in die unergründlichen
Augen, ohne ein Wort zu sagen. Sein schönes Gesicht, von dem Stolz
und ein wenig Trotz abzulesen waren, erinnerte sie an den fernen
Tag, an dem er sich in ihrem Hühnerstall versteckt hatte. Damals
hatte sie ihn vor dem sicheren Tod bewahrt, hatte die Wunde an seiner Schulter verbunden, die er vor ihr verbergen wollte, um sie nicht
zu beunruhigen. Während sie ihn versorgt hatte, hatte sein Gesicht
einen edlen Ausdruck angenommen, hatte er gleichzeitig Zärtlichkeit und Verwirrung verspürt, und dann hatte er, der arme Ukrainer auf der Flucht, den unbändigen Wunsch verspürt, ihre üppigen
Lippen zu küssen. Sie war zurückgeschreckt wie ein ungezähmtes
Pferd, und er hatte sein idiotisches, ungeschicktes Verhalten ver-
flucht. Doch heute gab sie sich ihm voller Ungestüm in bisher un-
gekannter Liebe hin …*

Und du hast übersetzt:

*Chlobak wusste nicht, was er zu Maria sagen sollte, die ihn mit fra-
gendem Blick ansah. Instinktiv spürte er, dass diese Frau mit dem
stolzen, faltigen Gesicht ihn gnadenlos von Hühnerstall zu Hühnerstall verfolgen würde. Dennoch hatte er, seit sie eingewilligt hatte,
ihn zu verstecken und ihn damit vor den Russen und den Bakte-
rien zu retten, indem sie die Wunde an seiner Schulter verband, eine
Art zärtliches Mitleid für sie empfunden, so sehr, dass er ihre alten,*

zitternden Lippen küssen wollte. Überraschenderweise hatte sie
sich wie ein ungeschicktes Pferd aufgebäumt, und er war sich voll-
kommen dämlich vorgekommen. Und nun verzog sie in Erwartung
seiner Küsse und seiner Liebkosungen, die er ihr nicht mehr zu ver-
weigern wagte, seit er sich zum ersten Mal hatte gehen lassen, gro-
tesk die Lippen ...

Und dann ist da noch die Beschreibung von Katias und
Marias Äußerem. Wahnsinn, was du daraus gemacht hast!
Denn ich lese in der mesmenischen Version Folgendes:

Katia und Maria waren die schönsten Frauen im Dorf, doch unter-
schieden sie sich derart, dass es zwischen den beiden Freundinnen
zwangsweise zur Eifersucht kommen musste. Maria mit ihren üp-
pigen Rundungen und der Wespentaille war das Sinnbild der Weib-
lichkeit, die Mütterliche, bei der die Männer Zuflucht und Trost
suchten. Die feingliedrige Katia mit den zarten Gesichtszügen
weckte in den Männern dagegen den intensiven Wunsch, sie zu be-
schützen. Was die beiden jungen Frauen jedoch gemeinsam hatten,
war ihr liebreizendes Wesen, und sie wären sicher niemals auf die
Idee gekommen, ihre weiblichen Reize gegeneinander auszuspielen,
wenn Chlobak nicht in ihrem Leben aufgetaucht wäre.

Und das hast du daraus gemacht:

Katia und Maria mit ihren körperlichen Eigenheiten waren trotz
ihrer Andersartigkeit im Dorf akzeptiert, vor allem bei den Frauen,
die keinen Grund hatten, auf sie eifersüchtig zu sein. Maria erinnerte
an ein großes Insekt, vielleicht eine Biene, und im Allgemeinen war
sie wegen ihrer übermäßigen Kräfte gefürchtet. Katia dagegen war
völlig ausgemergelt, sodass niemand sie zu berühren wagte, aus
Angst, sie könnte zerbrechen. Ihr groteskes Aussehen hatte sie zwin-

gend einander nähergebracht, doch als Chlobak in Marias Hühner-
stall auftauchte, brachte dies ihren wahren Charakter zutage, und
sie begannen sich gegenseitig das Leben schwer zu machen.

Und von solchen Stellen gibt es jede Menge. Nimm nur den
letzten Absatz. Im Original steht:

Kaum hatte Maria am Abend die Tür ihres kleinen Verkaufsstands
geschlossen, als ein kräftiger Arm ihre Wespentaille umfasste, was
in ihrem Rücken für ein angenehmes Kribbeln sorgte. Ohne sich
umzudrehen, legte sie ihre Hand in Chlobaks Nacken. Mit hypno-
tischer Langsamkeit zwang er sie, sich zu ihm umzudrehen. Ihre
Münder berührten sich zart, und dann küsste Chlobak mit seinen
glühenden Lippen Marias Finger, den Ringfinger ihrer linken Hand,
den Ring, den seine Mutter ihm gegeben hatte, als er die Ukraine
verlassen hatte, den Ring, mit dem sie ihr Schicksal auf ewig mit-
einander verbunden hatten.

Und in deiner Version steht:

Maria schloss die Tür ihres Holzschuhladens, als sich ein dicker Arm
um ihr Torselett legte, was ihr Rückenschmerzen verursachte. Sie
hob den Arm, um Chlobak wie ein Kaninchen im Nacken zu packen.
Er zwang sie, sich zu ihm umzudrehen, um ihm mit dem mysteriö-
sen Objekt, das seine Mutter ihm gegeben hatte, als er die Ukraine
verließ, die Finger zu verbrennen, mit dem mysteriösen schmelzflüs-
sigen Objekt, das in der Lage war, ein Schicksal zu verändern.

Du bist wirklich seltsam. Da geht es um einen Ring, der in
der Familie von Generation zu Generation weitergegeben
wird, und du machst ein mysteriöses, schmelzflüssiges Objekt daraus? Wie bist du denn darauf gekommen?«

»Da war ich wohl ziemlich erschöpft.«

Ich bin am Boden zerstört. Seit dem Tag, an dem ich zum ersten Mal bei Alvizaar gewesen bin, habe ich nicht mehr in meiner Übersetzung gelesen. Und auch da nur einen kleinen Ausschnitt. Es hatte keinen Grund gegeben, den Text noch einmal komplett zu lesen, weil das Buch veröffentlicht worden war, bevor ich auch nur die kleinste Änderung am Text hatte vornehmen können. Daher weiß ich nicht, was ich sonst zu meiner Verteidigung anbringen könnte.

»Was ich absolut nicht verstehe, ist, warum du aus der Heldin eine alte Frau gemacht hast.«

»Was? Was habe ich aus der Heldin gemacht? Ich habe gar nichts gemacht. Maria ist eine alte Frau von siebzig Jahren, das steht schwarz auf weiß im ersten Satz.«

»So hast du das verstanden? Dir ist schon klar, dass das komplett falsch ist?«

»Na gut, dann mal los. Dann sag mir deine Version, wenn du so toll bist!«

Ich gebe mich aggressiv, um meine Unsicherheit dahinter zu verbergen. Im Grunde weiß ich natürlich genau, dass Mali viel eher in der Lage gewesen wäre, diese Übersetzung zu machen, auch wenn Französisch nicht ihre Muttersprache ist. Daher habe ich den Eindruck, mich ihr gegenüber rechtfertigen zu müssen.

»Du willst die beiden Versionen hören? In Ordnung! Hier, was du geschrieben hast:

Am Tag ihres siebzigsten Geburtstags, als sie also das Alter einer Großmutter erreicht hatte, traf Maria Pawlowna Zoriagna Chlobak Androw Peranowski, und es war ihre erste Liebe.

Und für mich steht da:

An dem Tag, an dem ihre Großmutter siebzig Jahre alt wurde, traf
Maria Pawlowna Zoriagna Chlobak Androw Peranowski, und es
war ihre erste Liebe.

Und dabei hast du es nicht bewenden lassen. Abgesehen von
Chlobak, entspricht keine Person der im Originaltext. Du ersetzt die Enkelin durch die Großmutter, vertauschst sämtliche Freunde. Warum hast du das gemacht?«

Ihre Neugier scheint aufrichtig zu sein, und ich weiß nicht,
was ich antworten soll. Ich sehe wieder vor mir, wie ich mich
mit all den Familiennamen herumgeschlagen, auf die Manie
der Russen geflucht habe, in ihren Romanen auf einen Schlag
unzählige Personen mit unterschiedlichen Namen einzufüh-
ren. Und nicht ein Mal ist mir in den Sinn gekommen, dass
ich mich irren könnte.

»Du ... du hast das nicht absichtlich so übersetzt, richtig?«

Während sie nach und nach die Wahrheit erfasst, ist ihrem
Gesicht die Verblüffung anzusehen, bis ich merke, dass sie
lachen muss, was sie sich mühevoll verbeißt. Ich bin wie versteinert, nicht in der Lage, so zu tun, als hätte ich das alles
aus Jux und Tollerei mit voller Absicht gemacht. Und je mehr
Mali versucht, ihr Glucksen zu unterdrücken, desto mehr
schnürt mir die Verzweiflung die Kehle zu. Als Mali schließlich realisiert, in welchem Zustand ich bin, legt sie sanft eine
Hand auf die meine.

»Komm, so schlimm ist das doch nicht! Ich finde das
Ganze eher süß.«

»Das ist leicht gesagt, aber was ist, wenn die Wahrheit
herauskommt? Ist dir klar, wie dumm ich dann dastehen
würde?«

»Ach was. Du weißt genau, dass es im Grunde allen egal
ist ...«

Ich denke an die vielen Nachrichten von Sergeï und bin mir dessen nicht so sicher. Allmählich begreife ich, weshalb er sich so aufregt. Doch da Mali von den Anrufen nichts weiß, kann sie natürlich auch nicht nachvollziehen, wie mies ich mich wirklich fühle. Sie versucht mich zu trösten, so gut sie es kann.

»Weißt du, eigentlich müsste ich genauso frustriert sein wie du ...«

»Wie kommst du denn darauf?«

»Na ja, immerhin habe ich dir dein Mesmenisch beigebracht, und wenn ich jetzt das Ergebnis sehe ...«

Sie prustet los, und ich kann nicht anders, als ihr zuzulächeln. Zufrieden mit diesem Erfolg, zieht sie mich an sich.

»Komm mit ins Bett. Ich habe eine gute Idee, wie ich dich wieder aufmuntern kann.«

Noch nie habe ich erlebt, dass sie so sehr mit mir fühlt, und ich werde von einer Welle der Zärtlichkeit für sie überrollt. Dennoch brauche ich jetzt etwas Stärkeres, um den schalen Geschmack in meinem Mund loszuwerden.

»Denkst du, dass es auf diesem Hof irgendwo Kroach-Wodka gibt?«

XXIV
Am nächsten Morgen

Ich erwache mit dem schlimmsten Kater meines Lebens. Sobald ich auch nur die Augen bewege, habe ich das Gefühl, als würde mir eine Eisenstange durch die Schläfe gerammt. Und das in diesem Land, in dem es kein Aspirin gibt. Ich werde wohl warten müssen, bis es von allein wieder vorbeigeht. Und bis dahin werde ich meine Augen keinen Millimeter mehr bewegen. Und ich werde trinken. Wasser!

Ich bin allein im Zimmer. In meinem Delirium habe ich gar nicht mitbekommen, dass Mali den Raum verlassen hat. Gestern Abend, nachdem ich die Wahrheit über meine Übersetzung erfahren hatte, habe ich sämtliche Schränke unserer Reisegenossen durchwühlt und darin eine volle Flasche Kroach-Wodka und eine gerade angebrochene gefunden, mit denen ich in unser Zimmer zurückgekehrt bin. Wir haben sie zu zweit geleert, Mali und ich, wobei sie immer wieder losgeprustet und auf meine Übersetzungsfehler angespielt hat. Bei der zweiten Flasche habe ich dann mitgelacht, und dann haben wir versucht, miteinander zu schlafen. Dummerweise war ich zu betrunken dafür, was uns erneut zum Lachen gebracht hat. Es war das erste Mal seit unserer Wiederbegegnung, dass ich das Gefühl hatte, wirklich mit ihr zusammen zu sein. Und von da an habe ich alles nur noch verschwommen wahrgenommen.

Trotz meiner Kopfschmerzen muss ich für meine Suche nach irgendeinem möglichst nicht alkoholischen Getränk das Zimmer verlassen. Ich gehe durch den langen Flur, der in die Küche führt, wo ich auf die fünf alten Schachteln treffe, die bei Kaffee und Butterbroten um den Tisch herum sitzen. In einer Ecke unterhält sich Mali mit der Hausherrin und den beiden jungen Landarbeitern. Es ist ein lebhaftes Gespräch, und sie wenden dabei den Blick nicht von einem alten Schwarz-Weiß-Fernseher ab, dessen Bild derart verschwommen ist, dass ich nichts darauf erkennen kann.

»Wie wär's mit einem Kaffee, Thomas? Sie wirken noch ein wenig verschlafen!«

Liliane zwinkert mir zu und steht auf, um mich mit Kaffee zu versorgen, während die anderen vor Freude glucksen, als ob sie die Szene überaus lustig fänden. Als Mali mich sieht, kommt sie zu mir herüber.

»Ah, Thomas, schön, dass du wach bist. Könntest du gerade mal mitkommen? Ich müsste etwas mit dir besprechen.«

Sobald wir uns allein gegenüberstehen, legt sie beide Hände auf meine Brust, wie um mich auf Distanz zu halten, und ich habe das Gefühl, dass sie mir etwas mitzuteilen hat, was mir überhaupt nicht gefallen wird.

»Thomas, ich muss dich um einen großen Gefallen bitten.«

Ich wusste es. Sie würde mir etwas Unangenehmes sagen. »Ich habe mich gestern Abend geirrt. Als die Bevölkerung erfahren hat, dass die Seltenen Erden nicht abgebaut werden, ist sie auf die Barrikaden gegangen. In Gownia hat es einen Aufstand gegeben, und die Arbeiter streiken. Das ist natürlich nicht so, wie wenn in Frankreich gestreikt wird, aber sie haben die Arbeit niedergelegt. Und nun, so kurz vor den Wahlen, weiß Androw Zornoïff nicht, was er tun soll, und niemand kann sagen, was geschehen wird.«

»Und was erwartest du nun von mir? Willst du, dass ich hier im Land für Ordnung sorge?«

Sie lacht etwas gekünstelt.

»Wenn du dazu in der Lage wärst, würde ich nicht Nein sagen!«

Sie wird wieder ernst, und ihr Gesicht nimmt einen Ausdruck an, wie ich ihn noch nie bei ihr gesehen habe. Ernst und voller Angst.

»Nein, ich möchte, dass du meine Schülerinnen zurück nach Paris bringst, und zwar so schnell wie möglich, in Ordnung?«

Mein Herz zieht sich schmerzhaft zusammen, und all das, was sich in den letzten Wochen gegen sie in mir aufgestaut hat, ist wie weggeblasen. Ich weiß, dass ich sie verlieren werde, und diesmal endgültig. Mir liegt die Frage auf der Zunge, deren Antwort ich bereits kenne, doch ich stelle sie trotzdem.

»Und du? Was wirst du tun?«

»Ich? Ich werde nach Gownia zu meinen Eltern fahren. Sie haben vermutlich furchtbare Angst und brauchen mich.«

»Und danach? Wirst du zurück nach Paris kommen?«

»Irgendwann bestimmt. Schließlich muss ich die Wohnung und das Geschäft verkaufen.«

Es ist genau, wie ich es befürchtet habe. Sie beendet dieses Kapitel ihres Lebens, und ich bin für sie nur ein kleiner Absatz auf der letzten Seite. Ich weiß nicht, wie ich ihr widersprechen soll, aber sie scheint zu spüren, wie ich mich fühle, denn sie verstärkt den Druck ihrer Hände auf meiner Brust und redet leise auf mich ein.

»Thomas … Wir hatten eine schöne Zeit, aber wir wussten doch beide, dass das nichts von Dauer ist, oder? Irgendwann muss man erwachsen werden, und ich denke, dass die

Zeit für uns nun gekommen ist. Du hast deine Übersetzung verbockt, und ich habe mich, was mein Geschäft angeht, falschen Illusionen hingegeben. Aber nun ist Schluss mit den Kindereien, und zumindest für mich ist es Zeit, in den Schoß der Familie zurückzukehren.«

Eine schwere Stille senkt sich über uns, in der wir unbeweglich verharren. Ich habe das Gefühl, als hätte mir jemand mit der Faust in den Magen geschlagen, und spüre einen metallischen Geschmack im Mund. Einen derart endgültigen Bruch hatte ich nicht erwartet. Mein ganzer Körper bäumt sich dagegen auf, gegen die Vorstellung, nie wieder Malis Haut an meiner zu spüren, nie wieder ihre Schenkel, ihre Brüste zu berühren, nie wieder von der Energie erfasst zu werden, mit der sie Liebe macht. Mit einem Schlag habe ich die Bilder der letzten Nacht vor Augen, wie um mir zu beweisen, dass es nicht möglich ist, dass ich es falsch verstanden haben muss. Doch in dem Moment, da ich sie bitten will, sich präziser auszudrücken, ergreift sie erneut das Wort.

»Und auch du musst wieder nach Hause gehen. Zu deiner Freundin … Wie heißt sie noch? Sandrine? Du redest ständig von ihr, und ich bin mir sicher, dass ihr füreinander geschaffen seid.«

Ich bin völlig verblüfft. Soweit ich mich erinnere, habe ich Sandrine ein- oder zweimal erwähnt, aber mir war absolut nicht bewusst, dass ich so oft von ihr gesprochen habe. Wobei ich nicht abstreiten kann, dass ich die beiden immer öfter miteinander verglichen habe. Doch jetzt möchte ich nicht an Sandrine denken. Ich stehe unter Schock, ich bin nicht in der Lage, zu handeln oder einen klaren Gedanken zu fassen, und Mali wird bereits ungeduldig.

»Also? Bist du einverstanden, unsere Freundinnen nach Hause zu bringen?«

Klar bin ich einverstanden. Ich habe keine andere Wahl. Natürlich nur, wenn das auch für die Omas in Ordnung ist, denn schließlich haben sie für einen Aufenthalt von einer Woche bezahlt, und wir sind erst seit drei Tagen hier.

»Bist du dir sicher, dass sie mit mir mitkommen wollen? Wirst du ihnen einen Teil des Reisepreises zurückerstatten?«

»Ja, ich bin mir sicher, dass sie mit dir das Land verlassen wollen, nachdem ich mit ihnen gesprochen habe. Und ich sehe überhaupt keinen Grund, ihnen einen Teil des Preises zurückzuerstatten. Denn erstens denke ich, dass sie für ihr Geld genug bekommen haben. Und zweitens sind sie reich, weißt du. Fünftausend Euro bedeuten ihnen nichts. Du hast manchmal wirklich sehr seltsame Ansichten.«

Vermutlich sind meine Ansichten für sie tatsächlich genauso seltsam wie ihre für mich. Daher sage ich nichts darauf, und wir kehren traurig zu unseren Reisegenossinnen in die Küche zurück.

Ich nehme mir noch einen Kaffee, während Mali sich neben Adèle an den Tisch setzt.

»Meine Lieben, ich habe leider sehr schlechte Nachrichten von meinen Eltern erhalten. Gestern Abend ist mein Vater, als er versucht hat, in den Straßen von Gownia ein wenig für Ruhe zu sorgen, ernsthaft verletzt worden. Wir wissen nicht, ob er diesen Tag noch überstehen wird.«

Sie schluckt, als könnte sie nur mühsam die Tränen zurückhalten. Ich sehe sie an und bin sprachlos. Mali ist wirklich zu allem bereit, um ihre Ziele zu erreichen. Die alten Schachteln beginnen sofort, ihr tröstend über den Arm und den Rücken zu streichen.

»Sie verstehen sicher, dass unter diesen Umständen mein Platz an seiner Seite ist. Daher wäre es für mich eine große

Hilfe, wenn Sie bereit wären, mit Thomas nach Frankreich zurückzukehren.«

»Aber natürlich sind wir dazu bereit, das ist das Mindeste, was wir tun können!«

»Können wir Ihnen sonst noch irgendwie helfen, meine arme Mali?«

»Ich hoffe, Sie empfinden es nicht als taktlos, wenn wir Ihnen anbieten, Sie finanziell zu unterstützen.«

Mali steht auf, während ihr die Tränen über das Gesicht rinnen. Diese begabte Schauspielerin stellt sich vor die Spüle und wendet ihnen den Rücken zu, sie weiß offensichtlich, dass ihre bebenden Schultern den gleichen Zweck erfüllen. Adèle wühlt in ihrer Tasche, geht zu Mali hinüber, nimmt sie in die Arme und lässt diskret ein Bündel Geldscheine in ihre Hand gleiten. Mali stößt eine Art erstickten Seufzer aus, was man als Ausdruck des Danks interpretieren kann, und stürzt aus dem Raum. Das Ganze ist mir entschieden zu heftig.

»Und was machen wir jetzt?«

Die Frage kommt von Adèle, aber sämtliche Omas haben ihre Blicke auf mich gerichtet. Nach dem, was Mali ihnen eröffnet hat, würden sie mich für ein Monster halten, wenn ich mich nicht um sie kümmern und sie zurück nach Paris bringen würde. Daher bitte ich sie, ihre Sachen zu packen und in zwei Stunden abfahrbereit zu sein. Brav verlassen sie die Küche, um eine Stunde später mit ihrem Gepäck zurückzukommen, warm eingepackt in Schal und Mütze und bereit, sich den Widrigkeiten des mesmenischen Klimas zu stellen.

Während ich auf sie gewartet habe, konnte ich Mali bewundern, die ihren Charme spielen ließ, um einen der Landarbeiter dazu zu bewegen, sie nach Gownia zu fahren. Ich weiß nicht, ob es eine Folge der plötzlichen Trennung ist, des kurz bevorstehenden Abschieds oder ihrer Lüge über ihren Vater, aber auf einmal empfinde ich sie als kalt und berechnend, und die Macht, die sie all die Jahre über all meine Sinne hatte, wird spürbar geringer, während ich ihr zusehe. Voller Mitleid betrachte ich ihr neues Opfer, das fast noch ein Kind und im Begriff ist, in ihre Falle zu tappen, und ich bin erleichtert, dieser Hexe entkommen zu sein, wie meine Mutter sie immer genannt hat.

Doch nun habe ich etwas anderes zu tun, als über meine Gefühle zu philosophieren. Ich muss darüber nachdenken, wie ich es anstellen soll, ohne die Hilfe einer einheimischen Begleitung das Land zu verlassen: Ich bin nicht im Besitz einer Straßenkarte, Hinweisschilder gibt es hier nicht, und als ob das noch nicht genug wäre, muss ich auch noch mit dem Nebel klarkommen, der sich über das Land gelegt hat.

Glücklicherweise grenzt der Westen des Landes ans Meer, was mir zu einer ungefähren Vorstellung der örtlichen Gegebenheiten verhilft. Ich nehme mir ein Blatt Papier und zeichne grob die Umrisse Mesmeniens darauf, um mein Werk dann Mali zu zeigen. Warum sollte ich ihre Kenntnisse nicht nutzen, solange sie noch da ist?

»Könntest du mir zeigen, wo wir sind und in welcher Richtung das Meer liegt?«

Herablassend nimmt sie meine Zeichnung und den Stift entgegen und korrigiert die Umrisse des Landes. Dann malt sie ein Kreuz an der Stelle, wo wir uns befinden, und den Ansatz eines Straßennetzes.

»Du musst einfach nur die Straße nehmen, auf der wir hergekommen sind, aber an der nächsten Kreuzung biegst du links ab. Dann fährst du immer geradeaus und müsstest in etwa einer Stunde am Meer sein. Wenn du der Küste folgst, dürftest du heute Abend die estnische Grenze erreichen.«

Sie hat offensichtlich verstanden, was ich mir überlegt habe, und ich nicke schweigend.

Dann kommt der Moment des Abschieds. Adèle, Liliane, Monique, Henriette und Emma nehmen Mali nacheinander in die Arme und wünschen ihr alles Gute für die Zukunft, dass ihr Vater wieder gesund wird und dass sie und all ihre Lieben ein glückliches Leben führen. Als ich an der Reihe bin, nimmt sie meine Hände und will mich auf den Mund küssen, doch ich wende das Gesicht ab und küsse sie flüchtig auf die Wange.

»Bist du sauer, Thomas? Das solltest du nicht sein. Ich habe einfach nur getan, was zu tun war. Ich hoffe, dass du das verstehst und dass wir in Kontakt bleiben.«

Ich weiß nicht, was ich darauf sagen soll, deshalb zucke ich mit den Schultern, und bevor ich mich zu irgendetwas entscheiden kann, stellt sich unsere Gastgeberin auf die Zehenspitzen, um mich knallend auf beide Wangen zu küssen. Ich nutze die Gelegenheit zum Aufbruch und fordere die alten Schachteln auf, in den Transporter zu steigen. Über Mali und unsere hypothetische zukünftige Freundschaft werde ich später nachdenken.

Nervös, wie ich bin, fahre ich schnell. Die alten Damen sind sich bewusst, dass letzte Nacht tragische Ereignisse das Land erschüttert haben, und verhalten sich ruhig. Sie spüren wohl, dass Besichtigungstouren und Capistniou-Feste nun nicht mehr angebracht sind. Sogar Henriette, die wie immer neben mir sitzt, tut ihr Bestes, um sich die Angst angesichts meiner Fahrweise nicht anmerken zu lassen. Dabei wären ihre Beschwerden diesmal durchaus angebracht: Schon ein paarmal wären wir beinahe im Graben gelandet. Trotzdem fahre ich nicht langsamer, denn ich will dieses verdammte Land so schnell wie möglich verlassen.

Immerhin hat Mali diesmal die Wahrheit gesagt: Nach etwa einer Stunde erreichen wir die Küste. Ich zögere einen Moment, ob ich anhalten soll, doch einmal mehr hat der typische mesmenische Sprühregen eingesetzt, weshalb ich sofort links abbiege. Keine Reaktion von hinten. Nach weiteren vier Stunden Fahrt wagt Adèle mit schüchterner Stimme, mich zu stören.

»Thomas, könnten wir vielleicht eine kleine Pause einlegen, um eine Kleinigkeit zu essen und ... äh ... uns frisch zu machen? Denn wenn wir hier nicht kurz halten, könnte es passieren, dass Emma sich im Auto frisch macht, wenn Sie verstehen, was ich meine.«

Emma kichert verlegen, ohne zu widersprechen. Was das Essen angeht, werden sie sich noch eine Weile gedulden müssen, denn die Gelegenheit dazu wird sich wohl erst ergeben, wenn wir in schätzungsweise drei Stunden die Grenze überquert haben. Das Toilettenproblem dagegen ist heikel. Die mesmenischen Tankstellen sind nicht wie in zivilisierten Ländern mit sanitären Einrichtungen ausgestattet. Ich habe keine andere Wahl, als am Straßenrand anzuhalten.

Die alten Schachteln machen keinen Mucks.

»Worauf warten Sie? Los!«

»Thomas, Sie erwarten doch nicht, dass wir uns hier in der freien Natur frisch machen, oder?«

Ich drehe mich zu Adèle um, die sich, wie es scheint, zur Sprecherin der Gruppe aufgeschwungen hat.

»Hören Sie. Sie haben doch sicher bemerkt, dass wir uns in einer Notsituation befinden. Ich tue mein Bestes, um uns, so gut es geht, heil nach Hause zu bringen, und das Letzte, was ich brauchen kann, ist, mir dazu auch noch Ihr Gejammer anzuhören. Verstanden?«

Von dieser harschen Antwort völlig eingeschüchtert, gehorchen sie. Aus einem weiblichen Instinkt heraus tun sie sich zusammen, um in kleinen Gruppen ihre sanitären Bedürfnisse zu erledigen. Liliane geht mit Adèle zuerst, Monique, Emma und Henriette folgen zu dritt. In der Zwischenzeit entferne auch ich mich ein Stück, um mich, vor ihren Blicken geschützt, zu erleichtern. Als wir weiterfahren, herrscht im Auto vorwurfsvolle Stille. Ich achte nicht weiter darauf, denn ich habe andere Sorgen.

Um neunzehn Uhr zwanzig überqueren wir, wie von mir vorausgesagt, die Grenze. Wir sind wieder in Kohtla-Järve, sozusagen auf vertrautem Gelände. Sobald wir Mesmenien hinter uns gelassen haben, fühle ich mich auf einen Schlag unglaublich erleichtert. Eine Welle der Entspannung durchläuft meinen Körper. Gleichzeitig wird mir bewusst, dass ich auch Mali hinter mir gelassen habe und niemals mehr den Wunsch haben werde, sie wiederzusehen. Der Fluch ist endlich gebannt.

Ich habe das Bedürfnis, meine Freude mit jemandem zu teilen, doch als ich mich zu meinen Reisegefährtinnen umdrehe, blicke ich in verkrampfte Gesichter. Plötzlich fühle ich mich schuldig. Natürlich sind sie vor allem Mali und ihren Machenschaften zum Opfer gefallen, aber schließlich war ich ihr Komplize in der Sache. Um das wiedergutzumachen, beschließe ich, die Nacht in dem ersten Hotel zu verbringen, das wir auf dem Hinweg gesehen haben, das, in dem die Doppelzimmer 520 Euro kosten. Ich stecke bereits derart in finanziellen Schwierigkeiten, dass es auf ein paar Hundert Euro nun auch nicht mehr ankommt. Außerdem können wir alle eine ruhige Nacht mit viel Schlaf gebrauchen.

An der Rezeption begrüßt uns erneut die große Blondine, die Mali und mich auch beim letzten Mal empfangen hat. Für sie bin ich einfach nur ein Hotelgast wie jeder andere.

Mit ihrem geschulten Auge erkennt sie sofort, dass ich Ausländer bin, denn sie wendet sich auf Englisch an mich.

»Good evening, Sir. How can I help you?«

Ich frage sie nach vier Zimmern, zwei Doppel- und zwei Einzelzimmern, das eine Einzelzimmer für mich, das andere für Adèle. Der Portier kümmert sich um unser Gepäck. Als ich mein Zimmer betrete und das weiche Bett, den Flachbildfernseher und das prunkvolle Badezimmer sehe, bin ich froh, mich für dieses Hotel entschieden zu haben. Die armen alten Damen haben sich ein wenig Luxus verdient, nach allem, was wir ihnen angetan haben.

Das Abendessen ist bereits fast vorbei, weshalb wir uns gleich wieder in der Hotelhalle treffen. Die Damen haben ihr Lächeln wiedergefunden und fragen mich nach der weiteren Gestaltung des Abends. Natürlich kommt die Pizzeria vom letzten Mal nicht infrage. Adèle schielt auf die Speisekarte des Hotelrestaurants. Warum nicht? Jetzt kann ich ihnen auch noch ein leckeres Abendessen ausgeben, was soll's, ist ja nur eine Position mehr auf meiner Schuldenliste. Also nehmen wir Platz, und nach der zweiten Flasche eines lokalen Weins, der gar nicht so schlecht ist, beginnen meine Reisegenossinnen, mir Fragen zu stellen.

»Thomas, warum waren Sie die ganze Fahrt über so wütend?«

»Haben wir irgendetwas getan, was Ihnen missfallen hat?«

»Wären Sie vielleicht lieber bei Mali geblieben?«

»Sorgen Sie sich um ihre Sicherheit?«

Ich habe absolut keine Lust, sie zu belügen. Schließlich haben diese tapferen Frauen drei Tage lang all die Unbequemlichkeiten und meine schlechte Laune klaglos ertragen, müssen ihren Urlaub vorzeitig abbrechen und sind von Mali über den Tisch gezogen worden. Daher schulde ich ihnen zumindest, nun aufrichtig zu sein. Außerdem habe ich das Bedürfnis, mich jemandem anzuvertrauen. Ich erkläre ihnen, dass ich lediglich der Übersetzer von Adèles Kultbuch bin und dass meine Übersetzung so viele Fehler enthält, dass ich mich wie ein Betrüger fühle. Dann erzähle ich ihnen, dass Mali sie hinsichtlich ihres Vaters belogen hat, um so zu verhindern, ihnen einen Teil der Reisekosten zurückerstatten zu müssen. Ich gestehe, dass Mali auch mich fallen gelassen hat, einfach nur, weil ich ihr jetzt nicht mehr von Nutzen bin. Als ich anschließend betrübt schweige, legt Henriette ihre Hand auf meine:

»Und sie hat sich mit dem restlichen Geld für die Reise aus dem Staub gemacht, stimmt's?«

»Äh … ja.«

Am Tisch wird ein stummer Dialog abgehalten, der mit dem Kinn, den Augenbrauen und komplizenhaftem Lächeln geführt wird. Schließlich ergreift Liliane das Wort.

»Seien Sie nicht wütend auf Mali, Thomas. Sie wissen, wie mutig sie ist und dass sie hart arbeitet, um durchzukommen. Sie hat uns ausgenutzt und Sie auch, und das ist natürlich alles andere als schön, aber letztendlich ist niemand perfekt, oder?«

»Wissen Sie, was wir tun werden, Thomas? Wir übernehmen die Kosten für die Fahrt und die Unterkunft bis zum Ende der Reise, auch für Sie, wenn es für Sie in Ordnung ist.«

Ich starre sie völlig verblüfft an, und sie brechen in Gelächter aus. Dann sprechen sie aufgeregt alle durcheinander.

»In unserem Alter wissen wir eh nicht, was wir mit dem Geld noch machen sollen!«

»Man muss die jungen Leute unterstützen!«

»Und endlich können wir selbst aussuchen, in welchen Hotels wir absteigen und in welchen Restaurants wir essen!«

Doch am meisten überrascht mich Henriette. Sie beugt sich zu mir vor, als wolle sie mir ein intimes Geständnis machen.

»Und wissen Sie, Thomas, ich finde, dass Mali, was Kleidung betrifft, einen grauenhaften Geschmack hat …«

XXV
Drei Tage später

Am frühen Nachmittag landen wir auf dem Pariser Flughafen Orly. Adèle und Emma sitzen würdevoll und zufrieden links und rechts von mir. Hinter uns applaudieren Monique und Liliane pfeifend wie bei einem Fußballspiel. Von unseren Plätzen aus können wir Henriette nicht sehen. Sie hat die perplexe Stewardess um einen Platz vorn im Flieger gebeten, weil ihr unterwegs immer schlecht wird.

Wider Erwarten sind die letzten drei Tage die besten unserer gesamten Reise gewesen. Unsere Flugtickets waren nicht umtauschbar, sodass wir zum vollen Preis neue Tickets hätten kaufen müssen, um früher als geplant nach Paris zurückzukehren. Daraufhin hatten meine neuen Freundinnen mich inständig gebeten, die Reise nicht zu verkürzen. Und letztendlich: Was erwartete mich zu Hause? Die Erklärung, die ich Sergeï schuldete? Der Streit mit meiner Mutter? Also hatte ich nachgegeben.

Sobald ich eingewilligt hatte zu bleiben, übernahmen die Damen das Kommando über mich, als würden sie dafür bezahlt, die Reise zu organisieren. Adèle hatte eingesehen, dass sie mich mit ihren ständigen Fragen zu meiner Übersetzung sehr gequält hatte, und hatte sich nun vorgenommen, dies wiedergutzumachen. In Tallinn kauften sie einen Reiseführer, wählten das beste Hotel der Stadt aus, nahmen sich jede ein eigenes Zimmer und eines für mich und erkundeten sämtliche Gourmetrestaurants. Dann stellten sie sich ein Programm zusammen, das genau ihren Wünschen entsprach, mit vielen Shoppingtouren, Museumsbesuchen und Spaziergängen durch die Parks und die schönsten Winkel der Stadt. Mich schleppten sie überallhin mit. An den Abenden bezahlten sie den Champagner und den Kaviar und erzählten mir alles aus ihrem Leben. Ich stellte fest, dass Emma und Adèle qualmen wie die Schlote. Monique verträgt mehr Alkohol als ich. Liliane war dreimal verheiratet, ist so reich, dass sie ihr Geld gar nicht mehr zählen kann, und hat keinen Erben, wie sie mir mit einem koketten Augenzwinkern anvertraute. Ich weiß inzwischen, dass sie sich nur über mich lustig macht. Sie hat gemerkt, dass ich befürchtet habe, sie könnte sich an mich heranmachen, und sich köstlich darüber amüsiert. Inzwischen spiele ich das Spiel mit, und wir lachen beide darüber.

Henriette, die mir aufrichtig ans Herz gewachsen ist, hatte das traurigste Leben: Da sie während ihrer Kindheit sehr krank war, hat sie diese hauptsächlich in Kliniken und Hospitälern verbracht, woher ihre chronische Hypochondrie stammt, unter der sie nun leidet.

Ich habe das Gefühl, in diesen drei Tagen um zehn Jahre gealtert zu sein. Im positiven Sinne. Ich habe in den letzten Monaten so viele Fehler gemacht. Ich habe völlig unüberlegt gehandelt, habe mich von den niedrigsten Instinkten leiten lassen, und ich habe es geschafft, so ziemlich alle Leute zu verletzen, die mich lieben. Nach und nach brachten mich der Alkohol und meine Gewissensbisse dazu, meinen Reisegenossinnen von all meinen Dummheiten zu erzählen, und ich habe sie gefragt, was sie an meiner Stelle tun würden.

Taktvoll gaben sie mir den Rat, wieder Ordnung in mein Leben zu bringen und wieder zu kitten, was ich vorschnell zerbrochen hatte. Wenn das nicht möglich sei, solle ich lernen, mit den Folgen zu leben. Ich habe fest vor, ihre Ratschläge zu beherzigen. Zum ersten Mal in meinem Leben fühle ich mich bereit, der Realität ins Auge zu sehen. Sandrine wäre stolz auf mich. Falls es ihr noch möglich ist, in Bezug auf mich irgendeine positive Regung zu empfinden. Was das angeht, habe ich das Gefühl, dass ich mich mit sehr viel Geduld wappnen muss.

Außerdem hatte ich reichlich Gelegenheit, über meine Übersetzung und den armen Sergeï nachzudenken, dessen Großmutter ich derart in den Schmutz gezogen hatte. Seit ich die Wahrheit kenne, habe ich nur einmal den Mut gefunden, meine Arbeit zu begutachten. Dabei bin ich auf Textstellen gestoßen wie:

Die seltsame Liebe, die Chlobak für diese Alte mit der faltigen Haut und der Arthrose empfand, hinderte ihn daran, sich auf den zügellosen Rhythmus seiner Geliebten einzulassen.

Das brachte mich dazu, mein betrügerisches Werk eilig wieder zu schließen. Sergeï hat absolut recht, mich abgrundtief zu hassen. Was ich dagegen nicht verstehe, ist, warum er sich erst so spät deswegen bei mir gemeldet hat und warum auch Alvizaar und Alain Minardeau so wütend auf mich sind. Jedenfalls bin ich jetzt fest entschlossen, die ganze Geschichte aufzuklären und so schnell wie möglich einen Schlussstrich darunter zu ziehen. Auch auf die Gefahr hin, dass ich mir einen weiteren Schlag auf die Nase einhandle. Denn den habe ich vielleicht sogar verdient.

Als wir alle unser Gepäck wiederhaben, ist es Zeit, sich zu verabschieden. Nacheinander umarmen sie mich und küssen mich auf die Wangen wie liebe Großmütter, die sie möglicherweise sind oder sein könnten.

»Auf Wiedersehen, Thomas, es ist lange her, dass ich so viel Spaß hatte!«

»Wir bleiben in Kontakt, versprochen?«

»Das war der schönste Urlaub meines Lebens, das schwöre ich, Thomas, es war alles so spontan!«

»Wenn Sie noch mal eine Reise organisieren, vergessen Sie nicht, mir Bescheid zu sagen, einverstanden?«

Ich sehe ihnen nach, wie sie zum Taxistand hinübergehen und wohl für immer aus meinem Leben verschwinden. Keine von ihnen hat vor, weiter Mesmenischunterricht zu nehmen. Während der vergangenen drei Tage habe ich erfahren, dass sie viele Jahre über miteinander Bridge gespielt haben und dass sie nun vorhaben, diese alte Gewohnheit wiederaufzunehmen, wenn sie auch zugeben mussten, dass es im Vergleich zu unserer Reise ein ziemlich langweiliges Spiel ist.

»Auf Wiedersehen, meine Lieben, Sie werden mir fehlen.«

Ich mache mich auf den Weg zu meiner Bahn und bin in Gedanken schon bei all dem Ärger, der mich erwartet. Kaum bin ich im Zug, schalte ich mein Handy an, das ich bei unserem Abflug in Estland ausgeschaltet habe. Das vertraute Geräusch beim Einschalten erklingt, dann gebe ich den PIN ein. Dreißig Sekunden später signalisiert mir das Gerät, dass Anrufe eingegangen sind, also höre ich die Mailbox ab. Meine Mutter hat fünfmal angerufen, ohne eine Nachricht zu hinterlassen. Sergeï hat weitere zwei Male versucht, mich zu erreichen, und Nathalie hatte Folgendes aufgesprochen: »Thomas, wo bist du? Könntest du mich bitte zurückrufen? Ich habe hervorragende Neuigkeiten für dich. Oder besser: Nein, ruf nicht zurück, komm lieber vorbei, sobald du kannst. Du wirst zufrieden sein, das garantiere ich dir. Außerdem wollte ich dir noch mitteilen, dass ein Typ mit einem komischen Akzent sich nach dir erkundigt hat. Ich habe nicht verstanden, was er mir gesagt hat, aber es war kein Journalist. Er wirkte nicht sonderlich umgänglich.«

Vermutlich handelt es sich bei dem fragwürdigen Individuum um Sergeï. Ich muss dieses Problem unbedingt angehen, so wie die vielen anderen Probleme auch. Und eines davon ist besonders dringend, nämlich die Frage, wo ich heute Nacht schlafen soll.

Da Mali in Mesmenien ist, gehe ich mal davon aus, dass ich mich erst mal in ihre Wohnung flüchten kann, zumindest für heute Abend. Und dann werden wir sehen. Vielleicht sind die guten Nachrichten, die Nathalie erwähnt hat, finanzieller Natur, was mir erlauben würde, mir für die Zeit, in der ich darüber nachdenke, was ich mit dem Rest meines Lebens anfangen soll, eine bescheidene Bleibe zu mieten. Daher beschließe ich, gleich am nächsten Tag im Verlag vorbeizuschauen.

Ich betrete das Wohnhaus in der Rue Béarn, das ich inzwischen so gut kenne. Im Vorbeigehen werfe ich einen Blick auf das geschlossene Geschäft im Erdgeschoss. Mit den schreienden Farben erscheint es mir nun irgendwie unpassend und eigenartig. Daher halte ich mich hier auch gar nicht länger auf, sondern gehe gleich zur Wohnung hinauf. Als ich schließlich auf dem Bett liege, kommen mir Malis Worte wieder in den Sinn: »Irgendwann muss man erwachsen werden, und ich denke, dass die Zeit für uns nun gekommen ist«, hat sie gesagt. Das waren wohl die vernünftigsten Worte, die sie jemals gesagt hat. Mali, der Traum meiner postpubertären Nächte! Jetzt, da der Zauber gebrochen ist, sehe ich sie, wie sie wirklich ist. Ein Bulldozer mit einem perfekten Körper und einem engelhaften Puppengesicht, aber dennoch ein Bulldozer. Ich habe keine Lust mehr, sie für alles, was sie getan hat, zu verurteilen, und mir wird klar, wie recht Adèle hat: Mali ist mutig, sie ist allein in ein fremdes Land gegangen, um ihr Glück zu machen, und sie hat alles getan, was sie konnte, um es zu schaffen. Sie hat Mesmenischunterricht gegeben, hat einen alten Italiener, diesen Tony, geheiratet, was ihr ein gewisses Vermögen eingebracht hat, und sie hat ein Geschäft für Waren aus ihrer Heimat eröffnet. Darin hat sie eine Menge Energie gesteckt und dabei keine Gefühle verschwendet, weder für mich noch für sonst jemanden. Wie konnte ich Sandrine verlassen, um dieser Wahnvorstellung hinterherzulaufen? Und dann noch auf diese unerbittliche Art! Die Bürde meiner Selbstvorwürfe lastet schwer auf mir, und ich habe das dringende Bedürfnis, etwas zu tun, um meine Fehler wiedergutzumachen. Wenn das denn nur irgendwie möglich ist.

Ich beschließe, Richard anzurufen. Mit ein bisschen Glück hat er nichts vor, und wir können zusammen ein Bier trinken gehen. Bei ihm muss ich mich wohl auch entschuldigen. Ihm erzählen, was für ein Idiot ich war und wie sehr ich mich zum Affen gemacht habe. Er wird sauer auf mich sein, keine Frage, aber ich denke, dass er letztendlich Verständnis für meine Verrücktheit haben wird. Sicher wird er mich anbrüllen, mich als völligen Idioten bezeichnen, der nur mit seinem Schwanz denkt, und damit wird er recht haben. Ich glaube sogar, dass mir in dem Zustand, in dem ich jetzt bin, eine Abreibung guttun würde. Und wenn er sich schließlich beruhigt hat, wird er mir hoffentlich erzählen, wie es Sandrine geht.

Nach dem dritten Klingeln nimmt er ab.

»Hallo, Richard? Ich bin's.«

Stille. Dann:

»Ich weiß. Ich habe deinen Namen auf dem Display gesehen.«

Erneute Stille. Er hat beschlossen, mir die Sache nicht leicht zu machen.

»Ich weiß nicht, wie ich anfangen soll ... Ich hätte schon viel früher anrufen müssen.«

Stille. Ich fahre fort:

»Ich war so wütend über deinen Artikel, und danach ging alles so schnell ...«

Immer noch Schweigen.

»Verdammt, jetzt sag schon was! Oder leg auf, damit ich weiß, woran ich bin!«

»Wo bist du? Noch immer mit deiner Mesmenin zusammen?«

»Nein, ich bin gerade aus Mesmenien zurückgekommen, und sie ist dort geblieben.«

Ich höre ein Seufzen am anderen Ende der Leitung, was ich als ein Zeichen sehe, dass er in Betracht zieht, mir zu verzeihen. Ich gebe nicht auf:

»Hör mal, könnten wir uns heute Abend vielleicht sehen? Ich weiß, dass ich nicht so mir nichts, dir nichts hätte verschwinden dürfen, aber ich habe die Sache einfach laufen lassen und ... Es ist schwierig, das am Telefon zu erklären. Ich habe dir wirklich viel zu erzählen, und ich nehme an, du mir auch. Hast du dich denn nun entschieden, mit nach England zu gehen?«

»Warte einen Moment.«

Ich höre ihn leise jemanden fragen, ob er mich zum Essen einladen kann. Ich hätte ihn lieber allein getroffen, ohne Charlotte, aber was soll's, nun ist es wohl an mir, Kompromisse zu machen. Die vertraute Stimme, die ihm antwortet, ist jedoch nicht die Stimme von Charlotte. Ich erkenne diese Stimme sofort, und sie weckt eine unangenehme Vorahnung in mir, allerdings bleibt mir nicht die Zeit, das Ganze zu realisieren, da Richard bereits weiterspricht.

»Okay. Du kannst morgen Abend vorbeikommen. Um acht, ist das in Ordnung?«

»Danke. Ich werde pünktlich sein. Dann bis morgen.«

Ich will schon auflegen, als ich höre, wie er ins Telefon ruft, dass er mir noch etwas sagen wolle.

»Was ist?«

»Ich bin umgezogen. Ich wohne jetzt bei Sandrine.«

Natürlich. Das ist das Wort, das ich mir die ganze Nacht über immer wieder sage: Natürlich. Was hatte ich anderes erwartet? Oder besser: Wieso bin ich nicht gleich darauf gekommen? Als ich von der Bildfläche verschwunden bin, haben sie wahrscheinlich jeden Tag miteinander telefoniert, sich vielleicht sogar jeden Abend getroffen. Und als sie im Fernsehen gesehen haben, wie Minardeau mir seine Faust ins Gesicht gerammt hat, hat Richard Sandrine sicher getröstet und ihr gesagt, dass ich nur ein undankbarer Idiot sei, ein asoziales Arschloch, ein spätpubertierender Blödmann, der nur mit seinem Schwanz denkt.

Und während er sich weiterhin mit der blöden Charlotte und ihrem Wunsch, nach England zu gehen, herumgeärgert hat, ist ihm wohl irgendwann klar geworden, welchen Schatz ich da einfach so weggeworfen habe. Natürlich. Ich kann ihnen nicht mal einen Vorwurf machen. Vielleicht hätten sie noch ein wenig warten können, anstatt sich gleich wie die Karnickel aufeinander zu stürzen, kaum dass ich ihnen den Rücken zugewandt habe, aber nach allem, was passiert ist, habe ich letztendlich das bekommen, was ich verdient habe. Also werde ich zu diesem Abendessen gehen, das bisschen Würde, das mir geblieben ist, zusammenkratzen und ihnen viel Glück wünschen, um dann meinen Weg fortzusetzen und zu versuchen, nicht gleich an der nächsten Kreuzung wieder in die falsche Richtung zu rennen.

An den Ritzen in den Fensterläden kann ich erkennen, dass es hell wird. Ich muss mich wohl aus dem Bett quälen, wenn ich Nathalie im Verlag besuchen will. Lustlos frage ich mich, welche guten Nachrichten sie für mich hat. Vielleicht dass Mesmenien nach der Entscheidung gegen den Abbau der Seltenen Erden in dieser Woche wieder ständig in den Medien erwähnt wird und mein Buch deswegen erneut in den Fokus des Interesses gerückt ist. Eine Art Schwanengesang. Die Ironie an der Sache ist, dass ich nun, da ich von all den Fehlern weiß, die ich in die Übersetzung eingebaut habe, guten Gewissens behaupten kann, dass es wirklich mein Buch ist. Wenn Nathalie nicht erwähnt hätte, dass sie gute Nachrichten für mich habe, wäre ich davon ausgegangen, dass sie mich für die miese Übersetzung zur Rechenschaft ziehen will.

Je mehr ich darüber nachdenke, desto sicherer bin ich mir, dass Nathalie mir einen dicken Scheck überreichen wird. Also schlüpfe ich schnell in meine Jeans und eile dann zur Metro. Die vielen Nullen vor dem Komma, die ich mir vorstelle, reichen jedoch nicht aus, um mich moralisch wieder aufzurichten. Niemals hätte ich mir träumen lassen, mein Leben ohne Sandrine verbringen zu müssen. Oder, besser gesagt, niemals wäre ich auf den Gedanken gekommen, dass sie mir in der Not nicht mehr zur Verfügung stehen könnte. Seit ich sie kenne, war sie für mich immer eine Art Rettungsanker, mein Heimathafen, in dem ich mich bei Unwetter in Sicherheit bringen konnte. Selbst nachdem ich mich wie ein mieser Verräter mit Mali aus dem Staub gemacht hatte, hatte ich diese Gewissheit keinen Moment infrage gestellt. Und nun fühle ich mich leer und verlassen. Ich habe jedoch keine Lust, dass meine Verlegerin realisiert, in welchem Zustand ich mich befinde. Daher reiße ich mich zusammen und versuche wie ein glücklicher Lebemann auszusehen, bevor ich an ihre Tür klopfe und den Kopf ins Zimmer strecke. Als sie mich sieht, stößt sie einen freudigen Schrei aus.

»Thomas, komm rein! Ich wollte gerade noch einmal bei dir anrufen. Wo hast du gesteckt?«

»Ich war im Urlaub, könnte man sagen. Also: Welche guten Nachrichten hast du mir mitzuteilen?«

»Halt dich fest, du wirst es nicht glauben, wenn du es hörst. Während du weg warst, hat mich ein richtiger Verlag kontaktiert. Wie es scheint, gibt es im Moment eine große Nachfrage nach Büchern, die ein wenig durchgeknallt sind, so wie deines. Du verstehst schon: Wegen der Krise und allem wollen die Leute etwas zu lachen haben. Kannst du dir das vorstellen? Die Bedingung dabei ist, dass du eine Fortsetzung der Geschichte um Maria und Chlobak schreibst. Genial, oder?«

Noch eine Enttäuschung: Der erhoffte Geldregen bleibt aus. Stattdessen kommt sie mir schon wieder mit der alten Leier von der Fortsetzung meines Buches. Da ich mir inzwischen sicher bin, dass die baltische Mafia nichts damit zu tun hat, könnte dies sogar eine gute Neuigkeit sein, wenn ich auch nur den Schatten einer Idee hätte, wie die Geschichte meiner beiden Helden weitergehen könnte. Außerdem kann ich wohl eher nicht davon ausgehen, dass Sergeï mir erlauben wird, mich erneut mit seiner Großmutter zu beschäftigen. Mein mangelnder Enthusiasmus scheint Nathalie aufzufallen, denn sie runzelt die Brauen.

»Was? Was ist los? Freust du dich nicht? Ist dir klar, dass viele Leute ihr ganzes Leben lang von einer solchen Chance träumen?«

»Äh, doch, das ist super. Nur dass ich, wie ich dir schon gesagt habe, keine Ahnung habe, was ich schreiben soll ...«

»Thomas, das ist doch einfach: Sie kriegen ein Kind, sie sind gezwungen, nach Mesmenien zurückzukehren ...«

»Ein Kind? Mit siebzig Jahren?«

Ich kann ihr ja schlecht sagen, dass ich diese Möglichkeit bereits in Betracht gezogen habe und dass ich mich im wahren Leben eher gezwungen fühle, von dieser Vorstellung entsetzt zu sein.

»Bist du wirklich so konservativ? Es ist doch nur ein Roman, und der erste war schon völlig an den Haaren herbeigezogen, also kannst du dir durchaus ein paar Freiheiten erlauben. Sie könnten ja auch ein Kind adoptieren.«

Nicht wirklich überzeugt, denke ich über diesen Vorschlag nach.

»Hör mal, Thomas, ein bisschen Einsatz erfordert die Sache schon! Reiß dich zusammen, schließlich geht es um deine Zukunft, und meine steht auch auf dem Spiel.«

Natürlich hat sie recht. Außerdem fällt mir wieder ein, dass ich in der Hoffnung gekommen bin, ihr ein paar Scheine aus dem Kreuz zu leiern, also sollte ich mich ein wenig kooperativer zeigen.

»Okay, ich werde darüber nachdenken und mein Bestes geben. Könntest du mir schon mal einen Vorschuss geben? Über zweitausend Euro?«

Alles andere als begeistert, holt sie ihr Scheckheft heraus und trägt die erbetene Summe ein. Zumindest werde ich den Verlag nicht mit leeren Händen verlassen. Ich stehe auf, um mich zu verabschieden, und sie küsst mich auf die Wangen.

»Bitte beeil dich, okay? Ach, übrigens habe ich die Nummer von dem Spinner, der hier dauernd anruft und nach dir fragt. Willst du sie haben?«

»Nein, nicht nötig, ich weiß, worum es geht.«

Draußen auf der Straße denke ich noch einmal über das Gespräch nach. Ich stehe gewissermaßen mit dem Rücken zur Wand, und ich habe nichts zu verlieren, also warum sollte ich nicht versuchen, die Fortsetzung meiner miesen Übersetzung zu schreiben? Dazu muss ich Sergeï einfach nur davon überzeugen, die Sache nicht persönlich zu nehmen. Ich bin derart in Gedanken versunken, dass ich auf dem Gehsteig vor dem Verlagsgebäude gegen einen Mann laufe.

»Entschuldigen Sie …«

Ich hebe den Blick und sehe direkt in die Augen von Alain Minardeau, dem gefährlichen Psychopathen, der mir während der Fernsehsendung *Des livres et des lettres* die Faust ins Gesicht gerammt hat. Instinktiv zucke ich zurück, denn ich weiß ja, wozu er fähig ist. Mir schießt der Gedanke durch den Kopf, dass er mir möglicherweise im Auftrag Sergeïs gefolgt ist, bereit, mich erneut vor aller Augen anzugreifen. Ein zweiter Blick auf ihn beruhigt mich ein wenig: Heute wirkt er eher überrascht als aggressiv.

»Oh Sie sind es …«

»Was machen Sie denn hier?«

»Ich … ich bin hier, um mit Monsieur Alvizaar über das Thema meines nächsten Buches zu sprechen …«

Er weist mit dem Kinn in Richtung KlfnbS. Unsicher tritt er von einem Fuß auf den anderen.

»Hören Sie, junger Mann, ich … Ich habe immer noch ein schlechtes Gewissen wegen des Schlags. Ich hätte Sie nach der Sache im Fernsehen anrufen sollen, um mich bei Ihnen zu entschuldigen. Hätten Sie Zeit für ein Gespräch?«

XXVI
Fünf Minuten später

Wir haben uns in dem Café an der Straßenecke an einen Tisch gesetzt, in dem ich vor einer Ewigkeit Sergeï meine Übersetzung übergeben habe. Minardeau mir gegenüber sagt kein Wort, da er zunächst vollauf mit seinem Bier beschäftigt ist. Ich habe keine große Lust, es ihm besonders leicht zu machen, andererseits habe ich Besseres zu tun, als den Tag mit einem apathischen Psychopathen zu verbringen.

»Also: Würden Sie mir dann mal erklären, warum Sie mich an jenem Abend angegriffen haben?«

Erstaunt hebt er den Kopf.

»Ich bin durchaus bereit, mich für mein Benehmen zu entschuldigen, wie Ihre Lebensgefährtin es von mir verlangt hat, aber dann bitte ich Sie Ihrerseits auch, mich nicht anzulügen, okay?«

Keine Frage, der Typ ist nicht leicht zu knacken. Ich habe ihm eine Frage gestellt, und anstatt darauf eine Antwort zu erhalten, drängen sich mir nun drei neue Fragen auf. Ich beginne mit der, die mich am meisten verwundert.

»Meine Lebensgefährtin? Welche denn?«

»So eine große Blonde, sehr hübsche, Mesmenin, glaube ich.«

Mali. Ich hätte nie gedacht, dass sie in der Lage wäre, sich so für mich einzusetzen. Ich schwanke zwischen Rührung und Skepsis.

»Mali war bei Ihnen, um zu fordern, dass Sie sich bei mir entschuldigen?«

»Das nicht, nein. Sie ist am Tag nach der Sendung zu mir gekommen, um mich zu bitten, Sie in einer Art Buchhandlung zu treffen, wo auch alle möglichen mesmenischen Produkte verkauft werden. Sie wollte, dass ich im Beisein von Zuschauern mit Ihnen rede, und hat es mir überlassen, ob ich mich entschuldige oder ob ich reinen Tisch mache und Ihnen abschließend dann noch mal eine reinhaue. Wenn ich nun darüber nachdenke, war es ziemlich seltsam, denn zunächst wollte sie, dass ich mich entschuldige, und im Laufe des Gesprächs schien sie dann ihre Meinung zu ändern und wollte lieber, dass ich Ihnen noch eine verpasse. Jedenfalls habe ich abgelehnt, und sie ist wütend wieder abgezogen.«

Nun verstehe ich. Noch so eine perfide Idee der Liebe meines Lebens. Sie hat genau das getan, was ich ihr untersagt habe, und nur Minardeaus Nein hat mich vor der unangenehmen Situation bewahrt. Fast hätte ich mich bei ihm bedankt, doch dann entscheide ich mich, aufs Thema zurückzukommen.

»All das erklärt jedoch nicht, warum Sie so wütend auf mich waren und mich als Heuchler bezeichnet haben.«

Er sieht mich misstrauisch an, dann wirkt er aufrichtig erstaunt, beinahe konsterniert.

»Also stimmt es, dass Sie wirklich keine Ahnung haben?«

»Ja, aber da Sie ja jetzt hier sind, werden Sie es mir wohl erklären.«

»Es ist ganz einfach. Da gibt es nicht viel zu sagen. Ich habe *Das Landleben in Mesmenien* geschrieben. Also nicht Ihre Geschichte. Einen Essay über die mesmenischen Bauern. Alvizaar war einverstanden, das Buch zu veröffentlichen, doch letztendlich erschien unter *meinem* Titel ein haarsträubender Roman, bei dem Ihr Name auf dem Cover stand.«

»Aber wie ist das passiert?«

»Keine Ahnung. Alvizaar hat etwas von einem illoyalen Angestellten gesagt und von einem Strohmann, der seinen Namen hergegeben hat. Also von Ihnen. Jedenfalls wollte er mein Buch dann nicht mehr veröffentlichen, mit der Ausrede, dass zwei Bücher über Mesmenien direkt hintereinander zu viel wären. Das war noch vor der Entdeckung der Seltenen Erden, als sich noch kein Mensch für Mesmenien interessiert hat. Erst als ich einen Wutanfall bekommen habe, war er einverstanden, mein Buch unter einem anderen Titel doch noch herauszubringen. Und auch das folgende über die mesmenische Küche als eine Art Wiedergutmachung. Dieses zweite Buch ist übrigens der Grund, warum ich heute hier bin.«

Allmählich beginne ich zu verstehen. Bei der Szene, deren Zeuge ich im KIfnbS wurde, bevor ich Alvizaar kennenlernte, muss es sich um diesen Wutanfall gehandelt haben. Doch trotz allem bin ich der Meinung, dass Minardeau ganz gut aus der Sache herausgekommen ist.

»Aber warum haben Sie mich dann in der Sendung angegriffen? Die Veröffentlichung von zwei Büchern ist doch nicht übel?«

»Inzwischen war das mit den Seltenen Erden passiert, und Ihr Buch war sensationell erfolgreich. Ich war davon überzeugt, dass Sie etwas bekommen haben, was eigentlich mir gehört.«

»Das ist doch Blödsinn. Ein Essay über das Thema wäre niemals so erfolgreich gewesen wie ein Roman, so schlecht er auch sein mag.«

Meine Bemerkung veranlasst ihn zu einem Lächeln.

»Das kann man wohl sagen: Ihr Buch ist grauenhaft. Aber wahrscheinlich haben Sie recht, mein Essay hätte sich niemals so gut verkauft. Es war wohl einfach nur verletzte Eitelkeit. Außerdem war ich betrunken und konnte nicht mehr klar denken … Ich habe mich idiotisch verhalten und schulde Ihnen zweifellos eine offizielle Entschuldigung.«

Erneut stellt sich Schweigen zwischen uns ein, und wieder bin ich es, der schließlich das Wort ergreift.

»Ach, vergessen Sie's. Ich habe auch keinen Grund, stolz auf mich zu sein.«

»Wie sind Sie eigentlich in die ganze Sache hineingeraten?«

»Ich habe einfach nur auf eine Anzeige reagiert, um eine Übersetzung zu machen. Das habe ich schließlich auch und bin dafür bezahlt worden. Damals habe ich gedacht, dass die Sache damit abgeschlossen ist, aber Sie kennen ja den Rest: Das Buch wurde berühmt, und jeder wollte etwas von mir.«

»Wenn Sie wirklich nichts anderes gemacht haben, haben Sie sich nichts vorzuwerfen, wie mir scheint.«

»Also … um ehrlich zu sein: Ich glaube, dass ich die Übersetzung komplett versemmelt habe, und deswegen sind Alvizaar und Sergeï so wütend auf mich.«

»Sie … Sie haben die Übersetzung versemmelt? Inwiefern?«

»Bis hin zum letzten Komma habe ich alles vergeigt: den Stil, die Geschichte, die Figuren. Es ist kein Stein auf dem anderen geblieben.«

Mit gesenktem Kopf fasse ich kurz die Originalgeschichte zusammen und das, was ich daraus gemacht habe, indem ich die verrückte Geschichte um die alte Maria erfunden habe, die sich in den schönen Chlobak verliebt. Während ich erzähle, höre ich, dass Minardeau ein immer lauter werdendes

Zischen von sich gibt. Erstaunt hebe ich den Kopf und stelle fest, dass mein Gesprächspartner sich mühsam das Lachen verbeißen muss. Zunächst weiß ich nicht, wie ich mich daraufhin verhalten soll, doch plötzlich kann ich auch nicht mehr anders, als zu lachen. Wir schütten uns aus vor Lachen, bis Minardeau sich wieder unter Kontrolle hat.

»Kommen Sie, machen Sie sich nichts daraus, so schlimm ist das doch nicht. Und ich bin mir sicher, dass Alvizaar das völlig egal ist. Er war sicher angefressen, dass er auf die Sache hereingefallen ist, und verärgert wegen des Geldes, aber das ist Vergangenheit. Inzwischen ist er dicke dafür entschädigt worden, und er beschäftigt sich längst wieder mit anderen Dingen.«

Minardeau steht auf und legt einen Zehneuroschein auf den Tisch.

»Ich muss jetzt los. Gut, dass das zwischen uns geklärt ist. Bis bald mal.«

Ich sehe ihm nach, wie er mit lässigem Schritt das Café verlässt. Nun ist er mir irgendwie sympathisch, der Blödmann. Das Gespräch hat mir gutgetan. Zumindest beginne ich allmählich, die ganze Angelegenheit zu durchschauen, in die ich da unfreiwillig hineingeraten bin. Das Einzige, was nun noch fehlt, ist Sergeïs Version von der Geschichte.

Doch vor allem anderen muss ich die Frage klären, wo ich in den nächsten Tagen wohnen soll. Denn Menschen, die ihr Leben in die Hand nehmen, lösen ihre Probleme in der Reihenfolge ihrer Dringlichkeit und ihrer Bedeutung, und zu diesem Teil der Bevölkerung gehöre ich ab jetzt. Mir ist bewusst, dass ich nicht gerade viele Möglichkeiten habe. Ich kann ja schlecht in Malis Wohnung bleiben und darauf warten, dass sie zurückkommt, um die Wohnung und das Geschäft zu räumen. Und ein Hotel kann ich mir für die nächsten Monate nicht leisten. Also zum Teufel mit meinem verletzten Ego, denn ich sehe nur eine Möglichkeit: meine Eltern. Bevor ich es mir im Gedanken an die Szene, die mich erwartet, anders überlegen kann, nehme ich mein Handy heraus.

»Hallo?«

»Hallo, Mama, ich bin's.«

»Ach was, der verlorene Sohn! Ist dir die Nummer von zu Hause tatsächlich wieder eingefallen?«

Diesmal kann ich ihren Ärger verstehen. Seit Wochen habe ich auf ihre Anrufe nicht reagiert.

»Ja, ich weiß. Es tut mir wirklich leid. Hör mal, Mama, es läuft gerade nicht so gut. Ich habe mit Mali Schluss gemacht.«

»Deiner Mesmenin?«

Noch immer setzt meine Mutter ihre Ehre darein, sich Malis Namen nicht merken zu können. Was soll's, so braucht sie ihn jetzt nicht zu vergessen.

»Ja, meine Mesmenin, wie du sie nennst, nur dass sie nun nicht mehr *meine* Mesmenin ist.«

»Aha! Und was machst du jetzt? Wirst du zu Sandrine zurückkehren?«

Wenn das Leben doch nur so einfach wäre! Ich frage mich, ob sie wirklich denkt, dass ich nur mit meiner Zahnbürste und meinen schmutzigen Unterhosen in der Tasche bei Sandrine auf der Matte stehen muss, damit sie mich wieder bei sich aufnimmt. Ich beschränke mich darauf zu seufzen, um ihre dumme Frage nicht beantworten zu müssen.

»Ich wollte dich fragen, ob ich in der nächsten Zeit zu Hause schlafen könnte.«

»Natürlich kannst du. Aber dein Vater wird darüber nicht besonders glücklich sein.«

Sie selbst hört sich auch nicht gerade glücklich darüber an. Es wäre ihr vermutlich bedeutend lieber, wenn ich als gestandener Ehemann und Vater einem geregelten Job nachgehen würde. Sie wäre eine wunderbare Großmutter.

»Ich werde nicht lange bleiben. Ein paar Wochen. Solange ich eben brauche, um mein Leben wieder in den Griff zu kriegen.«

»Du kannst so lange bleiben, wie du möchtest. Wir werden dich nicht auf die Straße setzen – egal, was passiert ist.«

»Ja, ich weiß, danke.«

»Hast du Pläne?«

»Ein paar Ideen, aber nichts Konkretes.«

Darüber will ich mit ihr jetzt nicht diskutieren.

»Gut. Wann kommst du?«

»Heute Abend.«

»Dann bereite ich etwas zu essen vor?«

»Äh, nein. Ich esse bei Freunden. Es wird spät werden, ist das in Ordnung?«

Es ist nicht leicht, der eigenen Mutter einzugestehen, dass man gescheitert ist. Ich werde den Ball flach halten und mir eine unendliche Tirade an Vorwürfen und Ratschlägen anhören müssen, was jedoch die gerechte Strafe für all die Fehlentscheidungen sein wird, die ich in der letzten Zeit getroffen habe. Das Handy noch in der Hand, trete ich aus dem Café hinaus auf die Straße. Ein letzter Anruf steht mir noch bevor. Der, der mir wahrscheinlich die Antworten auf die noch offenen Fragen bringen wird, wenn nicht sogar eine weitere Tracht Prügel. Ich höre das Freizeichen und muss nicht lange warten, denn gleich nach dem ersten Klingeln geht jemand ran.

»Thomass?«

Sergeïs Stimme. Er brüllt ins Telefon. Ich weiß nicht, ob er wütend ist oder schwerhörig, wobei mir Letzteres bisher nicht aufgefallen ist.

»Sergeï? Ich glaube, Sie haben versucht, mich zu erreichen, oder?«

»Warum du nicht rangehen, wenn ich anrufen?«

»Ich war verreist. Ihre Nachrichten habe ich jetzt erst bekommen.«

»Aha. Du wollen jetzt also mit mir reden?«

»Ja, ja, auf jeden Fall.«

»Ich lieber persönlich mit dir reden.«

»Ja, natürlich. Wo sind Sie?«

»Ich sein im Motor von Auto. Im zwanzigsten Arrondissement. Du schreiben Adresse auf.«

Irritiert notiere ich mir seine Angaben auf einem Stück Papier, das ich in meiner Tasche finde. Ich verspreche ihm, in einer halben Stunde dort zu sein, lege auf und mache mich auf den Weg.

Die Adresse, die Sergeï mir gegeben hat, ist die einer Autowerkstatt. Nun verstehe ich, warum er am Telefon so gebrüllt hat. Er befindet sich wirklich im Motor eines Autos: Als ich die Werkstatt betrete, streckt er gerade den Kopf unter die Motorhaube. Ich gehe zu ihm hinüber und tippe ihm auf die Schulter.

»Thomass. Du da warten.«

Er spricht mit einem Kollegen und reinigt sich gleichzeitig die Hände. Dabei weist er mit dem Kinn auf mich und sagt irgendwas dazu, was ich nicht verstehe. Einen Augenblick später kommt Sergeï zu mir herüber, nimmt mich am Ellbogen und bedankt sich bei seinem Kollegen.

»Nourmaï sich kümmern um Werkstatt, und wir gehen in Café gegenüber.«

Gehorsam folge ich ihm. Wir setzen uns an einen Tisch, bestellen zwei Tassen Kaffee, und sobald der Kellner wieder weg ist, kommt Sergeï direkt zur Sache.

»Warum du mir das angetan?«

Es klingt gleichzeitig anklagend und traurig. Angesichts seines Hundeblicks fühle ich mich äußerst unwohl. Und vermutlich ist das noch nicht das Ende.

»Wenn Sie von meiner verbockten Übersetzung sprechen und dem Unrecht, dass ich Ihrer Großmutter angetan habe, weiß ich Bescheid. Dafür kann ich mich einfach nur entschuldigen, aber ich schwöre Ihnen aufrichtig, dass ich es nicht mit Absicht getan habe.«

Was für ein erbärmliches Plädoyer. Ich sehe mich noch an meinem Computer sitzen und meine wunderbaren Theorien über den tieferen Sinn der Übersetzung spinnen, die Nuancen und den Rhythmus berücksichtigen, nach Details suchen, die es ermöglichen, die Besonderheiten der Ausgangssprache in die eigene Sprache zu übertragen. Eben all das, was ich mir vorgenommen hatte. Ich hatte mich an meinen großartigen Sätzen ergötzt und war in Wirklichkeit nicht mal in der Lage zu verstehen, wer die Hauptpersonen sind. Und auf einmal, als ich Sergeï so gegenübersitze, habe ich das Gefühl, äußerst unaufrichtig gewesen zu sein, und mache mir große Vorwürfe.

Sergeï, der von meinen inneren Kämpfen nichts ahnt, sieht mich mit großen Augen an.

»Wie nicht mit Absicht getan? Du sprechen gar kein Mesmenisch?«

»Doch, nur … Nein. Ich spreche ein wenig Mesmenisch, das, was ich an der Uni gelernt habe, und ich habe meine Kenntnisse eindeutig überschätzt. Ich hatte ein paar Schwierigkeiten während des Übersetzens, das schon, aber mir war nicht bewusst, dass ich die eigentliche Geschichte so sehr verdreht habe. Ich wollte den Text noch einmal überarbeiten, aber dazu hatte ich nicht die Zeit.«

»Und warum du mir nicht gesagt, dass du beim Übersetzen Schwierigkeiten haben?«

»Na ja, ich brauchte das Geld. Und ich hatte Angst.«

»Angst? Wovor?«

Ich fühle mich überaus lächerlich, als ich ihm nun von meinen Ängsten vor ihm berichten muss. Doch da ich schon mal dabei bin, will ich auch alles gestehen.

»Vor Ihnen. Wegen all der Geheimnistuerei. Ich war der Meinung, dass Sie äußerst zwielichtig wirken, dass Sie vielleicht der Mafia angehören oder so etwas.«

»Der Mafia? Ich bei der Mafia?«

Ein paar Sekunden lang wirkt er völlig verblüfft, dann bricht er in lautes Gelächter aus. Wie zu erwarten war, lacht er mich laut und mitleidlos aus. Er unterstreicht sein Lachen zusätzlich, indem er mir auf die Schulter schlägt, und wiederholt immer mal wieder das Wort »Mafia«, was seine Heiterkeit noch verstärkt. Schließlich bin ich gekränkt.

»Sie müssen schon zugeben, dass Sie sich ganz schön seltsam verhalten haben. Außerdem haben Sie mir nichts über das Buch verraten. Ich wusste nicht mal, wer der Autor ist.«

»Meine Großmutter.«

Er kann sich noch immer nicht vollständig beruhigen und murmelt in regelmäßigen Abständen »Mafia« vor sich hin.

»Ihre Großmutter? Sie hat ihre eigene Geschichte aufgeschrieben?«

»Ja, und meine Großmutter nicht bei der Mafia war. Meine Großmutter haben Liebesromane geschrieben. Viele Romane. Die ganze Familie schreiben Romane. Ich, Sergeï, auch einen Roman geschrieben, der aber nicht gut sein, ich nicht so begabt wie meine Großmutter. Sie mir alle ihre Bücher auf dem Sterbebett übergeben haben. Sie gesagt haben: ›Sergeï, du mein einziger Enkel. Du meine Romane übersetzen, du erfolgreich sein und reich werden. Das sein mein Letzter Wille.‹ Ich geschworen haben, und so sie gestorben sein. Was ich tun? Ich ihre Geschichte mit dem ukrainischen Soldaten kennen, als sie noch in Mesmenien leben, und ich wissen, dass ihr erster Roman ihre Jugenderinnerungen enthalten. Sie mit dem ukrainischen Soldaten, meinem Großvater, aus Mesmenien gekommen sein. Mein Großvater ein Monat vor der Geburt meines Vaters gestorben. Ich die Geschichte kennen, aber Buch auf Mesmenisch geschrieben, und ich kein Mesmenisch können. Alle Romane meiner Großmutter auf Mesmenisch, und sie es mir nicht beibringen wollen. Was ich tun? Und dann in Frankreich ich im KIfnbS arbeiten. Da ich Idee haben.«

»Haben Sie Igor vorgeschlagen, den Roman übersetzen und veröffentlichen zu lassen?«

»Ja, ja, ja. Aber Igor veröffentlichen keine Romane. Er veröffentlichen nur ernste Bücher mit viel Kultur. Ich nur Sekretär sein, du verstehen? Ich nur sortiert haben, Pakete packen, mit dem Autorennamen und dem Titel darauf, habe die Bücher in Umschläge gesteckt. Also ich auf ein mesmenisches Buch mit dem gleichen Umfang wie das meiner Großmutter gewartet. Als ich gefunden, ich die Anzeige in *20 Minutes* aufgegeben, ich das Geld gestohlen haben, um dich zu bezahlen, das Buch ausgetauscht und abgeschickt haben.«

»Sie haben es gegen das Buch von Minardeau ausgetauscht, richtig?«

»Ja. Ich denken, *Das Landleben in Mesmenien* ein guter Titel für Großmutters Buch sein, also ich den Titel beibehalten und das Buch ausgetauscht.«

Der Sache mit dem Titel konnte ich nicht unbedingt zustimmen, was ich jedoch lieber für mich behielt.

»Aber warum haben Sie nicht den Namen Ihrer Großmutter als Autorennamen angegeben?«

Er nimmt den resignierten Ausdruck an, den ich schon mehrfach an ihm gesehen habe.

»Ich sehr, sehr nervös, bevor ich Buch an ELL'M gegeben haben. Die ganze Zeit ich gedacht haben, dass Igor mich erwischen, wenn ich das Buch aus der Schublade nehmen, und mich feuern. Also ich nicht auf Kleinigkeiten geachtet. Ich das Buch eilig in Umschlag gesteckt und fertig. Einfach abgeschickt. Niemals ich gedacht haben, dass Enkelin von Igor so blöd sein, deinen Namen als Autoren- und Übersetzernamen einsetzen. Ich sehr überrascht, als ich gesehen, aber gedacht haben, dass es gut für dich sein, Thomass, dass du es für deine Arbeit verdient haben. Doch Igor es trotzdem gemerkt und mich gefeuert ...«

So einfach war also die Erklärung. Sergeï hatte meinen Namen auf der Kopie stehen lassen, die ich ihm übergeben hatte, ohne über die Folgen nachzudenken. Und wie ich es mir bereits gedacht habe, hat die hirnlose Nathalie sich dazu keine weiteren Gedanken gemacht. Das Einzige, was ich immer noch nicht kapiert habe, ist, was Sergeï all die Zeit über gemacht hat und warum er nicht früher versucht hat, mich zu erreichen.

»Aber Sie haben mehrere Monate gewartet, bevor Sie mich angerufen haben. Wo waren Sie?«

»Ich nach Estland zurückgekehrt. Nur ich dort keine Arbeit gefunden. Also ich letzten Monat wieder nach Frankreich gekommen. Ich in der Werkstatt von Freund arbeiten. Schwarz.«

Er legt den Finger an die Lippen und blickt sich nach allen Seiten um. Dann fängt er wieder an zu lachen.

»Und wie haben Sie erfahren, dass meine Übersetzung so schlecht ist?«

»Zufall. Nourmaï mir erzählt haben, dass Buch sehr erfolgreich, also ich sein sehr zufrieden. Doch Nourmaïs Frau haben Buch gelesen und gesagt, es sehr lustig sein und von alter Frau handeln, die mit jungem Soldaten weggehen. Nourmaï mir erzählt, und ich sehr wütend, weil ich denken, dass du mich hintergangen.«

»Das tut mir ehrlich leid. Ich wollte Ihrer Großmutter gegenüber wirklich nicht respektlos sein! Sind Sie immer noch wütend auf mich?«

Er zuckt resigniert mit den Schultern.

»Du es nicht mit Absicht getan, was ich also sollen sagen? Sein eben Schicksal.«

Er stützt sich auf dem Tisch ab, als er seinen massigen Körper hochwuchtet.

»Gut, ich in Werkstatt zurückmüssen.«

Da keimt eine Idee in mir auf. Eine Sache aus dem Gespräch ist bei mir besonders hängen geblieben: Sergeï schreibt, genau wie seine Großmutter, Romane. Schlechte Romane. Und ein schlechter Romanautor ist genau das, wonach Nathalie sucht.

»Hätten Sie vielleicht Lust, mit mir zusammen die Fortsetzung der Geschichte von Maria und Chlobak zu schreiben?«

XXVII
Eine Woche später

Ich habe das Restaurant sorgfältig ausgewählt. Romantische Orte, an denen man den Eindruck hat, vom Kellner beobachtet zu werden, laute Lokale, wo man sein eigenes Wort nicht versteht, oder enge Bistros, wo man gezwungenermaßen den Gesprächen der Tischnachbarn lauschen muss, kamen nicht infrage. Schließlich habe ich mich für ein indisches Restaurant entschieden, in dem wir schon oft gegessen haben. Sandrine liebt die Tandoori-Küche dort.

Aufrecht auf meinem Stuhl mit der geraden Lehne sitzend, bin ich angespannt wie ein Kommunionkind, das zum ersten Mal die Hostie empfängt. Ich habe keine Angst, dass sie mich versetzt. Sandrine hat mir versichert, dass sie kommt, und sie hält immer ihr Wort. Sie ist auch nicht zu spät, ich bin einfach nur zu früh. Ununterbrochen denke ich daran, dass meine Zukunft von diesem Gespräch abhängt. Seit unserem Abendessen zu dritt habe ich nicht mehr mit Sandrine gesprochen, und ich kann kaum erwarten, endlich einmal mit ihr allein zu sein.

An dem Abend, an dem ich Sandrine und Richard wiedergesehen habe, in der Wohnung, die so lange irgendwie auch meine gewesen ist, musste ich feststellen, dass dieses Arschloch sich tatsächlich dort eingenistet hat. Zur Begrüßung hat er mir einen Whisky angeboten und eine Tüte Erdnüsse geöffnet, bevor er es sich auf dem Ikea-Sofa bequem machte, das die Form meines Hinterns in- und auswendig kennt. Um sicher zu wirken, fragte ich in bemüht heiterem Ton:

»Ihr beide habt euch also zusammengetan?«

Sandrine war noch in der Küche, weshalb ich davon ausging, dass sie meine Frage nicht gehört hatte. Richard seinerseits sah mich an wie eine Kuh, wenn's donnert.

»Wovon sprichst du?«

»Na ja, von dir und Sandrine. Ihr seid doch jetzt zusammen, oder? Ein Paar ...«

»Entschuldige, du hast geglaubt, dass ...? Hör mal, was denkst du denn von mir? Und von Sandrine? Glaubst du wirklich, wir hätten gleich nachdem du verschwunden bist, etwas miteinander angefangen? Es ist nicht jeder ein Verräter, weißt du ...«

Dazu sagte ich lieber nichts. Er hatte also versucht, mich hinters Licht zu führen, hatte mich am Telefon verarscht, indem er mich hatte glauben lassen, dass sie zusammen wären. Und nun saß er dort, auf meinem Sofa, und genoss es, mir meinen eigenen »Verrat« unter die Nase zu reiben. Doch ich war viel zu erleichtert, um es ihm wirklich übel zu nehmen, und musste mir mühsam ein Lächeln verkneifen.

»Aber was machst du dann hier, wenn du nicht mit Sandrine zusammen bist?«

»Charlotte ist nach England gegangen, und ich bin hiergeblieben, also hat sie mich wie eine heiße Kartoffel fallen lassen. Das scheint gerade in Mode zu sein. Und da ich wegen einer Reportage mit einem Journalistenkollegen in Kürze nach Indien muss, war Sandrine bereit, mir bis zu meiner Abreise ihr Sofa zur Verfügung zu stellen.«

»Wie nett.«

»Ja, sehr nett. Eigentlich unfassbar, dass ein Typ so blöd sein kann, eine solche Frau einfach im Stich zu lassen.« Auch darauf bin ich nicht eingegangen. Ich kenne Richard. Wenn er wütend ist, benimmt er sich daneben und wird aggressiv. Außerdem hatte ich seinen Sarkasmus verdient, also hielt ich lieber den Mund und warte seitdem nun darauf, dass sich seine Laune ändert. Mit ein bisschen Glück wird das in ein oder zwei Jahren der Fall sein. In dem Moment stieß Sandrine zu uns und forderte uns auf, uns an den Tisch zu setzen. Sie hatte Steaks mit Ofenkartoffeln gemacht, ein einfaches Gericht, das zu meinen liebsten gehört. Doch da es auch Richards Leibgericht ist, gab es keinen Grund, daraus eine Schlussfolgerung zu ziehen.

Am Tisch beschränkte sich Sandrine auf den Austausch von Banalitäten, mit der Höflichkeit, die man Gästen angedeihen lässt, die man noch nicht lange kennt. Ihr Verhalten tat mir mehr weh als das von Richard. Ihm war anzumerken, dass er es kaum erwarten konnte, mir die lange Liste meiner Vergehen zu präsentieren, und, ehrlich gesagt, wäre es mir lieber gewesen, sofort reinen Tisch zu machen. Doch Sandrine ließ sich nichts anmerken, was sie perfekt beherrscht. Die Worte »Mali« oder »Mesmenien« wurden an diesem Abend nicht erwähnt, als wäre nichts passiert, als hätten wir uns nichts weiter zu sagen, als wären wir Fremde. Wenn die beiden beschlossen hatten, mich einzuladen, um mich auf diese Weise zu quälen, dann war ihnen das vollkommen gelungen. Ich litt derart unter der Stille, dass ich mich nach dem Dessert, als ich von der Toilette kam, zu der harmlosen Bemerkung hinreißen ließ, dass die Wasserspülung ja endlich repariert worden sei, um deutlich zu machen, dass ich die Wohnung noch gut in Erinnerung hatte. Richard stürzte sich gleich darauf, um mir den Todesstoß zu verabreichen:

»Es muss sich nur jemand darum kümmern, wozu das Arschloch, das zuletzt hier gewohnt hat, nicht in der Lage war.«

Gleich nach dem letzten Schluck Kaffee habe ich gemacht, dass ich wegkam.

Im Nachhinein ist mir völlig klar, dass dieses Abendessen nur in die Hose gehen konnte. Mit meinem Telefonanruf hatte ich sie kalt erwischt, und sie hatten nicht die Zeit, sich eine Angriffsstrategie zurechtzulegen. Denn genau das war es, worum es ging. Sie wollten mit mir ins Gericht gehen, und das absolut zu Recht: Ich bin schuldig. Nur leider ist sich das Gericht in diesem Fall etwas uneins. Richard, der aggressive Rüpel, kann unmöglich mit der geduldigen, diplomatischen Sandrine auf einen Nenner kommen.

Dazu habe ich, was meine Sicht der Dinge betrifft, eine wichtige Information erhalten, die mich hoffen lässt: Die beiden sind kein Paar. Also muss ich mit Sandrine unter vier Augen reden, natürlich um ihr alles zu erklären, um sie wegen meines miesen Verhaltens um Verzeihung zu bitten, aber vor allem um zu erfahren, ob unsere Beziehung trotz des ganzen Schlamassels noch eine Chance hat.

Ich wollte sie nicht einfach so anrufen, aus Angst, dass sie spontan ablehnen könnte, also habe ich ihr eine Mail geschickt. Auf diese Art konnte ich im Fall einer Abfuhr wenigstens sicher sein, dass sie vorher gründlich darüber nachgedacht hatte, und wüsste endgültig, dass ich meine Hoffnungen begraben konnte. Es war eine kurze Mail, die nur einen Satz enthielt: *Sandrine, ich muss unbedingt mit Dir reden.* Sie hatte sich mit der Antwort fast einen ganzen Tag Zeit gelassen und schließlich *Was schlägst Du vor?* geschrieben. Ich wusste nicht, was ich von der langen Wartezeit halten sollte.

Normalerweise schaut Sandrine den ganzen Tag über immer wieder in ihre Mails und antwortet schneller als ihr Schatten. Wahrscheinlich war die lange Pause beabsichtigt, um mir deutlich zu machen, dass sie es ihrerseits überhaupt nicht eilig hatte, mich wiederzusehen. Deshalb hatte ich mir genau überlegt, welches das richtige Restaurant für unser Gipfeltreffen sein könnte. Und nun sitze ich hier auf meinem Stuhl mit der geraden Lehne in unserem indischen Lieblingsrestaurant und warte darauf, dass sie kommt.

Und sie kommt tatsächlich.

Ich betrachte sie von Kopf bis Fuß. Ihre Rundungen stehen ihr noch immer so gut wie früher. Seit dem verpatzten Abendessen war sie beim Friseur, und mit ihrem dezenten Make-up erscheint sie mir frischer und hübscher als jemals zuvor. Sie trägt einen leichten Mantel offen über einem perlgrauen Kleid mit einem breiten roten Gürtel und dazu passende Schuhe. Ich kenne dieses Kleid gut, denn ich habe es ihr vor zwei oder drei Jahren geschenkt. Mein Herz macht einen freudigen Sprung in meiner Brust, denn wenn sie so viel Wert auf ihr Aussehen legt, heißt das, dass ich mir Hoffnungen machen darf.

Als sie sich zu mir herüberbeugt, um mich zur Begrüßung zu küssen, suche ich ihre Lippen mit den meinen, doch sie weicht mir aus und küsst mich flüchtig auf die Wange, bevor sie sich hinsetzt und sofort zur Sache kommt.

»Also: Was möchtest du mit mir besprechen, Thomas?«

»Das weißt du doch sicher, oder? Ich möchte dir erklären, was passiert ist.«

»Ich denke, dass ich das ziemlich gut verstanden habe.«

»Aber du weißt nicht alles. Ich möchte dir erzählen, wie es zu all dem gekommen ist.«

»Na, dann los, ich höre.«

Also springe ich ins kalte Wasser. Ich erzähle alles. Wie deprimiert ich war, dass sie mich bei der Übersetzung nicht unterstützt hat, dass ich mich ungerecht behandelt gefühlt habe. Wie sehr sie mich bedrängt hat, diesen dummen Job als Würstchenverkäufer anzunehmen. Und dann der überraschende Anruf von Mali, die ideale Fluchtmöglichkeit, das Gefühl, auf einmal frei zu sein. Dezent übergehe ich den emotionalen und sexuellen Aspekt bei der Sache, denn ich will sie nicht überfordern. Doch ich berichte ihr von Malis Geschäft, von dem Druck des Verlages, mich in den Medien zu zeigen, von Alain Minardeau, den alten Damen, der Reise nach Mesmenien und schließlich von meiner verbockten Übersetzung.

Während ich erzähle, ist der Kellner gekommen, um die Bestellung aufzunehmen, wozu wir nicht einen Blick in die Karte werfen mussten, da wir sie in- und auswendig kennen. Und genau in dem Moment, als ich mit meiner Beichte fertig bin, werden unsere Gerichte serviert, als hätte der Kellner den perfekten Zeitpunkt abgewartet. Sandrine nimmt ihre Gabel und beginnt in ihrem Essen herumzustochern, ohne mir einen Blick zuzuwerfen, sodass ich trotz aller guten Vorsätze die Nerven verliere.

»Hör zu, Sandrine, ich weiß, dass ich mich wie ein Arschloch verhalten habe. Ich werde gar nicht erst nach irgendwelchen Entschuldigungen suchen, weil mir klar ist, dass es keine gibt, aber verdammt noch mal, geh einmal aus dir heraus! Mach mir eine Szene, beschimpf mich als verantwortungslosen Mistkerl, als Idioten, als Riesenarsch, als was du willst, aber sag irgendwas, schrei mich an, tu irgendwas, was ich dir vorwerfen kann, wenn ich schlaflos allein im Bett liege!«

Keine Reaktion, sodass ich kurz davor bin, aufzustehen

und das Restaurant zu verlassen, als sie schließlich den Blick hebt. Sie lächelt nicht, sie hat keine Tränen in den Augen, sie spricht mit kalter, beinahe schneidender Stimme. Ich erlebe sie zum ersten Mal so richtig wütend, und es ist eine eiskalte Wut, die mich zittern lässt. »Weißt du, Thomas, es geht nicht mal um diese andere Frau. Vielleicht doch ein bisschen, aber damit hätte ich leben können. Dieses Land, dieses Mesmenien, du warst schon davon besessen, bevor du mich kanntest. Du warst die ganze Zeit wie blockiert, hast es nie geschafft, irgendwas auf die Beine zu stellen, und ich bin daran verzweifelt, dir über dieses Hindernis hinwegzuhelfen. Diese Frau war die ganze Zeit über meine Rivalin, ich wusste, dass du heimlich an sie denkst, und es ist mir nie gelungen, dich von ihr loszueisen. Daher war ich beinahe erleichtert, als du entschieden hast, diese Übersetzung zu machen. Natürlich, du hast recht, ich hatte auch Angst und wollte dich nicht unterstützen, aber im Grunde meines Herzens habe ich gedacht: Na, endlich tut er was, diesmal wird er es überwinden und es hinter sich lassen. Ich habe sogar damit gerechnet, dass sie wiederauftaucht, nachdem dein Buch so ein Erfolg war. Weißt du, letztendlich bin ich nämlich gar nicht so blöd. Wenn du mich also einfach nur betrogen hättest, rein körperlich, hätte ich dir in dem Bewusstsein, dass du mich im Grunde die ganze Zeit über mit ihr betrogen hast, vielleicht sogar verzeihen können. Ich hätte zu gern gewusst, wie es wäre, mit dir zusammenzuleben, ohne ständig den Geist dieser Frau zu spüren. Aus reiner Neugier, verstehst du?«

Ihr Gesicht ist wutverzerrt, wie ich es noch nie gesehen habe. Für ein paar Sekunden schweigt sie, um lustlos einen Bissen von ihrem Essen zu nehmen.

»Aber weißt du, was ich dir nie verzeihen werde: die kurze Nachricht, die du mir hinterlassen hast, als du deine Sachen aus der Wohnung geholt hast. Diese Nachricht, in der du behauptet hast, dass ich dich ersticke. Dass ich dich in meinem kleinkarierten Leben gefangen halte. Das war wirklich widerlich! Vielleicht hast du dir nicht mal viel dabei gedacht, als du das da irgendwie hingekritzelt hast, aber du hast keine Ahnung, was du mir damit angetan hast! Diese Nachricht hat mich innerlich zerstört. Ich habe immer geglaubt, dass wir uns gegenseitig ergänzen. Ich habe dich als den unreifen, verantwortungslosen, inkonsequenten Typen behandelt, der du manchmal bist. Oft sogar. Aber du hast mich zum Lachen gebracht, du hast mich aus meiner Routine gerissen, und du hast mich immer so wunderbar getröstet, wenn ich deprimiert war … Willst du wissen, warum ich dir diese dämlichen Jobs vorgeschlagen habe? Weil ich ein vollkommen fantasieloser Mensch bin, ich bin einfach konventionell, nicht in der Lage, dir das vorzuschlagen, was zu dir passt. Denn der Motor unserer Beziehung warst du … bevor … bevor du mich dermaßen hintergangen hast …«

Ihre Stimme bricht, und ich sehe die Tränen in ihren Augen. Ich nehme ihre Hand.

»Sandrine …«

Sie zieht ihre Hand zurück, schüttelt den Kopf.

»Nein, Thomas, du brauchst mich nicht zu trösten. Du hast keine Ahnung, was ich gefühlt habe. Vier Jahre lang habe ich geglaubt, dass wir eine Art Gleichgewicht gefunden haben, dass ich dir eine gewisse Sicherheit gebe, dass ich nur abwarten muss, bis du die mesmenische Krise überwunden hast, damit wir danach in Ruhe unser Leben fortsetzen können …«

Erneut bricht ihre Stimme, doch diesmal wage ich es nicht, sie zu berühren. Nach all dem Bockmist, den ich verzapft habe, wirft sie mir nur diese blöde Nachricht vor, an die ich mich gar nicht mehr erinnere? Ich könnte mich ohrfeigen für das, was ich geschrieben habe. Denn sie hat recht. Es war eine völlig überflüssige, verletzende Nachricht, in der ich die Schuld am Ende unserer Beziehung ihr in die Schuhe geschoben habe. Keiner von uns beiden sagt etwas, und das Essen vor uns wird kalt. Der Kellner kommt und fragt, ob etwas mit dem Tandoori-Huhn nicht in Ordnung sei, was wir mit einem Kopfschütteln verneinen. Schließlich wage ich, etwas zu sagen.

»Warum haben wir nie darüber gesprochen?«

Ihre Antwort erstickt in einem Schluchzen, sie schluckt und versucht es erneut:

»Ich habe nicht gesagt, dass nur du Fehler gemacht hast ...« Und es wird wieder still. Nun gibt es keinen Ausweg mehr. Der Moment ist gekommen, ihr die Frage zu stellen, deretwegen wir hier sind.

»Glaubst du, dass wir beide noch eine Chance haben? Dass du mir irgendwann verzeihen kannst?«

Epilog
Ein Jahr später

Ein Jahr schon. In der Zeit ist so viel geschehen, dass ich nicht einen Moment innehalten konnte, um festzustellen, wie die Zeit vergeht, was ich früher manchmal getan habe. Inzwischen spricht niemand mehr über die Seltenen Erden in Mesmenien. Das Thema ist im wahren und im übertragenden Sinne des Wortes beerdigt, vollkommen vergessen. Was genauso auf ganz Mesmenien zutrifft. Es würde mich nicht überraschen, wenn heutzutage kein Mensch mehr weiß, wo das Land auf der Karte zu finden ist. Das ist zwar furchtbar ungerecht, aber das ist das gnadenlose Gesetz der Medien. Plötzlich ist man auf dem Gipfel des Ruhms, und einen Tag später existiert man nicht mehr.

Zum Glück bin ich diesem düsteren Schicksal entgangen. Sergeï und ich sind das berühmteste Schriftstellerduo ganz Frankreichs geworden. Der ehemalige Automechaniker und die frühere McDonald's-Servicekraft haben gemeinsam ein literarisches Werk geschaffen, wie es einzigartig auf dieser Welt ist. Man kann guten Gewissens sagen, dass viel über uns geschrieben und erzählt wurde. Bereits vierzehn Tage nachdem unser erstes gemeinsames Buch erschienen ist, war es auf der französischen Bestsellerliste zu finden. Wir wurden in die bekanntesten Fernsehsendungen eingeladen, in Late-Night-Shows, die Frühnachrichten, jede Art von Literatursendungen, und an vieles kann ich mich gar nicht mehr erinnern. Und natürlich werden wir weitermachen.

Vor ein paar Monaten habe ich über meinen Verlag eine Postkarte von Mali erhalten, auf der einfach nur *Gruß und Kuss aus Mesmenien* stand. Naiverweise habe ich dies zunächst lediglich für ein nicht weiter ernst zu nehmendes Zeichen der Freundschaft gehalten, bis zu dem Tag, an dem sie mich um die Erlaubnis bat, meine Version der Geschichte von Maria und Chlobak sowie all unsere anderen Bücher ins Mesmenische übersetzen zu dürfen. Mali ist eben Mali, und mit einem müden Lächeln habe ich es ihr erlaubt.

Neben unserer schriftstellerischen Arbeit bringt Sergeï mir Estnisch bei, und ich helfe ihm, sein Französisch zu verbessern.

Kurz habe ich darüber nachgedacht, mein Mesmenisch zu perfektionieren, doch dann ist mir klar geworden, dass ich damit vielleicht das Huhn, das goldene Eier legt, schlachten würde. Sergeï und ich haben achtzehn Bücher seiner Großmutter geschrieben. Achtzehn Bücher, die ich in meinem besonderen Stil übersetzen werde und die Nathalies Verlag veröffentlichen wird. Natürlich sind all diese Bücher Liebesromane um mesmenische Prinzen, die sich in traurige, kaum noch heiratsfähige Witwen verlieben, oder um junge Leute, die ihren älteren Verwandten unter dem Vorwand, zu alt für körperliche Exzesse zu sein, die Ehe verweigern. Jedenfalls brauche ich mir dank dieses Materials keine Sorgen um unsere berufliche Zukunft zu machen, zumindest nicht in den nächsten fünf Jahren.

Ich bin der Meinung, dass wir den Erfolg durchaus verdient haben. Denn hätte ich damals nicht den Mut aufgebracht, mich auf die Anzeige in *20 Minutes* zu melden, oder hätte ich auf Sandrine gehört und irgendeinen Job angenommen, wäre ich jetzt wahrscheinlich immer noch Service-kraft bei McDonald's oder würde im Supermarkt die Regale einräumen. Sicher habe ich ein paar Dummheiten gemacht, aber letztendlich bin ich meinem Instinkt gefolgt, habe geschuftet wie ein Irrer und bin stolz auf das Ergebnis.

Nach vier Monaten harter Verhandlungen hat Sandrine sich schließlich bereit erklärt, es noch mal mit mir zu versuchen. Sie wird mich nie wieder bevormunden, aber dafür erwartet sie, dass ich mich zukünftig wie ein verantwortungsvoller Erwachsener verhalte. Ich habe ihr alles versprochen, was sie wollte. Und wie es scheint, mache ich mich nicht schlecht, denn wir überlegen gerade, uns von meinem Autorenhonorar eine Wohnung zu kaufen.

Der nächste Schritt wird dann natürlich sein, ein Kind zu bekommen, und was das angeht, bin ich zu keinem Kompromiss bereits. Der Junge wird zu Ehren Sergeïs Serge heißen. Auch wenn es ein Mädchen wird.

Schließlich hat die literarische Welt eine George Sand akzeptiert, warum also sollte sie eine Serge Lagrange ablehnen?

Danksagung

Ein ganz großes Dankeschön geht in erster Linie an meine Freundin Anna Decklerck, die den englischen Institutionen *Institut of Linguists, Translators' Association* und *Society of Authors* angehört. Ohne sie wäre dieses Buch niemals veröffentlicht worden, und ich hoffe, dass sie meine offizielle Übersetzerin wird. Außerdem möchte ich mich noch bei einigen anderen Menschen bedanken: bei meinem Agenten Gregory Messina für seine Beharrlichkeit und seine wertvollen Hinweise; bei Jacques Feldmar dafür, dass er für mich da ist, dieses Buch so oft gelesen hat und mich unterstützt; bei meinem Bruder Pascal für die bildliche Vorstellung, die er sich von Mesmenien gemacht hat – und für seine Hilfe und seine Ratschläge von der ersten Version an; bei Jean-Luc Biondi, Denise Feldmar, Valérie Schaeffer und Jany Seytor für die aufmerksame Lektüre, ihre Korrekturen und ihre zutreffenden Anmerkungen sowie bei all meinen Freunden und allen, die mir nahestehen für ihr Lachen und ihre Ermutigungen. Und schließlich danke ich meiner Lektorin Raphaëlle Liebaert, die mir mit großem Wohlwollen dabei geholfen hat, dieses Buch fertigzustellen.